Clara de Assis

Noivos
Para Sempre
Os Di Piazzi - 2

Editora Charme

Copyright© 2018 Clara de Assis
Copyright© 2018 Editora Charme

Todos os direitos reservados. Nenhuma parte deste livro pode ser utilizada ou reproduzida sob qualquer meio existente sem autorização por escrito dos editores.

Esta é uma obra de ficção. Nomes, personagens, lugares e acontecimentos descritos são produtos de imaginação do autor. Qualquer semelhança com nomes, datas e acontecimentos reais é mera coincidência.

1ª Impressão 2018

Foto de Capa: Depositphotos
Criação e Produção: Verônica Góes
Fotos: Depositphotos
Revisão: Sophia Paz

CIP-BRASIL, CATALOGAÇÃO NA PUBLICAÇÃO
SINDICATO NACIONAL DE EDITORES DE LIVROS, RJ

Clara de Assis
Noivos para Sempre / Clara de Assis
Editora Charme, 2018

ISBN: 978-85-68056-63-9
1. Romance Brasileiro - 2. Ficção brasileira

CDD B869.35
CDU 869.8(81)-30

www.editoracharme.com.br

Clara de Assis

Noivos Para Sempre
Os Di Piazzi - 2

Prólogo

Foi a respiração sôfrega que atraiu a atenção de Antonina Barese, proprietária do restaurante L'Arezzo, um dos mais respeitados da região de Arezzo, Itália.

Antonina caminhou com discrição até encontrar a origem do som. Por uma fresta, pôde vê-los, como dois criminosos, escondidos entre caixas de tomate e repolho. Com uma das mãos, ele tentava abafar os gemidos que a parceira, parcialmente oculta pelos caixotes, teimava em deixar escapar. Com a outra, segurava-lhe a cintura, empurrando e puxando o corpo nu de encontro ao seu.

Antonina arregalou os olhos. Não passava das dezesseis horas, e aquele maldito estava maculando seu estabelecimento, ao invés de preparar os pratos do cardápio da noite. Já estava suficientemente indignada quando escancarou a porta da despensa, preparada para insultá-lo com todas as palavras sujas que aprendeu ao longo de seus cinquenta e seis anos de vida.

Foi então que Antonina, expondo aquele ato vergonhoso, causou a si mesma grande dor.

Sob o corpo másculo do cozinheiro, não estava uma simples funcionária. Ele não havia maculado apenas seu restaurante e sua profissão, mas também sua casa, sua família. Domenica, filha única, que até minutos antes ela poria as mãos no fogo por sua pureza, era tratada como uma qualquer, sem o mínimo conforto de uma cama que fosse.

Levando a mão ao peito, lembrou-se dos conselhos que tivera de alguns parentes e amaldiçoou a velha conhecida, Gema, por tê-la convencido a colocar aquele chef depravado nos seus negócios.

Domenica, desequilibrando-se com o susto da porta sendo escancarada, caiu no chão.

O chef de cozinha fechou os olhos por um segundo, baixou a cabeça, e, antes de tentar se justificar, arrumou a braguilha, ocultando seu membro sem se dar ao trabalho de tirar o preservativo. Ele sabia que não havia explicações, a garota estava completamente nua. Levantou as mãos em rendição, Antonina balbuciava algumas palavras, e Domenica, ainda no piso frio, tentava ficar menos exposta, catando aqui e ali suas roupas.

As desculpas saltavam da boca do chef enquanto sua patroa — ou expatroa, imaginou — apontava-lhe o dedo na cara e seguia a lista de impropérios. E ele estava mesmo disposto a considerar aquela atitude dela um exagero sem proporções, afinal, foi a filha dela, Domenica — "a santinha" —, quem arrancou as roupas na despensa, enquanto ele buscava alguns ingredientes.

Na verdade, não se sentia realmente culpado, mas lamentava o ocorrido. Contudo, quando ouviu a sequência de palavras: *reparar o mal à minha menina...* Bom, a situação mudou completamente de figura.

Empostou a voz, já naturalmente grave, estufou o peito e cresceu alguns centímetros mais que seus 1,86m. Antonina não era de se deixar intimidar, no entanto, recuou dois ou três passos quando ele se aproximou. Ficou chocada ouvindo-o acusar Domenica de ser uma vadia. A palavra pesou e machucou, ela não poderia aceitar que sua filha fosse daquele jeito, como ele dizia, seria o mesmo que afirmar não conhecer a pessoa que tinha em casa, pois estava claro como um dia de verão que foi ele quem a seduziu.

De longa data, ouvira falar as piores coisas sobre aquele sujeito, mas, ignorando toda a falácia, deu-lhe um trabalho. Quanta ingenuidade...

Como não percebera que aquele charme não era educação, mas sim uma ferramenta demoníaca para desestruturar e desgraçar sua casa? Agora, como olharia para os vizinhos? E todos poderiam perfeitamente estar rindo dela, naquele momento.

Antonina precisava dizer, necessitava gritar, que ele estava demitido, e ela o fez.

Para sua surpresa, ele riu.

Não um sorriso cínico. Uma gargalhada.

Respondeu-lhe para enfiar o restaurante no...

Disse ainda que tudo bem ser demitido, pois teve uma última refeição gostosa e, virando-se para falar diretamente com a garota que se escondia e chorava, prometeu que consideraria dar a ela uma boa trepada, caso voltasse a lhe procurar. "Sem ressentimentos", ele disse.

Saiu sem fechar a porta, e fingiu não ouvir as últimas palavras de Antonina:

— Que você sofra mil vezes o que me fez passar hoje, Enzo Giuseppe Di Piazzi! Maldito!

Capítulo 1
Giovana

Uma coisa deveria admitir: Débora demorou tanto para casar que, quando resolveu se enforcar, decidiu fazê-lo em grande estilo.

Meu trabalho não permitiu que me juntasse ao grupo no voo direto entre o Rio de Janeiro e Siena. Havíamos atracado em Atenas e ficaríamos lá por seis dias. Combinamos que, assim que fosse liberada, entraria em um avião, com destino à Siena, e pediria para que alguém fosse me buscar no aeroporto.

Mas não cumpri o combinado.

Eu menti.

Fiquei na Grécia por dois dias só, antes de ser substituída e liberada. De lá, tomei um voo para Roma, permanecendo na cidade por quatro maravilhosas noites.

Não foi maldade nem nada. Queria ter um tempo para mim, para pensar nas últimas semanas e definir uma estratégia melhor para a minha vida do que a que vinha sendo desenhada à frente, sem o meu controle.

Apenas uma pergunta e uma foto bastou para que tudo virasse do avesso.

Até que sair um pouco do cenário carioca faria muito bem a todos. Infelizmente, meu pai não pensava assim. Se não fosse o meu embarque obrigatório, logo depois daquele jantar terrível, não teria me livrado, e a conversa aconteceria.

Sempre me orgulhei do meu raciocínio objetivo, mas, ultimamente, não poderia estar mais longe da minha natureza.

Claro que me sentia culpada por perder os eventos antes do casamento.

A quem queria enganar? Eu estava um caco emocional.

Não queria magoar minha amiga, que sempre foi ótima pessoa. Uma mulher realmente maravilhosa, embora um pouquinho destrambelhada. Éramos amigas desde a terceira série do Fundamental, e certamente ela ficaria chateada por eu faltar ao seu chá de panelas e despedida de solteira. O mais interessante é que ela chegou a namorar o meu irmão, Fernando, mas não deu certo. Claro, isso foi depois que seu relacionamento abusivo com o João terminou.

Deus, quem poderia imaginar que ele seria tão desprezível? Parecia uma dessas coisas que assistimos pela televisão e acreditamos que nunca acontecerá conosco. Se bem que... João nunca foi exemplo de virtude. Ele simplesmente surtou ao melhor estilo "se não for minha, não será de mais ninguém".

Carol disse, certa vez, que a culpa foi de uma confusão com o irmão da Débora. Difícil de acreditar. Junior e o infeliz do João sempre foram amigos. Tão amigos que o retardado ignorou a traição dele e, ao invés de ficar ao lado da irmã, ficou contra ela. Se não fosse pela Luíza, que era um docinho, eu não teria participado do casamento. Daí, por um desentendimento qualquer, João atacou o amigo? Para mim, João estava fora de si com o término da Letícia, a cascavel, e ainda estava assistindo de camarote a Débora, linda e plena, noiva de um italiano delicioso.

Ciúmes e inveja. Com certeza.

Aliás, a ironia poética foi que Letícia agora estava de caso com um velhote, mas não um velhote qualquer, era o terceiro ex-marido de sua própria mãe. Ela era tão nojenta. Sua tara era roubar o namorado de alguém, nem que fosse de sangue do seu sangue.

No fundo, estava até grata que Fernando e Débora não tivessem dado certo — que ele nunca saiba disso —, mas não era todo dia que uma amiga nos convidava para ser dama de honra em seu casamento, com direito a estadia na Toscana.

Mesmo feliz pela oportunidade de participar do dia mais importante da vida dela — na Toscana —, precisei de um tempo sozinha.

Por fim, depois dos dias em Roma, estava decidida a esclarecer tudo com Rodrigo e meus pais. Claro, em uma conversa em que nenhum deles me interrompesse, ignorasse ou distorcesse minhas palavras, absorvendo tudo da maneira mais equivocada possível.

Embarquei para Siena com um pouco de medo do que encontraria lá. Ou melhor, quem.

Meu temor tinha nome e sobrenome: Enzo Di Piazzi.

Carol garantiu que Théo e ele não se davam muito bem, mas era praticamente impossível que não fosse convidado.

Há exatos seis meses, no último aniversário da Débora, Enzo esteve no Brasil, e nos conhecemos melhor, para além de apenas um aperto de mãos e sorrisos amistosos.

Mais para o sentido bíblico da palavra.

E foi simplesmente inesquecível.

Apesar de ter tido a melhor transa da minha vida, sabia que todos falavam muito mal dele, já que, justamente por ser tão lindo e gostoso, Enzo não tinha limites.

Eu me apavorei.

Não soube o que fazer, não queria ser humilhada, e, de acordo com inúmeros relatos, ele era cafajeste a esse ponto. Canalha pós-graduado, com mestrado e licenciatura.

Enquanto empurrava o carrinho abarrotado de malas pelo minúsculo saguão do aeroporto de Siena, rezava para que Enzo tivesse apagado minha existência da sua vida.

Do outro lado da corda, separando a área comum da do desembarque, Amélia, Sara e Carol acenavam freneticamente.

Sorrindo, apressei o passo para encontrá-las.

— Que saudade!

— Gio! Que bom que você chegou. Como foi o voo? — Amélia perguntou enquanto nos abraçávamos.

— Foi tudo certo.

— E aí, ruivona? Conseguiu alguns dias de férias, ou vai se mandar assim que a cerimônia acabar? Sei que o General Brandão não dá mole...

— Consegui alguns dias — respondi a Carol, animada. As meninas retribuíram com um abraço coletivo e risadas.

— Isso é muito bom. Pena que tenha perdido o chá de panelas e a despedida de solteira... — Amélia fez beicinho e depois voltou a sorrir. — Foi tão divertido.

— Faço ideia... — Qualquer coisa era muito divertida para Amelinha.

Saímos do aeroporto e, ao chegarmos no estacionamento, meu coração quase parou quando nos aproximamos do Lamborghini Gallardo de cor laranja.

— Por favor, diz que é nesse que nós vamos.

— Sem dúvida — respondeu Carol, rindo de mim.

— Meu Deus... é conversível — murmurei, atônita. Sem aguentar nem mais um segundo, pulei dentro da máquina. — Sinceramente, sinto-me como uma princesa em um carro abóbora; deve ter sido esse aqui que a fada disponibilizou para a Cinderela.

— Adivinha quem é o dono do carro? Não precisa adivinhar, eu falo: Pietro. — Sara estava com um sorriso bobo.

— Oh, claro, não tem como me surpreender com isso — respondi —, afinal, o cara é maravilhoso. Tudo nele grita: sexo!

— Até o carro... — murmurou Amelinha.

— Só temos um pequeno problema, meninas. — Carol pôs as mãos na cintura e nos encarou.

— Qual? — perguntei, esparramando-me no assento de couro preto.

— Você trouxe muita bagagem, a mala do carro é pequena. — Sara apontou com um gesto amplo a minha bagagem.

— Vamos primeiro colocar o que der no porta-malas e o restante a gente vê.

Apenas duas, das seis malas, couberam no bagageiro, e isso, com muito sacrifício.

— Caramba, Giovana, era um casamento, não sua mudança! — reclamou Amélia.

— Gio, dessa vez, você perdeu a noção... — Sara também reclamou, cruzando os braços.

— Foi sem querer, eu me empolguei. Faz tanto tempo que não viajo que perdi a noção completamente. Me desculpem, eu até tinha vindo com o essencial, mas havia tanta novidade em Roma que não pude deixar passar, tinha até Fendi em liquidação. Saí comprando tudo e, quando percebi, tive que arrumar mais duas malas para caber as compras, mas daremos um jeito, basta que...

— *Para-para-para*, fica quieta um instantinho! Que porra é essa de você ter feito compras em Roma? Em que momento, entre sair da Grécia e descer em Siena, você teve tempo de encher duas malas com roupa, Giovana? — Carol estava bastante irritada.

— Espera. Ela falou... Roma? — Sara parecia ultrajada.

Instintivamente, encolhi-me no banco.

— Giovana, sua vaca! — gritou Amélia. — Caramba, e a gente pensando que você estava trabalhando!

— Só mais uma coisa, desde quando você chegou em Roma? — Sara se aproximou, ameaçadoramente.

— Calma, meninas. — Sentei nas costas do banco, ficando na mesma altura que elas, de pé ao lado do Lamborghini. — Trouxe presentinhos para todas. Acharam que ficaria quatro dias em Roma e não compraria nada para minhas amigas mais queridas?

— Qua-quatro dias?! — Carol passou a mão no rosto, sacudindo a cabeça — Garota... Meu Deus, Giovana! Não vou nem comentar isso com a Débora ou ela vai te estrangular!

— Eu sei, eu sei... Mas tenham compaixão. Quando foi a última vez que consegui ter férias? Vocês sabem que minha carga de trabalho é imensa, eu merecia esse tempo. Meus Deus... que drama! — Bufei. — Além do mais, para que vieram as três me buscar? Isso lá tem cabimento!

— Caramba, a Débora não vai precisar matá-la — disse Amélia, anuindo lentamente —, eu mesma faço o serviço!

Amélia se jogou em cima de mim, sacudindo-me pela gola da camisa. Sara tentava puxá-la, e eu me defendia batendo nas mãos de Amelinha.

— Calma! Calma, Amelinha! Larga ela, larga! — pediu Carol, que também se meteu, conseguindo afastar Amélia.

— Mal-agradecida! — acusou-me Amelinha. — A Debye te convida para ser dama de honra e se hospedar na casa da família do noivo, de graça, e você não vai ao chá de panelas da sua amiga para estourar o cartão de crédito, em Roma? Enlouqueceu?

— Olha, vamos nos concentrar no problema da bagagem e depois a gente mata essa vaca, civilizadamente — disse Carol.

— Podemos colocar no colo. Vai ficar apertado, mas... — raciocinou Sara, dando de ombros.

— Ou podemos empilhar tudo sobre a egoísta aqui. — Amélia olhou-me, irritada.

Tentamos uma arrumação e depois trocamos a configuração algumas vezes.

Amélia e Sara levantaram-se, aborrecidas.

— Está apertado demais, Carol, as malas são pesadas e teremos de ir parando pelo menos umas dez vezes para tirar um pouco o peso do colo, e isso por quase uma hora — concluiu Amélia, entre dentes.

— Talvez fosse melhor... — eu disse, enquanto arrumava o cabelo em um coque — que as meninas voltassem de ônibus e daí as malas...

Não consegui terminar a frase, pois Sara me estapeou no braço.

A confusão e a gritaria chamaram a atenção de um dos seguranças do aeroporto, que passava pelo estacionamento. Fomos obrigadas a nos acalmar de maneira constrangedora.

Tudo bem. Ficaria com a fama de mal-agradecida e de cretina, por enquanto.

Não estava pronta para contar a elas sobre os últimos acontecimentos, no Brasil.

— Acho bom mesmo ter um par de Ferragamo vermelho, número 36, nessa tua mala de merda.

Sara estava irada, reclamando por trás da bagagem, enquanto seguíamos para San Gimignano.

— Tenho mais de um par, se quer saber — rebati com desdém.

— E eu vou querer a Fendi que está malocada no meio dessas coisas. — Amélia olhou para trás, encarando-me com jeito de poucos amigos.

— A Fendi? Sem chance. Pelos meus cálculos, só terminarei de pagar pela bolsa no ano que vem.

— Dane-se, Giovana, minha perna está dormente. — A voz de Amélia era de pura raiva.

— Carol, não me leve a mal, mas é superinjusto você ficar sem levar nada — reclamou Sara.

— Estou dirigindo. Tá louca, filha? E, a meu ver, estou transportando um zoológico: uma anta, uma perua e uma vaca, dentro de um Hot Wheels — Carol debochou. E estava na cara que a vaca era eu. — Além disso, vocês não têm PID, eu tenho, então... — Ela deu de ombros.

— Sem nos ofender, Carol. Obrigada, de nada — pediu Sara. — E como eu ia saber que era necessário uma permissão internacional para dirigir? A *viajada* aqui é outra.

— Olha, não queria ter de concordar com a *outra*, mas vocês só vieram por causa do carro do Pietro.

— Eu sabia! — exclamei. — Estava na cara que não vieram por saudade.

— Não desvia o assunto, Giovana, e cala essa boca, você é a errada — rebateu Amélia.

— Ainda não acredito que preferiu ficar longe de nós por quatro dias. Caramba, foi tão legal o chá de panelas. A despedida de solteira... Nós fomos para uma boate no centro da cidade e assistimos a um show de tirar o fôlego!

— Show de asfixia? — impliquei. — San Gimignano é uma província com sete mil habitantes, e a maioria é gente velha. A menos que algum vovô tenha pedido o balão de oxigênio depois de dançar YMCA.

— Meu Deus, que garota nojenta... — Sara resmungou.

— Para sua informação, foi no centro de Siena — explicou Carol. — Debye arrasou nos preparativos. Fechou uma boate e até show de stripper teve.

— Super posso imaginar o Théo achando a maior graça disso... — murmurei.

Sara suspirou.

— Além disso, a vila Di Piazzi é um lugar incrível. Se te conheço bem, você vai pirar quando chegarmos lá.

— Sabia que o Théo e o Pietro estão pensando em abrir uma parte da propriedade como pousada? — comentou Carol.

— Sério? E tem alguma coisa em volta que justifique isso? Porque no mapa não tem nada em volta. Naaadaaa! — eu disse.

— Mais uma vez, Giovana, cala essa boca.

Amelinha estava começando a me tirar do sério.

— Amélia, cala a boca você! É crime tirar uns dias para refletir sobre os problemas da vida?

— Que problemas da vida, Giovana? — A voz de Carol era puro desdém. — Problema de ter se formado como a melhor aluna do curso de Turismo, na PUC, e não em História da Arte ou essas merdas de que você gosta? Segue o baile... Você nem esquentou a fila do desemprego, pegou o canudo já com emprego garantido na empresa do seu papai, e tudo que faz é andar na porcaria de um transatlântico na rota Rio-Grécia. Que outro problema teria? Ah, sim, namora um jogador de futebol de salão, sei lá quantas vezes campeão mundial pela seleção brasileira. Desculpa, esqueci de mencionar algum outro problema nessa sua merda de vida? Você nunca nem pagou uma conta de luz, Giovana, cala essa boca que fica melhor pra você. Aproveita enquanto está no lucro.

Carol foi implacável com aquela voz de pouco caso que ela sempre fazia quando estava irritada.

Respirei fundo.

— Em primeiro lugar — iniciei minha defesa —, recebo um salário compatível com minha função de supervisora de governança, nome chique para camareira, e não recebo uma porcaria de um dólar a mais por...

— Ah, é, esqueceu de mencionar que ela ganha em dólar, Carol — implicou Amélia.

— Com licença, não terminei de falar — repliquei. — Não pense que trabalhar em um navio tem a mesma conotação que "passear" em um. Estudei Turismo, não sou turista durante o meu expediente. É um trabalho duro, e eu ralo para caramba, e só me ferro por ser a filha de um dos sócios. E deixa o Rodrigo fora da discussão — terminei, extremamente chateada.

— É, ser camareira indo para a Grécia é uma porcaria de vida mesmo, tem razão. Ainda mais por ter se negado a ser preposto do seu pai, com uma sala chique, no andar mega alto do edifício RB1. — Amélia balançou a cabeça, negando.

— Por que deixar o Rodrigo fora disso? O que aconteceu com seu namoro *pop star*? — perguntou Carol, encarando-me através do retrovisor.

Calada, olhava para longe sem realmente focar em coisa alguma. Apenas vinha em minha mente aquele flash de um fotógrafo qualquer e a expressão do Rodrigo, olhando direto nos meus olhos. Deus! Não podia ter sido mais constrangedor. Era para ser apenas um jantar.

— Giovana, somos suas amigas, lembra? Pode nos contar o que quiser. — Sara tentava alcançar minha mão com a dela.

— Podemos deixar esse assunto para depois? — pedi.

Por um longo tempo, permanecemos em silêncio.

De certa forma, elas não estavam erradas, eu deveria ter sido honesta. Por outro lado, perguntariam tudo, e eu não teria resposta. Precisava pôr minha vida nos trilhos e minha cabeça novamente no lugar.

Elas respeitaram minha decisão de não tocar no assunto "que merda está acontecendo no Brasil", e entenderam que não escolhi, por puro egoísmo, faltar aos eventos de casamento da Debye e do Théo.

— Ai, Carol... dá uma paradinha, por favor? Não sinto minhas pernas, e essa mala preta esquentando ainda mais meu corpinho... — Amélia reclamou com a voz lamuriosa.

— Sim, vamos tomar um refrigerante em Poggibonsi, só mais alguns quilômetros adiante.

Que diabo de nome era aquele, *Podibonsi*?

Quando descemos no tal lugar, minhas pernas também não queriam obedecer, e não se moviam com a mesma agilidade.

— Olha, nunca senti tanto alívio por me esticar! — Sara alongou-se.

— Agora estou curiosa, não é possível que roupa pese tanto, Giovana. Tem certeza de que só tem roupa e sapato aqui? — questionou Amélia.

— Como assim? Você acha que eu trouxe um anão na mala?

— Ah, não sei o que você fez, mas está pesado pra caramba.

— Que tal a Carol revezar um pouco conosco? — Sara sugeriu com jeito de gato que avistou o canário.

— Sem chances. O Pietro confiou seu bebê, como ele mesmo chamou o carro, a mim, não a vocês, duas tresloucadas que conseguem derrubar até uma bandeja com suco ao trombar de frente.

— Que história é essa? — perguntei enquanto nos acomodávamos à mesa de um bar.

Carol começou a explicar, mas foi interrompida sem cerimônias pelas outras duas, que disputavam quem iria contar o fato.

— *Shhh!* Deixa eu falar! Deixa eu falar! — apressou-se Amélia. — Estávamos na área da piscina, no domingo. Sei lá, umas seis, sete da noite. Aí, menina... — Abanou-se dramaticamente antes de prosseguir. — As portas do paraíso se abriram e começaram a saltar anjos de lá...

— Quê? — perguntei, confusa.

Confiar em uma atriz para contar fatos é pedir para ter dramatização.

— Parte da família do Théo estava chegando de Cortona.

Carol revirou os olhos.

— E era tanto homem lindo que eu não sabia para onde olhar! — Sara gesticulou, lançando a cabeça de um lado a outro.

— Foi aí que aconteceu o pequeno acidente: esbarramos uma na outra e derrubamos a bandeja de suco, só isso — concluiu Amélia.

— Foi uma tremenda barulheira, isso sim! — Carol chegou a erguer o dedo quando falou. — Quebraram uma porrada de copos, a jarra... Fizeram a maior lambança. Deve ter dado um baita trabalho limpar os cacos de uma área gramada.

— Sinceramente, acho que deve ser alguma coisa que eles colocaram na água, não tem outra explicação — resumiu Sara.

— Então quer dizer que a casa está cheia? — perguntei, mal disfarçando um sorriso.

— Nem tanto, elas estão exagerando. De beldade mesmo são uns quatro ou cinco primos ao todo, deixa ver... — Carol começou a contar nos dedos: — Maurizio, que me corrigiu lindamente quando o chamei de "Maurício"; Maurízio, ele disse. Há também Freddo, Marcello, Vittório e... qual o nome do irmão do Maurizio? Caramba... É até um nome engraçado...

— Donatello — respondeu Sara, mordendo os lábios. — Meninas, vocês viram a cor dos olhos daquele homem? Lindos!

— Menino, você quis dizer. Os olhos daquele menino, certo? Pois ele é bem mais novo do que você. — Carol estalou os dedos seguidas vezes. Depois, pediu atendimento acenando para dentro do bar.

— E daí que é mais novo? Não dou aula na escola dele... — Sara deu de ombros.

— Sarinha, ele deve ter uns oito anos menos que você. — Amélia fez uma careta, desculpando-se pelo que havia dito. — E aquela história de não ficar com ninguém nascido depois de você?

— Quem falou isso? — Sara fingiu-se de ofendida. — Não sei de regra nenhuma, e, se um dia disse isso, sem dúvida, valia para o ano passado, essa regra não existe mais, principalmente quando o cara é lindo. Você vai ver, Giovana, ele tem olhos da cor do mar caribenho e uma boca carnuda e vermelha que dá vontade de morder!

— Não sei se vou querer morder a boca do Donatello — respondi. — Prefiro homens com jeito de homem, cara de homem, tipo o Pietro.

— Pelo amor de Deus, esquece o Pietro, Giovana! Ele é meu! — Amélia o tinha reivindicado, mas acho que esqueceram de avisar a ela que, para uma relação funcionar, deveria haver pelo menos dois no jogo.

Resolvi implicar um pouco com ela.

— Amelinha, Pietro é de todo mundo.

— Eu cheguei primeiro! Seria deslealdade e antiético da sua parte se começasse a dar em cima dele.

— Antiético? Direitos iguais, amiga. E, depois daquele Ano-Novo na piscina, ele exibindo aquela sunga recheadinha... você está é louca se acha que vai vir com essa de "cheguei primeiro". Está pensando que estamos apostando corrida na quarta série, quem chegar por último é mulher do padre? Eu, hein...

Sara gargalhou. Ela sabia que eu estava perturbando Amélia de propósito.

— Meninas. — Carol se inclinou sobre a mesa, olhando para cada uma de nós. — Eles não são pedaços de carne, e vocês não estão desesperadas. Vamos manter a compostura?

Novamente, Sara e eu gargalhamos.

— Carol, você fumou o quê? — perguntou Amelinha. — Onde que é possível manter a compostura? Se liga, é o Pietro!

— E quem disse que não estou desesperada? — Sara perguntou. — Estou muito desesperada!

Se ela estava desesperada, era simplesmente por culpa de um senso moral completamente distorcido. Havia um cara que só faltava se jogar no chão para ela passar por cima. Sara sabia que ele queria mais do que curtir com uma mulher mais velha. Ele queria tudo. Mas Sara não iria assumir a relação com alguém onze anos mais novo do que ela.

— Em uma escala de desespero, entre zero e dez, meu nível é doze. Socorro... tenho que dormir com alguém, e rápido — resmungou.

Nunca era monótono com aquelas mulheres.

Finalmente, voltamos para a estrada e, pouco depois, deparamo-nos com um grande engarrafamento, naquela cidade minúscula.

Um guarda, muitos metros adiante, sinalizava o desvio. Com algum sacrifício, entendemos que um caminhão tombara próximo dali. Recebemos instruções sobre um trevo e sobre passar por baixo dele, seguir pela rotatória e virar sabe Deus para que lado.

O guarda falava rápido demais, e os carros atrás de nós começaram a buzinar.

Fizemos a volta e fomos para a rodovia Florença-Siena.

— Ai, ai, ai... — murmurou Carol.

— O que foi? — perguntei.

— Não consigo mexer nesse GPS, está tudo em italiano.

— Se quiser, posso tentar... — eu disse, sendo totalmente ignorada.

— Ah, Carol, em italiano? Por que será? — ironizou Amélia.

— Amélia, você está me perturbando desde a semana passada, estou por um fio de mandar você tomar sabe em que lugar, não é? — reclamou Carol.

E elas começaram a discutir. Assim, do nada.

Alguma coisa andou acontecendo durante a minha ausência.

Pude imaginar o que se passava entre Amelinha e Carol. Pietro tinha mais intimidade com Carol, e Amelinha devia estar com ciúmes. Além disso, de alguma forma bizarra, na cabeça da Amélia, reivindicar o volante tinha mais a ver com o dono do carro do que o veículo em si. Francamente, até eu estava louca para assumir o banco do motorista.

Começava a me preocupar com a obsessão que Amélia parecia desenvolver por Pietro. Até em um curso de italiano ela estava pensando em se matricular. Se isso não era investir pesado, então não sabia mais o que seria, porque o homem falava português numa boa.

Sara, sempre mediadora, pedia calma e civilidade, talvez fosse um traço de sua rotina como psicopedagoga.

O nível de estresse aumentava por ser um dos fins de tarde mais quentes que já havia passado, e o calor tropical do Rio de Janeiro não fazia frente ao clima daquela sexta-feira, na Toscana.

— É aqui, Carol! Vira aqui! — gritou Amélia, assustando a todas nós.

Minha vida passou diante dos meus olhos.

Carol deu uma guinada para a direita e fez uma curva tão fechada que as rodas do lado esquerdo do carro chegaram a levantar, enquanto entrávamos no viaduto de retorno, muitos metros acima da pista inferior.

Senti-me dentro de um filme de Velozes e Furiosos.

O Lamborghini estabilizou quando saímos da curva, e Carol freou bruscamente no acostamento, jogando-nos para a frente com um solavanco.

Achava que, em situações como aquela, as pessoas gritavam, mas não foi assim tão igual aos filmes. Minha respiração ficou travada na garganta, e meu peito ficou dolorido pelo susto.

Só então gritei:

— Nunca mais faça isso!

— Foi mal, foi mal, esse carro é muito... Estão todas bem? — perguntou Carol, mais pálida do que nunca e ainda segurando o volante tão forte que os nós dos seus dedos estavam esbranquiçados. — Puta que pariu! Maria Amélia, pare de me incomodar enquanto dirijo! Não aguento mais sua loucura, pelo amor de Deus!

Todas fizemos silêncio por muito tempo.

Amelinha desviou o olhar para a estrada, sem conseguir encarar-nos.

Carol deu novamente partida no carro, as mãos ainda trêmulas.

Seguimos até a tal rotatória, bem devagar. Foram três voltas até conseguirmos ler todas as placas, ainda assustadas e falando o mínimo possível.

— Acho que é ali. Se não for, voltamos. O tanque está cheio, certo? — perguntei.

— Está, sim — respondeu Carol com uma docilidade que não era característica de sua personalidade. Definitivamente, estava assustada.

Durante muito tempo, sofremos com um calor horrível. E era somente campo, mato, montanha, cerca, campo, mato, cerca, em uma cadência infinita de um grande nada.

— Meninas, vocês repararam que não existe camada de ozônio sob nossas cabeças? — comentou Carol.

— Não tem capota e ar-condicionado nesse carro? — perguntei. — Estou derretendo.

— Não sei abrir a capota e não vou arriscar quebrar nada nesse carro milionário, porque não tenho dinheiro pra pagar.

— Assim disse Carolina Toretto — resmunguei.

Muitos minutos de sol escaldante depois, ainda estávamos no meio do nada. Perdidas, sem celular e sem GPS.

Comecei a me preocupar com o momento em que as garotas iriam se voltar contra mim por culpa da bagagem pesada no colo de cada uma.

Ficamos em silêncio. Até que, finalmente, vimos uma placa que dava boas-vindas a Certaldo.

— Gente, vamos parar nessa civilização aqui e ligar para alguém vir nos buscar, não quero arriscar pegar informação com mais nenhum italiano de fala apressada e acabar indo parar em outro país — disse Carol.

— Preciso fazer xixi. Carol, pare em um posto de gasolina ou um bar, ou naquela moita ali, já serve. — Sara apontou, com a fala arrastada, fazendo uma série de barulhinhos estranhos, quase um choramingo.

— Calma, Sara, já estamos entrando na cidade... Acho que é uma cidade.

Carol ligou para Pietro assim que estacionamos em frente a um bar rústico, e ficamos felizes por estarmos em um lugar em que o telefone funcionava.

— Bom, Pietro disse que, tecnicamente, teremos de esperar algum tempo até que eles cheguem.

— Como assim? — perguntei.

— Problemas — Carol retorquiu, levantando as sobrancelhas.

Capítulo 2
Enzo

— Olha, eu ainda estou decidindo se o seu problema é de ordem neurológica ou espiritual, Enzo. Juro, você é uma fonte inesgotável de caos. O Anghelo está com uma veia saltando na têmpora. Sabe o que isso significa, não é? É inacreditável você nos fazer vir até Arezzo, às vésperas do casamento dele.

— Serei eternamente grato. E eu pago, ok?

— Mas é lógico que você vai pagar a fiança, quanto a isso, não há dúvidas.

Do outro lado do vidro, pude observar meu primo "Théo" encerrando a conversa com o sorriso torto, apertando a mão da tenente sem tirar os olhos dos dela. A mulher arrumou o cabelo, daquele jeito que elas sempre fazem ao demonstrar interesse. Ele deu uma piscadela antes de deixar a sala; coisa de família, era um tiro fatal. A tenente de polícia de Arezzo suspirou, ainda sorrindo, até que seu olhar cruzou com o meu, e ela amarrou a cara, semicerrando os olhos e a persiana.

— Da próxima vez que resolver largar uma mulher logo depois de comê-la, certifique-se de que ela não seja da polícia, seu idiota.

Meu primo não estava nada feliz, passou por mim e bateu forte no meu peito com as chaves da moto, obrigando-me a segurá-las.

— Não se preocupe — respondi —, antes de colocar a camisinha, eu peço a carteira profissional dela.

Anghelo parou de andar, deu meia-volta e caminhou a passos largos em minha direção. Pela vontade com que batia os pés no chão, pensei que me daria um soco.

— É tudo brincadeira para você, Enzo? Foda-se que eu larguei minha noiva para vir até aqui te tirar da cadeia? Foi muita sorte essa tenente não ter te fichado!

— Me fichar? Pelo quê? Estacionar a moto na calçada é vandalismo, agora? O nome disso é abuso de poder, e eu vou processar essa cadela. Ela tinha de me agradecer, é péssima na cama. Que absurdo, me fichar... Você viu a acusação ridícula com que ela me deteve!

— Ridículo é você nos fazer vir até aqui para isso!

— Ridículo é você achar que alguém tem que te agradecer por transar. Deixa de ser babaca. — Pietro, senhor certinho, fez uma careta enquanto me repreendia.

— Você deveria resolver os seus problemas sozinho. Por que não chamou alguém do seu trabalho para pagar a porra da sua fiança? — A voz de Anghelo saía entre dentes, e suas narinas estavam sutilmente alargadas.

— Mmm, isso é um assunto complicado...

— Ele foi demitido! Ah, ótimo — concluiu Pietro, com as mãos para cima.

Ele parecia clamar por Deus.

Que exagerado.

— Você foi demitido?

Anghelo estava com o cenho tão franzido que suas sobrancelhas se tornaram uma.

— Não! Quero dizer, sim. Mas foi um acidente.

— Como é que alguém é demitido por acidente? Ou foi você que provocou um acidente?

— O que aconteceu, Enzo? — perguntou Pietro, aproximando-se.

Logo, os dois xerifes estavam a centímetros do meu rosto.

— Há duas semanas, a filha da Antonina e eu... — iniciei, afastando-me um pouco de toda aquela hostilidade.

— Ah, cacete... — resmungou Pietro.

— Você dormiu com aquela garota? — Anghelo parecia enojado.

Outro que exagerava. Dormir era demais... eu nunca fecharia os olhos se Domenica estivesse deitada ao meu lado. Eu amava estar vivo. E inteiro.

— Ela tem 23 anos, *garota* não chega nem perto de definir o que aquela mulher sabe fazer com a boca — provoquei.

— Seu filho da puta — começou Anghelo, com uma voz enganosamente calma —, a vovó gastou saliva com meio mundo para te conseguir aquele

24 Clara de Assis

emprego. Dona Antonina é amiga da família, Enzo. Será que você não respeita ninguém?

— Não era uma questão de respeito...

— Enzo — Pietro bufou, coçou a cabeça e olhou-me com seriedade —, vou abrir meu coração para você, primo: procure um padre, é sério, você tem problemas.

— O problema desse idiota é manter a porcaria do pau dentro das calças! — esbravejou Anghelo.

— Então procure um médico — disse Pietro, debochando. — O que não dá é para continuar assim. Você é ninfomaníaco, por acaso?

Revirei os olhos. Eu não tinha quaisquer desvios sexuais. Era um homem solteiro e estava sem transar há semanas.

— Ela apareceu na despensa e simplesmente arrancou a roupa, se oferecendo. O que eu deveria fazer?

— Como? — E lá estava a maldita veia de Anghelo pulsando na têmpora. Ele ia acabar tendo um derrame. — Que tal ter dito a ela: Desculpa, sua puta, mas eu estou tra-ba-lhan-do? Se ela não tinha consideração com a mãe, você deveria ter tido, se não pelo seu emprego, então pela nossa avó, que pediu por você. Idiota.

— Acalme-se, Anghelo, pensa na sua linda noivinha... — Pietro foi empurrando sutilmente nosso primo para longe de mim.

— Não tem jeito de eu me acalmar assim, Pietro. Ele está estragando o meu casamento!

Quê? O casamento dele é no domingo!

— Tudo sempre tem que girar em torno dele! Como uma criança mimada... — Anghelo se virou em minha direção e apontou o dedo indicador de forma acusatória: — Enzo, acho que está na hora de você crescer, não é bonito um homem de quase trinta anos ficar pulando de emprego em emprego, arrastando o nome da família para a lama. Estamos ficando com péssima fama por sua causa. Escuta bem, idiota, se isso atrapalhar de alguma forma meu casamento, não estou brincando, eu te mato, jogo seu corpo no primeiro beco e...

— Eu já entendi o recado. Você vai me matar. Podemos ir para casa agora?

Durante um longo instante, Anghelo me encarou com olhos estreitos.

— Minha paciência está no limite contigo, primo. Não tenho que me responsabilizar ou ajudar um homem adulto. Não vai ter próxima vez. E eu não quero você ciscando ao redor da minha festa. É o meu casamento. Está entendendo? Não estrague isso, cara. Se quiser viver, não estrague o meu casamento. Nunca falei tão sério em toda a minha vida.

— Não tenho a menor intenção de estragar a porra do seu casamento. Mas, sem dúvida, não por você, mas pela Débora.

— Como é?

— Ah, cacete... — Pietro resmungou, antes de respirar fundo e bufar, descontente. — Ele só está te provocando, Anghelo. Dá um tempo você também.

Enquanto Anghelo e eu nos encarávamos com milhares de desafios não ditos, Pietro se aproximou de nós com o telefone na mão.

— Pelo jeito, não vamos para casa tão cedo. Precisamos fazer um desvio enorme. — Pietro pareceu cansado.

— Outro problema? — perguntou Anghelo, indo para o lado do motorista.

— Mais ou menos...

Afastei-me, montando e ligando a moto. Antes de pôr o capacete, chamei Pietro.

— Aonde estamos indo? — perguntei.

— Certaldo.

— Certaldo? — Anghelo o encarou em dúvida. — Por quê?

Anghelo parou o carro atrás do Lamborghini de Pietro, mas nem sinal das damas de honra do seu casamento, nem da madrinha. Estacionei a moto logo atrás, na sombra do prédio, desligando o motor. Passar a noite, e parte do dia, preso em uma sala, na delegacia, foi cansativo. Precisava de uma água.

— Vou beber alguma coisa — avisei para Pietro, enquanto ele digitava no celular.

Anghelo também estava ao telefone, e, pela cara de bobo, falava safadeza com a noiva.

Entrei no bar e encostei no balcão, pedindo uma garrafa de água e dispensando os centavos de troco.

Olhando em volta, avistei Carol, a madrinha de casamento do meu primo.

Aproximei-me com minha garrafa, puxei a cadeira e me sentei, apoiando os braços no encosto.

— Quanta mulher bonita à mesa, vocês têm permissão judicial para andarem juntas? Não é algum tipo de crime ou coisa parecida?

— Oh. Meu. Deus — a morena de franja falou pausadamente.

— Ah, você também veio... — Carol terminou de digitar e olhou para mim com um sorriso.

— Como vai, Ana Carolina Muniz? — cumprimentei, segurando sua mão e dando um beijo suave nos nós dos dedos.

— O de sempre, e você?

— Muito melhor agora — respondi, observando a loira de cabelos cacheados. — Oi, bonita, eu acho que já te vi antes...

— Maria Amélia — ela sussurrou, aclarando a garganta com um pigarrear alto. — Amelinha, do Rio de Janeiro. Lembra?

— Verdade... — Movi a cabeça como se a tivesse reconhecido, mas não fazia ideia de quem ela era. Olhei para a morena. — E você é a...?

— *Sara Knust solteira sem filhos psicopedagoga 29 anos nascida e criada na rua Custódio Serrão, 23, terceiro andar, Lagoa, Rio de Janeiro* — ela respondeu tão rápido que não consegui acompanhar, inclusive quando recitou uma sequência de números que só poderia ser do seu celular.

Carol gargalhou.

— Para com isso, Sara.

— Eu disse... — Sara respondeu. — Escala doze. Doze.

— Oh, Senhor... — murmurou Amélia, desviando o olhar para a porta.

Carol acenou, logo Pietro parou entre mim e a loira.

Interessante.

— Estão um bocado longe do aeroporto. O que aconteceu? — perguntou Pietro.

— Você sabia que o GPS do seu carro está em italiano? — questionou Carol, sorrindo.

— Não pode ser... — ele respondeu em tom de brincadeira.

— Quer se sentar um pouco, Pietro? — ofereceu a loira.

— Obrigado, Amélia, mas acho melhor voltarmos, vai escurecer e a iluminação por aqui não é das melhores. Hum... Não está faltando uma?

— Ela foi ao banheiro... Ah, olha ela ali — respondeu a morena, Sara.

Então aconteceu.

Quando a vi, foi como se tivesse levado um soco.

Tudo veio em minha mente.

Cada pensamento que tive, desde a primeira vez que coloquei os olhos nela:

Eu já vi mulher bonita, mas essa é a garota mais linda que tive a sorte de conhecer. Sorriso charmoso. Corpo curvilíneo. Rebolado naturalmente envolvente a cada passo dado.

Na terceira noite que nos encontramos, tudo que eu queria se resumia em uma palavra: desejo.

Eu tinha que transar com ela e, quando aconteceu, foi espetacular.

E também, completamente diferente do que pensei.

Havia ensaiado umas desculpas para quando lhe desse o fora, afinal, nós dois havíamos bebido e nos encontramos em um bar. Todos estávamos comemorando o aniversário de Débora — depois do ataque de um ex-namorado, ela passou a comemorar convidando muitos amigos em locais públicos. Fiz questão de comparecer e felicitá-la, e foi quando reencontrei a ruiva dos olhos azuis mais impressionantes do mundo.

A estratégia esteve todo o tempo em minha cabeça, mesmo quando nossas mãos se tocaram em cumprimento, até depois, ao entrarmos no quarto de motel.

As coisas começaram a se complicar no momento em que tiramos a roupa, ainda que antes tivéssemos nos beijado de um jeito insano. Quem poderia prever que teríamos a melhor noite das nossas vidas?

Bom, pelo menos para mim foi.

Ela se encaixou em meus braços de uma maneira tão perfeita e me enviou facilmente para o nirvana ao me abrigar no calor entre suas coxas. Tão apertada. Tão molhada.

Nossos corpos se conectaram.

Foi tão intenso que comecei a pensar que... Enfim, era bobagem, de toda forma, nada que algumas rodadas de sexo, com outras mulheres, não pudessem apagar.

Depois de transarmos como loucos a noite inteira, acabei adormecendo.

A essa altura, já havia reformulado minhas ideias: iríamos descansar e começaríamos tudo ao amanhecer. A despedida, pensei.

Mas, pela manhã, não encontrei nada além de um espaço vazio na cama e metade do valor do quarto do motel.

Que ódio eu senti.

Filha da puta.

Ela sumiu, e eu não tive coragem de pedir seu contato para suas amigas, nem que fosse para lhe dizer meia dúzia de desaforos.

E agora, meses depois, a cretina estava bem ali, na porra da minha cara.

A ruiva ainda mantinha o sorriso no rosto de boneca, conforme vinha andando em nossa direção.

Ela não tinha mudado um grama daquele corpo delicioso.

Meu coração errou uma batida quando ela parou ao meu lado, cumprimentou Pietro com beijos e abraços, depois se virou para mim.

— Cara, você está no meu lugar. Quem é você?

Como é que é?

Arqueei as sobrancelhas. Também não seria nenhum absurdo se por acaso meu maxilar tivesse deslocado, boquiaberto.

— Este é meu primo, Enzo Di Piazzi — Pietro nos apresentou. Ou pensou que o estivesse fazendo. — Enzo, esta é a Giovana.

Pietro devia ter esquecido, pois Giovana e eu já nos conhecíamos de uma festa em sua casa, depois nos vimos na casa do Anghelo e da Débora, por fim, trocamos meia dúzia de palavras, em um bar.

— Oi — cumprimentou-me, sem estender a mão ou se inclinar para um beijo no rosto.

— Oi? — questionei.

Depois de ter posto o meu pau na boca e sorvido até a última gota de sêmen, ela me vinha com isso de "oi"?

Levantei da cadeira. Giovana era mais baixa do que eu, pelo menos vinte centímetros. Mantive a distância mínima, não era possível que permanecesse inabalável. No entanto, Giovana mediu-me dos pés à cabeça, sem pestanejar.

— Achei que vocês se conheciam, do Rio. Não lembram? — Amélia tinha a sobrancelha franzida.

Giovana deu de ombros, sem responder.

As outras se levantaram quando Pietro deixou uma nota sobre a mesa, pagando o refrigerante que consumiram.

— Vamos? O Anghelo está lá fora. — Pietro me puxou um tanto, desfazendo o meu contato visual com Giovana. — Pelo amor de Deus, Enzo, pelo amor de Deus — resmungou baixinho para que apenas eu pudesse ouvi-lo.

— Que é agora, porra?

— Você está encarando a Giovana como se fosse saltar em sua jugular. Não é possível que já esteja pensando em mais uma conquista... Você acabou de sair da cadeia — concluiu entre dentes.

— Não é nada disso. Não estou pensando em conquistar a ruiva.

Eu já tinha feito isso antes. Ou, pelo menos, pensava ter feito.

Assim que Carol parou ao nosso lado, na rua, olhou a pilha de bagagens que estava no banco de trás do carro do Pietro e bufou.

— Ah, que droga. Théo, você veio no estilo milionário de ser — Carol gesticulou na direção do carro do meu primo —, só dois bancos e aposto que tem zero de porta-malas.

— Carol, apesar de trabalhar como um louco, ainda não consegui o status de milionário. Este é meu único brinquedo realmente caro, e aqui é o único lugar que poderia realmente tê-lo.

— E usá-lo, não dá nem para imaginar você dirigindo uma Ferrari com nosso limite de velocidade de 90km/h... — Giovana se manifestou.

Ela parecia incrivelmente tranquila.

O que só fazia aumentar minha vontade de sacudi-la pelos ombros.

— Aqui não é muito diferente, Giovana — disse Anghelo —, os limites de velocidade e as leis são bem parecidas com as do Brasil. Você ficaria surpresa em saber como é fácil ser detido por aqui, quando se afronta um policial que está te multando por estacionar em local proibido — ele concluiu entre dentes, mas não se virou para me encarar. Ainda assim, os demais o fizeram.

— Precisamos de um porta-malas — Amélia deu de ombros —, não quero voltar todo o caminho no calor, com malas no colo e todo aquele vento... Oh, não quero nem me olhar no espelho, meu cabelo deve estar uma bagunça...

— Está linda, Amélia — respondeu Pietro, arrancando um suspiro da garota.

Ela estava caída por ele, e o babaca nem percebeu.

— Eu só quero me recostar um pouco no banco sem nada me apertando — resmungou a morena, Sara.

Pietro pegou as chaves das mãos de Carol, foi até seu Lamborghini, tirou duas malas e passou para Anghelo. Suspendeu a capota e ligou o ar-condicionado.

— Pronto. Isso resolve o problema do calor e do vento. Agora, ainda tem alguma mala e...

Aquela era minha chance.

— Acho que o mais lógico seria o Pietro voltar em seu próprio carro com Amélia, Sara e uma parte da bagagem — falei. — Anghelo leva a Carol e essas malas menores, que, obviamente, você iria colocar no carro, e eu posso levar a ruiva na garupa, se ela não for do tipo que foge, é claro.

— Acho uma ótima ideia! — respondeu Amélia.

Eu sabia que ela acharia excelente qualquer ideia em que estivesse sentada ao lado do Pietro.

Giovana abriu um pouco mais os olhos. Foi quase imperceptível, mas eu estava atento a ela. Cretina.

Ela lembrava.

— É, pode ser — Carol aprovou, dando de ombros, e Anghelo me olhou de cenho franzido.

— E então, ruiva? Quer sugerir outra coisa, ou está tudo bem você me ver pelas costas? — provoquei.

— Eu não me importo de ir na garupa da moto, se é essa a questão.

Então era esse o jogo? Ela ia mesmo fingir que não me conhecia?

Giovana trançou os cabelos rapidamente e esticou a mão em minha direção. Neguei, movendo a cabeça. Eu mesmo lhe coloquei o capacete e afivelei, encarando bem no fundo dos olhos dela.

Incapaz de sustentar meu olhar, desviou aquelas íris azuladas para o chão.

Humpf.

Vi quando engoliu em seco, o movimento de sua garganta, tão próximo dos meus dedos, enquanto eu atava o capacete.

Queria confrontá-la e fazê-la me dizer o motivo daquilo tudo.

Por que me deixou no quarto depois da foda mais incrível de todas, e agora fingia não me conhecer?

Estava com vergonha de mim perante suas amigas?

Aquilo só me irritou um pouco mais.

— Pronto.

As outras se acomodaram, e Giovana montou na garupa. Pensei um par de vezes se deveria deixar os outros seguirem para que a ruiva e eu pudéssemos ter uma conversinha.

— Preciso pedir que se segure firme, boneca?

— Não — respondeu, encaixando seu corpo ao meu e apertando forte meu abdome —, já percebi que, com você, eu preciso ter cuidado.

Virei o rosto de lado, buscando seu olhar.

— Então você é a espertinha do grupo?

— E você, a ovelha negra da família? — rebateu rapidamente.

— Sou apenas um homem. Você deveria saber disso.

— Não vou negar, sou a espertinha do grupo. Mas você não poderia saber disso.

Capítulo 3
Giovana

De onde eu tirei a ideia de que a vida me daria uma folguinha?

Onde estaria minha cabeça surtada para acreditar que passaria ilesa pelo casamento da Debye?

Claro, de todos os homens da Itália, quem estava sentado justamente na minha cadeira era o mais canalha de todos. O mais delicioso também. Isso era inegável.

Eu sabia que era ele, mesmo de costas.

Eu sabia.

Tentei controlar minha respiração e pôr no rosto uma expressão de paisagem. Ele me afetava, sim, mas isso não significava que eu passaria recibo para ele carimbar. De jeito nenhum. Além disso, quem poderia me garantir que ele não riria da minha cara?

Eu fui a única patética que chorou durante uma transa.

Deus, eu ainda estava mortificada! Não importava há quanto tempo aquela noite havia acontecido.

Enzo esteve profundamente enterrado dentro de mim, e eu chorei.

Não foi apenas isso, eu me entreguei de um jeito que...

Tomando três, quatro, cinco respirações lentas, busquei acalmar meu coração.

Aproximei-me da mesa.

Enzo me encarava com um sorrisinho lascivo no rosto.

Não, ele não iria deixar as coisas quietas. Ele iria me humilhar.

O desgraçado me deu o orgasmo mais intenso da minha vida! *Ele fará alguma piada sobre isso.*

Cumprimentei Pietro, ainda pensando em uma saída estratégica.

— Cara, você está no meu lugar. Quem é você?

Isso! Faça de conta que não o conhece, porque, se eu não lembro, então não aconteceu.

Havia um bocado de confusão em seu rosto agora.

Pietro nos apresentou.

— Oi.

— Oi? — Sua resposta ao meu cumprimento não passou de uma pergunta carregada de ultraje e sarcasmo.

Enzo Di Piazzi, lindos cabelos castanhos, olhos acinzentados e bem mais alto do que eu, levantou-se do meu lugar e parou na minha frente. Ficou difícil raciocinar diante do homem que parecia ter sido enviado do inferno para atentar as mulheres a cometerem loucuras.

Incluindo a mim.

A camiseta preta era estratégica, sem dúvida. Deixava à mostra suas tatuagens nos braços esculpidos: no esquerdo, rosas e asas de anjo que se misturavam, entrelaçadas. No braço direito, havia alguma coisa escrita. Essa era nova.

Coxas grossas sob jeans azul-escuro e tênis completavam seu visual.

A barba por fazer estava do mesmo jeito de quando nos conhecemos, e aquele olhar...

Lembrei-me imediatamente daquela noite, no bar. Lembrei dos meus pensamentos quando ele me olhou e curvou o canto direito dos lábios em um sorrisinho que me disse tudo: aquele era o lado verdadeiramente safado da família. No que o Pietro era todo cavalheiro, Enzo era descarado. Nunca havia me sentido sendo despida com os olhos, por qualquer outro homem, como me senti com Enzo em menos de cinco minutos.

— Achei que vocês se conheciam, do Rio. Não lembram?

Amélia estava tentando me fazer lembrar de algo que ela julgou que eu havia esquecido. Mas como poderia? Ele sacudiu o meu mundo em apenas uma noite. E, sem dúvida, iria dilacerar o meu coração e jogar os restos fora, sem piedade.

Fui salva por Pietro, que estava ansioso para irmos embora.

Enquanto caminhávamos para fora, pude sentir o olhar de Enzo em mim durante cada passo.

Pietro deteve Enzo por um momento, e aproveitei para escapar junto com Sara.

Théo estava do lado de fora, olhando para o celular e sorrindo.

— Oi, Théo. Como você está?

— Giovana, moça trabalhadeira! Fico feliz que chegou a tempo. Debye vai ficar muito feliz. Estamos bem e ansiosos para as comemorações. E você?

Estou em pânico! Enzo Di Piazzi está atrás de mim e ele faz um inferno com as minhas entranhas!

— Estou bem, obrigada.

Dei meu melhor sorriso de lábios achatados, e Théo anuiu, movendo a cabeça.

Ele era muito quente. Os cabelos claros estavam um pouco maiores que o de costume, agora, tocando o colarinho da camisa. Era tão alto quanto os outros primos, mas enquanto Pietro e Théo compartilhavam uma semelhança enorme — normalmente eles eram confundidos como irmãos, além de terem o mesmo sobrenome —, Enzo era diferente. Tinha aquele gene forte que se espera dos italianos, com seus cabelos castanhos e a pele mais escura.

Estava prestes a pedir que Théo me levasse com ele, quando Carol parou na calçada com as mãos na cintura, resmungando sobre a falta de lugar.

Théo falou alguma coisa sobre leis de trânsito, e achei que estivesse se referindo ao primo. O que se confirmou quando todos olhamos para Enzo. Ele revirou os olhos e, ao invés de se encolher diante da culpa, sorriu.

O problema é que, quando o cara sorriu, seus olhos, já apertados, diminuíram ainda mais, e duas malditas covinhas surgiram em seu rosto, a da direita um pouco mais acentuada. Tentei manter a compostura, mas foi difícil, ele era lindo. Pior, charmoso de um jeito perigoso e sujo.

Dando de ombros, o canalha arrumou um jeito para que eu fosse na garupa da sua Harley; claro que ele não comprou aquela merda sobre eu estar tão alcoolizada que minha memória havia sido afetada.

Antes que eu protestasse, Amélia adorou a ideia, Carol endossou, e Enzo não perdeu a oportunidade de me provocar.

Mantive-me no papel de esquecida e acabei concordando. Não tive para onde correr.

Trancei o cabelo, nervosa.

Ergui a mão para pegar o capacete, mas ele só moveu a cabeça de um lado para o outro.

Merda.

Enzo se aproximou, pairando sobre mim, olhando-me nos olhos e, enquanto afivelava o capacete, notei os pequenos raios dourados e azuis em sua íris acinzentada.

Ele estava furioso.

Claro, para o projeto de Don Juan, uma mulher esquecer de uma noite com ele deveria ser um insulto.

Canalha.

Mas era um canalha tão bom! Por que ele tinha que ser tão gostoso? Por que tinha que saber mover tão bem aqueles quadris e bater tão fundo sua pélvis contra a minha e me beijar como se estivesse considerando me adorar como a uma deusa? Por que ele era assim?

Naquela noite, ninguém nos viu sair juntos em um táxi. Então, tecnicamente, eu estava ilesa de ser transformada em chacota.

E se a casa estava cheia, quem poderia me garantir que ele não me faria parecer a patética conquista? Aquela que chora pelos cantos por ele. Para o seu grande ego, isso seria glorioso.

Desviei meu olhar cheio de culpa e mágoa pela certeza de algo que Enzo Di Piazzi faria, sem pestanejar.

Eu não significava nada para ele, então empurraria essa mentira até o fim. Já havia problemas demais na minha vida para acrescentar mais um à lista.

— Pronto — ele disse entre dentes.

Olhando para trás, vi quando as malas e as meninas estavam no carro. Era tarde para pedir para trocar com a Sara. Droga. Ela estava toda esparramada, deitando um pouco com a cabeça sobre uma das malas.

Enzo sentou e aguardou. Montei na garupa. Ele irradiava tensão e calor. Eu estava com medo, mas em meu papel.

Pietro e Théo deram partida em seus carros, e Enzo, na moto.

— Preciso pedir que se segure firme, boneca?

Encostei nele, segurando em seu abdome. Mesmo sob a camisa, senti seu abdome sulcado. Milhares de imagens passavam por minha cabeça... de como meus dedos deslizaram por aquele parque de diversões antes que eu o beijasse inteiro. Do aroma almiscarado do seu suor e o som do seu gemido durante o gozo. Da forma como sua mão agarrou meu cabelo em punho e me puxou de volta para um beijo cheio, intenso.

Ele me deixava maluca! Depois de meses, as memórias não poderiam estar mais vívidas, e o sentimento era tão forte que fazia meu peito doer.

Nada nunca mais foi o mesmo depois dele.

Nem mesmo quando conheci Rodrigo.

Enzo me usaria como um troféu? Isso me mataria.

— Não, já percebi que, com você, eu preciso ter cuidado.

Ele se virou um tanto, encarando-me.

— Então você é a espertinha do grupo? — Havia um montão de ironia em sua voz.

— E você, a ovelha negra da família?

Tentei espelhar seu tom sarcástico.

— Sou apenas um homem. Você deveria saber disso.

— Não vou negar, sou a espertinha do grupo. Mas você não poderia saber disso.

Ainda no meu papel.

Enzo acelerou, forçando-me a segurá-lo com mais força, obrigando-me a me aferrar a ele a cada curva ou desvio.

Seu corpo ficou tenso por um tempo, mas ele diminuiu a velocidade, pilotando em linha reta, e virou-se um pouco para mim.

— Conhece a região?

— Não, nunca estive na Toscana.

Enzo assentiu e voltamos ao silêncio.

Logo depois, Pietro emparelhou conosco pelo lado direito, e Théo, pelo esquerdo. Enzo reduziu ainda mais a velocidade, mantendo-se no meio da pista.

— Vamos esticar um pouco, para as garotas sentirem a potência do motor italiano — disse Pietro, com um sorrisinho enviesado.

— Vão correr, ou fazer outra coisa? — perguntou Enzo.

— Vamos correr — respondeu Pietro, revirando os olhos.

— Cinquenta paus como você ganha do Anghelo.

Carol me mostrou a língua de um jeito infantil, fazendo-me sorrir.

— Tudo bem por aí? — Ela sorria cinicamente.

— Claro. Por que não estaria?

Ela me olhou especulativamente. Depois, olhou para o rosto do Enzo e franziu a sobrancelha.

— Enzo apostou cinquenta no Pietro, mas eu acho que o Théo deve estar louco para chegar em casa.

Carol se inclinou para falar alguma coisa com Théo, e depois se virou para nós com o polegar para cima.

Enzo diminuiu a marcha, afastando-se deles, e, em questão de segundos, os carros dispararam e sumiram na estrada com um som incrível dos motores.

— O que você acha?

— O Théo vai ganhar, o objetivo dele está em casa — comentei.

— Talvez, mas o Pietro não gosta de perder, ainda mais para o Anghelo, que de uma forma ou de outra sempre conclui suas metas antes do Pietro.

— Entendi. — Enzo ainda mantinha a velocidade de 40km/h.

— Quer fazer uma aposta paralela comigo?

— Que aposta?

— Se o Pietro ganhar, você e eu vamos ter uma conversinha. Mas, se o Anghelo for o vencedor, você pode continuar fingindo que eu não sacudi o seu mundo.

Depois de um silêncio que pareceu eterno, com meu coração batendo a toda contra minhas costelas, controlei a pulsação para respondê-lo:

— Não sei do que está falando. Desculpe.

Ele tornou a olhar para trás por um instante ainda mais longo e notei seu maxilar cerrado e um expirar irritado.

Mais alguns quilômetros de silêncio e Enzo rompeu o incômodo.

— Está cansada da viagem? Quero dizer, ainda sobrou alguma disposição?

— Por que a pergunta?

— Você não conhece a Toscana, pensei em te levar para ver o pôr do sol.

Sua voz estava enganosamente calma. Aquele bastardo tinha algum tipo de plano na cabeça. Para alguém que não deveria se lembrar dele, eu estava cética demais, portanto, resolvi relaxar, ou fazer de conta, pelo menos.

— Ah, é? Vale a pena?

— É uma vista bonita. — Ele deu de ombros, como se não fosse nada de mais.

— Claro. Pode ser.

Enzo tirou uma das mãos do guidom e puxou-me pela coxa, apertando-me sutilmente e colando ainda mais nossos corpos.

— Segure-se firme. Vamos correr.

Ele acelerou. Não consegui pensar em mais nada, apenas sentir. O vento morno em minha pele, o calor do corpo de Enzo, o redemoinho em minha cabeça e, ao invés do bater de asas das borboletas, eu sentia vespas furiosas em meu estômago. Havia medo em antecipação ao que estava por vir.

Enzo nos levou até o alto de uma colina, em chão de terra batida, diminuindo a velocidade para levantar menos poeira possível, até parar bem no topo.

— Chegamos, ruiva. E então? — perguntou, olhando para o horizonte.

Absorvi o impacto da vista de tirar o fôlego. Desci da garupa e olhei em volta, assimilando. As montanhas abaixo eram uma colcha de retalhos verdejante, variando os tons e destacando ainda mais o sol que desaparecia no horizonte.

— Você não mentiu. É mesmo lindo. Parece cena de filme, ou uma pintura de Friedrich Zimmermann.

— Desculpe, mas serei forçado a discordar. — Ele tirou os óculos escuros e os pendurou na gola da camisa.

— Como assim, discordar? Conhece o trabalho de Friedrich?

— Nunca ouvi falar. Ele mora por aqui? — respondeu casualmente, fazendo-me rir pela primeira vez, desde que o reencontrei.

Enzo arreou o descanso da moto e desceu, parando ao meu lado.

— Esta é a região retratada por Albert Flamm — disse com ar de superioridade, mas irritantemente charmoso.

— Então você conhece sobre pintores, ou arte de uma forma geral?

— Depende.

— Depende de quê?

— Do que uma conversa sobre arte em geral poderia me proporcionar. Se uma conversa sobre arte vai nos levar até o que eu quero que você admita...

Engoli em seco, mantendo meu olhar na paisagem. Foi má ideia concordar com a saída da nossa rota.

Porcaria.

— Eu... realmente não entendo o que está insinuando. Não tenho nada para admitir, a não ser que você tem bom gosto, esta é mesmo uma vista maravilhosa.

— Que bom que você gostou. Para mim, o importante sempre será a sua satisfação, ruiva.

Aquela frase não soou nada inocente. Como ele era sujo.

Sujo em um nível bastante sexy, isso era a única coisa que eu iria admitir.

— Bom, até agora estou satisfeita, obrigada — desconversei. — Tem certeza de que é inspiração para Albert Flamm, ou só diz isso para enrolar as turistas?

— Eu tenho certeza, sim. E que fique claro: não costumo mentir. Ou fugir.

— Não, claro que não... — murmurei.

Enzo deu dois passos à frente e respirou fundo, uma das mãos na cintura e a outra esfregando o rosto.

Depois, deu uma risada sem qualquer emoção.

— Isso é muito foda...

— O que disse? — perguntei.

Ele moveu a cabeça, negando.

— Está certo. Vamos brincar desse jogo.

— Eu...

— O que tem feito, Giovana?

— Como assim?

— Trabalho.

— Ah, eu... sou camareira em um navio de cruzeiro. Rio de Janeiro-Grécia.

— Interessante... Deve ser dureza.

— O suficiente para reconsiderar minhas escolhas.

Minha resposta foi franca. Durante muito tempo, eu não havia nem cogitado pensar sobre o assunto, mas, naquele momento, sem entender o motivo, fui completamente honesta comigo mesma.

O que, pelo fogo do inferno, eu estava fazendo da minha vida?

Fernando, meu irmão, já tinha se formado em Administração e gerenciava uma unidade da agência dos nossos pais. Eu acabei entrando no curso de Turismo, porque era o que meus pais queriam de mim, e só muito depois passei a gostar um pouco da dinâmica, mas trabalhar encarcerada em um navio... nunca foi minha meta de vida.

Desviei do olhar especulativo de Enzo, encarando a paisagem.

— Você ainda mora no Rio de Janeiro?

— Sim.

— Não sozinha?

— Não.

— Com sua família?

— É, com meus pais.

Grande! Parecia que falar em voz alta era admitir que minhas amigas tinham um pouco de razão sobre mim.

Semicerrei os olhos e deixei um sorriso escapar.

— O que você quer saber exatamente, Enzo? — Ele deu de ombros. — Que tal deixar a minha vida pessoal quieta?

Ele riu mais abertamente.

— Sem dúvida. Afinal, você quer começar uma história do zero por aqui. Certo?

Meu coração estava disparado. Ele não ia mesmo aceitar amnésia alcoólica.

A única opção era mudar de assunto. E rápido.

— Estamos perto da vila?

— Sim. Quinze minutos a leste.

Enzo permaneceu de pé, de braços cruzados.

— Você mora na vila?

— Não. Minha avó e Sophia moram. Eu vivia em Arezzo, mas estou voltando para o meu apartamento, no centro de Siena.

— Ah... sei...

— Posso te fazer uma pergunta, espertinha?

Não!

— Claro.

Enzo desfez sua postura de braços cruzados e se aproximou de mim.

— Não sei o que fiz de errado para você agir dessa forma, no entanto, preciso saber quais as minhas chances contigo. Será que ainda tenho alguma, ou fui tão ruim de cama que você prefere esquecer?

Capítulo 4
Enzo

Rastejar nunca foi meu forte.

E não começaria agora.

O que não significava estar confortável no papel secundário que Giovana me destinou em sua vida.

Aquilo era ridículo!

Eu estive dentro dela em uma noite mais vezes do que havia estado com outra mulher. Normalmente, eu só tinha umas horas de sexo e adeus. Sem telefonemas, sem falsas expectativas, nada disso. Dormir então... Nunca.

Até Giovana.

Tentei levar numa boa, mesmo sentindo um ódio tremendo dela, e de mim, por ter baixado a guarda. E depois, ainda mais raiva dela, por ter sido tão receptiva, quente, deliciosa em meus braços. Estivemos entregues um ao outro por uma noite perfeita, e agora ela estava fazendo de conta que não me conhecia, que não partilhamos o melhor sexo das nossas vidas.

Aquilo eu não ia deixar de lado. A pergunta estava me mantando. Ter percebido meu corpo reagir à simples presença dela também estava me matando.

Por que não ignorar a situação e aproveitar? Ela estava me oferecendo de bandeja o que eu adoraria ter tido com outras mulheres: que apenas largassem do meu pé! Mas, então, novamente... eu precisava entender.

Ia muito além de um problema de ego frágil. Eu sabia o que tivemos e como fizemos; ser um homem medíocre na cama nem foi cogitado. Eu dei a ela orgasmos de fazê-la tremer dos pés à cabeça, e de verter lágrimas, enquanto eu me afundava nela até as bolas.

Logo... Que porra era que estava acontecendo, se estava nítido que ela lembrava perfeitamente de cada maldito segundo em que estivemos juntos?

Será que eu era tão desprezível que estar ao meu lado, na frente de suas amigas, era vergonhoso?

Não que eu quisesse ostentar uma mulher agarrada ao meu pescoço.

Deus me livre!

Mas estava realmente incomodado com sua atitude pouco, ou nada, madura.

Nós fodemos, sim. E daí? Poderíamos ou não repetir. Nunca fui do tipo de uma noite e fim.

Se é gostoso, por que não?

— Não sei o que fiz de errado para você agir dessa forma, no entanto, preciso saber quais as minhas chances contigo. Será que ainda tenho alguma, ou fui tão ruim de cama que você prefere esquecer?

Giovana trocou o peso de uma perna para a outra e fez um movimento de desgosto, contorcendo os lábios.

— Eu já disse, eu não...

Antes que ela continuasse, ergui minha mão, pedindo silenciosamente que parasse.

— Tudo bem. Se você vai continuar com isso, então é melhor irmos para a vila. Se, ou quando, estiver disposta a uma conversa franca... estarei esperando. Vamos.

Quando chegamos na casa ancestral da minha família, notei os carros dos meus primos e de alguns parentes próximos. Os convidados do casamento já estavam chegando.

Estacionei a moto em frente à escadaria principal e ajudei Giovana a descer.

— Que lugar é esse?

O assombro em sua voz quando murmurou a pergunta, assim como sua expressão maravilhada, quase me fizeram admirá-la. Quase. Eu não ia fazer como ela e fingir que nunca houve nada entre nós.

— Bem-vinda, boneca.

— Nossa... Este lugar é incrível. Que vista! Parece que voltei no tempo...

— E você só está na escadaria...

Apesar de ter crescido ali, eu também sentia uma vibração intensa sempre que chegava à Villa Di Piazzi. O lugar tinha história. Cada pedra tinha o suor de uma geração da nossa família.

— Vou entrar agora. Quero conhecer tudo. É um lugar lindo!

— Fique à vontade.

Ela tirou o capacete e soltou a trança, sacudindo os cabelos da maneira mais displicentemente sexy possível. Cretina. Só podia ter feito de propósito. Uma lembrança de quando meus dedos estiveram entre seus cachos vermelhos, sua boca em mim...

Sacudi a cabeça, enviando para longe as sensações que ela evocava.

Bruxa!

— Er... obrigada pela... Enfim, obrigada pela carona, Enzo. Foi muita gentileza.

Não confiando em mim para responder, semicerrei os olhos e anuí lentamente.

Ela me entregou o capacete e se afastou.

Fiquei observando-a subir as escadas naquele lindo jeans escuro e justo.

Novamente pensando nas coisas que eu gostaria de fazer com o que estava por baixo do tecido.

Até que meus devaneios foram interrompidos pela voz da minha prima Sophia...

— Enzo! Finalmente você chegou!

Sophia era alta e se inclinou um pouco para me tocar, beijando meu rosto com um estalo.

— O que houve em Arezzo, primo?

— Boa tarde para você também, Souffi.

— Sem apelidos carinhosos. Anghelo saiu daqui quase com vontade de te matar. O que aconteceu?

— Souffi, você reparou que está ficando a cada dia mais intrometida? — Antes que ela abrisse a boca, prossegui: — Vou levar a moto para a garagem. Depois vou falar com a vovó. Preciso conversar com ela, e logo.

— Tarde demais — respondeu, abanando a mão com desdém.

— Como assim, tarde demais?

— Ela encontrou Pietro pelo caminho e... Bem, eles se trancaram no quarto dela. Depois, a *nonna* saiu bastante irritada.

— Ah, então por isso você veio me perguntar... Aposto que ela te deu um fora quando tentou ouvir atrás da porta, não é?

— Eu não vou fingir o contrário. Mas, se vai falar com ela, acho bom ir preparado, e sorte sua que o Anghelo subiu feito um foguete para encontrar a noiva.

— Certo. Obrigado por me avisar.

— Agradeça me contando o que aconteceu!

— Perdi o emprego duas semanas atrás. Antonina me odeia porque eu transei com a filha dela. Passei algumas horas na delegacia hoje.

Sophia não esboçou reação. Suspirou, deu as costas e a ouvi me xingar baixinho de estúpido. Depois, entrou em uma das portas laterais que levava à cozinha.

Eu fiz o que tinha de ser feito. Deixei a moto na garagem e subi para ver minha avó.

Quando a *nonna* colocou os olhos em mim, eu gelei. Aquela baixinha de 1,50m conseguia deixar todos muito nervosos.

Os olhos caramelados não estavam nada doces.

Sabia que era seu favorito. Talvez por isso Anghelo tivesse tanto ciúme de mim.

Mas, naquele momento, eu não estava sendo observado por uma avó contente.

Dona Gema, apesar da idade avançada, caminhou apressadamente em minha direção, e, com o dedo indicador, chamou-me do jeito que sempre fazia para que eu me abaixasse e recebesse dela um beijo carinhoso. Eu sorri, abaixei-me e foi então que minha orelha quase foi arrancada.

— Ahhhh...

Vovó foi me puxando até a sala íntima, empurrou-me para dentro com o máximo de força que tinha — que, francamente, não me fazia cócegas —, encostou a porta e mandou que me sentasse.

Eu era um homem adulto, pelo amor de Deus!

— Eu tive quatros filhos maravilhosos — iniciou o sermão. A mesma ladainha por quinze longos anos. — Quatro! Mas Deus me levou meus três meninos, todos os meus meninos. Porém, em sua infinita misericórdia, permitiu que eu tivesse vocês ao meu lado. Os filhos dos meus filhos que se foram. Meus queridos. Cada um não poderia ser mais diferente do outro. Minha Giuliana é a estrela do meu coração, ela é valente, corajosa, tão inteligente! Anghelo é forte, inteligente e bruto. Pietro é meu neto mais doce, mais bondoso, inteligente e gentil.

Vovó sacudiu a cabeça, negando.

— Você, Enzo, é forte como Anghelo, valente como a sua irmã, e gentil como Pietro. Mas também é burro como nenhum outro Di Piazzi um dia conseguiria ser! Mesmo se esforçando muito! O que deu nessa sua cabeça, moleque? Desrespeitar a filha de Antonina, na casa de Antonina, no negócio de Antonina?!

Abri a boca para protestar, mas ela não me deu chance.

— Cala essa boca! Não ouse, seu idiota. Enzo, você é o neto mais imbecil que eu tenho. Consegue usar suas qualidades contra si mesmo. Como é possível? Sabe que nossa família e os Barese sempre firmaram parcerias de negócios. E agora? E meus sobrinhos-netos de Montalcino? Antonina comprava deles os vinhos mais caros! Seu avô, Guido, que descanse em um bom lugar, já fazia negócios com o pai de Antonina muito antes de ela se entender por gente, e nós mantivemos tudo do mesmo jeito. Quando Guido se foi e Berardo Barese deixou o comando do restaurante, mesmo assim, nós continuamos a boa relação de amizade e negócios. Agora você, meu neto, por pouco, não coloca tudo a perder!

Por pouco?

— Então ela não...

— Cale a boca, Enzo, já disse! Quando foi que me ouviu pedir que falasse?

— Eu não ouv...

— Cale-se, Enzo! Uma vergonha, é isso que você é, a vergonha da família. Pouco me importa que se deite por aí com essas cabras, mas nos importa muito quando isso afeta os negócios da família. Enzo, de todos, você é o único que profissionalizou meus ensinamentos na cozinha; quando se formou, encheu-me tanto de orgulho. E agora você volta para casa para me dar desgosto! — Ela respirou fundo e ficamos em silêncio. Vovó pareceu se acalmar um pouco. — Não estrague o restante de confiança que ainda tenho em você, Enzo. Não me faça me arrepender por ter brigado por sua guarda. Seu pai deve estar se revirando no túmulo, *Santo Cielo*...

Eu não tinha como rebater o que minha avó dizia. Baixei a cabeça e ouvi o restante do sermão, sem protestos.

As palavras de Dona Gema me fizeram lembrar de momentos nada felizes, de quando meus pais estavam casados e morávamos na Sardenha.

As batidas na porta me arrancaram do passado.

Sophia entrou apressada, ignorando a reação irritada da nossa avó.

— Vovó, temos problemas.

— E isso não pode esperar? Não vê que estou falando com Enzo?

— O cerimonialista veio avisar que o cozinheiro do bufê do casamento caiu durinho ainda agora sobre a mesa de frios em um outro evento. Acho que isso não pode esperar.

— Não, não pode — disse Dona Gema, olhando-me quase que de imediato. — Vá lá e ajude seu primo.

— Não acho uma boa ideia.

Ajudar meu primo não seria difícil. Complicado era fazê-lo aceitar minha ajuda.

— Enzo Giuseppe Di Piazzi. — A voz da minha avó era uma advertência clara. — Vá lá e ajude o seu primo! Já basta que essa brasileira seja uma pagã! Já me basta a vergonha de celebrarmos o casamento de um Di Piazzi no terraço da vila, Santo Cristo e Virgem Santíssima, quando todos nos casamos na Catedral de Siena... Não discuta, Enzo, vá ajudar o seu primo! Não quero toda a cidade falando mal da festa de Anghelo!

— Eu ajudaria, mas acho improvável que ele aceite — tornei a explicar.

— Eu já sugeri isso à Débora — disse minha prima. — Desculpe, Enzo, mas pareceu meio óbvio. Agora temos de esperar que fale com o Anghelo, não?

— O quê? Nem sonhando!

Pude ouvir a voz de Anghelo antes mesmo de entrar na cozinha, então parei onde estava.

— Meu amor, deixe de bobagem. Eu não posso ficar nervosa. Théo, é o nosso casamento. E você está me deixando estressada.

— Exatamente, Débora, é o nosso casamento. Nosso. E não quero o Enzo estragando tudo. Agora chega desse assunto. Já chega!

— Às vezes, conversar com você é um exercício de paciência, sabia?

— Confie em mim, amor... vamos arrumar isso.

— Arrumar isso? Eu não quero "arrumar isso". Depois de amanhã, teremos duzentas pessoas aqui, amor. Eu quero o que me prometeu! Quero um casamento inesquecível. E não uma festa cheia de remendos. Enzo é o único que tem experiência para conduzir um evento desse porte e está livre. Bem aqui, nesta casa! Que mal pode haver? O que pode dar errado? — A voz dela era suplicante.

— Acredite, ele vai dar um jeito de fazer alguma coisa dar errado.

— Não seja ridículo. Eu já o vi em ação no aniversário de 86 anos da Dona Gema. Foi tudo incrível e para o dobro de convidados! Acho que a velha convidou toda a maldita Toscana, e tudo ficou perfeito! Desde o início, eu disse que deveríamos tê-lo chamado, mas nãããão, você tinha que teimar, tinha que contratar aquele cozinheiro que deve ter preparado o jantar de coroação de Tutancâmon!

— Ele cozinhou no casamento dos meus pais e dos pais do Pietro. Cozinhou na festa do meu batizado, e não no jantar de coroação de Tutancâmon. Ele fez parte das nossas vidas, como eu poderia imaginar que ele iria morrer?

— Você não podia imaginar. Isso é óbvio. Mas poderia ter tido um palpite, não é? Afinal... o cara era o próprio Matusalém.

— O que agora não importa mais, já que o pobre homem... Enfim, já te disse que vou resolver o assunto.

— Ah! Ainda vaaai resolver. Não está resolvendo.

— Sei que parece sério, mas...

— O ponto aqui é que você está de implicância, mas eu gosto e confio no Enzo.

Débora dizendo que confiava e gostava de mim era música para os meus ouvidos, e eu não perderia a oportunidade de olhar a cara do meu primo enquanto ouvia tais palavras de sua amada noivinha.

— E pode mesmo confiar, prima.

Entrei na cozinha. Anghelo se virou na minha direção e cruzou os braços.

— Estava ouvindo, Enzo? — perguntou, estragando por completo minha entrada teatral.

— O suficiente — respondi, ignorando sua animosidade.

— Olá, Enzo. Como tem passado? — cumprimentou-me Débora, desviando de Anghelo e me abraçando com carinho.

— Olá, prima, estou bem. Já você... nem preciso perguntar. Está linda como sempre, no entanto... há algo em você perturbadoramente cativante.

"Perturbadoramente é a minha mão na sua fuça", ouvi meu primo resmungar.

— Obrigada, deve ser o casamento.

Anghelo puxou Débora pelo braço, colocando-a atrás de si.

— Théo, que é isso? Relaxa.

Com um sorriso no rosto, Débora deu um passo à frente e ficamos novamente próximos.

— Vicenzo, o cerimonialista, está louco atrás de um cozinheiro. Não sei como ainda não ouviu os gritos agudos dele por aí. — Débora olhou para Anghelo com jeito de poucos amigos. — Quando ele nos ofereceu o pacote de serviços, sabe... Havia uma equipe culinária. Mas certas pessoas, que eu não vou dizer quem, falaram que gostariam de manter a tradição da família, e dispensamos o serviço de bufê. Agora, Vicenzo não pode realocar a equipe de outra festa. Pode nos ajudar, Enzo? Precisamos de um cozinheiro com experiência.

— Não precisamos, não! Ainda não terminei de fazer minhas ligações, vou ver com...

— Precisamos, sim! — ela rebateu.

— Prima, pode nos dar licença um minuto? — pedi.

Débora sorriu, aquiesceu e se virou para Anghelo, tocando seu rosto carinhosamente.

— Por favor, amor — sussurrou. Débora se afastou e falou: — Estarei com meu irmão e minha sobrinha.

Beijaram-se apenas tocando os lábios, mas de um jeito intenso e apaixonado. Nunca pensei que veria meu primo tão babaca por uma mulher; ela o levava pelas bolas. Eu notava as qualidades da Débora, mas não entendia o que ela tinha visto nele. O cara não era nada conquistador, era um grosseirão.

Débora saiu da cozinha, dirigindo a mim um olhar confiante.

— Certo, Anghelo. Vamos cortar o papo furado, sabemos que temos nossas desavenças, mas não estou fazendo isso obrigado.

— Você não está fazendo nada, Enzo — interrompeu.

— Deixe-me resolver a situação, isso agradaria tanto Débora quanto nossa avó. E eu retribuiria o favor que me fez hoje.

— Entendo. Mas além disso...? — Ele gesticulou para que eu prosseguisse.

Pensei em Giovana. Ela não se aproximaria. Não tinha qualquer admiração por mim. Eu era um estranho com quem ela passou a noite. E não tornaria a se repetir, pelo visto.

— Quero impressionar uma pessoa.

— E você não tem nem a decência de esconder — disse ele, apoiando-se na mesa da cozinha, ainda de braços cruzados.

— Não tenho do que me envergonhar, sou um homem saudável, solteiro e livre.

— É a Giovana, não é? — Ele tinha um tom de cumplicidade.

— Sim.

Anghelo parecia calmo, mas, em um lance rápido, o cretino me puxou pela camisa e me jogou contra a parede, parando tão perto que foi possível ver os pequenos riscos esverdeados de seus olhos.

— Sabe quantas vezes eu vi minha noiva calma do jeito que está? Mesmo com o cozinheiro do bufê caindo morto numa mesa de frios? — Antes que eu reagisse, ele prosseguiu com a voz ainda mais tranquila e ameaçadora: — Gosto da calmaria. Se me fizer perder isso, te mato.

Segurei Anghelo pelos pulsos e o empurrei para longe, indo junto, já que ele não soltou minha camisa, e batendo suas costas contra a parede oposta. Tínhamos praticamente a mesma estatura, sendo ele um pouco mais alto, mas eu era mais jovem e mais forte.

— Não vou fazer nada de mais. Apenas um pouco de comida. Se quisermos interagir trepando, é problema dela, não seu. Por que se importa tanto?

— Ela é amiga da minha mulher. Fique longe da Giovana e das outras damas de honra — disse entre dentes. — Não estrague o meu casamento, ou isso será um problema muito meu.

Anghelo se desvencilhou das minhas mãos.

— Você se acha melhor do que eu, não é?

— Não preciso ser melhor do que você, Enzo. Você sozinho já se desqualifica.

— E nem por isso deixo de ser o preferido da Dona Gema.

— Até quando? Sempre que está por perto estraga alguma coisa. Você não respeita ninguém.

Sorri, debochando de Anghelo, lembrando de como nossa rusga começou.

— Ainda ruminando aquela namoradinha da adolescência?

O impacto foi tão rápido que não tive tempo de me esquivar.

Senti o lado direito do rosto latejar na mesma hora e o gosto de sangue me veio à boca. Parti para cima de Anghelo, acertando-lhe um golpe no estômago. Ele me derrubou, e junto, algumas panelas que estavam sobre o armário da cozinha.

Trocávamos socos quando Pietro entrou correndo, agarrando Anghelo pelas costas e o puxando para longe, embora não rápido o suficiente, dando-me a chance de deferir um último golpe.

Pietro arregalou os olhos e veio para cima de mim, o que não foi nada justo, já que ele lutava jiu-jitsu desde que se mudou para o Brasil. Ele me derrubou em um piscar de olhos.

— Vocês enlouqueceram de vez? — disse, empurrando meu rosto contra a mesa.

— Me larga, Pietro! Vai quebrar meu braço, caralho!

— Você é um merda! — gritou Pietro antes de me soltar.

Esfreguei meu rosto e senti sangue no canto da boca.

— Querem enfeitar a cara antes da cerimônia? Que o Enzo haja como um imbecil é previsível, mas você, Anghelo? — Voltando-se novamente para mim, de olhos semicerrados, continuou: — Nunca mais agrida um homem quando ele não puder se defender.

Estávamos ofegantes demais para esboçar qualquer reação diante do que nos dizia Pietro.

— Não sei como foi que começaram, mas isso para agora! Temos problemas suficientes. Enzo, vá lavar esse rosto. Anghelo, a *nonna* quer falar com você.

Anghelo saiu da cozinha, ainda me olhando de esguelha.

Sim, primo, isso ainda não acabou.

Lavei o rosto na torneira da cozinha, enquanto Pietro pegava gelo e pano de prato.

— Aqui. Coloque isso na boca, seu idiota.

Puxei o gelo das mãos de Pietro e me recostei na pia. Encaramo-nos por um tempo.

— O que te deu na cabeça para brigar com ele?

— Eu não briguei com ele, não de verdade.

— Então estavam brincando de luta, no chão da cozinha? — perguntou-me com ironia.

— Só estava me defendendo, Pietro. Francamente, estou de saco cheio de vocês dois pegando no meu pé como se eu fosse um moleque!

— E nós estamos de saco cheio de você perturbando a paz da família, Enzo!

— Eu? Perturbando a paz da família? Acorda, Pietro! Você é só mais um capachinho do Anghelo. Ele gosta de controlar tudo, mas, com quem eu trepo, ele não vai. Aposto que ele faz isso com você.

— Deixa de ser criança.

— Humm... tenho uma dúvida: será que você se faz de inocente e não percebeu nada, ou ainda não colocou aquela loirinha pra cavalgar no seu pau porque o Anghelo não te deu permissão?

— Eu vou ignorar o que disse, por você estar de cabeça quente. Enzo, você não precisa ser um babaca em tempo integral. Tente arrumar uma mulher a sério ou pare de destruir o sonho das que não te interessam por mais que uma foda.

— Gosto das coisas como estão, e vou dizer a você o que disse para o Anghelo: com quem eu vou trepar é problema meu.

— Respeite as mulheres, Enzo, principalmente as que estão nesta casa. Por favor, faça um esforço para ser um homem melhor.

— Eu respeito, nunca ultrapassei um "não".

Pietro respirou fundo.

— Vou reformular: por favor, faça um esforço para ser homem.

— Vá à merda, Pietro.

Meu primo balançou a cabeça em negativa.

— Arrume isso — disse ele, apontando para a bagunça de panelas e, por fim, deixou a cozinha.

Capítulo 5
Giovana

— Esse lugar é lindo! — falei para Amélia, mas ela continuou debruçada na janela, sem me dar atenção. — Amelinha, você está legal?

— Não. — Soou amuada. — Você viu que aquela loira aguada chegou?

— Que loira aguada?

— Aquela secretária do Théo.

— Ah, *aquela* loira aguada. Sim, eu a vi quando passei pela sala do primeiro andar. Ela chegou enquanto nós estávamos perdidas na Toscana agrícola — respondi, sorrindo. — É a secretária da empresa, correto?

— É, e foi só ela chegar que o Pietro mudou completamente.

— Mudou? Como assim?

— Ficou todo alegrinho. Isso acabou comigo.

— Ver o Pietro alegre acabou com você? Que estranho.

— Não. Ver que ele prefere a companhia daquela loira aguada.

— Amelinha... — falei, aproximando-me. Estava com dó da minha amiga.

— Não sei o que ela tem de mais interessante do que eu. Ela é mais baixa, tem uma vozinha de adolescente... *nhê-nhê-nhê, Pietro, que saudades...* — Não queria, mas Amélia me fez gargalhar ao imitar debochadamente o jeito da tal secretária falar. — Ela parece uma Barbie com aquele sorrisinho estático, magricela, ossuda... Oh, será que é isso? Será que o Pietro prefere as magricelas como tábuas?

— Não diga bobagens.

— O tom do meu cabelo é mais bonito, meu loiro é dourado, o dela é apagado.

— É quase platinado. Tem razão, o seu é mais bonito. Mas, veja bem, talvez ele só tenha ficado feliz por vê-la, afinal, trabalham juntos... Pense nisso.

— Não, eu sei que não é isso. A gente percebe quando um cara está interessado em outra garota, não é?

— Acho que não sabemos é de porra nenhuma. Pare de inventar. Você é linda, Amelinha, e a casa está cheia! Já tropecei em cada homem... um mais lindo que o outro. Definitivamente, Sara tem razão, é alguma coisa na água daqui. Da entrada até o quarto, topei com uns três, pelo menos. Não fique limitada.

— É fácil para você falar. Seu coração bate normal, o meu quase para quando vejo o Pietro. Quando ele me toca, quase sempre involuntariamente, meu corpo se arrepia. Fico imaginando como deve ser beijar aquela boca.

Amelinha não fazia ideia de que meu coração também ficava louco quando o Enzo estava por perto. Mas ela não poderia saber.

— Fico pensando que nossos filhos seriam loirinhos. Eu o vejo como um príncipe italiano e...

Mas o quê?

— Espera, você disse *filhos*? Pelo amor de Deus, como diz a Carol: interna que pirou! Amélia, você está ridiculamente encantada, e é só isso. Eu até ficaria feliz, se soubesse que ele também sente o mesmo, mas, amiga, vocês mal se conhecem, não acha que está viajando muito rápido nessa maionese? Se ainda fosse coisa de pele, química... Mas, filhos? Santo Cristo, aí é muito pra assimilar.

— Acho que estou sofrendo.

— Você acha que está sofrendo? Amiga artista é um problema... Saia dessa janela. Tenho uma coisa que pode te alegrar. Venha ver o que trouxe de Roma! Estourei o cartão Black que meu pai me deu. Ele vai ter um treco, mas eu mereça essas comprinhas.

— Olha ela lá embaixo, conversando com a Débora e a Luíza.

— Hum... — Espiei da janela, notando de longe a beleza que eu não teria coragem de admitir à Amélia que a coitada da secretária tinha. Ela parecia mesmo uma bonequinha. — Parece que vão sair.

— Debye poderia levá-la de volta ao aeroporto... Ou jogá-la montanha abaixo.

Eu ri alto.

— Para com isso, amiga.

— Escute o que estou te falando, Gio. Um dia, eu ainda passo por cima dessa Barbie do Paraguai, ou eu não me chamo Maria Amélia Rocha Duval.

Eu ri mais um pouco, afastando-me da janela.

— *Amelia Mignonette Grimaldi Thermopolis Renaldi, Princess of Genovia* — brinquei. O mais seguro para os pensamentos nada ortodoxos de Amelinha seria mudar de assunto.

— Ô... *Diário da Princesa "homicida"*, vem cá, quero falar sério. Você percebeu como a Debye está diferente?

— Diferente? Não notei nada de diferente. — Ela me olhou de cenho franzido.

— Pensei que chegaria e a encontraria tendo um daqueles surtos de ansiedade ou coisa assim, mas ela está extremamente tranquila. Fico imaginando, mas só imaginando, o que aquele homem faz para deixá-la sempre tão calminha... Deve ser uma transa e tanto, tipo, me joga na parede e me chama de reboco!

— Pode ser, ele parece ser desses. Lembra de quando ele apareceu no bar, lá no Centro, naquela primeira vez que o vimos? Pegou ela e saiu beijando e levando embora. Nossa, é muito fogo. Mas, agora que você falou, realmente, ela está mais calma. — Amelinha suspirou, dando de ombros. — Sei lá, ela também mudou bastante depois daquela merda com o João, você sabe...

— Merda? O cara surtou total! Bota merda nisso. Quem poderia prever que algo assim aconteceria?

— Na televisão, passa um monte de casos de amigos ou pessoas próximas que atacam os outros. Foi a primeira vez que vi algo assim tão perto de nós. Eu só acho que ela está, não sei... mais madura, talvez?

— E você ficou sabendo alguma coisa do julgamento do infeliz?

— Ainda nada, Gio. Mas essas coisas demoram, né? A justiça é cheia de brechas e burocracia, o cara nem esquentou a cela, agora tá lá em um sítio, recém-convertido em Cristo, enquanto aguarda julgamento. Fala sério, que país é esse?

Finalmente, ela saiu da janela, sentando na cama.

Aproveitei para arrastar a mala nova para o lado de Amélia e mudar de assunto, porque aquilo estava me deprimindo.

— Afinal, quem ganhou a corrida? — perguntei, enquanto abria o fecho.

— Théo. Carol nos disse que por nada ele deixaria o Enzo ganhar a aposta.

— Se o Théo ganhou, consequentemente eu ganhei também.

E, com isso, Enzo teria de lidar com uma Giovana com amnésia alcoólica. Adorei!

Amélia se virou em minha direção, ainda com o olhar triste, mas com um sorrisinho bobo.

— Só não entendi uma coisa... Você tem certeza de que não se lembra de ter conhecido o Enzo, no aniversário da Debye, naquele bar do Recreio?

Fazendo de conta pensar sobre o assunto, percebi que seria muita cara de pau dizer a ela um simples não.

— Sei lá... talvez... Tinha tanta gente. Aquele pessoal do escritório do Théo foi em peso, tinha uns amigos deles também... Não sei, acho que sim.

Amelinha semicerrou os olhos.

— Você parece um pouco a fim dele.

Um pouco a fim? Minha mente evocava imagens eróticas quando ele abria aquela boca linda para falar comigo cheio de sotaque.

— Você vai atacar o coitadinho? Você não é disso.

— Tem razão, não sou dessas que atacam, embora ele não seja nenhum coitadinho.

— Você é rápida em se desinteressar. Rodrigo mal esfriou... Porque certamente ele já era, não é? — Dei de ombros. Não ia dizer que tinha pedido um tempo a ele. — Enquanto isso, meu coração está martelando por uma pessoa que não me dá a menor bola.

E lá estava minha amiga, pronta para o segundo round de lamúrias.

Achei uma bobagem muito grande arrastar corrente, aos 28 anos, por causa de homem. Pior, um homem que não retribuía o sentimento.

O papel de amiga me dava o direito de abrir os olhos de Amélia, mas estava adiando isso. Além de fazê-la sofrer, eu não queria parecer amarga. Tinha fé que, aos poucos, ela iria desencanar.

Amélia e eu iríamos dividir o quarto, enquanto Carol ficaria com Sara.

Pedi que Amélia me mostrasse a casa, para que melhorasse o ânimo.

Conheci parte da casa principal, com muitos corredores e portas se conectando.

Não vi Enzo em lugar nenhum, mas, a cada vez que passávamos por um dos parentes bonitos do Théo, eu indicava para Amélia e dizia: e aquele ali?

Ela acabou achando graça e se desligou um pouco da fixação por Pietro.

Sara e Carol nos encontraram a caminho da área de lazer.

Havia uma cozinha dentro da casa principal, e geralmente ela ficava vazia, apesar do funcionamento normal com geladeira, fogão, panelas... No entanto, a que era realmente usada e estava sempre cheia de mulheres era na área externa, perto da piscina e dos jardins. E bem ao lado de um salão de jogos.

Conforme nos aproximávamos, não deixamos de notar e comentar sobre a alegria daquelas mulheres, rindo e gesticulando com colheres de pau e ingredientes para um molho de verduras. Todas pareciam muito felizes ao se reencontrarem. Elas preparavam uma ceia, mas parecia que a festa de casamento fora antecipada.

Havia música — e não era a tarantela — e muitos petiscos em uma mesa farta, digna de um restaurante. Aos poucos, fui me inteirando do grau de parentesco de cada um. Todos se chamavam de primos, mesmo quando não eram, ou quando o grau já os distanciava quatro ou cinco gerações.

Ao todo, éramos, aproximadamente, quarenta pessoas na casa, alguns na principal, outros nos anexos, interligados pelos tais corredores inexplorados.

Aquela área era a mais frequentada.

Poucos metros adiante, na piscina, era possível avistar uma beldade, fosse do sexo masculino ou feminino, de dia e, pelo visto, de noite, também. Como "a casa da vovó". Dona Gema e eu fomos apresentadas por Débora e Théo, assim que ela apareceu do seu passeio fora da vila com Luíza.

Apesar de Amélia ter feito várias recomendações, e Débora também, eu adorei a *nonna* Di Piazzi. Aquela senhora era muito esperta, gostei dela. Era um pouco assustadora também, mas, em geral, isso se limitava aos parentes; ela procurava ser menos incisiva com os demais. E estava se dando muito bem com os parentes da Débora.

Gostei muito de Sophia também; era uma moça cativante. Já nos conhecíamos desde que ela foi ao Brasil pela primeira vez e logo estabelecemos uma amizade.

— Olha, não sei como você consegue administrar isso tudo ao lado da sua avó. Parabéns, Sophia.

— Obrigada, mas não é difícil. É só uma casa grande e temos empregados para ajudar, o que facilita ainda mais as coisas — respondeu-me, sorrindo e misturando o português com o italiano.

— Sério mesmo. A propriedade lembra muito um casarão de fazenda ou um palacete, parecido com os que temos em Botafogo, um bairro bastante bucólico do Rio. É muita coisa para cuidar. Um trabalho e tanto, e tudo parece perfeitamente bem estruturado, as pedras aparelhadas do caminho principal, os jardins, a conservação da fachada. Estou impressionada.

— Sim, a Vila Di Piazzi se assemelha a um casarão ou esses palacetes que você diz, mas apenas na fachada. É uma propriedade rural, classificada como vila, tem 1200 metros quadrados de área útil e aproximadamente 200 anos. É uma das poucas vilas que ainda conserva a estrutura original, e tenho muito orgulho de ajudar minha avó a mantê-la. Eu amo esse lugar, cresci aqui com minha mãe e meu pai, quando ainda eram casados. Você conheceu minha mãe? — Neguei com a cabeça. — Ela está ali. Diná.

Sophia apontou para a mulher de cabelos castanhos e olhos muito verdes, que lavava hortaliças na cozinha aberta.

— Minha mãe é linda, não é?

Podia sentir o orgulho na voz de Sophia.

— Sem dúvida, sua mãe é linda. Mas, pelo que pude entender, ela não mora aqui.

— Não. Ela e meu padrasto moram em outro lugar. Mudaram-se há uns três ou quatro anos. Aquele de óculos — disse, apontando para um homem que jogava carteado —, de frente para cá, é meu padrasto, Tito. Ele também trabalha muito na propriedade de Enzo.

— Propriedade do Enzo? — perguntei, sem conseguir disfarçar a surpresa.

— Sim, meu primo deveria assumir o vinhedo, mas não suporta a Sardenha.

— Sardenha, então é lá que ele mora?

Ele mentiu quando disse que tinha um apartamento no centro de Siena?

— Morar? Não. Ele tem uma propriedade lá e casas em outros lugares, embora não fique em qualquer lugar tempo o bastante para se estabelecer. Enzo não se fixa em nada, nem com o trabalho, nem com residência, nem com mulher, nada mesmo. Está sempre inquieto, sempre arrumando alguma briga ou uma maneira estúpida de se dar mal.

— Não me diga...

— Sou quem conhece melhor o Enzo e posso te garantir, ele é louco! De um jeito arrebatador, mas louco.

Essa palavra eu conhecia bem e combinava perfeitamente com a postura do homem que virou meu mundo do avesso: arrebatador.

Foi apenas uma noite, mas ele elevou meu nível de exigência para qualquer outro homem que surgiu depois dele.

Infelizmente, nenhum se equiparou.

— E... ele continua cozinhando, ou... agora é um tipo de faz-tudo?

— Não sei o que ele pretende. Enzo é um chef de cozinha incrível, ele pode servir pedra e nos fazer lamber os dedos. Infelizmente, sempre acaba demitido...

— Jura? Como assim?

— Vejamos... — Sophia pareceu enumerar mentalmente. — Já quebrou uma garrafa de vinho na cabeça de um garçom; deu em cima da esposa do dono do estabelecimento; uma mulher apareceu fazendo escândalo no restaurante onde trabalhava; bateu em um cliente, sabe-se lá por quê; e a última: foi pego em situação comprometedora com a filha da dona do restaurante, que era amiga da vovó. Dessa vez, ele quase criou um incidente grave, e a vovó está uma fera com ele.

Quando Sophia terminou o relato resumido, percebi sustentar um sorriso admirado no rosto. Sim, ele era louco.

— Ele deveria abrir um restaurante, seria um modo inteligente de se manter no emprego — comentei.

— Para isso, teria que confiar no seu sócio e vice-versa, mas fica difícil quando ele age como um imbecil a maior parte do tempo. Mas... ele não tem com o que se preocupar... — Sophia deu de ombros. — Tio Giulio era muito bom com os negócios, deixou os filhos e a ex-mulher bem amparados.

— Ah, então ele tem mãe? Digo — antecipei-me ao ver o rosto confuso de Sophia —, ele tem uma mãe viva.

— Sim. Ela ainda mora na Sardenha, com um homem que Enzo não suporta nem ouvir o nome. Eles não se veem muito. Enzo e Giuliana vieram para cá quando ela tinha 14 anos e ele, 12. Foi uma época difícil, logo depois da morte do pai. Enzo ficou muito mal, eles eram muito próximos.

Imaginar o Enzo adolescente perdendo o pai... me deu um aperto no peito. Meu pai é um homem difícil, nós quase o perdemos, ainda assim, não gostaria sequer de pensar na minha vida sem ele.

— Nossa, não fazia ideia.

— Enzo tem verdadeira adoração pela nossa avó, e ela tem verdadeiro horror da ex-nora. Ela quase os matou... — Sophia descartou o pensamento com um aceno. Havia muito sobre o Enzo que eu não sabia. — A vovó e ele se entendem com uma precisão assustadora.

— Por aqui, a piada é que Enzo é o netinho querido. E quanto à irmã dele?

Fomos apresentadas muito rapidamente, quando estiveram no Brasil, mas não havia sequer trocado uma palavra com ela.

— Giuliana? Ela é ótima. Ama o Enzo, mas também está cansada de tentar ajudá-lo. Ela vive na Sicília com o marido, Rocco, e os filhos, Dante e Lucia. Chegará amanhã de manhã para o ensaio de casamento.

Sophia e eu mantivemos um silêncio confortável por um tempo, até que ela tomou uma respiração e iniciou um delicado assunto.

— Sabe, Giovana, o Enzo não é perfeito, ninguém é. Mas ele não é má pessoa.

— Por que está me dizendo isso?

— Eu sou muito observadora.

— Não entendi.

— Entendeu, sim. Estou falando sobre a maneira como vocês ficam se olhando. E não adianta me dizer que estou fantasiando coisas.

Ia mesmo dizer algo similar, mas Sophia me encarou com um sorriso preguiçoso desenhado nos lábios cheios.

— Ele me parece ser um homem interessante, apenas isso.

Naquele momento, a voz masculina e grave bateu em meu ouvido, bem pertinho.

— E eu sou.

Senti um calafrio na espinha e fechei os olhos por um instante muito breve, rezando, no momento seguinte, para que Sophia não estivesse atenta a mim.

Eu não estava com muita sorte.

Sophia sorriu, levantando-se.

— Vou me juntar às outras no jogo de bilhar. Fiquem à vontade.

Sophia nos deixou tão rápido que foi impossível não pensar que ela percebeu minha reação a ele.

— Então você me acha interessante? — perguntou, novamente perto do meu ouvido.

Enzo deu uma risada baixa e se sentou na mesma espreguiçadeira que eu. Senti seu cheiro de sabonete e almíscar.

Virei em sua direção e não pude deixar de arquear as sobrancelhas ao notar o inchaço no canto de sua boca.

— O que foi isso? — perguntei com curiosidade.

— Uma brincadeira entre primos...

— Vai ficar roxo.

— Talvez fique.

Ele deu de ombros.

Ficamos quietos, sentados próximos, olhando para qualquer lugar, menos para o outro.

— A gente precisa conversar.

— Sabia que o Théo ganhou a aposta? Você deve cinquenta euros, além de me deixar em paz.

Enzo se virou para mim, com lábios entreabertos e olhar semicerrado.

— Está falando sério?

— Sim. O Théo ganhou a co...

— Não. Estou falando sobre nós dois na ca...

Oh, Deus! Ele iria até o fim com isso.

— Não sei do que está falando, e você me disse que não ia ficar me importunando se...

— Não falei nada disso. Nossa aposta era que eu permitiria que continuasse a fingir que não se lembra de nós dois em uma cama. Refrescou a memória, boneca?

Meu coração disparou. Olhei em volta, temendo que alguém tivesse escutado.

— Fala baixo!

— Então você se lembra? — perguntou, coberto de sarcasmo.

— Não!

— Do que tem medo? Ninguém tem nada a ver com as nossas vidas.

— Você não presta.

Ele riu. Teve a desfaçatez de rir na minha cara.

— E você é algum modelo de virtude?

— Você não me conhece, Enzo.

— Posso não saber algumas coisas, mas te conheço muito bem. Posso dizer até que te conheço por dentro.

— Ai, meu Deus! — Minha voz saiu estridente demais, até para os meus ouvidos.

Enzo se levantou e ergueu a mão, esperando que eu a segurasse.

— Vou te dar duas opções: você vem conversar comigo em particular, ou vai ser aqui mesmo que vamos debater o assunto da minha boca na sua boce...

— Está bem! Eu vou. — Respirei fundo, soltando o ar de uma vez pelas narinas. — Eu vou.

Não segurei em sua mão. Ao invés disso, cruzei os braços de maneira protetora e o segui.

Algo me dizia que nada daquilo terminaria bem.

Capítulo 6
Enzo

Giovana estava apavorada.

Eu me senti um lixo.

Normalmente, estaria pouco me fodendo. Apesar de nunca ter feito de conta que não me lembrava de uma mulher, isso teria sido perfeito inúmeras vezes em minha vida. Algo para dar graças a Deus. Ainda assim, nunca fui um mentiroso. Nunca prometi qualquer coisa em troca de sexo, isso seria apenas... impensado.

O que há de errado com a cabeça das pessoas?

Que porra de moralidade barata todos estavam imersos?

Adultos trepam. Ponto.

Qualquer nomenclatura diferente para indicar a mesma coisa é só jogo de palavras bonitinhas. Semântica.

Hipócritas.

O que mais me tirou do sério naquela situação com a Giovana foi a maneira como ela me olhou. Como se eu pudesse arruinar sua reputação só por tê-la cumprimentado. E isso era tão fodido que minha vontade foi...

Argh.

Ela estava me fazendo perder a cabeça, e nós mal havíamos nos reencontrado.

Ela se negou a segurar a minha mão.

O que foi agora? Sou algum leproso?

— DST's não costumam ser transmitidas por um aperto de mãos, Giovana.

Novamente, os olhos dela se abriram do tamanho de pratos, e sua garganta moveu, engolindo em seco.

— Não é isso. É só... Eu não... Ninguém sabe que...

Bufei minha frustração.

— Deixa pra lá. Vem, quero te mostrar uma coisa.

Caminhamos em silêncio até a primeira porta lateral, e gesticulei para que ela entrasse. Giovana me olhou com desconfiança antes de me seguir.

— Que sala é essa?

Giovana estava atenta aos quadros.

— Aqui minha avó guarda os quadros *menos importantes* que foi adquirindo ao longo da vida.

— É lindíssima.

Não me dei ao trabalho de olhar em volta. Conhecia cada canto da casa, e ali não era exceção. Paredes brancas, quadros de molduras douradas, lustre de cristal pendendo do teto como gotas de chuva.

— São originais?

— Alguns. Os mais baratos, talvez. Vamos continuar, por favor.

Ela parou e relanceou um olhar para a porta atrás de si, certamente medindo quão rápido poderia chegar até as amigas.

Pelo visto, ela não pararia de me apunhalar.

Respirei fundo novamente.

— Aqui é uma das salas mais movimentadas, não se deixe enganar pelo silêncio momentâneo. Está vendo aquele sofá ali? Minhas tias costumam vir aqui com seu tricô, sem qualquer aviso prévio. Não é como se tivesse horário agendado para a costura. Mas... se quiser, fique à vontade, apenas não reclame se estivermos falando sobre... você sabe o quê, e alguma delas entrar.

Giovana encarava o sofá com o cenho cerrado, olhou de volta para mim, bastante desconfiada, e acabou revirando os olhos com um suspiro resignado.

— Está bem. Mostre-me o caminho.

— Boa menina.

Atravessamos o corredor que interligava as alas e seguimos para o segundo andar por uma escada de serviço estreita e um tanto escura.

Conduzi-a até a sala preferida da minha avó e indiquei que entrasse antes de mim.

Assim que Giovana estava no centro da sala, girou em seu próprio eixo, admirando o cômodo e sorrindo timidamente.

— Nossa...

As paredes, de um carmesim fosco, contrastavam com as quatro colunas coríntias brancas, que sustentavam a abóbada ilustrada com cenários e paisagens descritos em contos shakespearianos.

— Você gosta de arte, não é? Achei que poderíamos começar nossa conversa em algum lugar bonito. Sem uma cama.

— Você me surpreendeu, Enzo.

— É um dom. Acostume-se.

Dei a ela meu melhor sorriso. Em resposta, recebi uma de suas levantadas de sobrancelha.

— Tudo bem, estamos aqui. Pode falar.

— Direto ao ponto?

— Por favor.

— Qual o motivo para dar uma de maluca comigo? Eu te fiz algum mal?

— Não estou dando uma de maluca com ninguém!

— Humilhei você de alguma forma? Te prometi alguma coisa?

— Não e não.

— Então por que está fingindo que não nos conhecemos? Veja bem, não falo sobre sairmos por aí gritando que ficamos nus, nem iniciarmos uma conversa à mesa sobre o fato de você ter enfiado o meu pau na sua boca até eu gozar...

— Oh, meu Deus!

— E nem que você en-go-liu.

— Oh! Você é inacreditável! — vociferou.

— A menos que você tenha vindo para cá com a intenção de experimentar outro Di Piazzi. Seria isso?

— Eu não vou ficar aqui escutando você falar merda!

— Desculpe se estou puto com isso!

— E que porra de diferença faz, Enzo? Diga! Por acaso, *você* necessita que eu inicie uma conversa à mesa, sobre nós dois, nus? Não banque o ofendido.

Você tem a reputação mais suja do que pau de galinheiro.

— Hipócrita — resmunguei.

— O quê?

— Hi-pó-cri-ta.

— Uma foda não te dá o direito a discutir relação. Que loucura! Seu ego é tão sensível assim? Você precisa me humilhar na frente da sua família? Da futura família da minha amiga? *Ah! Sabe aquela ruiva ali, então, ela enfiou meu pau na garganta.* Puxa. Que. Legal!

— Mas que porra é essa? Acha que estamos na quarta série? De onde você tirou que saio por aí contando minhas intimidades?

Eu estava muito puto. Ela arquear a sobrancelha esquerda e cruzar os braços só piorou meu humor.

— Ah, minha nossa... você guarda segredo. Quer uma medalha?

— Giovana... não me provoca.

— Eu nem sei por que estamos aqui... É tão mais fácil você seguir sua direção e eu seguir a minha!

— Mas não tenho nenhum problema com isso! Eu queria entender, apenas entender o porquê. Naquela noite, você saiu antes do amanhecer e jogou um punhado de notas sobre a cabeceira, como se eu precisasse do seu dinheiro para pagar o quarto. Você...

Giovana virou o rosto para longe, incapaz de me encarar de frente.

O silêncio se prolongava, conforme eu tentava me acalmar.

— Quero que admita como foi ridículo o que fez, Giovana.

— Eu não vou admitir nada — disse com desdém. — Porque não significou para mim mais do que foi pra você. Casual. Sem importância...

— Quê?

Eu ri alto.

Era piada, só podia ser.

Giovana me olhou com o cenho franzido.

— Se era só isso, a conversa acabou. E eu agradeceria se você esquecesse o que houve, porque eu, sinceramente, já nem lembro mais.

Antes que pudesse impedi-la, Giovana saiu do cômodo a passos largos.

Ela estava me tratando como se eu fosse um merda. Como se minha presença não a afetasse.

— Nem fodendo.

Deixei a sala apressadamente. Antes que ela pudesse se afastar ainda mais, segurei-a pelo braço, parando-a e girando-a para me confrontar, olho no olho.

— O que é isso?

Prendi seu corpo no meu, contra a parede do corredor.

Meu agarre em seu braço diminuiu. Subi as mãos por sua pele até lhe tocar o pescoço, descansando os polegares em seu rosto macio. O aroma de algodão-doce e pimenta do seu perfume foi um soco no meu autocontrole.

Não sabia bem o que pretendia quando a segurei. Foi apenas a necessidade de que me dissesse a verdade. No entanto, foi demais tê-la tão próxima a mim, sentindo sua pele fresca e aveludada sob minha palma, sendo inundado por um monte de sensações e lembranças dos nossos corpos tão unidos que era impossível definir onde eu começava e ela terminava.

Ambos respirávamos com dificuldade. Ela estava tão fora de si quanto eu.

Não tinha nada a ver com romance.

Era química.

Coisa de pele.

Quase instinto primitivo.

Giovana desviou o olhar para minha boca, molhando seus lábios com a ponta da língua rosada.

— Eu... eu nem preciso te beijar pra provar que está mentindo. Pode não ter significado qualquer coisa para nenhum de nós... mas gostamos. E o inferno vai congelar antes de você me convencer de que não quer mais uma rodada de sexo quente comigo. Admita.

— Não... — Sua voz não passou de um sussurro.

Meu nariz resvalou no dela antes de desviar para seu pescoço, onde mordisquei, sentindo o sabor doce de sua pele. Meus dedos enredaram nos cachos do seu cabelo vermelho e senti sua palma deslizar do meu abdome até o peito.

— Você é tão gostosa. Fiquei com vontade de mais. Eu admito. Viu? É fácil. Admita também...

— Não...

Minha língua tocou o lóbulo da sua orelha, e a ouvi arfar. As pontas dos seus dedos arranharam meu peito.

Eu já estava duro por ela.

— Acho que, no fundo, você não esqueceu nem um minuto do que houve naquela noite.

— Enzo...

— Eu quero outra vez, Gio. Mas não farei nada sem sua permissão, você sabe disso...

Mais beijos em seu pescoço, com cuidado, para que ela não sentisse a frente da minha calça e o quanto queria me afundar nela uma vez mais.

— Sim...

— Sim?

Ela moveu a cabeça, anuindo.

— Sim — confirmou, suas mãos rumando para o meu pescoço.

As minhas seguiram pelos seus ombros, braços, até entrelaçar nossos dedos. Afastando-me um pouco, beijei cada uma de suas mãos macias. Olhando no fundo daquela íris azul, agora obscurecidas pelo desejo, sorri.

Mudei minha postura e soltei suas mãos.

— Era o que eu queria saber. Obrigado. Fico lisonjeado.

Afastei-me dois passos para trás, o bastante para Giovana entender o que estava acontecendo. Seus olhos se arregalaram, mas, ao invés de ouvi-la gritar insultos, ela sorriu.

— Uau. Como você é babaca!

Dei de ombros, afastando-me mais um pouco. Ela manteve o sorriso irônico quando lhe dei as costas e caminhei para longe.

— Por isso fui embora antes de você acordar, Enzo. Porque, apesar de trepar como um campeão, você não tem maturidade para qualquer coisa no intervalo entre umazinha e outra. Você só serve pra sexo, e graças a Deus por isso, porque, se não fosse desse jeito, nossa... você não prestaria pra nada.

Estaquei.

— Como é que é?

— Ah, e... pelo menos dois desses orgasmos, eu tive que fingir, estava louca pra ir embora.

Virei lentamente, ainda assimilando suas palavras.

Como é? Ela fingiu orgasmos? Sério?

Eu tinha no rosto um sorriso tão debochado quanto o dela.

Olha, eu podia ser um bastardo filho da puta, mas se tinha uma coisa que eu podia fazer era dar prazer a uma mulher.

Retornei passo a passo. Giovana manteve a pose, mãos na cintura, cabeça erguida e olhar desafiador.

— Fala outra vez, por favor. Conta de novo sobre isso aí de fingir orgasmos. Quê? Como é?

— Será que feri os sentimentos de um canalha? Oh, meu Deus! Me desculpe, Enzo!

Giovana pôs as mãos no peito de forma teatral.

Antes, tinha estado furioso, chocado, irritado, e até com uma pontinha de culpa, ou seja, um *loop* completo por cada emoção confusa desde que nos reencontramos.

Agora, tudo que eu podia sentir era, contra toda a racionalidade deste mundo, orgulho. Orgulho dela. Ela me impressionou ali, naquele momento.

Onde estava a dama de honra que meu primo Anghelo tentou defender como se fosse uma mocinha em perigo?

Nos encaramos em silêncio por longos segundos.

Fui quem começou a rir primeiro.

Giovana também sorria.

— Isso é absurdo.

— O que é absurdo? Que você não tenha sido capaz de me dar orgasmos?

Puxei Giovana pela cintura, colando de uma vez nossas bocas. Não de uma maneira gentil, foi mais como se precisássemos daquele contato, esmagando nossos lábios com uma parcela de saudade.

Descansei nossas testas enquanto acariciava os cabelos em sua nuca.

— Ainda vou descobrir por que foi embora antes de uma nova rodada. Nós dois sabemos que foi gostoso o bastante para querermos repetir. Ao menos uma vez mais.

Giovana ergueu os olhos, encarando-me.

No instante seguinte, minha camisa estava amarrotada entre seus dedos e nossas bocas se tocavam como se nunca fosse o suficiente.

Para quem não queria que soubessem sobre nós, ela estava ousando demais. Beijávamos e nos tocávamos em pleno corredor.

E tudo que eu podia pensar era: inferno, sim! Isso está certo.

Minhas mãos passearam pela cintura e quadril de Giovana com urgência e descontrole.

Ela puxava o cabelo da minha nuca sem a menor intenção de disfarçar o desejo.

Nossas línguas se enroscando sem pudor.

Giramos nos calcanhares, sem abandonar os lábios um do outro, parando no primeiro quarto. A penumbra do ambiente, proporcionada pela luz fraca do abajur, era perfeita. Girei a chave na porta, dando-nos um momento particular.

Deitei Giovana na cama, desabotoando com destreza a frente do seu vestido. Estávamos muito concentrados no beijo e na exploração do corpo para emitirmos qualquer som mais expressivo do que um gemido curto de aprovação.

Quando apertei o seio de Giovana, senti contra a palma esquerda seu mamilo intumescido, implorando por atenção. Tracei em sua pele exposta espirais com a língua, intercalando beijos suaves.

Eu estava muito fodido, porque ela era exatamente como me lembrava. Gostosa.

A respiração de Giovana acelerou.

Com a mão direita, acariciei seus cabelos; a esquerda deslizava pelas pernas incrivelmente macias e aveludadas, da panturrilha à coxa. Segundos antes de lhe abocanhar a auréola, chupei de leve a ponta do mamilo, um lindo e delicado botão rosado. Os dedos de Giovana se enfiaram em meus cabelos e senti novamente aquele discreto tremor em seu corpo.

Ela era tão receptiva às minhas carícias...

Aquilo, sem dúvida, não daria em nada, e que se danasse tudo, eu tinha que sentir seu corpo novamente, ter certeza de que minha memória não projetou uma noite de sexo incrível. Certeza de que aquilo foi de verdade.

Finalmente, alcancei o tecido por baixo da saia e deslizei os dedos pela camada fina de renda, suportando o incômodo que sentia na calça.

Por um momento sádico, tive a necessidade de infligir à Giovana a mesma dor que eu sentia por não estar dentro dela.

Giovana levantou meu rosto e voltamos a nos beijar. Suas mãos já não faziam pressão em minha nuca, e logo senti o aperto sobre meu jeans de maneira perturbadora. Ela desceu minha braguilha e tornou a me tocar sobre a cueca.

Eu estava duro como pedra.

Entre o beijo, recebi seu sorriso de aprovação.

No instante em que pensei em arrancar sua calcinha, ouvimos o barulho da maçaneta.

Paramos.

A voz de Anghelo atravessou o cômodo.

— Amor? — Ele bateu na porta.

— Já vou! — A segunda voz vinda do banheiro nos fez congelar.

— Que merda! — Giovana sussurrou.

Ficamos de pé, arrumando as roupas e a cama, e andamos de um lado a outro no quarto, com olhos arregalados, procurando um local seguro. Olhei embaixo da cama, mas era do modelo boxe.

Mais de dez cômodos no andar de cima e estávamos no quarto da Débora.

Puta que pariu.

Giovana me arrastou para o closet e entramos.

Eu prendia o riso, ela também.

Escondi o rosto nas mãos, nunca imaginei passar por algo assim. Um misto de vergonha e excitação. Senti-me como um adolescente, enquanto Giovana parecia se divertir. Logo ela, que esteve em pânico horas antes simplesmente por sermos vistos de mãos dadas.

Ouvimos os passos de Débora e, em seguida, os de Anghelo.

— Posso saber por que trancou a porta se mandou me chamar?

— Eu não me lembro de ter trancado a porta, mas... Sei lá, pode ser que tenha trancado distraidamente.

A luz foi acesa. Giovana e eu nos encolhemos um pouco mais entre as roupas da minha nova prima. O closet era apertado, Giovana e eu estávamos com os ombros colados.

— Foi bom ter me chamado, eu preciso conversar uma coisa com você e não sei como começar.

— Também preciso falar uma coisa com você. Até sei como começar, mas vai ter que jurar guardar entre nós! — A voz de Débora estava confusa, ela falava rápido e chiado.

Carioca.

Giovana olhou para mim com o cenho franzido. Enverguei os lábios para baixo, dando de ombros.

— Jurar? Desde quando precisamos jurar alguma coisa um para o outro, amor?

— O assunto é delicado, e não quero que sua família se meta.

Naquele momento, meus ouvidos ficaram ainda mais aguçados.

— Mas primeiro você — disse ela.

— Sente-se. E aproveitando que estamos nessa de jurar, você vai ter que me prometer manter a calma.

— Oh, meu Deus, Enzo não vai cozinhar? Amor, o que faremos? Eu não...

— Não é nada disso, muito embora ainda esteja procurando outro cozinheiro, não o quero metido no nosso casamento, já decidi.

Giovana torceu o nariz e deu um sorriso debochado. Apenas revirei os olhos.

— A questão, querida, é um pouco mais delicada do que o bufê.

— Mais delicada? Oh, céus, o juiz também morreu?

— Não, pelo amor de Deus, pare de falar.

Anghelo bufou alto.

— Eu sou um estúpido, e você tem todo o direito de me estrangular se quiser.

— Não gosto quando fala assim, Théo. Nem dessa combinação de palavras.

— Lembra que, antes de viajarmos, passei os contratos novos para o Ricardo e daí houve aquele problema...

— Sim, sim, eu lembro. O que aconteceu?

— Na confusão, eu esqueci de...

— Esqueceu de quê?

— Esqueci de confirmar o...

— O...?

— Eu esqueci de confirmar a...

— A...?

Anghelo falou tão baixo que Giovana e eu nos entreolhamos, curiosos.

Ela moveu os lábios, perguntando o que ele havia dito. Sacudi a cabeça, negando, também sem ter ouvido.

— Você o quê? — A voz de Débora era estridente, e precisei segurar uma risada quando Anghelo se apressou em pedir inúmeras desculpas.

Giovana resfolegou, e eu tapei sua boca.

— Ouviu isso? — perguntou ele.

Débora ignorou Anghelo e continuou falando:

— E agora? Eu não vou passar uma temporada inteira aqui com a sua avó!

— Calma. Eu falei para você ter calma.

— A única coisa que te pedi e você não fez! A única!

— Isso não é verdade. Eu contratei o bufê.

— Qual? O do cozinheiro de Matusalém? O presunto ironicamente caído sobre uma mesa de frios? É desse bufê que você está falando? Desse? Eu liguei para uma lista enorme de italianos, todos querendo saber notícias suas, dos seus negócios, uma porra de uma lista interminável, só porque você disse que reforçar o convite, por e-mail, era impessoal demais para sua família! Eu tirei a porcaria das suas medidas para o terno, porque o senhor não podia dispor de uma merda de um tempo para encontrar o alfaiate! Você marcou uma viagem para a Argentina com o Ricardo! Fui eu quem vi cada detalhe de toalha de mesa, taças, guardanapos, faqueiro, escolhi o bolo com aquela sua prima que fala sem parar, indiquei as lojas para os presentes, confirmei o fotógrafo e a filmagem, isso porque a babaca aqui não tinha que experimentar o próprio vestido, ver sapatos, joias, arrumar as malas, ficar horas com a tia Ana ao telefone. A. Tia. Ana! E você sabe o que ela fez! Que porra de parte que não é verdade que a única coisa que te pedi você não fez, Anghelo Theodore Di Piazzi?

— Olha, entendo que você ficou sobrecarregada, mas também não posso deixar de apontar que pedi para que contratasse uma organizadora de casamentos. Você não quis. E sobre a sua tia, amor... Ela não teve má intenção. Releva.

— Ela nunca tem má intenção. Imagina, fazer novena com aquelas velhas fofoqueiras pra garantir o nosso casamento! Novena, Théo! Novena! Ela deveria ter feito novena para garantir a nossa lua de mel também!

— Eu vou dar um jeito — ele disse pausadamente.

Virei-me para Giovana e movi os lábios: "Que babaca".

— Como você vai dar um jeito? Estamos na alta temporada. É verão, Théo, e o Palio vai começar em poucas semanas. Meu Deus, não acredito que você não confirmou nossa lua de mel...

Giovana tapou a boca, e precisei segurar o riso ainda mais. Ouvimos passos. Débora continuava reclamando e Anghelo, se justificando.

— ... Você não entende? As coisas simplesmente aconteceram... Eu não posso passar um mês aqui! — ela disse. — Oh, Deus, estou hiperventilando...

— Por que não? Só pela minha família? É isso mesmo? — ele gritava.

— Não pela sua família inteira, só por uma única pessoa! — ela também gritava.

— Não acredito.

— Estou falando sério!

— Mas que porra de implicância é essa? Que merda! Quero um motivo concreto para não ficarmos na vila, aqui também é a minha casa, cacete!

— Eu sei, mas não vou ficar um mês aqui, não nesse mês!
— Por que não? — ele tornou a gritar.
— Porque não! — ela gritou ainda mais alto.
— "Porque não" não é resposta, porra!
— Eu estou grávida!
— O quê? — ele perguntou baixinho.

Giovana abriu a boca, e eu curvei os lábios para baixo mais uma vez, sabendo que estava fazendo careta com as sobrancelhas erguidas. Aquilo estava muito bom para ser verdade.

— Não quero transformar nosso casamento em chá de bebê, não quero sua avó se metendo na nossa lua de mel. Nós decidimos ter um filho, mas no tempo certo, e eu ainda não estou preparada psicologicamente, e, além disso, tomei um susto quando minha menstruação atrasou e...

— Vo-você-você o quê? — ele tornou a perguntar baixinho.
— Acabei de fazer o exame pela terceira vez — ela choramingou.
— Você o quê?

Pela primeira vez na vida... Deus, que prazer eu senti.

Meu primo estava sem ação.

Um capacho.

A situação era muito incrivelmente perfeita.

O autocontrole foi para o inferno, e eu ri.

Capítulo 7
Giovana

A porta veneziana foi escancarada de uma vez.

A cor fugiu do meu rosto, tamanho o susto.

Enzo não parava de rir, mesmo enquanto Théo e Débora nos encaravam, perplexos.

— Enzo? — Débora questionou.

— Giovana? — Théo também questionou, olhando de mim para Enzo e de Enzo para Débora. — Mas que porra é essa? O que estão fazendo no quarto da minha mulher?

Eu não queria ter estragado o momento deles. Não queria ter presenciado nada daquilo. Foi um equívoco e me senti péssima.

Théo olhou para a noiva de maneira inquisitiva e, no segundo seguinte, puxou Enzo pela camisa para fora do closet, que não parava de rir e não ofereceu resistência alguma.

— Espera! — apressei-me em dizer. — Foi um acidente! Estávamos passando e...

— E resolveram entrar no meu armário? — Débora estava chocada. — Vocês estão malucos?

— Pode me soltar, por favor? — Enzo pediu, recuperando-se de sua risada, mas, em seguida, empurrou Théo para o lado e se colocou perto de mim.

— Vou perguntar só mais uma vez: o que vocês estão fazendo aqui? — esbravejou Théo.

— Deixa que eu falo, Enzo. O que acontece é que nós estávamos passando, é sério, daí sem querer entramos no quarto, e daí você chegou e a gente não queria atrapalhar e por fim...

— Se esconderam no closet? — Débora perguntou, com a mais pura expressão de desgosto. — Que ridículo! Não acredito que ficaram esse tempo todo ouvindo a nossa conversa!

— Desculpe, amiga. Mas não tinha como não ouvir. Sinto muito mesmo. Não foi por maldade.

— Caramba, antes que eu me esqueça: parabéns! — Enzo esticou os braços na direção de Débora, formando um largo abraço.

— Miserável! — Théo praguejou entre dentes, dobrando o braço para trás e disparando um soco em Enzo, que se esquivou por pouco e arregalou os olhos, ainda assim, mantendo a expressão divertida.

— Meu Deus! Vocês ouviram tudo! — disse Débora. — Théo, para com isso, vocês não podem brigar!

— Ora, vejam só. Até posso imaginar o quanto a vovó ficará radiante — falou Enzo, irônico.

Théo empertigou-se e deu a entender que começaria de uma vez a briga corporal, mas Enzo levantou a sobrancelha e o dedo indicador.

— Calminha aí, primo. Temos muito o que conversar, não acha?

— O que acho é que vou te matar, Enzo. Eu te avisei, se você estragasse a minha paz...

Coloquei-me entre Enzo e Théo.

Débora estava com os olhos arregalados e as mãos na cabeça. Eu esperava por um surto, mas, naquele momento, a testosterona estava em um nível perigoso. Ela tinha que se acalmar ou o Théo partiria para cima do Enzo com tudo.

— Olha, gente, desculpem, sinceramente. Não foi de propósito. Estávamos passando, juro, e uma coisa leva à outra... Só que isso não é motivo para tanto alarde! Nós vamos fazer de conta que ninguém esteve aqui e ninguém ouviu nada. O problema é de vocês e não temos nada a ver com isso. Certo?

— Interessante o que você disse, caríssima — interrompeu Enzo, pondo seu braço em torno dos meus ombros e dando um beijo em minha têmpora. — Poderíamos todos nos manter à parte do assunto dos outros, correto? Isso seria bom, na verdade.

— Enzo... — A voz de Théo era um aviso.

— Anghelo... — Enzo sustentou a postura e ambos semicerraram os olhos, parecendo que se matariam a qualquer momento. Era como assistir a dois búfalos prestes a lutar.

— Olha, Enzo — começou Débora, sentando na beirada da cama e parecendo exausta —, estou tentando administrar muitas coisas que foram saindo do eixo, e não gostaria, mesmo, de ter sua avó no meu pé. Tenho conseguido me esquivar o bastante. Ela não gosta de mim porque não sou católica apostólica romana. Não gosta de mim por eu ter desfilado "seminua", como ela mesma falou. Nem por eu não falar italiano fluentemente. Ela não gosta de um monte de coisas em mim. E eu acho, francamente, que mereço ter uma cerimônia de casamento como sonhei. Só isso. Mais nada. Apenas um casamento legal, com uma cerimônia bonita e comida boa, só isso. Meu Deus, eu só queria isso. Que nossas famílias e amigos se divertissem, comessem, bebessem e eu pudesse passar uns dias de lua de mel na praia.

— Já garanti que posso assumir o bufê. — Enzo se afastou de mim, agachando em frente à Débora. — Não me custa nada, amo cozinhar. Gosto de você, prima. Seria um presente de casamento, uh? Os problemas entre mim e o idiota ali não têm a ver com você. Nada me daria mais prazer do que cozinhar no seu casamento e poder alimentar seu *bambino*, meu priminho que está chegando. Sem contar que seria um tremendo tapa na cara desse seu noivo babaca.

Débora sorriu sem muita emoção, e Enzo acariciou sua mão, um segundo antes de ser puxado por Théo.

— Não precisa encostar nela — advertiu Théo.

— Se tocar na minha camisa mais uma vez, eu vou...

— Não vai nada, Enzo! — interrompi. — Nós estamos muito errados em ter entrado, *sem querer*, no seu quarto, amiga. Por favor, nos desculpe.

Débora, que parecia derrotada, apenas assentiu.

— Enzo, não conte nada para Dona Gema, estou te pedindo.

A voz de Débora estava um tanto embargada. Eu não poderia imaginar que ela tinha tanto "medo" da Dona Gema.

— Isso vai depender muito do Anghelo, não de mim — disse Enzo, se aproximando e passando a mão em volta do meu ombro de maneira possessiva.

— Precisamos conversar, Enzo. — A voz do Théo era inflexível.

— De repente, você acha que precisamos conversar? Pois agora eu acho que *não* precisamos. Acertaremos algumas coisas, mas não será necessariamente uma conversa.

A voz de Enzo assumiu uma dureza e um tom amargo que eu não esperava ouvir.

— Que seja.

Théo se virou para a noiva, falando baixo e carinhosamente.

— Ainda terminaremos esse assunto em paz, ok? Você está bem?

— Fisicamente, sim. Emocionalmente, nem tanto, mas vou ficar bem.

Afastei-me do abraço de Enzo e dei um beijo nos cabelos de Débora.

— Não falarei nada. Adoro você. Desculpe a confusão.

— Também adoro você, Giovana.

— A Carol sabe? — perguntei.

— Não. Eu queria falar para ele primeiro — respondeu, indicando Théo com um inclinar de cabeça.

— Foi mal — desculpei-me mais uma vez. — Acho melhor eu ir, o jantar já deve estar sendo servido...

Débora se levantou e foi comigo até a porta. Antes de sair, dei-lhe um abraço e ela suspirou.

— Giovana — Débora chamou assim que lhe dei as costas. Virei para observar seu sorriso minúsculo. — Você pulou uma casa, no botão do vestido.

— Ah! — Sorri, encabulada. — Obrigada.

— Cuidado com... Você sabe. — Meneou a cabeça para indicar a pessoa que estava sobrando dentro do quarto.

— Está tudo bem. Fica tranquila.

Amélia estava novamente com cara de quem comeu casca de jiló.

Sentei ao lado dela e de Carol, que travava uma conversa muito louca com uma das primas italianas.

— Se continuar assim, vai espantar o rapaz de vez — murmurei, servindo-me de uma porção de arancini.

— Ele não vai olhar para mim, já me dei por vencida, só tem olhos para a aguada. — Amélia deu um suspiro profundo e encheu o prato com gnocchi e molho de queijo.

— Hum, pega leve nessas massas, hein? Esse povo é alienígena, eles comem e ficam na boa, a gente vai passar a semana no banheiro e seis meses na academia só para se livrar do jantar.

— Digo o mesmo sobre essa coxinha aí com a qual você está se entupindo — rebateu.

— Não é coxinha, não, boba, é arancini, é um bolinho de risoto.

— Carboidrato e queijo... O sujo falando do mal lavado...

— Tem razão, amiga. Cai de boca no seu gnocchi, e eu não me meto mais. Gente, cadê a Sara?

— Sei lá, ela estava com a Carol...

— Carol, cadê a Sara? — perguntei, interrompendo a animada conversa sobre a vida noturna de Siena.

— Olha, quando eu desci, ela estava logo atrás. Será que se perdeu?

— Nossa, é só ouvir o barulho de música e gargalhada, não tem erro — respondeu Amélia, ignorando o tom jocoso de Carol.

Apesar de eu ter engatado em uma conversa com uns primos do outro lado da mesa e tentado ao máximo inserir Amelinha no assunto, nenhuma de nós estava realmente interessada na história do vinho fabricado em Montalcino.

O jantar avançava, e nem sinal do Enzo, Débora ou Théo.

Amélia desviava o olhar para Pietro a cada vez que ele gargalhava com alguma coisa dita pela secretária, Sabrine.

— Cara, pelo amor de Deus — resmungou Amélia.

— Que foi? — perguntei baixinho.

— Ah, essa mulher me irrita! Se acha! Vontade de falar pra ela: "Alô, filha, tem um rosto no seu dente!". Para que acentuar isso rindo como uma louca?

Amélia me fez engasgar.

Eu não via nada de errado na fisionomia da Sabrine. Amelinha procurava qualquer defeito e, quando não achava, criava alguns. Minha lealdade não permitia que eu comentasse como Sabrine era linda. Parecia uma boneca.

— Deixa de besteira, Amelinha, tem um monte de homem interessante aqui, tem o... Maurizio e aquele outro com cara de galã, Marcello, e o outro gatinho também, Freddo, e você arrastando corrente... Tem também aquele... Aquele... Opa, opa, opa.

— O que foi?

— Sara sumiu, e o tartaruga ninja também nem sinal, o que isso nos diz, uh?

— Que somos duas fracassadas.

— Fale por você — murmurei.

— O que disse?

— Que vou querer mais queijo — respondi, sorrindo e me servindo de mais queijo ralado.

Mal terminei de comer a torta de polenta quando ouvi o burburinho em outra mesa. Alguns primos levantavam brindes para o homem recém-chegado. Enzo.

— Hum, olha ali, ele parece ser tipo uma celebridade entre os outros — comentou Amelinha.

— É sim — disse Carol, se virando em nossa direção —, ele é o típico modelo masculino a ser idolatrado: é escorregadio, pegador e canalha. Vocês sabem que a fama dele não é das melhores.

— Fama de galinha — resumiu Amélia. — Eu lembro das histórias que a Débora contou.

— É o tipo de homem que não inspira confiança para porcaria nenhuma — Carol reclamou, mas pareceu que estava falando de outra pessoa, e eu poderia apostar que ela estava falando do Ricardo.

— Não vai dar nenhuma opinião, Giovana? — perguntou Amelinha, entre uma garfada e outra.

— Eu? Não... Nem conheço o cara.

— Ah, tá bom — resmungou Carol.

— Quero dizer, ele foi bem bacana com a carona e também é... gato, mas, mesmo sendo um poço de sensualidade, esse charme não cola comigo.

— Não dou nem 24 horas para vocês dois estarem se pegando!

Carol apontou o garfo em minha direção, e eu, discretamente, o empurrei para o lado.

— Não dou nem duas horas — decretou Amélia, revirando os olhos.

— E seria algum tipo de pecado? Estou sentindo muita energia embaralhada vinda de vocês. Deixa que eu sei cuidar de mim.

— Uhum. — Carol fez um bico, demonstrando claramente sua ironia. — Nós percebemos isso, não é senhorita "Quatro Dias em Roma"?

— Não reclama, eu trouxe lindos óculos para você.

— Que eu adorei! Obrigada mais uma vez. — Ela imprensou a bochecha na minha.

O bom da Carol é que ela era comprável.

Enzo se aproximou durante o jantar, e até tentou parecer descontraído, enquanto Théo e Debye discutiam sobre ele usar uma sunga e se casarem na piscina.

Após o jantar, alguns dos convidados se recolheram e levaram as crianças. Contei cinco ao todo, bastante agitadas e felizes com a reunião familiar. Era algo novo para mim, e eu observava a interação deles com carinho.

Minha família era pequena: meus pais e meu irmão, nossos parentes de Florianópolis, que nós simplesmente nunca víamos, e dois tios que só encontrávamos no Natal, e eram um saco.

A família Di Piazzi ria com prazer e todos se sentiam bem na presença uns dos outros. Gostei daquilo. Era um tanto assustador, como a Débora costumava mencionar — mas ela não contava muito, era do tipo que gostava de se isolar. E o que dizer da avó deles, a tão famosa *nonna* Gema?

Era uma senhora baixinha, de cabelos castanhos, escovados, e era tão engraçadinha, quadradinha, parecia um playmobil. De olhar esperto e língua afiada, aparentava estar na casa dos 60 anos, mas, segundo soube, tinha mais de 80.

Lembrava-me com carinho das minhas avós, e talvez por isso entendesse a ligação amorosa e exagerada em torno de uma das últimas matriarcas da família.

Enquanto pensava naquela família, contemplando as estrelas, escorada na mureta de onde era possível avistar pequenos pontos de luz no campo, senti o toque suave em meu quadril.

Enzo.

— Olá.

— Oi. Como foi com seu primo?

Finalmente poderíamos conversar abertamente.

— Tudo bem.

Enzo ostentou um sorriso travesso, ainda apoiando a mão direita em meu quadril, abraçando-me sutilmente. Ficamos em silêncio. Ele, certamente pensando no que aconteceu com Théo e Débora. Eu, curiosa.

— Gostou do jantar? — perguntou, obviamente tentando mudar de assunto.

— Muito. Suas tias cozinham bem, e a companhia foi muito agradável, seus parentes são muito interessantes.

— São, sim. Vamos ver se, depois de amanhã, você também vai gostar da minha comida.

— Tenho certeza de que vou adorar a sua comida — brinquei, seguindo o fluxo e deixando de lado assuntos que não tinham nada a ver comigo.

— Ruiva... — advertiu-me com os olhos semicerrados e um sorriso sacana.

Ele era tão incrivelmente sexy. O conjunto "Enzo Di Piazzi" era muito sensual. Os lábios, a barba por fazer, seus olhos de gato, o jeito como seu cabelo parecia sem corte e ao mesmo tempo despojado e casual. Seu corpo másculo, definido, nada exagerado, nada chamativo, a não ser uma parte muito específica de sua anatomia.

De repente, uma súbita irritação me corroeu.

Ele era um canalha. Safado.

Eu era só mais uma em sua lista interminável de conquistas.

Apenas mais uma.

— Estou cansada. Preciso dormir um pouco, se não se importa.

— Retirada estratégica? — inquiriu com humor, mas não acompanhei seu sorriso. — Tudo bem?

— Sim. Estou cansada. Hoje foi um dia emocionante até demais. Acho melhor dormir.

Enzo deveria ter ficado calado, ou até mesmo ter jogado uma de suas ironias. Qualquer coisa era melhor do que o que ele fez.

Puxou-me para mais perto, abraçando-me. Beijou meus cabelos, expirando forte e resignado contra os fios.

Ele me soltou e nos encaramos.

Eu havia admitido tudo. Eu me lembrava da nossa noite, no Rio de Janeiro. Eu me lembrava dele. De cada pedaço dele.

E não confiava em mim para mantê-lo sob controle. Qualquer história entre nós dois, durante aquele verão, no Rio de Janeiro, não passaria disso, apenas a história de um caso de verão.

— Boa noite, Enzo.

— *Buonanotte, bella.*

Capítulo 8
Enzo

Giovana saiu do quarto de Débora.

Andei até a janela e olhei para a maravilhosa vista da frente da vila.

Anghelo observou meus passos, mas se manteve calado até que Débora fechasse a porta.

— Vamos logo com isso, Enzo. Essa sua cara de sonso não me engana — iniciou Anghelo.

Relanceei um olhar para ele, mas sem de fato me importar com seu desespero, que não passava de um reflexo dos sentimentos de sua linda noiva.

Anghelo, que tinha sempre tanto domínio e controle sobre tudo, estava com problemas com o bufê, a lua de mel, e ainda tinha que administrar uma rusga entre nossa avó e sua futura esposa. Sua futura esposa grávida.

— O mundo dá umas voltas muito interessantes, não é, Anghelo? — provoquei. — Embora você tenha sido tão incisivo mais cedo, quero que entenda que não estou aqui para atrapalhar seu casamento, apesar de ser totalmente leal à vovó.

— Leal? Dona Antonina que o diga...

Virei para encará-los. Débora, ainda perto da porta, cruzou os braços e se embalou nos calcanhares para frente e para trás, enquanto meu primo mantinha as mãos na cintura, daquele seu jeito de quando se achava no direito de nos dizer o que fazer.

Suspirei, bastante chateado com o que sairia da minha boca a seguir, mas certo de que seria a atitude menos catastrófica na atual conjuntura.

— Não vou contar nada para Dona Gema, desde que o Anghelo me encontre na biblioteca daqui a alguns minutos. Imagino que vocês tenham muita coisa para conversar e, como disse a Giovana, humm... realmente lamento por termos interrompido o... a... essa coisa de vocês.

Anghelo respirou fundo e esfregou a mão no rosto de maneira exasperada.

Passei por Débora e toquei seu queixo, dando uma piscadela sem que Anghelo pudesse ver.

Não tinha a menor intenção de atrapalhar qualquer coisa entre eles, desde o casamento até a inesperada confissão dela.

Eles precisavam conversar. Dessa vez, em privado.

Tudo que eu queria era estar com a Giovana e passarmos um tempo juntos. Mas parecia que tudo ao redor nos empurrava para longe um do outro. Eu simplesmente precisava sentir novamente aquele tumulto dentro de mim, como eu sentia ao lado dela. Desde a primeira e a única vez em que estivemos juntos, foi tudo tão intenso... como saltar de um precipício em queda livre.

Saber se haveria aquela conexão novamente estava se tornando uma meta.

Quando deixei o quarto de Débora, procurei Tito e tia Diná, acertando alguns detalhes com eles sobre minha casa na Sardenha.

Algum tempo depois, entrei na biblioteca. Encontrei Anghelo, já sentado em uma das poltronas confortáveis, na pose de um rei.

Humpf.

Ele levava a sério isso de ser o neto mais velho.

Nunca deu brecha para que nos aproximássemos. Sempre competitivo. Sempre agindo como se fosse melhor do que qualquer um de nós. Claro, quando sua namoradinha da adolescência preferiu a mim, cinco anos mais novo, a situação entre nós degringolou e, desde então, não houve chance para sermos amigos.

Eu era um tolo, na época. Foi coisa de criança. Minha impulsividade e imaturidade gritavam através dos meus poros. Eu nunca quis, de verdade, ser uma pedra em seu caminho.

Uma pena que ele nunca pôde entender isso.

— Se está pensando em me chantage...

— Aqui — interrompi-o, batendo com um molho de chaves sobre a mesa.

— O que é isso?

— As chaves da minha casa na Sardenha. Faça compras porque, pelo visto, tia Diná passou a semana aqui e vai ficar o restante do mês na casa de Giuliana.

Anghelo me olhou desconfiado.

— Aonde quer chegar com isso, Enzo? Na cama da Giovana?

— Acho que precisamos ter uma conversa bastante franca aqui, Anghelo.

Girei a poltrona e me sentei de frente para ele.

— Eu não sou um filho da puta. Você calcificou uma imagem minha de quinze anos atrás. E eu não sou assim. A Débora é uma mulher incrível e, sinceramente, não entendo o que ela viu em você, mas ela te ama e isso é claro como água. E ela quer uma lua de mel na praia. Meu quarto tem uma varanda com vista para o mar.

— Ok, Enzo. Você diz que faço uma ideia errada a seu respeito, mas, há menos de 24 horas, estive em uma delegacia te livrando de ser fichado por uma mulher que você fodeu e...

— Opa! — exaltei-me, exalando, em seguida, minha frustração em conversar com Anghelo sem irmos para uma luta física. — Certo. Eu estacionei na calçada. Na calçada da casa dela. Isso não é vandalismo. Não poderia imaginar que ela fosse bisbilhotar o meu telefone enquanto eu estava no banho.

— Detalhes dos seus problemas e casos não me interessam...

— Interessam, sim. É sobre isso que estamos falando. Você me acusou e estou te falando como as coisas aconteceram. Errei com a Domenica, sim. A mulher é completamente maluca! Ela não para de me mandar mensagens. Desde que saí do restaurante da Antonina, ela não tem me deixado em paz. Foi um telefonema dela que a tenente atendeu e... a coisa foi ladeira abaixo, até que... enfim.

— Tudo bem. Você foi um idiota sem sorte. Eu compreendo isso facilmente. O que não entendo é agora essa necessidade que você tem de correr atrás da Giovana. Ou melhor, de tentar conquistar alguma mulher e, coitada, ela foi a escolhida, poderia ter sido a Sara ou a Amélia... O caso é que você vai ferrar com o meu evento. E, de tudo que já fiz na vida, Enzo, este é o único que tem que ficar perfeito. Não por mim, mas pela Débora. Se você entende isso, se realmente tem carinho pela minha mulher, como você afirma, vai ficar longe da Giovana.

— Eu não posso, Anghelo. Sinto muito, mas isso eu não vou fazer.

Ele se empertigou, bufando. Depois, inclinou-se, descansando os cotovelos nos joelhos, encarando-me.

— Você está de sacanagem com a minha cara?

— Não. Estou, e que Deus me ajude, falando bem sério.

— Você acabou de conhecê-la. Ela...

— Não é assim. A gente tem um assunto inacabado.

Anghelo franziu o cenho, confuso.

— Desde o Rio de Janeiro. Há seis meses, mais ou menos... Por isso eu quero que você entenda. Não estou tentando ferrar com o seu evento. Mas não posso deixar passar a oportunidade de pôr as coisas em pratos limpos com a Giovana.

— Você é muito cara de pau, Enzo.

Anghelo relaxou a postura, pensativo.

Empurrei as chaves da casa em sua direção.

— Isso não é chantagem. É meu presente. Para ela.

— Por que então estou sentindo como se estivesse me empurrando uma espada no peito?

— Porque você é doente, cara. É um completo e fodido neurótico de merda.

— E você é um cínico.

— Giovana não é uma conquista inesperada. Não foi intencional me aproximar dela agora. E isso não é teoria da conspiração. Seu casamento está bem, pelo menos quanto a mim, não há qualquer plano para destruir o seu mundo, cara. Amanhã, vou me encontrar com o cerimonialista e passarei a ele o cardápio, e será perfeito, porque sou eu quem estará no comando.

— Que Deus me ajude... — Anghelo riu sem qualquer humor.

— Irei até o mercado, em Siena, e comprarei ingredientes frescos. Tenho muito a fazer e pouco tempo. Foi muito atencioso da sua parte ter escolhido um bufê local, pequeno, modesto e amador, mas está na hora de um profissional assumir.

Anghelo bufou, esfregou os olhos e apertou a ponte do nariz com o polegar e o indicador.

— É a sua última chance comigo, Enzo. Mantenha uma postura profissional, nada de infantilidade ou desrespeito. Não vai ter outra maneira de isso funcionar se não for do meu jeito, entendido?

— Deixe o passado no passado, Anghelo. — Bati com o dedo indicador na mesa e apontei para as chaves. — Só te peço um pouco mais de fé.

— Fé? Em você? Enzo... — Anghelo jogou a cabeça para trás, derrotado. Ele fingia ponderar, mas suas opções eram bastante limitadas.

Levantei. Estava decidido. Eu cozinharia. E ele levaria sua noiva para uma temporada em minha casa, na Sardenha.

— Eu vou jantar, estou morrendo de fome.

— Enzo! — Anghelo me chamou antes que eu alcançasse a porta, e virei-me, encarando-o. — Boca fechada.

— Sobre o quê? — inquiri com cinismo e uma pitada do sorriso bom-moço que eu havia aperfeiçoado com o passar dos anos.

— Você sabe muito bem.

Jamais teria jogado tão baixo, revelando um assunto tão particular.

Anghelo tinha sempre aquele ar de superioridade que eu simplesmente odiava.

— Não, eu não sei. — Dei uma piscadela ainda mais cínica e o deixei na biblioteca. Claro que não sairia comentando sobre a Débora esperar um filho, tampouco sobre o empréstimo da casa.

Que pensassem que ele alugou meu espaço. Assim era melhor.

Eu fiz o meu papel.

Se as coisas entre nós arrefeceram? Talvez.

Se Anghelo e eu nos tornamos melhores amigos? Nem em mil anos.

Ele adorava dizer que eu não tinha respeito pelas pessoas, mas eu tinha respeito, sim. O mesmo respeito que elas próprias se davam.

Se Anghelo tivesse prestado um pouco de atenção em mim, perceberia que nunca antes consegui nada por meios escusos.

Quanto ao que aconteceu há quinze anos, aproximadamente...

Naquela época, pensava que, se uma moça tinha compromisso com outra pessoa, quem tinha o compromisso era ela, não eu. Livre arbítrio. Eu tinha passe livre para propor, elas tinham o livre arbítrio para aceitar ou não. O fato era que a maioria não recusava, e esse problema não era, definitivamente, meu.

Quanto à Domenica... Dessa vez, passou longe de ser uma ideia inteligente. Deveria ter me controlado, sabia disso, embora jamais fosse dizer isso em voz alta. Ela sempre foi louca por mim, ou seja, eu não deveria ter alimentado.

Pensei com o pau, não com o cérebro. Infelizmente.

Dane-se.

A merda toda foi a Antonina ter nos encontrado, aí...

Reparar o mal foi demais para os meus ouvidos. Em que porra de século ela pensava que estávamos?

Também achava extremamente injusta a ideia que Pietro fazia de mim.

Canalha, eu? Por quê, exatamente?

As pessoas costumam confundir charme com sedução.

Eu não gostava de seduzir, geralmente, quem fazia isso usava métodos torpes, e sempre joguei limpo: quer ou não quer ter o melhor orgasmo da sua vida, a trepada do século, sentir-se a mulher mais perfeita da Terra? Isso é charme, isso é saber o que se tem para oferecer, na certeza do cumprimento do acordo.

Já se eu dissesse: durma comigo, deixe-me mostrar o quanto te amo, o quanto seremos felizes juntos, blá-blá-blá, seria um tremendo de um canalha, porque, em momento algum, eu faria uma loucura dessas. Amor? Isso não era pra mim.

Eu vi o que o amor faz com uma pessoa.

Eu vi o que o amor fez com o meu pai.

Minha vida sempre foi perfeita exatamente desse jeito, por que mudaria isso?

Assim que pisei na área externa, meus primos mais distantes me ovacionaram, e eu não fazia ideia do porquê.

Relanceei o olhar para a outra mesa. Giovana jantava com suas amigas, Sophia, Pietro, a mulher que trabalhava com eles, no Brasil, e alguns parentes mais velhos, do vinhedo de Montalcino. Ela parecia entretida com Ana Carolina e Amélia, atenta ao que diziam.

— Sente-se conosco, seu puto! O que você aprontou em Arezzo?

— Fidenzio quer a sua cabeça por isso! A chata da Dona Antonina ameaçou cortar relações com a família Di Piazzi.

— É verdade que você tirou a virgindade da Domenica?

Não fui nenhum santo até ali, tinha quase 30 anos e já não achava nenhuma graça naquelas aventuras. Era por isso que, à exceção de Domenica, eu preferia encontros casuais com mulheres mais velhas ou melhor resolvidas.

— O que aconteceu foi que eu estava há tanto tempo sem trepar que, se gozasse, meus filhos sairiam engatinhando. E não, eu não tirei a virgindade de ninguém. Fidenzio é um pai cego, se acredita nisso.

Eles seguiram rindo e ironizando. Quando a brincadeira ficou aborrecida para mim, levantei e fui me sentar próximo de Giovana, Marcello e Maurizio.

Ocorreu uma estranha conversa sobre o traje do casamento, e Anghelo e Débora discordaram. Foi quando o clima ficou mais ameno, e Giovana interagiu um pouco mais.

Após o jantar, tentei me aproximar dela, apesar de sua linguagem corporal me mandar manter distância.

Ela ficou estranha, de repente. Veio com algumas perguntas, mas depois se deixou levar pela descontração. Por fim, pareceu irritadiça e, despedindo-se, recolocou uma barreira entre nós.

Eu morreria antes de conseguir entendê-la.

Capítulo 9
Giovana

Amelinha estava deitada quando entrei no quarto. Ela sorriu, arqueando uma das sobrancelhas.

— Enzo Di Piazzi está te cercando. — Não foi uma pergunta.

— Talvez. Ou apenas tenhamos assuntos em comum.

Amelinha riu alto.

— Bem que a Carol disse que você negaria. Enfim, não tenho nada com isso. Você é grandinha o bastante para se livrar de atenções indesejadas.

— Eu sou.

— Andei pensando... — Ela ajustou o travesseiro para a vertical, recostando-se sentada.

— No quê?

Peguei minha camisa de dormir, toalhas, e segui para o banho. Deixei a porta entreaberta, a fim de ouvir a mais nova ideia genial da Amélia.

— Não é que o Pietro me ignore, é que ele não sabe que estou completa e irremediavelmente apaixonada por ele!

Pode apostar que ele já percebeu, amiga. E está correndo disso.

— Claro que eu vou esperar aquela loira sem graça ir embora. Ela não deve ficar muito mais depois do casamento, não é? Quero dizer, alguém precisa voltar para a empresa. Certo?

— Inclusive ele — murmurei.

— Não. Eu já me certifiquei. Ele vai passar o restante da semana aqui.

— E...

— É a minha chance! Vou me aproximar e fazê-lo perceber os meus sentimentos...

Ai, ai, ai... Já escuto o som de um coração se espatifando dentro do peito.

Terminei o banho, enrolei a toalha em volta do cabelo e do corpo, e pus creme dental na escova, enquanto ouvia Amelinha. Até que algumas palavras quase me fizeram engasgar.

Surgi na porta do quarto, ainda com a escova de dentes pendurada na boca cheia de espuma.

— O que foi que você disse? — perguntei como foi possível com a boca cheia.

— Que, se eu puder escolher, teremos três filhos.

Voltei ao banheiro e cuspi o creme dental, retornando para a porta do quarto.

— Se você pudesse escolher, teriam, Amelinha. Amiga, é sério, você está seguindo por uma estrada perigosa. Cuidado para não se machucar.

Vesti a camisa larga e esfreguei o cabelo na toalha felpuda, pendurando-a em um gancho no banheiro antes de retornar ao quarto.

— Por que está falando isso? Tem alguma coisa que não quer me contar?

— Ah, Amelinha, pelo amor de Deus, dá um tempo na loucura...

— Para você, pode ser loucura porque nunca se apaixonou de verdade.

Eu ri.

— Quê?

— Qual é, Gio, vai dizer que namorou com o Rodrigo nos últimos cinco meses porque estava apaixonada por ele? Você tem problemas de confiança, e o cara foi o primeiro que seus pais aprovaram. Talvez por isso tenha durado tanto. Nunca foi sobre amor. Sempre teve a ver com comodidade.

— O que foi que você disse?

— Você é uma pessoa com problemas de confiança, acomodada e fria!

Definitivamente, ela estava passando dos limites.

Eu não tinha problemas de confiança, apenas nunca tinha estado com alguém que me fizesse querer mais. Por que fria? Eu preferia me ver como uma mulher sincera. Por que dizer "eu te amo" e banalizar o sentimento quando o Rodrigo não estava tão forte no meu coração? Quanto aos meus pais, reconsiderei o ímpeto de aventura quando percebi quão rápido a vida podia acabar, de repente. Meu pai quase morreu de um infarto, um ano atrás.

Ele podia ter quinhentos defeitos, mas tinha quinhentas e uma qualidades, e, para mim, isso bastava. Era o meu pai. Não era pela conta de luz, ou pela comodidade da casa com piscina e empregados. Era. Meu. Pai.

— Amelinha, por que está me atacando? Eu só disse pra você ter cuidado ao ficar imaginando um futuro com o Pietro, só isso. Não só por ser o Pietro, isso vale pra qualquer um. Não tem nada a ver com ter dificuldade em confiar, coisa que eu não tenho. Isso é sobre se resguardar, proteger seu coração. Você sempre perde o controle quando se envolve com alguém...

— E você passa longe disso, não é, Giovana Rainha do Gelo?

Fiquei boquiaberta.

— Carol tem razão.

— Como assim, Carol tem razão?

— Carol tem razão sobre você. Se toca, Giovana, você fala como se tivesse grande bagagem de vida, quando tudo que fez foi ficar aí, trancada em si mesma, cheia de medo de viver. "Problemas", ela diz. Seus pais adoram o Rodrigo. O país inteiro adora! Mas e você? Como é que nunca te vi falar dele com brilho nos olhos? Com fogo, paixão? É cômodo namorar com ele, porque ele não te tira do sério, não faz você se consumir inteira de amor.

— Não sabe do que está falando...

Senti as lágrimas picarem meus olhos e me forcei a não chorar na frente dela.

— Seus pais te obrigaram a estudar Turismo para trabalhar na empresa deles.

— Eu trabalho em um porão!

— Uh! Parabéns, amiga! — ela disse, batendo palmas em deboche. — Tão rebelde! *Não, papai, eu não estou pronta para cuidar da agência...*

— Não faça isso, Amélia — adverti.

— Você nunca vai estar pronta, porque você odeia essa merda. Continue se escondendo em um porão, Giovana. Continue se escondendo de encontrar um amor, de assumir para os seus pais que você detesta a agência... Continue se escondendo de si mesma. Vamos lá, continue!

— Eu não detesto a agência! Tenho muito orgulho do que meus pais fizeram, do nada. E eu gosto do curso que fiz!

Eu realmente sentia orgulho da dedicação dos meus pais ao criar a agência de turismo, e, além de colocarem todo o seu dinheiro e energia no negócio, conseguiram sócios que investiram o suficiente para aquele sonho acontecer. Nem sempre tiveram o status atual, começaram de baixo. Meu pai, filho de marceneiro, e minha mãe, filha de viúva de militar. Ninguém teve luxo por muito tempo. Eu cresci em torno do meu avô trabalhando a madeira e criando peças lindas que nunca seriam dele. Por que não me orgulharia da história da minha família e de como meus pais conquistaram seus sonhos?

— Quer dizer que todas aquelas matérias eletivas com história da arte foram só de brincadeira? E as optativas? Eu me lembro muito bem quando você escolheu Museologia; Arte aplicada ao turismo; Estudo de roteiro turístico na Europa... Você passou horas falando sobre essas coisas e...

— Isso é totalmente irrelevante, Amélia — interrompi. — Aliás, quando foi que o assunto Pietro mudou para a minha vida?

— Desde quando você ficou aí julgando meus sentimentos e por *ser* apaixonada! Eu sou mesmo, sou apaixonada pela vida! Faço tudo intensamente e tenho coragem de encarar as coisas, mesmo que eu quebre a cara. Mas já você... você é uma covarde.

Apaguei a luz da luminária; era melhor ficar calada do que expor o que estava passando em minha cabeça.

Só que Amelinha não me deu essa chance.

— ... E vamos combinar, você mora com os seus pais e tem 28 anos! Eu me lembro da Giovana que disse que, aos 21, se mudaria e moraria sozinha. Que colocaria uma mochila nas costas e viajaria pela Europa. Você não sabe o que é se jogar de cabeça no que realmente quer! Sua espontaneidade é zero, Giovana.

Naquele momento, sentei na cama, liguei a luminária e apontei o dedo em sua direção.

— Pelo menos, eu não choro no colo das amigas em um *nhem-nhem-nhem* eterno, sempre que um namoradinho me dá o fora. E se eu estou tentando colocar um pingo de controle nas suas atitudes é porque estou de saco cheio de ficar te ouvindo choramingar. Está na cara que o Pietro nunca vai ficar com uma pessoa que não tem nada a ver com ele. Pietro é um homem, Amélia. Homem! Não é um desses moleques com quem você está acostumada a transar. Você é mimada e egoísta, e eu duvido que esteja apaixonada de verdade pelo Pietro. O que está te consumindo é que ele não te deu a mínima, mas, se desse, você faria como sempre: perderia o interesse rapidamente. Quando Pietro parar com uma mulher, com certeza vai ser uma que tem as mesmas prioridades que ele, inclusive, casar. Não uma aspirante a atriz que nunca consegue um papel de verdade, mas que se acha "a adulta" por dividir o apartamento com a Sara, mas tendo a sua metade das despesas pagas pelo papai! É muito fácil se jogar de cabeça com o dinheiro do papai como paraquedas, não é? Cai na real, você não é melhor do que eu, não é melhor do que ninguém!

Quando terminei de falar, estava ofegante, e Amelinha, boquiaberta e com os olhos marejados.

O silêncio zumbia entre nós como estática.

Eu magoei minha amiga.

Baixei a cabeça, cerrando os olhos com força.

— Desculpa, Amelinha.

— Desculpa porra nenhuma. Foda-se, Giovana!

Amelinha se levantou, abraçada ao travesseiro.

— Eu vou dormir com a Sara e a Carol. Bem longe de você e do seu veneno.

Amélia deixou o quarto, e eu fiquei me xingando por um bom tempo, deixando as lágrimas caírem livremente.

Alcancei meu telefone, na mesa de cabeceira, encarando novamente a foto e a matéria de um jornal carioca.

Rodrigo apoiava um dos joelhos no chão, erguendo a caixinha com um anel. No rosto, um sorriso. Enquanto isso, eu ainda sorria, achando se tratar de uma brincadeira. E o maldito fotógrafo resolveu nos clicar bem naquele momento.

"Jogador da Seleção de futsal, Rodrigo Oliveira, pede em casamento a namorada, Giovana Lemos Brandão".

Merda.

Ainda estava escuro quando despertei de vez. Não conseguira dormir bem, sabendo que Amelinha estava triste por minha causa.

Não era direito meu dizer a ela qualquer coisa sobre o Pietro. Afinal, eu não poderia prever o futuro, e talvez Amelinha estivesse em seu caminho, quem saberia?

Levantei da cama muito cedo. A casa ainda estava silenciosa.

Tomei uma ducha rápida, troquei de roupa e resolvi descer em busca de algum desjejum.

Ainda na escada, de onde era possível vislumbrar o hall de entrada, vi Enzo arrumando-se para sair. Ele vestia um casaco para enfrentar a manhã gelada. A casa da família Di Piazzi ficava no cume da montanha e a temperatura pela manhã beirava 10°C.

Parei.

Daria meia-volta.

Em outro momento, talvez pudesse encará-lo, mas não naquele instante.

Quando comecei a subir os degraus, lentamente...

— É muito cedo para ficar andando pela casa feito alma penada.

A voz de Enzo ecoou pelo hall.

Sem jeito, dei de ombros quando ele ergueu o olhar para mim.

— Você está bem?

— Ficarei — respondi.

Enzo continuou me encarando, pensativo. Mordeu os lábios e meneou a cabeça, indicando o lado de fora.

— Quer ir à cidade comigo?

— Cidade, para quê?

Ele sorriu e me estendeu a mão.

— Vem, princesa.

— Estou com uma roupa simples...

— Está linda. Pegue um casaco e venha comigo.

Olhei para cima por um segundo, decidindo se deveria ou não o seguir.

Sua espontaneidade é zero, Giovana.

— Ok. Dê-me um minuto.

Pouco tempo depois, Enzo e eu seguíamos em sua motocicleta. O céu ganhava lentamente matizes de cinza, azul e dourado. Ele parou no acostamento, ainda no alto, tirou o capacete e suspirou. Também tirei o capacete, sentindo o ar gelado no meu rosto.

— Acho que é a primeira vez que vejo o pôr do sol em um dia e o nascer dele no dia seguinte, com a mesma mulher, sem qualquer nudez envolvida.

— Isso é uma coisa boa? — Tive vontade de rir.

— Ainda não sei como me sinto em relação a isso. — Seu tom zombeteiro me fez sorrir.

Enzo apoiou a mão esquerda em meu joelho e ficamos em silêncio, apreciando o nascer do sol.

Ele acariciou lentamente o meu joelho, sem tirar os olhos do horizonte, dos filetes dourados que ganhavam espaço sobre a colcha de retalhos verdes à nossa frente.

Poucos pássaros voavam, mas era possível ouvir muitos outros cantando.

O aroma da grama orvalhada era suave, embora marcante.

A brisa que corria gelada nos tocava, em vãs tentativas de arrepiar nossa pele.

— Isso não te dá vontade de chorar? — sussurrei, sem saber por quê.

Enzo contemplou o horizonte por um instante e respirou fundo, inalando o cheiro de grama e terra molhada. Suspirando, respondeu-me, também sussurrando:

— Não.

Ele se virou para mim com um sorriso no rosto, obrigando-me a sorrir junto.

— É bonito — corrigiu-se. — Não do tipo que me faria chorar, mas é bonito.

— Você está acostumado com a vista.

Enzo concordou, movendo a cabeça.

— Talvez seja isso.

Novamente, o silêncio confortável se acomodou entre nós.

Encostei a cabeça em suas costas, ainda admirando a vista; agora, sentindo cheiro de sabão em suas roupas, misturado a todos os outros aromas ao redor. E o cheiro dele.

— Não sei o que te chateou, mas gostaria de ver mais do teu sorriso hoje. Será que tenho alguma chance?

— De ver o meu sorriso?

— Sim.

— Por quê?

— Gosto de como seus olhos ficam pequenos quando você sorri. Lembra-me de uma manhã de Natal.

Enzo esperava que eu me derretesse por suas palavras? Ele parecia aguardar um suspirar ou uma risadinha.

— Diga que não leu isso no para-choque de um caminhão — exigi, e minha voz soou entre irritadiça e entediada.

Ele riu alto.

— Foi em um comercial da Coca-Cola, eu acho.

— Puta merda...

Acabei acompanhando-o em sua risada.

Ele era inacreditável.

Colocamos os capacetes e seguimos para o centro da cidade.

Enzo deu a volta em uma praça apinhada de gente e parou à sombra de uma construção. Tudo naquela cidade parecia parado no tempo, as edificações de tijolos aparentes, o piso de pedras irregulares, as bicicletas, as senhorinhas sentadas na varanda de seus sobrados.

— Hoje você vai conhecer o mercado.

Enzo foi andando um pouco mais à frente, apontando para o aglomerado adiante.

— Mercado...

Ele se referia a uma grande feira.

Conforme passávamos pelos corredores entre grandes barracas de frutas, legumes e peixes, Enzo era cumprimentado por alguns, e de outros recebia olhares desconfiados.

Apalpou tomates, girando-os tão rápido na mão que parecia ser um daqueles jogadores de basebol preparando-se para o arremesso.

Ele e o vendedor iniciaram uma negociação que tinha tudo para ser legendada com insultos. Qualquer um diria que começariam a se estapear. Por fim, o homem lhe deu um sorriso aberto e apertaram as mãos.

A cena se repetiu em outras duas tendas.

Fascinante.

Enquanto Enzo seguia encomendando coisas, conversávamos.

Começamos um diálogo agradável, nada de insinuações e ele nem mesmo se aproveitou para me tocar. Parecia querer me dar espaço, depois de eu tê-lo rechaçado na noite anterior, após o jantar.

Enzo falava sobre o cardápio da festa de casamento, e que, por culpa do pouco tempo, não conseguiria fazer algumas coisas que são tradicionais na família deles.

Fiquei surpresa ao saber que ele tinha uma equipe de outros chefes que cozinhavam juntos. Enzo os convidou para trabalharem com ele, a fim de entregarem o evento de casamento perfeito para Débora e Théo — Anghelo, como ele chamava o primo, embora eu não conseguisse me acostumar.

— Então vocês dispensaram por completo o bufê que o Théo contratou?

— Isso seria impossível, Giovana. Não tenho estrutura para arcar sozinho com um evento desse porte, ainda que estejamos em um número reduzido de convidados. Ainda assim, vamos precisar dos garçons e dos auxiliares. Alguém para manter a louça limpa enquanto cozinhamos... E alguém precisa servir aos convidados.

— Acho tão trabalhoso... — divaguei.

— Servir aos convidados? — ele perguntou, sem qualquer traço de humor, o que me fez sorrir.

— A festa toda. Cheguei ontem e já estou a par dos inúmeros quase desastres que a Lu, cunhada da Debye, evitou com o tal Vicenzo. No Brasil, os casamentos são muito diferentes, desde o convite, até a lembrancinha. Fiquei impressionada.

— Pelo que vi, ela escolheu tudo muito simples. Arranjos sem cor. Nada de toalha bufante, nem escultura em guardanapo. E vetou a cascata de presunto.

Sorri mais abertamente. Débora adorava o Théo, mas eu não via jeito de ela aceitar todas as tradições da terra do noivo, mesmo que os convidados fossem noventa por cento italianos.

— Eu imagino... Olha, eu conheço a Debye há anos, ela é muito discreta. Então, sem dúvida vai manter tudo o mais singelo possível. Sem cor... isso é um pouco de exagero da sua parte, a festa é em tons pastel e lavanda. Já sobre a cascata de presunto... nem sei o que te dizer...

Debye jamais faria esculturas com presunto e salaminho.

J.A.M.A.I.S.

Não diria nada ao Enzo, mas vi quando Luíza vetou o arranjo das mesas feito com barquinhos de isopor. Debye morreria se visse algo assim. No lugar, simples arranjos de flores do campo e lavanda, em jarros de aço inox, para ornar o que elas chamaram de "casamento provençal rústico".

— Débora me passou uma lista com o que quer que seja servido. — Ele torceu os lábios em desgosto. — Pelo menos, foi razoável em acrescentar algumas coisas.

— Razoável não é um traço marcante em sua personalidade. Como foi que conseguiu este milagre?

— Eu só disse a ela que a vovó abriu mão de inúmeros detalhes, e, se ela não cedesse um pouco, faria mais sentido ter casado no Brasil, não é? Há um ditado que diz: quando em Roma, faça como os romanos.

Ele estava certo. Qual era a graça de se casar em outro país para ter tudo como se fosse feito no Brasil?

— Organizar as refeições de um casamento não é uma tarefa fácil, mesmo que seja uma festa intimista. Acha que dá conta? As coisas ficaram um tanto complicadas e de última hora.

Enzo parou de caminhar, avaliando a mim, ou minha pergunta, e, sem mostrar qualquer alteração em sua voz, respondeu:

— Eu vou tentar. — Sorriu.

Percorremos quase toda a feira. Enzo explicou que entregariam parte do material na vila, e outra parte no Luidgi's, um restaurante que ele gostaria que eu conhecesse, portanto, não precisaríamos nos preocupar em carregar sacolas. Também explicou uma série de outras coisas sobre o mercado, os produtos e a origem deles, e a época do ano que as famílias costumavam cultivá-los. A maioria dos donos das feiras eram moradores locais. Havia pouco produto industrializado; isso era muito legal e muito diferente também.

— Está gostando?

— De estar aqui? Sim, claro. É diferente. Não costumo sair para comprar comida, e estar em uma feira assim... é legal.

Enzo ergueu as sobrancelhas e deixou um suspiro admirado escapar, curvando os lábios para baixo enquanto assentia.

— Nada de mercados no navio.

— É, não tem — respondi, achando graça.

— Certo.

Tornamos a caminhar.

— E você? Arrependido por ter me convidado?

— Por que estaria? Você nem fala muito — brincou. — Além disso, preciso agradecê-la por alimentar a fantasia de que estou sempre acompanhado de uma bela mulher.

Achei graça do seu comentário e sorri um pouco mais. *Fantasia?* A quem ele estava querendo enganar?

Depois de uma segunda volta pela feira, encantei-me com uma barraca que vendia pequenos artesanatos e algumas antiguidades: cantis da época da guerra, garrafas de vidro, xícaras de chá, caixinhas, e muitas outras coisas. Enquanto eu fuxicava entre os itens que Enzo chamou de quinquilharia, ele pediu licença e foi mais adiante no corredor, gesticulando para as hortaliças.

Entre muitos objetos, a caixinha que imitava marfim perolado chamou minha atenção, mas não por ser algo que eu gostasse, e sim por me lembrar de Amelinha. Ela adorava aquelas coisas.

Sem dinheiro, virei-me para pedir que Enzo pagasse, mas não o encontrei.

— Mas ele estava aqui agora mesmo...

Afastei-me da barraca de antiguidades, olhando entre os feirantes e as tendas.

Longe do aglomerado, vi Enzo. Havia uma mulher com ele e não parecia nada contente. Nenhum dos dois, na verdade.

A postura do Enzo era defensiva, com braços cruzados e coluna ereta. Já ela, tinha os olhos cheios de lágrimas.

Morena, de longos cabelos negros, jovem e muito bonita.

Ainda sem saber que atitude tomar, fui me aproximando aos poucos.

Enzo parecia tenso, falava baixo e desviava o olhar para os lados vez e outra.

Até nossos olhares se cruzarem e ele esticar a mão para que eu a pegasse.

A mulher parou de falar.

Segurei a mão de Enzo, e ele me puxou para um meio abraço. Ela me encarou com surpresa e mágoa. Sinceramente, parecia que tinha tomado um tapa na cara.

Eles reiniciaram a conversa, sem que eu fosse apresentada à mulher ou ela a mim. Eles falavam rápido demais para que eu conseguisse acompanhar o idioma nativo. Enzo falava tão bem português, mas, naquele momento, não se dignou a esclarecer o que estava acontecendo. A mulher foi ficando nervosa, embora ele respondesse com calma e passividade.

Quando ela abafou um soluço de choro, achei que aquilo era demais.

— Enzo, o que está acontecendo? Quem é ela?

— Espera, Giovana.

Ele encerrou o assunto, e a mulher me encarou com ódio antes de nos dar as costas e partir.

Soltei-me de Enzo no instante seguinte.

— Que porra é essa? Está me usando pra dar o fora nela?

— O quê? Não!

— Claro que sim! Posso não ter entendido tudo o que disseram, mas não sou idiota a ponto de não reconhecer um fora sendo dado.

Comecei a caminhar para longe dele, até sentir seus dedos se fechando no meu pulso. Então ele me girou para encará-lo.

— Eu a dispensei sim. Mas não como está pensando.

— Ah, é mesmo? — Senti a ironia em minha voz, mais ácida do que gostaria.

— Disse que não iria com ela, porque estava com você. Ela não acreditou, então você chegou e eu te abracei. Não te usei, Giovana, só falei a verdade.

Fiquei parada, assimilando que o maior canalha Di Piazzi esteve me abraçando publicamente. E dispensou uma mulher linda claramente interessada nele.

O que isso significava?

Pelo jeito como meu coração errou uma batida, assim que Enzo me abraçou no meio da praça, significava que eu deveria tomar cuidado. Ele não era o homem certo.

Enzo era, sem dúvida, o cara errado.

— Está tudo bem? Fala alguma coisa, por favor.

— Está... Estou bem. Juro.

— Ok. Será que podemos continuar? Ainda quero levá-la para tomar café da manhã.

Quando concordei, movendo a cabeça, Enzo se aproximou ainda mais, segurando meu rosto. Abaixou-se um pouco, e nos beijamos.

Assim que se deu por satisfeito, depois de deixar as minhas pernas como gelatina, meu cérebro vazio e meu coração disparado, voltamos a caminhar. Não mais com ele andando um tanto na frente, como um guia turístico. Dessa vez, ele passou novamente o braço ao redor dos meus ombros e puxou minha mão para segurá-lo na cintura. Meu polegar enganchou no passador do seu jeans e fomos em direção às lojas, agora abertas.

O rosto desesperado da mulher não saía da minha cabeça, mesmo depois de termos nos sentado à mesa, em uma pequena padaria, onde ele puxou a cadeira para mim. Como se pudesse ler meus pensamentos, Enzo iniciou:

— O nome dela é Domenica.

— Ex-namorada?

— Eu não namoro, Giovana. Então, não. Não é uma ex-namorada.

Nossa.

— Bem... isso é estranho, pois ela parecia estar tirando satisfações com você. E não era como amiga ou conhecida.

— Se você quer saber se nós transamos, a resposta é sim.

— Uau. Direto.

— Mais alguma dúvida? Eu não gostaria que a Domenica se instalasse aqui, em nossa mesa de café da manhã. Isso é dar a ela uma importância que não tem, que nunca teve e que nunca foi prometida. Você sabe que não prometo qualquer coisa que não possa cumprir.

Sem saber o que fazer, movi a cabeça, concordando.

A padaria começou a encher, de repente. Depois de discutirmos sobre o cardápio, ele perguntou o que gostaria de comer, ao invés de decidir por mim, e, aos poucos, fomos nos envolvendo em outras conversas, até que o ocorrido com a tal Domenica foi esquecido.

Enzo deu-me dicas sobre o que, definitivamente, eu deveria provar, antes de sair da cidade. E cada pequeno gesto dele soava como um alerta. No café, suas mãos sempre davam um jeito de encontrar as minhas em toques sutis. Inclinava a cabeça para um lado ao me ouvir contar alguma coisa e mordia internamente o canto do lábio direito. Isso me matava, era tão sexy e me fazia desejar beijá-lo.

Eu adorei tomar café da manhã com Enzo Di Piazzi.

Capítulo 10
Enzo

Há momentos na vida em que a gente simplesmente dá azar. O destino se encarrega de fazer arranjos e nós ficamos à mercê dos seus caprichos.

Quando convidei Giovana para ir ao centro da cidade, não tinha intenção de nada a não ser um pouco de companhia. E ela parecia ter tido uma péssima noite.

Não imaginei que encontraria Domenica no mercado. Ela estava longe demais de Arezzo; no mínimo, uma hora.

Domenica disse que bateu em minha porta, mas eu não estava.

Eu não dei meu endereço a ela.

Daí, veio com uma história triste de que sentia falta de mim, que estava sofrendo, que brigou com a mãe por minha causa, falou que poderia me fazer muito feliz e até que me amava. O que eu responderia para ela sem soar como o canalha que todos me rotulavam? Não era possível simplesmente lhe dizer: Sinto muito, eu não amo você.

Ok, isso seria menos violento do que o que eu realmente pensava: Sinto muito, você só serve para um sexo rápido e sem amarras.

E o pior era que ela falava comigo como se houvesse algo que nos ligasse, se dirigia a mim como a um namorado, cujo afastamento não era nada além de um problema de casal.

Falei baixo, não queria que mais ninguém ouvisse as minhas palavras, não queria humilhar a garota publicamente, por mais ridículo que fosse o papel que ela desempenhava. Fui direto ao ponto:

— Domenica, não existe nada entre nós. Por favor, siga o seu destino.

— Como assim? Nós...

— Não brinca que você achou que... — Uma pequena risada escapou, mas não foi de escárnio, e sim de surpresa. Domenica não era nenhuma adolescente. Ou ela realmente pensou que adultos não faziam sexo casual?

— Enzo... Não pode estar falando sério. O que tivemos foi especial! Eu sei que foi.

— Claro que foi! — concordei, sincero. — Foi muito bom mesmo. E aprecio que você tenha vindo até aqui para repetirmos, mas estou com outra pessoa, agora.

Domenica arregalou os olhos da forma expressiva como fazia sempre. Talvez ela não entendesse o porquê de eu dar o fora nela. Sendo muito bonita, imaginou que eu me deixaria levar por sua beleza. Sim, foi divertido por um tempo, mas não, eu não estava pronto para ficar com nenhuma mulher, amarrado. Principalmente uma que não se dava o devido valor, como Domenica.

— Está mentindo!

Movi a cabeça, negando.

— Claro que está mentindo! Só faz duas semanas que deixamos de nos ver!

— Humm... isso é um tempo considerável para alguém como eu, querida. Não me leve a mal. Sinto-me lisonjeado por sua persistência, mas coloca uma coisa nessa sua cabecinha: esse "nós" que você tanto fala não existe. E estou mesmo com outra pessoa.

Giovana se aproximou, e eu estendi a mão, chamando-a. Ela veio para o meu lado sem qualquer convicção e eu a abracei.

— Você é muito sórdido! Quem é essa?

— Isso não te interessa.

— Mais uma que você vai destruir? Por que está fazendo isso comigo?

— Mas eu não estou fazendo nada com você.

— O que fiz de errado pra você me odiar?

— Odiar? Não. Isso é absurdo.

— Nós...

Outra vez ela com isso de "nós".

— Domenica, não existiu nada entre mim e você que não fosse consensual, mas já passou. Isso não quer dizer que eu não me importe com a sua felicidade. Eu quero que você seja feliz, mesmo. Só que... não ao meu lado.

Ela pôs a mão na boca, negando-se a chorar.

— Enzo, o que está acontecendo? Quem é ela? — Giovana estava ficando tensa ao meu lado.

— Espera, Giovana.

Domenica me encarou e depois olhou para Giovana. Estava vendo a hora que a filha de Antonina começaria uma briga ali.

— Acho que acabamos por aqui, sim? Vá pra casa, Domenica, antes que a sua mãe resolva te procurar.

Por um instante, pensei que ela retrucaria, mas Domenica simplesmente olhou para mim e Giovana com o rosto transtornado e partiu.

Melhor assim.

No instante seguinte, Giovana empurrou meu braço para longe, desfazendo nosso contato.

— Que porra é essa? Está me usando pra dar o fora nela? — Seu tom de voz não poderia demonstrar mais sua insatisfação.

— O quê? Não!

— Claro que sim! Posso não ter entendido tudo o que disseram, mas não sou idiota a ponto de não reconhecer um fora sendo dado.

Ela se afastou a passos largos.

Que diabos está acontecendo com essas mulheres?

Eu tinha direito de resposta. Impedi Giovana de se afastar ainda mais. Encaramo-nos.

— Eu a dispensei sim. Mas não como está pensando.

— Ah, é mesmo?

Semicerrei os olhos ao ouvi-la tão ácida, aquela sobrancelha petulantemente erguida.

— Disse que não iria com ela, porque estava com você. Ela não acreditou, então você chegou e eu te abracei. Não te usei, Giovana, só falei a verdade.

Ela permaneceu quieta, talvez decidindo acreditar ou não em minhas palavras.

Que diabos estava acontecendo com as mulheres? Que diabos estava acontecendo COMIGO?

Eu não estava pronto para me envolver com ninguém, mas o inferno congelaria antes de eu falar em voz alta o que se passava pela minha cabeça, sobre como ela me fazia querer considerar isso.

Estava preso no olhar de Giovana, tão límpido, o azul-céu mais impressionante que já tinha visto.

O que ela estaria pensando quando seus lábios se entreabriram? Quando manteve seu olhar no meu e seu pulso, sob minha palma, acelerou.

— Está tudo bem? Fala alguma coisa, por favor — pedi.

— Está... Estou bem. Juro.

— Ok. Será que podemos continuar? Ainda quero levá-la para tomar café da manhã.

Queria levá-la ao meu apartamento, não muito longe dali, e fodê-la até que esquecesse o próprio nome e todos os vizinhos soubessem que eu estava em casa.

Que merda!

Ela moveu a cabeça, concordando. Mal sabia o quanto eu fantasiava com ela.

Eu a queria tanto que até doía.

Eu precisava beijá-la, antes que ficasse louco de vez.

— Nunca vi ninguém cortar tomates tão rápido! — disse Giovana, os olhos se adequando ao movimento acelerado na cozinha do Luidgi's. — Sinto como se estivesse de camarote em algum programa de culinária.

— Preciso levá-la para a cozinha do chefe Francesco, um pouco mais distante, em Pienza — respondi, virando-me para meu amigo. — *Francesco, posso prendere la mia ragazza per il vostro ristorante?*

— *Va bene*, Enzo — Francesco respondeu, com um divertimento no olhar desde que me viu chegar com Giovana.

Eu nunca levava mulheres para o trabalho, por isso sabia que eles não perderiam a oportunidade de rir de mim, assim que possível.

— O que vai fazer? — Giovana apontou para uma grande quantidade de tomates picados.

— Molho para o recheio do rotolini.

Acrescentei o conteúdo da tábua no recipiente, em seguida, passei um pedaço de tomate no molho de ervas, ainda morno, e ergui o bocado para que ela provasse.

— Nossa... muito bom, muito bom mesmo.

Dei-lhe uma piscadela e retornei aos afazeres. Giovana não se intrometia ou fazia perguntas que nos distraíam, apenas ficou lá, quieta sobre o balcão mais afastado, observando tudo com curiosidade e rindo das brincadeiras de Filipo e Luidgi, o dono do restaurante onde cozinhávamos.

Trocávamos olhares furtivos, sempre acompanhados de um sorriso singelo.

Gostei de tê-la por perto.

Depois de um longo tempo quieta, lavei as mãos e me posicionei em frente à Giovana, tocando sua cintura, encaixando-me no espaço entre suas pernas.

— Está cansada? Quer ir embora?

— Não se preocupe, estou bem. No momento, prefiro ficar aqui a... — Ela moveu a cabeça, negando. — Está bom aqui, a menos que queira que eu vá.

— É bom tê-la por perto. Assim que terminarmos, podemos sair um pouco, se quiser. O casamento é amanhã e estamos ficando sem tempo. Obrigado por ficar. Levá-la até a vila e depois retornar para cá seria um desperdício.

Um desperdício de tempo e oportunidade.

Beijei Giovana rapidamente e me afastei.

— Por que não preparam a comida lá na cozinha da vila? É tão espaçosa...

— Precisamos do equipamento industrial. Estamos fazendo porções para muitas pessoas. Amanhã será mais fácil aquecer os pratos pouco antes de servirmos, e isso faremos na vila, mas o restante... não há como, precisamos adiantar as massas, deixá-las pré-cozidas. Os molhos serão preparados na hora, pouco antes da cerimônia.

— E eu posso ajudar com alguma coisa? Não sei cozinhar, mas posso lavar a louça, se quiser.

Olhei suas unhas benfeitas e não pude aceitar a ajuda, mas Giovana foi teimosa, saltou do balcão, pegou um avental e um par de luvas com Luidgi e foi nos ajudar com os utensílios: pilhas e pilhas de vasilhas, bandejas, pratos, facas e garfos. Os ajudantes ainda não haviam chegado e, no final, sua ajuda foi bem-vinda.

Francesco nos deu um olhar curioso, curvou o canto dos lábios para baixo, em seguida, sorriu.

— Vocês deveriam abrir um restaurante em sociedade — comentou Giovana.

Filipo, que não tinha nenhum contato com outras línguas latinas, perguntou-me o que dizia Giovana, e expliquei. Ele respondeu a ela, como se Giovana pudesse entender perfeitamente nosso idioma. Mas ela não era fluente e olhou para mim, buscando auxílio.

Respirei fundo, olhando para Filipo com seriedade. Já havíamos tido aquela conversa milhões de vezes.

— E então, o que ele disse?

— Que você poderia convencer-me a isso — resmunguei.

Não foram apenas essas as palavras de Filipo, mas Giovana não precisava se inteirar de todas as vezes que recusei a sociedade com eles. Filipo e Luidgi estavam cozinhando em sociedade e insistiam para que eu fizesse parte.

Simplesmente não era para mim.

Depois de prepararmos a maioria dos pratos, já era tarde, bem depois do horário do almoço, então nos sentamos para comer sanduíches e descansar um pouco. A segunda etapa seria mais cansativa: os doces.

Giovana atendeu uma ligação de Carol e avisou que estava comigo, no restaurante.

Levá-la ao restaurante de Luidgi foi ótimo, era um despretensioso lugar, que ostentava uma estrela Michelin. A maior parte dos seus clientes eram turistas, que procuravam delícias da bucólica culinária da Toscana.

Filipo atraiu a simpatia de Giovana logo no primeiro contato, pela coincidência do nome; o pai de Giovana se chamava Filipe. Era engraçado vê-los interagindo, não entendiam nada do que o outro falava.

Francesco também achava graça, estava mais acostumado com os clientes latinos e conseguia entender melhor o que dizia Giovana. Depois de horas na cozinha, estávamos prontos para seguirmos para a vila.

Francesco me chamou em um canto, enquanto Luidgi e Filipo se despediam dela.

— A menina é boa moça — disse ele, calculando as palavras.

— Sim, é o que parece.

— Então faça um esforço para não a machucar, Enzo — pediu Francesco.

— Eu não quero fazer mal a ela.

— Ótimo, então a deixe.

Francesco tinha idade para ser meu pai, então o ouvi com atenção, mas neguei seu pedido.

— Desculpe, amigo, mas não vai dar. Giovana e eu já estivemos envolvidos meses atrás, e agora ela está aqui, na minha cidade.

Francesco franziu as sobrancelhas e recuou um pouco.

— Está me dizendo que esteve com ela e quer repetir, ou tem estado com ela desde então?

— Apenas não quero deixá-la ir, por enquanto — respondi, evasivo.

Giovana era uma história em aberto. Eu seria um imbecil se não ficasse com ela enquanto pudesse. Depois, seguiríamos nossos caminhos separados.

Francesco não ficou contente e afirmou estar preocupado comigo, porque eu estava agindo estranhamente.

Por fim, marcamos o horário em que o furgão de entregas do Luidgi deixaria o que preparamos para o casamento. Saímos em seguida. Era noite, mas ainda estava claro.

— Está cansada?

— Não muito, você deve estar muito mais.

Eu não queria mentir, estava mal.

— Ainda me sobra energia para levá-la a um lugar, quero tomar um vinho contigo. Aceita?

— Se estiver gelado, aceitarei.

— Ótimo. Então vamos.

— É diferente do que eu imaginava.

Giovana olhou tudo em volta, antes de se virar para mim.

Fazia algum tempo desde a última vez que estive em meu apartamento. Mas eu tinha uma pessoa de confiança que o limpava e deixava a dispensa abastecida.

— Seja bem-vinda.

— Obrigada.

Abri as venezianas da sala e liguei o ventilador de teto. O som das pás foi abafado pelo barulho dos turistas, circulando na praça. Giovana se aproximou do guarda-corpo, observando o trânsito logo abaixo. Era verão na Toscana, com muitos visitantes. Em poucas semanas, começaria o Palio, uma das mais antigas corridas de cavalo do mundo.

— Você tem uma vista interessante.

Virei de frente para Giovana, mantendo meu quadril escorado na grade.

— É uma vista linda, e única.

Ela sorriu, ainda com um resquício de tristeza. Queria ter apagado aquele semblante dela, porque Giovana tinha uma beleza etérea quando sorria daquele jeito, mas era algo ímpar desde que estivesse feliz. Ela era capaz de iluminar tudo ao seu redor. Isso era extraordinário.

Ela observou meu braço.

— *Cucinare è solo un modo diverso di dare piacere* — leu. — Cozinhar é apenas um jeito diferente de dar prazer? — A pergunta saiu em voz baixa. Ao invés de respondê-la com palavras, sorri.

Foi impossível conter minhas mãos, precisava tocá-la. Em um movimento leve, estiquei os dedos, deslizando-os pelo seu rosto, da têmpora ao pescoço. Nós nos encarávamos, olho no olho. Eu me aproximei, porque ficar mais um segundo longe da sua boca não era uma opção.

Nossos lábios se tocaram, e nenhum de nós dois se afastou, ou fez qualquer movimento. Podia sentir sua pulsação acelerar e sua respiração falhar. De repente, seus braços envolveram minha cintura e sua boca se entreabriu, dando passagem às nossas línguas.

O perfume dela ainda estava forte, enchendo meu nariz e pulmão com bergamota, algodão-doce e pimenta-rosa.

Aprofundamos o beijo por ser inevitável resistirmos um ao outro.

Houve um dedilhar em minhas costelas, e logo suas mãos estavam em meu peito, por baixo da camisa, sentindo minha pele se aquecer e arrepiar com o arranhar das suas unhas.

Eu quis parar, seduzi-la com a bendita taça de vinho, e depois beijar cada pedaço do seu corpo, e então faríamos o que quiséssemos, mas foi Giovana quem se afastou, interrompendo o beijo. Descansou a testa em meu peito, e eu apoiei a bochecha em seus cabelos, inalando forte aquele cheiro frutado, consciente de ser o aroma mais delicioso do mundo. Eu a abracei apertado, deslizando as mãos em sua coluna, lentamente.

Ela não estava bem.

Eu quis arrancar aquele sentimento ruim que se interpunha em nosso caminho. Ao mesmo tempo, não seria capaz de tentar obter dela qualquer informação. Eu não era seu confidente, não estava ali para me envolver em seus problemas. Essa merda de tentar consolar é o que estraga toda a diversão. Era assim que as pessoas confundiam as coisas.

— E aquele vinho que você me prometeu?

Eu sorri.

Boa menina.

— Tenho alguns ótimos aqui na adega.

Segurando em sua mão, a levei até a cozinha. Deixei Giovana sentada em um banco alto e abri a adega climatizada, tirando de lá um tinto seco e encorpado, da coleção dos Di Piazzi de Montalcino.

— Está com fome?

Giovana negou, movendo a cabeça.

Peguei as taças no armário e o abridor na prateleira acima da bancada.

— Espero que goste do vinho, eu o adoro. Apesar de mais forte do que os outros, ele tem uma textura muito suave, é refrescante na boca.

Servi nossas taças, entregando uma para Giovana.

— Obrigada.

Batemos as taças, em um brinde mudo, e sorrisos singelos de cada um foram o que precedeu o primeiro gole.

— Humm... delicioso.

— Eu gosto muito dele.

— Com razão.

Bebemos mais um pouco, em silêncio. Giovana vagueou o olhar para o apartamento, depois para mim.

— Aqui parece um bom lugar para se viver.

— Sim, é. Comprei o apartamento pela localização. É sempre fácil alugar neste período do ano, entre julho e agosto, época da corrida do Palio.

— Ah, eu já ouvi falar dessa corrida. É famosa. Aliás, o Centro Histórico desta cidade é incrível; do ponto de vista cultural, é riquíssimo.

— Há muitas atrações, sim. Acho que você gostaria de um passeio na Pinacoteca Nacional e na Fortaleza dos Médici... É aqui perto.

— Isso é uma dica ou um convite?

— O que você quiser, linda.

— Vou encarar como um convite. Não tem graça fazer turismo sem um gostoso guia local.

Seu tom de humor me fez sorrir.

Queria tocar no assunto sobre o que aconteceu no Rio de Janeiro, o que quase aconteceu na casa da minha família, e se deveríamos prosseguir naquele instante. Jamais forçaria qualquer coisa.

— Vou colocar uma música — anunciei, de repente, levantando. — Pode ser Nina Simone?

Giovana levou a mão ao peito de maneira dramática.

— Enzo Di Piazzi gosta de Nina Simone? Eu morri, sério, morri agora mesmo com essa informação!

Eu ri mais abertamente. Fiz um gesto para que se levantasse e viesse até mim.

— Quero te mostrar uma coisa, mas não pode contar para ninguém.

— Não prometo nada. Se for algo escandaloso, certamente dividirei com minhas amigas.

Revirei os olhos e segui até a estante, na sala de estar, abrindo uma porta dupla. Giovana se aproximou, uma das mãos cobrindo a boca entreaberta.

— Mentira!

Estava surpresa, de verdade.

— Você tem um toca-discos de vinil! E olha essa coleção! Mas...

— O quê? Você achou que eu fosse um homem fácil e superficial? — zombei.

Giovana abriu o sorriso que eu mais gostava, o que precedia a troça. E ela não me desapontou:

— Nunca pensei que fosse superficial, mas não posso contradizê-lo sobre isso de ser fácil.

— Engraçadinha.

Ajeitei a agulha e escolhi um dos discos de Nina Simone que costumava ouvir com o meu pai. Não me sentia melancólico nem nada, a saudade que tinha não passava de nostalgia saudável, em uma época em que, para mim, todos os problemas se resolviam com um pouco de música, vinho e a boa comida mediterrânea.

Como eu era ingênuo.

No entanto, estava disposto a apelar para a inocência que um dia tive, para tentar dissipar o olhar entristecido que Giovana ainda mantinha, mesmo depois de algumas risadas.

Four Women ecoou pelas paredes brancas da sala. Giovana bebeu o restante do vinho de sua taça, deixou-a sobre o balcão que dividia a sala da cozinha e se aproximou, movendo os ombros sutilmente, no ritmo da canção.

Giovana era linda demais. Combinava perfeitamente ali, no meu apartamento. Dançando para mim, dançando comigo.

Estendendo a mão, alcancei sua cintura, colando nossos corpos. Seus braços em meus ombros e pescoço. Nossas testas se tocando enquanto nos movíamos ao som do jazz. Abracei-a mais forte, sentindo o encaixe perfeito do seu corpo no meu.

Nossos lábios se uniram pouco tempo depois. Carícias leves. Respiração sincronizada. Língua morna dançando ao sabor do mesmo ritmo que a música.

De repente, paramos.

A lentidão estava nos matando, e era dolorosamente bom que fosse assim.

— Eu quero você.

Giovana moveu a cabeça, concordando.

— Sim? Eu quero ouvir, linda. Fala.

— Sim. Claro que sim.

Capítulo 11
Giovana

— Giovana, você ouviu o que perguntamos?

— Uh? Desculpe, pode repetir?

Sara revirou os olhos.

— Por onde andou? Saiu ontem e está chegando a essa hora!

— Eu...

Carol sentou na beirada da cama e riu.

— Tenho um palpite, Sara. Você por acaso viu o Enzo durante o jantar? — provocou Carol.

— Ai, ai, ai... — Débora parecia preocupada e movia a cabeça, negando.

— Por favor, não me diga que vocês...

— Nem precisa! — Carol se inclinou para mim, exibindo um sorriso largo. — Vejam só essa pele, meninas. O olhar de pescada frita...

— O que é olhar de pescada frita? — Sara também se inclinou em minha direção, examinando minhas feições.

— Parem com isso, vocês a estão deixando sem graça. Ao invés disso, se não perceberam, preciso de ajuda para fechar o vestido. — Débora foi a única a me defender, atraindo a atenção para si.

— Você pode atrasar... — Carol fez um gesto de desdém. — Aqui estamos falando de uma sobrevivente. Olhem e aprendam. Como uma pessoa pode passar por Enzo Di Piazzi e ficar intacta. Na verdade, com a cara mais deslavada desse mundo! Se não fosse a gente descobrir a cama ainda feita, não saberíamos que a moça aqui passou a noite fora.

— Giovana... Você é minha heroína. Você é a nova Diana... como era mesmo o sobrenome da Mulher Maravilha? — Sara mantinha o olhar estupefato.

— Prince — Amelinha respondeu pela primeira vez, ainda que não fosse para mim. — Ou Diana de Themyscira.

— Isso aí — continuou Sara. — Você é a nossa Diana Prince! Caramba, que coragem. Não, é sério, você é muito corajosa.

— Vai ficar aí muda? Compartilha a informação! — Carol segurou meus ombros e praticamente me sacudiu.

Suspirei, derrotada.

— O que querem saber?

— O que você acha? Tudo!

— Humm...

Não. Nem pensar contar cada detalhe do que aconteceu entre mim e Enzo.

De alguma forma, Enzo conseguiu ser ainda mais intenso do que em nossa primeira vez juntos...

— *Sim? Eu quero ouvir, linda. Fala.*

— *Sim. Claro que sim.*

Ele me beijou e sorriu, nossos lábios ainda unidos.

— *Vem comigo* — *pediu, falando baixinho. As mãos desceram por meus braços até unir nossos dedos.*

Enzo foi andando de costas, sem perdermos o contato visual, sem deixarmos de sorrir.

Claro que, por alguns segundos, considerei se ele não estava apenas sentindo-se vitorioso. Então, vi meu reflexo no espelho assim que entramos no banheiro. Nós dois estávamos com expressões similares.

Enzo tirou a camisa, descartando-a no chão, exibindo os braços tatuados.

Meu olhar vagueou até seu torso nu. Deleitei-me com a visão dos seus músculos definidos. Do jeito como me lembrava.

Enzo não era um brutamontes, pelo contrário, seu corpo atlético era mais seco e definido, como os dos corredores. Diferente dos primos. Igualmente belo e atraente.

E aquele bendito V que insinuava o que estava sob o cós do jeans.

Ele se aproximou, e meu olhar foi seguindo o caminho inverso, do V delicioso, passando pelos gomos de seu abdome, o peito coberto por uma camada fina de pelos, os bíceps inchados, trapézio, lábios cheios — com o canto esquerdo erguido em um sorriso convencido —, os olhos cinzentos mais lindos que eu já vira, encarando-me.

Precisava tocá-lo. Meus dedos exploraram seu peito. Quando arranhei seus mamilos, ele fechou os olhos, inspirando ruidosamente e expirando um gemido baixo.

Ele também ergueu as mãos, segurando meu pescoço e bochecha.

Nossas bocas continuavam se tocando com delicadeza, como se estivéssemos em um sonho frágil e pudéssemos acordar a qualquer momento, perdendo um ao outro.

No fundo, sabia que a sensação não passava de uma ilusão. Enzo não iria se preocupar em fazer amor comigo, ou com qualquer outra.

Era apenas sexo.

Apesar de estar seguindo com calma e carinho, era sexo. Não amor. E, quanto antes meu coração entendesse isso, melhor seria para mim.

Quando seus lábios rumaram para o meu pescoço, sem dúvida, ele pôde sentir minha pulsação acelerada. Enzo mordiscou a ponta da minha orelha e lambeu o pedaço de pele entre ela e minha mandíbula, fazendo-me, inconscientemente, arfar.

Seus dedos hábeis soltaram os botões da minha blusa e o fecho frontal do sutiã, expondo-me.

Ao me olhar, sua garganta se moveu, engolindo em seco. Ele alternava sua atenção entre meus olhos e meus seios.

Não podíamos ficar tanto tempo sem nos tocarmos e nos beijarmos.

As mãos se atrapalharam entre fechos, botões e zíperes, até que estivéssemos livres de nossos jeans.

Enzo se afastou para o chuveiro, medindo a temperatura para obter água morna. Quando se deu por satisfeito, virou de frente para mim, enganchou os polegares no elástico da boxer azul e a puxou para baixo, chutando-a para o lado e exibindo-se gloriosamente nu.

Antes que eu pudesse me livrar da calcinha, Enzo veio até mim, segurando minha cintura, colando nossos corpos para mais um beijo. Dessa vez, nem um pouco gentil.

Suas mãos rumaram para a minha bunda, apertando-me e empurrando-me de encontro ao seu membro duro. Seus dedos estavam entre a renda do cós e a minha pele, quando ele soltou minha boca com um estalo alto. Novamente, houve um estalo dos seus lábios ao beijar meu seio, depois o outro. Sua boca não perdeu o contato com a minha pele, conforme seguia sempre para baixo, arrepiando-me. Suas mãos desceram minha calcinha, e sua língua girou em torno do meu umbigo, seus dentes raspando meu quadril e coxa.

Pronto. Eu estava completamente nua e encantada por ele. Outra vez.

Enzo ergueu um pouco meu pé, depois o outro, e pegou a calcinha. Levantou-se, segurando a renda embolada na mão, olhou-me com seriedade, antes de sorrir discretamente.

— Se não se importa, gostaria de ficar com isso.

— Quê? Pra quê?

— Não quero correr o risco de que diga, de novo, que isso aqui não aconteceu. Vai ser minha apólice.

— Não seja ridículo.

— Impossível. Parece que você me transformou em um homem meio idiota. Você é tão linda, Gio. Tão linda...

Entramos sob a água morna do chuveiro, nos beijando e tocando como se o mundo fosse acabar, como se não pudéssemos ter o suficiente um do outro. Suas mãos só deixaram meu corpo pelo breve instante em que pegou o sabonete líquido, despejando-o na esponja, e novamente percorreram minhas costas, braços e pernas.

— Isso é o que deveríamos ter feito da primeira vez, depois de suarmos tanto.

Suspirei, sem saber o que responder. Sim, eu fugi. Deixei-o ainda dormindo e fui embora.

— Enzo...

— Não sabe como fantasiei com isso. Com você aqui, no meu chuveiro, para que eu pudesse deslizar minhas mãos por cada centímetro da sua pele. — Enzo segurou meus cabelos em punho, erguendo meu rosto para mais um de seus beijos avassaladores, mordendo minha boca e chupando meus lábios em seguida. — Queria você com o meu cheiro. Pode me chamar de ridículo agora.

— Ridículo. — Minha voz saiu baixa demais, fraca demais. Ele me *desestruturava.*

Ainda assim, não podia ficar um segundo sem tê-lo sob minha palma, sentir o peso do seu pau em minha mão e a força dos seus músculos enquanto me abraçava apertado contra o azulejo frio.

Era só sexo.

Mesmo que ele estivesse despindo a minha alma.

Esse era seu truque, era assim que Enzo confundia as mulheres.

Ele agia como se eu fosse a pessoa mais importante do mundo, do seu mundo, como se eu fosse o centro do universo, mas não era isso.

Sexo. Apenas sexo.

Seus dedos exploraram entre minhas pernas, abrindo-me, afastando os lábios para uma invasão bem-vinda.

Acariciando-me.

Movendo-se.

Beijando.

Beliscando meus mamilos.

Deixando-me sensível, com as emoções à flor da pele.

E tudo no que eu podia pensar se resumia a ele. Enzo.

— *Não tenho camisinha aqui* — *murmurou.*

No instante seguinte, ele desligou a água e me ergueu em seus braços. Minhas pernas seguraram firme ao redor da sua cintura, e molhamos todo o caminho até o quarto. A cada passo, podia sentir seu pau roçando na minha entrada. Bastaria um movimento e...

Isso é loucura.

O quarto estava na penumbra. Enzo me deixou de pé sobre a cama e se afastou o suficiente para me olhar.

— *Molhada e nua na minha cama. Agora sim.*

— *Molhando a sua cama, você quer dizer.*

— *E qual o problema?*

— *Por mim, nenhum. Os lençóis são seus* — *retruquei, dando de ombros.*

— *Dessa vez, moça, você não vai embora, ouviu? Nós vamos fazer isso direito.*

Enzo pegou um pacote de camisinha de uma gaveta e o jogou aos meus pés.

— Agora deita, querida. — *Obedeci. Enzo se aproximou, ajoelhando-se na cama.* — Eu vou fazer isso lento o bastante para deixar nós dois desesperados por mais.

— E depois? — *murmurei, meu corpo vibrando em antecipação.*

Ele não respondeu. Apenas sorriu de um jeito arrogante.

— Giovana!

— Ela está ficando muito vermelha.

— Vamos, conte! Queremos saber o que aconteceu!

— Humm... vocês podem imaginar o que houve — respondi.

— Não podemos, não! — Sara se aproximou ainda mais. — Fala. Vocês foram para algum motel?

— Não. Ele me levou para o apartamento dele.

Débora desistiu do fecho do vestido e se virou.

— Quê? Sério?

— Mas e aí? — Carol insistiu.

Suspirei, sem entender como é que uma lágrima estava escapando, antes que eu pudesse escondê-la.

— Nossa, foi tão ruim assim? — Carol fez um carinho no meu braço. — Que pena... ouvi dizer que o cara é...

Eu ri.

— Sabe o quê? O Enzo é o cara certo mais errado desse mundo — respondi.

— Como assim? — Débora perguntou, o semblante preocupado.

— Foi incrível. E com certeza eu vou me lembrar dele toda vez que me mover, sentar ou andar. Nunca dormi com um homem tão completamente dedicado ao meu bem-estar, tão preocupado que eu estivesse curtindo cada minuto.

— Então qual é o problema? — Sara perguntou.

— Eu não disse que tem qualquer problema.

— Mas você está chorando — constatou Amelinha, finalmente se aproximando.

— Não estou chorando, nem estou triste. Só um pouco, talvez. Porque isso não vai se repetir, e foi bom pra cacete.

— Por que não vai se repetir? Ele fez ou disse alguma coisa que... — Débora segurou minha mão, a preocupação terna de uma irmã mais velha em seu olhar. Ela era assim.

Abri a boca para responder, mas nenhuma palavra saiu. Foi Amélia, quem melhor me conhecia, que respondeu por mim:

— Porque ela sabe que pode se apaixonar fácil por ele. E o Enzo não presta. E ela vai sofrer.

— Está cortando o mal pela raiz, gata? — Carol moveu a cabeça, negando.

— Talvez. Mas não se preocupem. Só fiquei chateada por um momento. Está tudo bem. Inclusive... me prontifiquei a ajudar com a sobremesa.

— Ajudar com a sobremesa? Mas você não sabe nem fritar ovo.

— Sara, a gente também ajuda pegando alguma coisa, oras — respondi. Respirei fundo e me levantei, disposta a esquecer aquela bobagem. Óbvio que as palavras sentimento e Enzo Di Piazzi não cabiam na mesma frase.

— É... pelo visto, todo mundo se arranjou. Menos eu — resmungou Amelinha. — Quem eu quero nem me olha.

— E quem te quer, você nem percebe. — Carol revirou os olhos, em seguida, sorriu para mim. — Olha, Gio, de todas nós, você sempre foi a mais centrada...

— Pensei que *eu* fosse a mais centrada! — Debye voltou para a frente do espelho, fazendo de conta estar magoada.

— Você, sem dúvida, é a mais teimosa, mas não é a mais centrada. Essa é a Giovana. E tenho certeza de que está agindo de acordo com o cérebro, não é?

Concordei, embora evitasse olhar para Amelinha, lembrando da discussão que tivemos por este mesmo motivo. O que a Carol chamava de bom senso, Amelinha nomeava de frieza.

— Então, eu disse a ela no outro dia para ter cuidado, apenas isso. —

Débora tirou o vestido de noiva, cobrindo-se com um robe de seda. — Gente... eu acho que a costureira ajustou demais isso aqui, está muito apertado!

— Não queria ser deselegante — Amelinha segurou o vestido e avaliou o fecho —, mas, se você não der um tempo nessas comidinhas que o seu noivo prepara, vai chegar rolando nas bodas de papel.

— Nossa! Tem certeza de que não queria ser deselegante? — Carol deu uma gargalhada, descontraindo. Pelo visto, Debye tinha contado seu segredo apenas para a madrinha de casamento.

Débora pegou o vestido das mãos da Amelinha com um puxão.

— Acho que vou tirar o seu nome da bainha do meu vestido, palhaça.

— Ah, desculpem! Eu não queria ser má... Você que falou que o vestido estava apertado.

— Eu sei como resolver — disse Sara. — Precisamos abrir um pouco a costura lateral que ela fez, mas com cuidado.

— Bom, eu vou deixar vocês com isso. Vou até a cozinha.

— Volte para me maquiar, hein, Giovana. Você prometeu.

— Sim, eu volto.

Quando deixei o quarto da Debye, as meninas estavam em polvorosa com a história do vestido; pelo visto, Debye não tinha contado ainda sobre a gravidez.

— Giovana, espera! — Carol me alcançou.

— Oi?

— Podemos conversar? Preciso te perguntar uma coisa, estou curiosa.

— Claro, pergunte.

— Não aqui, no meio do corredor.

Fomos até o quarto que eu deveria estar dividindo com Amelinha. Sentei na beirada da cama e ela fez o mesmo de frente para mim.

— Amelinha está muito deprimida, você sabe o que está acontecendo?

— Sim, sei. E acabamos brigando por isso.

— Pois é, eu percebi que estão meio... esquisitas uma com a outra. Você e ela sempre foram confidentes, mas estou um pouco preocupada com ela.

— Serei muito franca, Carol. Amelinha está completamente pirada.

— Como assim?

— Ah, sei lá, ela estava falando de filhos, tem noção? Filhos!

— Filhos? Com quem? Pietro? — Carol riu.

— Pra você ver... Tudo bem que o Pietro é uma delícia de homem, mas é óbvio que ele não vai ficar com ela. Nossa, e ela babando quando ele passa, isso é ridículo! Pelo amor de Deus, ela deveria ter amor-próprio, está de quatro por um cara que não dá a mínima. Eu nunca ficaria de quatro por homem nenhum.

— Nem para o Enzo? — Carol sorriu, maliciosa.

— Bem...

Carol riu mais alto.

— Há assuntos que só posso falar com você, Carol. Sara tem a cabeça muito linear, e Amelinha, ao contrário, tem a cabeça cheia de ilusões.

— Isso é bom, estou sempre aqui para vocês. Então... Posso te perguntar mais uma coisa?

Houve uma pequena pausa, e Carol prosseguiu:

— Não é da minha conta, mas eu tenho certeza de que não quis compartilhar a informação com as outras, e não vou me chatear se não quiser falar, mas... O que aconteceu com o seu campeão?

— Antes de entrar em detalhes, preciso te contar um segredo: Enzo e eu transamos quando ele esteve no Rio, e depois eu fingi que não lembrava.

Carol arregalou os olhos.

— Mentira! Como assim?

— Não contei para nenhuma das meninas. Nem Amelinha sabe!

— Você está de brincadeira...

— Sério. Então é por isso que ele andou agindo estranho quando, teoricamente, nos conhecemos naquele bar.

— Minha nossa... então o caso é antigo!

— Entende agora por que estou um pouco desnorteada?

— Eu acho que sim... Quer desabafar?

Movi a cabeça, anuindo.

Levantei, fui até a porta que ainda estava entreaberta e a fechei, passando a chave.

Carol era ótima para guardar segredos e dava os conselhos mais absurdos também; não me admirava que a Debye se metesse em tantas confusões se levava a sério tudo que Carol propunha. Ainda assim, contei a ela o que estava sentindo e como Enzo me afetava. Ele não podia ter feito amor comigo do jeito que fez. Estive preparada para mais uma rodada de sexo sem compromisso, mas o que aconteceu foi Enzo pondo sua boca em mim como se fosse nossa lua de mel, depois de um longo jejum.

O conselho da Carol, nesse caso, foi até assertivo: deixar rolar, manter as expectativas baixas e lucrar com o que viesse a acontecer, se acontecesse.

Enzo não era conhecido por ser um homem preocupado com a felicidade alheia. Aliás, eu mesma tinha tido uma prova disso. Vê-lo dispensando aquela mulher ainda me arrepiava. Eu não gostaria de estar no lugar dela.

Eu me esforçaria para nunca estar.

Agiria normalmente, sim. Mas Enzo não entraria no meu coração daquele jeito para depois despedaçá-lo por inteiro.

Desci os degraus e encontrei uma movimentação diferente na casa. Já se podia ver a equipe do cerimonialista trabalhando a todo vapor, indo de um lado a outro carregando flores e tecidos. Apesar de ser tradicional que se casassem cedo, pela manhã, Débora foi contra, e eu tive que concordar com ela. Estar com o rosto inchado de sono não daria fotos muito boas. Por isso, o casamento seria pouco antes do meio-dia.

Atravessei o hall e o corredor largo até chegar à cozinha. Quatro ajudantes, com o uniforme do bufê, limpavam e organizavam utensílios. Além deles, Enzo, Pietro e a secretária do Théo conversavam animadamente ao lado da ilha da cozinha.

A loura, secretária do noivo, falava italiano muito bem, e pouco se notava o sotaque carioca. Enzo sorria para ela, concordando com algo que ela dizia, ao mesmo tempo em que Pietro mostrava sutilmente uma postura possessiva, com a mão direita apoiada no balcão, fazendo parecer que estavam abraçados. Enzo estava de frente para ela, que tinha as mãos nos bolsos da calça, relaxada e tranquila. Assim de perto, era inegável que a mulher tinha uma beleza clássica.

Não era apenas Pietro que estava incomodado. Algo na proximidade de Enzo e da secretária me deixou desconfortável.

Enzo virou o rosto e nossos olhares se encontraram. A expressão dele mudou quando seu sorriso se alargou. Piscou para mim e estendeu a mão, convidando-me a me juntar a eles. Aquele jeito de sorrir, a piscadela... Involuntariamente, retive o fôlego por um breve instante. E fiquei satisfeita que não tivesse me rechaçado, ou parecesse menos feliz em me ver do que ao conversar com o primo e a secretária.

Pietro franziu um pouco a sobrancelha, mas não disse nada até que aceitei a oferta de Enzo, e ele me puxou para atar-nos como mais cedo, com meu braço em sua cintura delgada e o dele descansando em meu ombro esquerdo.

— *Ai, Dio* — murmurou Pietro.

A secretária de Théo sorriu para mim. Além de bonita, era simpática.

— Giovana, não sei se lembra, mas esta é Sabrine — indicou Pietro.

Notei como Pietro não mencionou a ocupação de Sabrine na vida dos Di Piazzi e foi assim que acenei um adeus para as esperanças de Amelinha. Ergui a mão e nos cumprimentamos. Então eles passaram a falar português, para que eu pudesse entender.

— Como vai, Giovana? Creio que nos vimos no aniversário do Anghelo.

— Sim, é verdade. Como vai?

— Estou bem. Aliás, como não ficar bem neste lugar tão incrível?

Simpática. Definitivamente.

— É verdade. Digo o mesmo.

— Soube que vocês foram ao centro de Siena ontem. Pensei que fosse brincadeira do Enzo. — Pietro, apesar de manter a voz amena, tinha os ombros tensos.

Qual seria o problema, afinal? Será que ele não aprovava que eu estivesse com o primo?

— Sim. Conheci o Luidgi's. Foi muito interessante. Enzo é um bom anfitrião.

Pietro arqueou as sobrancelhas e sorriu descrente, encarando Enzo.

— Não me diga...

Noivos **para Sempre** 133

— Não seja mau. — Enzo também riu. — Sou um homem educado, sabe disso.

— Muito. Muito educado. — Pietro moveu a cabeça, assentindo.

— Assim como você, primo. Tenho certeza de que o seu passeio com a Sabrine também foi... educado.

Seguiu-se um breve e constrangedor silêncio. Enzo e eu nos olhamos, assim como Pietro e Sabrine, e ela ficou, de repente, com as maçãs do rosto avermelhadas.

— Enfim, acho que acabamos com o intervalo. Preciso voltar aos meus afazeres, agora que minha assistente chegou.

— Também adoraria ajudar... — Sabrine foi interrompida por Pietro, que segurou sua cintura, puxando-a para longe.

— Princesa, acho melhor você não ajudar. — Sua voz denotava divertimento.

— Pietro... — Sabrine o advertiu. Ele sorriu mais abertamente.

— Eu não disse nada. Vamos, ainda temos tempo antes da cerimônia, quero te mostrar um lugar. E quanto a vocês dois: juízo.

— Sou o juízo em pessoa — debochou Enzo.

Tanto Sabrine quanto Pietro riram, saindo da cozinha em seguida.

Enzo me encarou, e, ignorando não estarmos sozinhos, me abraçou pela cintura, puxando-me para um beijo de tirar o fôlego. Antes de afastar nossos lábios por completo, deu uma sequência de beijos estalados, finalizando quando tocou nossas testas.

— Como você está? — sussurrou.

— Bem.

— Ainda lembra do que fizemos e do que aconteceu? — ironizou.

— Você não vai me perdoar por isso, não é?

— Não tão cedo...

— E se eu te fizer um carinho... especial? — falei baixinho.

Enzo afastou o rosto o suficiente para me encarar.

— Como seria isso?

Fiquei na ponta dos pés, inclinando-me para confidenciar em seu ouvido o que faria com a boca.

Enzo riu, satisfeito.

— Combinado.

Para um homem com fama de egoísta, ele não havia permitido que eu fizesse quase nada.

Isso hoje é sobre você, querida. Eu quero você completamente sem forças até o amanhecer.

Enzo deu um suspiro e se afastou de mim, meneando a cabeça.

— Vamos trabalhar.

Enzo pegou um saco de farinha e despejou em um recipiente metálico. Depois, pegou outros ingredientes, previamente separados em pequenos potes de louça.

— Você gosta de amêndoas?

— O que vai preparar?

— Algo típico em casamentos italianos. É um biscoito, para dar sorte. Filipo trará o *Amorini Cuore*.

— E o que seria isso?

— Amorini Cuore. Pequenos corações. São corações de chocolate polvilhado com açúcar. É bom, não muito doce, usamos cacau 70%. Traz bem-aventurança para o casamento. E Deus sabe o quanto sua amiga vai precisar de bênção e felicidade casando-se com meu primo.

— Ela já é feliz com ele, pode acreditar. Se conheceram por acaso em uma livraria e se apaixonaram, desde então, ela não foi mais a mesma.

— Humm... Então foi assim que se conheceram? Sem dúvida uma estante caiu na cabeça dela.

Não pude deixar rir.

— Não seja maldoso. Eles se amam muito.

Ele sorriu.

— Se é amor, eu não sei, mas eles estão felizes e isso basta. Eu gosto da Débora. É uma boa mulher.

— Sim, é.

— Pode pegar a assadeira para mim?

— Esta?

— Exatamente, obrigado.

— Posso te fazer uma pergunta pessoal?

Deixei a assadeira sobre a bancada e me recostei na ilha.

— Acho que, a essa altura, não deveria ter dúvidas quanto a isso. Pode perguntar o que quiser.

— Certo, é que... apesar de você falar sobre felicidade e casamento... você parece um pouco cético sobre o assunto.

Enzo misturou a massa que fazia, juntando tudo em uma bola lisa e grande.

— Serei brutalmente honesto: meus pais eram casados e evidentemente infelizes. — Enzo pegou a assadeira e despejou um pouco de farinha nela, sorrindo para mim de um jeito triste. — Não precisa ficar com essa cara, não se trata de nenhum segredo. Flavia não era uma boa esposa, nem boa mãe. Entende?

Movi a cabeça, anuindo.

Então isso se tornou algum tipo de trauma?

Não tive coragem de fazer a pergunta em voz alta, mas não foi necessário. Enzo me encarou por um instante a mais e negou.

— Nós mal começamos a dormir juntos e já estamos falando sobre casamento?

Ele riu, debochado.

Pelo visto, Enzo se esquivava de qualquer assunto desconfortável com ironia.

Pouco depois de Enzo colocar algumas fornadas de biscoito para esfriar sobre a bancada, Luíza entrou na cozinha com sua filha no colo.

— Caramba, que cheiro bom. O que é?

— Biscoitos — respondeu Enzo.

Ele começou a preparar outra massa, diferente da primeira.

— Biscoitos? — perguntou Luíza com curiosidade. — Sério? Olha, eu sei que a Debye confia em você plenamente quando o assunto é culinária, mas eu nunca vi biscoitos em festa de casamento.

— São para a dança — ele explicou.

— Como assim?

— Os noivos dançam a primeira valsa. Depois, os convidados os seguem, e os noivos conduzem todos para dar uma volta em torno da mesa dos biscoitos, que estarão empilhados formando uma torre, daí, conforme forem dançando, pegam um.

Eu ri alto.

— A Debye vai amar isso — brinquei.

— É... concordo — Luíza entrou na brincadeira. — E qual a finalidade disso, Enzo?

— Geralmente, no casamento italiano, servimos muitas comidas que simbolizam boa sorte. Não sei como é no Brasil, mas, em um casamento tradicional italiano, preparamos tudo para atrair felicidade e prosperidade. A fonte de chocolate, os doces açucarados, as amêndoas...

— No Brasil, temos algo parecido: o bem-casado. É um bolinho recheado, feito com massa de pão de ló e entregue como lembrancinha, no final da festa.

— Logo, os outros primos vão amarrar nos portões da vila um laço branco. Então, todos saberão que haverá um casamento. Aqui também há chuva de arroz e confetes, mas estes vão na lembrancinha que os noivos entregarão.

— E o que mais? — perguntei.

Enzo explicou algumas coisas que se fazia na Itália, tradicionalmente. Disse ainda que, em Milão, Florença e alguns locais de Roma, não era tão usual levarem a sério todos os pormenores de uma união ao estilo italiano. A maioria já não dava atenção aos antigos costumes e muitos se casavam com estrangeiros, como era com Anghelo e Débora. Entendi o porquê da cesta com lembrancinhas que Sophia e Débora estavam preparando, cada uma com cinco confetes, simbolizando saúde, riqueza, felicidade, longevidade e fertilidade. O buquê também fazia parte de um ritual, segundo Enzo. Théo escolheu um buquê, e Diná, a mãe de Sophia, iria entregar para ela; seria o último presente dele como seu namorado. A maior parte da cerimônia foi adaptada, já que não era um casamento cem por cento ao estilo italiano, graças à noiva cem por cento brasileira.

— Eu vou indo, só vim dar uma voltinha com a bebê, ela está muito agitada hoje, não é, filha?

— Aqui. — Enzo ofereceu um dos biscoitos, agora mais frios, para Luíza. — Ela vai gostar.

— Obrigada, Enzo.

Luíza saiu da cozinha, e, pouco depois, o trânsito por ali ficou intenso. O furgão do restaurante do Luidgi havia estacionado na vila e estavam descarregando as caixas com o que fora preparado no dia anterior.

— O que vai fazer agora?

— Tortinhas.

— Muitos doces nessa festa...

— Muitos.

Enzo colocou creme de avelã em um outro recipiente, mas, antes de começar a misturar, segurou minha cintura e me beijou.

— Cozinhar assim é bom — disse, piscando o olho antes de se afastar.

Perdi as contas de quantas vezes Enzo enviou uma mensagem subliminar ao meu coração, órgão estúpido, sempre correspondendo com a porcaria de uma batida errante ao sorriso dele... à piscadela... e àquela maldita covinha do lado direito do rosto.

Ouvimos a música alta que vinha de fora, e ele cantarolou.

— Acho que começaram a festa — comentei.

— Boneca, basta que dois ramos dos Di Piazzi estejam juntos para haver uma festa.

Ele mexia a mistura e pediu que eu pegasse um pote de pistache no armário.

Entreguei-o para ele, que acrescentou sem medir à mistura que fazia.

— Você sabe a receita de cabeça, não é?

— Sei, sim. Quase todos os finais de semana, por quatro anos, preparando... É, eu sei a receita. — Enzo respirou fundo e me encarou com uma das sobrancelhas erguidas. — Isso deixa Francesco louco. — Fiquei sem entender. — *Mise en place.*

— Humm... A organização...

— Sim, quase morre quando eu não faço isso.

— Você gosta do que faz, não é? Eu te vejo sorrir com frequência. Diferente do Francesco, que parece tão sisudo.

— Eu gosto. Algumas pessoas, como Francesco, acham que a cozinha é apenas o ambiente onde se preparam refeições. Eu não vejo assim.

Enzo despejou a massa em uma forma fracionada, deixando o recipiente na pia, onde um dos ajudantes já começou a lavar.

— Não?

— Definitivamente, não.

Ele segurou uma das minhas mãos e me fez girar em torno do meu próprio eixo, por fim, inclinou-me.

— Aqui também é um ótimo lugar para beijar.

Enzo encostou nossas bocas. Havia suavidade no toque e uma pitada de atrevimento, quando uma de suas mãos apertou minhas costas de encontro ao seu corpo, pouco se importando em termos companhia.

— Qualquer lugar é ótimo para beijar.

— Principalmente se a boca é a sua, querida.

Quando eu já estava novamente ereta, Enzo pegou uma colher e tirou um pouco do recheio de amêndoas.

— Prove. Diga-me se está bom.

Ao sentir o sabor, minha vontade foi de revirar os olhos e gemer.

— Minha nossa... isso está incrível.

— Depois de assado, fica ainda melhor. Que bom que gostou.

— Estou começando a achar improvável não gostar de qualquer coisa que você prepare.

Capítulo 12
Enzo

Era de se estranhar o silêncio na casa, mas a paz foi bem-vinda enquanto preparávamos os últimos detalhes do que seria servido no casamento.

Deixei a cozinha e subi a escada principal. Dante, meu sobrinho, descia os degraus cuidadosamente, com uma mamadeira de leite pela metade. Passei por ele e perguntei se queria ajuda, mas ele fez que não, balançando a cabeça, e balbuciou que já era grande. Achei graça. Passei pelo corredor na direção do meu quarto. Após a noite incrível com Giovana, ao invés de dormir um pouco, fui direto para a cozinha, então agora precisava, pelo menos, de um banho frio para despertar.

Inevitavelmente, passaria em frente ao quarto de Débora. No entanto, ouvir meu nome fez com que eu parasse e me aproximei um pouco mais da porta.

— Sabe o quê? O Enzo é o cara certo mais errado desse mundo.

— Como assim?

— Foi incrível. E com certeza eu vou me lembrar dele toda vez que me mover, sentar ou andar. Nunca dormi com um homem tão completamente dedicado ao meu bem-estar, tão preocupado que eu estivesse curtindo cada minuto.

Giovana, você não sabe como é bom ouvir isso.

— Então qual é o problema?

— Eu não disse que tem qualquer problema.

— Mas você está chorando.

O quê?

— Não estou chorando, nem estou triste. Só um pouco, talvez. Porque isso não vai se repetir, e foi bom pra cacete.

Então era por isso que ela estava tão quieta enquanto voltávamos para a vila? Pensou que seria dispensada... Não, essa não era a minha intenção.

Antes que pudesse ouvir o que seria dito a seguir, minha irmã apareceu no corredor.

— O que está fazendo parado aí?

Ela vinha em minha direção, e a última coisa que eu precisava era que as damas de casamento, incluindo Giovana, soubessem que as ouvi falando sobre mim, por isso, apressei-me para encontrá-la.

— Eu? Parado? Estava indo para o quarto, preciso tomar uma ducha fria e terminar os preparativos.

— Falta muita coisa? Precisa de ajuda?

— Apenas os biscoitos e as tortinhas, todo o restante já foi feito.

Giuliana me abraçou brevemente.

— Estou orgulhosa de você, irmãozinho.

— É o meu trabalho, não há motivos para...

— Sei que isso deve ter sido terrível, você e o Anghelo não se dando bem e você trabalhando para ele...

— Quê? Está maluca? Não estou trabalhando para ele! É a porra do meu presente de casamento para a Débora. Mas que...

Giuliana tentou esconder que sorria, caminhando para longe de mim.

— Não me sacaneia, Giuliana!

— Eu só estava brincando, irmão. Vou encontrar o Dante, pedi que levasse a mamadeira e a deixasse na pia, mas tenho que ir vigiar...

— Isso mesmo, vai ver o seu filho!

Até minha irmã fazendo piada...

Entrei no meu quarto e fui direto para o chuveiro. Era melhor nem olhar para a cama e ceder à tentação de deitar por alguns minutos, o que certamente me faria perder a hora. Sabia que seria cansativo ficar com Giovana ao invés de dormir um pouco, mas isso não era motivo para qualquer arrependimento.

E, se ela estava pensando que assim que nos víssemos novamente seria como se nada tivesse acontecido, Giovana não poderia estar mais enganada. Ela ainda ficaria alguns dias hospedada na vila, e eu esperava aproveitar cada instante possível.

Havia algo de diferente no sexo com ela. Eu simplesmente não conseguia não me envolver, não pude pensar em mim antes que ela estivesse pronta e satisfeita. Por mais que não quisesse admitir em voz alta, Giovana deu uma sacudida no meu mundo quando me deixou sozinho no quarto de motel. Não foi das experiências mais agradáveis. Nós fizemos sexo naquela noite, do tipo quente, suado e duro. As emoções passaram longe e ainda assim foi impressionante. A forma como ela se entregava a mim. O jeito como me segurava dentro dela todas as vezes em que eu estava para gozar e daí se afastava, sádica. E eu fui ainda mais, porque encontrei divertimento em sua brincadeira. Mas, no momento em que estive com ela sob meus braços, com suas unhas percorrendo minha pele no momento da sua libertação... Soube que precisava de mais.

E ela negou.

Ela fugiu.

Nunca terminei uma noite, ou um dia de sexo, com qualquer mulher indo embora! Sempre fui educado — salvo a situação com Domenica no restaurante, ali foi diferente —, e, no geral, eu me despeço, eu agradeço. Há quem me chame de canalha por receber um agradecimento, mas sempre seria melhor ser honesto com "muito obrigado" do que mentir que iria ligar, quando não vou.

Pietro acha que não respeito ninguém, que não respeito as mulheres, mas isso não é verdade.

Como disse a ele, eu não ultrapasso limites, não forço minha atenção. Não minto. Elas nunca veem uma ilusão, porque nunca prometo nada a não ser sexo bom e seguro. É importante, para mim, deixar essas regras o mais transparente que puder.

Nem com todas há troca de afetividade. Isso faz de mim um canalha?

Não. Isso faz de mim um dos melhores homens!

Com Giovana, não houve regras ou agradecimentos.

Desde que me deixou — e me senti usado! —, pensei em retaliar quando a encontrasse, pensei em expô-la na frente de suas amigas, em seduzi-la e deixá-la, para que sentisse o mesmo, e tudo bem que isso parecesse infantil da minha parte.

Muitos teriam dado graças a Deus por isso, por evitar todo o problema da pós-foda casual, quando elas pensam que estão iniciando algum tipo de relacionamento. Eu deveria ter levantado as mãos para o céu!

Mas não o fiz.

Levei a garota para o meu apartamento, para a minha cama, onde nenhuma outra mulher havia estado, e fiz amor com ela. Simplesmente por não conseguir apenas não adorar cada pedacinho daquela pele macia, dos ombros salpicados de sardas, parecendo que Deus a havia esculpido a partir de uma sobremesa e salpicado com canela. Como uma mulher poderia ser tão doce na cama? Suave... delicada. Ao mesmo tempo, lembrei de como ela também gostava de sexo duro.

Ouvir sua voz quebrando por imaginar que eu a evitaria no momento em que nos víssemos deixou um sabor amargo na minha boca. Talvez pensasse em mim como o canalha que todos recitavam que eu era, ou talvez pensasse que eu sentiria vergonha de admitir que estivemos juntos.

O mais sensato seria me aproveitar disso e ficar livre para encontrar outra foda casual quando me conviesse.

Eu não era muito sensato.

Tudo em que eu pensava era que ainda não tinha tido o suficiente dela, e não havia dado a ela tudo de mim, ou o que ela estivesse disposta a receber. Por pelo menos o tempo em que estivesse na Itália.

— Isso é bom, estou sempre aqui para vocês. Então... Posso te perguntar mais uma coisa?

Eu não deveria estar novamente fazendo algo assim, parecia a Sophia! No entanto, assim que deixei meu quarto, tive a intenção de conversar com Giovana. Passei pelo quarto da Debye e vi quando a noiva e as outras saíram, mencionando procurar tia Diná. Giovana não estava com elas. Uma coisa levou à outra e... Voltei a ouvir o que conversavam no quarto de Giovana.

Houve uma pequena pausa, e Carol prosseguiu:

— Não é da minha conta, mas eu tenho certeza de que não quis compartilhar a informação com as outras, e não vou me chatear se não quiser falar, mas... O que aconteceu com o seu campeão?

Houve um gemido curto e a voz de Giovana ficou abafada. Não consegui ouvir o que disse, mas Carol soltou uma exclamação de susto. Inclinei-me com cuidado para olhar dentro do quarto. Giovana estava com o rosto enfiado no colchão, e Carol, sentada na cama, tampava a boca com as mãos, os olhos arregalados.

— Mentira! Como assim?

Meu coração chegou a doer no instante seguinte, tamanho o susto que levei quando o peso de uma mão bateu em meu ombro. Dei um salto e olhei para trás. Maurizio indicou com a cabeça que o seguisse. Apertei meu peito e me afastei da porta, seguindo-o pela escada principal.

Maurizio era um dos meus primos mais gentis, alma de artista, talvez. Ele não nos julgava ou se envolvia em problemas como os outros primos.

Assim que passei pelo batente, ele encostou a porta da sala.

— Preciso de ajuda.

— Que tipo de ajuda? — perguntei, desconfiado, ainda massageando meu peito. — Eu que preciso de ajuda, você quase me matou de susto.

— Estou interessado na lourinha de cachos, Amelinha, uma das damas do casamento. Mas ela me ignora por completo. Você é o único que conheço que é capaz de me ajudar.

— Não sou o único homem da casa, Maurizio — respondi, cético.

— Sim. Não. Quero dizer, não é o único homem, mas com certeza é o mais ousado. Anghelo está se casando, eu não pediria uma coisa dessas para ele. Pietro, não, definitivamente não quero alertá-lo quanto ao jeito que ela olha para ele, e Marcello...

— Ah. — Maurizio me olhou com expectativa quando o interrompi, compreendendo seu raciocínio. — Corrija-me se eu estiver errado, mas você já percebeu que ela arrasta um bonde pelo Pietro e quer se livrar da concorrência.

Maurizio anuiu uma vez.

— Sim, e você é o único que pode me ajudar.

— Ou seja, sou o único *canalha* o bastante para tirar a mulher de um outro homem, sendo ele meu primo ou não.

— As pessoas falam...

Maurizio levou a mão à nuca e deu de ombros.

— E não tem medo de que eu faça isso com você? — Cruzei os braços. Maurizio mudou a postura e me encarou, lívido. Eu o vi engolir em seco e neguei, balançando a cabeça. — Que ideia vocês fazem de mim, hein?

— Não seria a primeira vez, Enzo... — Maurizio sentou em uma cadeira e respirou fundo. — Eu não quero que se sinta mal, mas convenhamos, você tem métodos eficazes e nem um pouco ortodoxos de conseguir o que quer quando o assunto é mulher.

Descruzei os braços e passei a mão nos cabelos, aceitando a reprimenda em forma de elogio.

— Certo... certo... O que você tem feito que não teve resultado?

— Eu não sei, já puxei conversa de tudo quanto foi assunto, já elogiei a beleza dela, fico perto sempre que possível, mas ela parece não me notar. Sou invisível!

— Ou seja... Tudo errado. Geralmente, não é uma regra, mas mulher não gosta disso, não.

— Não? — Ele parecia chocado. — As mulheres não gostam de elogio, de homem atencioso e apaixonado? — Havia um tom cético em sua voz.

— Eu disse: geralmente. Não é uma premissa.

Sentei no sofá e fiz sinal para que ele puxasse a cadeira para mais perto.

Maurizio ficou atento, como um aluno ouvindo seu mestre.

— É muito simples, na verdade: quanto mais gelo você der nela, mais ela vai vir para você.

— Isso não faz sentido, Enzo.

— Primo, se tem uma coisa que aprendi ao longo dos anos é que as mulheres, em sua maioria, preferem escolher a serem escolhidas. O que não significa que justamente essa moça vai vir te caçar, não é disso que estou falando. No geral, atente que estou falando em sentido amplo, sim? Elas preferem os homens que representam algum tipo de desafio, isso de ficar toda cordeirinha esperando é coisa de antigamente. Mulher não gosta de se sentir caçada, não. Bom, pelo menos as que eu conheci eram muito independentes. Estamos no século XXI, acha que vai ficar ciscando ao redor dessa moça e ela vai pensar o que de você?

— Não sei, o quê?

— Que você é um idiota. Que a está incomodando. E, pelo amor de Deus, não faça barulhinhos escrotos, nem assovie, ela não é uma cabra.

Ele me ouvia atentamente, anuindo.

— Você tocou nela?

— Não... como assim?

— Pegou no cabelo dela ou coisa do tipo?

— Não.

— Ótimo, nem tudo está perdido. — Sorri. — Mulheres tendem a não gostar que se comporte como um homem das cavernas... pelo menos, fora do quarto. Está entendendo?

— Acho que sim...

Maurizio era muito inexperiente. E estávamos falando de um homem de vinte e poucos anos...

— Correndo o risco de soar machista pra caralho, e que a vovó não me ouça, mas... Mulheres são psicóticas. Se um cara não olha para ela, pensam que *ela* tem algo de errado. Nunca será porque você está pensando em como resolver um problema seu.

As sobrancelhas de Maurizio subiram e ele anuiu. Bom. Ele estava entendendo.

— Também espero que a minha mãe nunca te escute dizer uma coisa dessas, Enzo.

— Mas você está compreendendo, não está?

— O bastante. E... temos coisas em comum, ela e eu. Nós dois sabemos tocar violão e cantar, até já conversamos sobre bandas, mas... fatalmente, ela sempre desvia o olhar para o Pietro. Além disso, se ela não me dá muita atenção, como é que terei a chance de agir com desdém?

Bom ponto.

— Bem... — Pensei um pouco e estalei os dedos quando o lampejo de ideia surgiu. — Você pode fazer umas caretas quando ela estiver por perto, ou quando passar por ela.

— Que tipo de caretas?

— Assim...

Maurizio arqueou as sobrancelhas e depois riu.

— Sem chance, Enzo, não vou fazer cara de quem está sentindo cheiro ruim.

— Então dê adeus à Amelinha.

— Não! Está louco?

— Confie em mim, *Maurizinho*. Faça uma conta rápida: quantas mulheres você comeu nos últimos meses e quantas você soube que eu peguei?

— Mmm... é, faz sentido — respondeu, pensativo.

— Você tem muitas coisas a seu favor, primo. É bem-apessoado, sabe tocar violão, tem uma bela voz, só precisa parar de ser tão bonzinho. Mulheres gostam de canalhas — brinquei, afinal, era a ideia que eles faziam de mim.

— Não acredito nisso, Enzo. Acho que elas querem "mudar" os canalhas. E, se eu fosse você — disse ele, se levantando —, teria cuidado para não ser domesticado por aquela ruiva. Eu vi vocês chegando ao amanhecer.

Ri alto.

Maurizio estava louco se achava que meus sentimentos pela Giovana iam além da cama. Claro que ela me fazia sentir bem, claro que eu queria ser o melhor amante da sua vida. E seria assim, enquanto ela estivesse na Itália.

Nosso breve interlúdio tinha data de validade.

Nessa armadilha, eu não cairia.

— E se você fosse eu, Maurizinho, estaria na cama, agora mesmo, com a loura.

— Desculpe, quem é que estava mesmo ouvindo a garota por trás da porta?

Estreitei meus olhos para ele e apontei em sua direção.

— Isso se chama pesquisa de campo — rebati.

— Isso se chama "você está caidinho pela ruiva".

— Não fala merda. — Maurizio riu. — E o assunto aqui é você. Chame a atenção da garota primeiro. Pietro está muito interessado na secretária da empresa para se importar com a Amélia.

Maurizio era também um Di Piazzi, nossos avôs eram irmãos, então, mesmo destreinado, ele tinha potencial. Apenas precisava ser mais confiante. E o Pietro intimidava o inferno em qualquer um de nós. Não queria ter de lutar pela atenção de uma mulher que estivesse interessada nele. Maurizio tinha uma tarefa árdua pela frente, isso se quisesse ficar com a garota.

— Obrigado, Enzo.

— Esse é o meu trabalho na Terra, salvar pobres almas como a sua.

— Não exagera, cara.

Maurizio sorriu, apertando minha mão firmemente.

Maurizio e eu saíamos da sala quando Pietro apareceu, furioso, marchando em minha direção. Eu ainda desviei o olhar para o lado, à procura de quem estivesse em sua mira, mas, pelo visto, era comigo.

— Vamos conversar. Agora!

— Enzo, esta é a minha deixa para ir embora... o mais rápido possível — brincou Maurizio. Pietro o ignorou.

Retornei para a sala e cruzei os braços, esperando saber que diabos havia acontecido agora de tão errado.

— Você parece um pouco perturbado...

— Tem ideia de quem veio até aqui, bater em nossa porta, ontem à noite?

Gesticulei para que ele prosseguisse. Eu não fazia a menor ideia do que estava falando. Pietro permaneceu me encarando como se quisesse partir para a violência.

— Isso é algum tipo de jogo de adivinhação? Preciso de mais, Pietro. Pelo menos, diga com que letra começa... A? B? Homem ou mulher? Talvez um...

— Tudo é piada pra você?

— Nem tudo. Por exemplo, eu não acho graça em macacos de circo.

Pietro fechou os olhos, apertando as pálpebras com força. Em seguida, sorriu, o tipo de sorriso descrente, sem qualquer traço de humor.

— Domenica.

— Humm...

— É só isso? Esta é a sua reação? Manter a cara de paisagem?

— O que quer que eu diga? Você perguntou se eu fazia ideia de quem tinha vindo aqui, eu disse que não, você respondeu. Fim. Por que está tão aborrecido?

— "Aborrecido" é você tentando soar engraçadinho? Estou puto!

— Por que se importar tanto? Não estou entendendo aonde quer chegar...

— Domenica estava uma bagunça de lágrimas, por sua causa. Tive que distraí-la para que não conseguisse falar com a vovó. Depois de horas, ela se foi. E só conseguiu se acalmar quando Sabrine conversou com ela. A Domenica não está legal, Enzo. Quase fez escândalo, querendo que chamássemos você, e insinuou que estávamos escondendo sua "namorada ruiva".

— Ah. Entendi o motivo para tanto drama.

— Talvez porque ela esteja com o coração partido, e a culpa seja sua?

— Não falo de Domenica, estou falando desse seu drama excessivo agora. Sem dúvida, você e Sabrine estavam em um momento particular, e a garota atrapalhou. Ao invés da saliva de uma, você ficou com as lágrimas de outra. E então, a primeira coisa que faz quando me vê é descarregar sua frustração em mim. Pietro, a vida é assim, não me diga que nunca deu o fora em uma mulher e ela chorou?

— Isso não é sobre mim. Nem todos os homens dessa casa são calhordas como você. Domenica contou que se encontraram no centro de Siena e que você apresentou sua namorada a ela. E disse que a mandou ser feliz longe de você. Eu até poderia te perguntar se isso é verdade, mas, te conhecendo bem, não consigo pensar que é uma mentira. Eu já terminei relacionamentos, sim, você sabe disso, mas eu me importo com o sentimento dos outros. Jamais humilharia alguém desse jeito. Está ouvindo, Enzo? Por que está com essa cara cínica?

— É claro que estou te ouvindo. Mas, sinceramente? Estou me perguntando o que eu tenho a ver com isso. Estou pouco me fodendo para os sentimentos da Domenica.

— Você realmente não presta.

Pietro me fez rir, incrédulo.

— Eu não presto? Ela sabia perfeitamente bem que não havia nada além de sexo acontecendo. Eu que não presto? Por acaso fui eu que pedi pra ela abrir as pernas? Prometi alguma merda pra ela? Não. Ter transado com ela faz de mim um canalha? Novamente, não. No máximo, faz de mim um idiota. porque essa mulher é um pé no saco!

— Nem sei o que te responder.

— Pode começar com um pedido de desculpas.

— Você está brincando, não é?

— Estou falando muito sério. Como você mesmo observou no outro dia, eu não sou um moleque, Pietro. Fiz merda por ter trepado com ela? Fiz. Porque a mulher é maluca. Agora, faça um *mea culpa* e me responda se sua indignação tem mais a ver com os sentimentos da Domenica ou com seus planos frustrados com a secretária gostosa. E então, o que vai ser?

Pietro permaneceu um tempo a mais em silêncio, desviou o olhar para o lado, e, embora mantivesse as mãos no quadril, sua postura autoritária não denotava mais tanta confiança.

— Foi o que pensei.

— Enzo, sobre a Giovana...

— Não, Pietro. Nem tenta. E sobre a *Sabrine*, eu acho que você será um idiota de não ficar com ela. Sinto muito você não ter conseguido o que pretendia e por Domenica ter atrapalhado.

Foi melhor mesmo que tenha sido o Pietro a receber Domenica do que uma das minhas tias ou primas, aí sim haveria o risco de que o casamento tivesse uma cota de problemas, e a culpa recairia sobre mim.

Pietro esfregou as mãos no rosto.

— A minha vida deve estar uma merda mesmo, para receber conselho amoroso justamente do Enzo... — resmungou.

— Você supera.

Dei uma batidinha em seu ombro.

Antes de chegar à porta, a voz de Pietro me fez parar.

— Eu vou acreditar que você não vai estragar o casamento do Anghelo. Então, por favor, apenas tente não ser tão ridículo com a Giovana como foi com a Domenica.

— Está preocupado que Giovana fique histérica, chorando durante a cerimônia? Pois eu tenho a impressão de que ela não é esse tipo de mulher.

— Um dia desses, Enzo, você vai estar do outro lado da história.

Sorri, divertido.

— E, nesse mesmo dia, porcos ganharão asas. Agora venha, Pietro, estou atrasado para terminar algumas coisas na cozinha, mas não quero perder seu pedido de desculpas, você pode falar enquanto eu cozinho.

Foi a vez de Pietro rir alto.

— Alguém abusou de você quando era criança?

Assim que alcançamos o corredor que levava à cozinha, Sabrine apareceu. Não poderia ter sido em momento mais oportuno.

— Sabrine! Olá, estávamos falando de você. Bom dia.

— Ah, bom dia. Olá, Enzo. — Ela desviou o olhar para Pietro e sorriu. — Bom dia, Pietro.

— Bom dia, Sabrine.

— Sobre o que falavam? — ela perguntou.

Pietro me advertiu com o olhar. Foi interessante vê-lo tão incomodado com algo tão bobo.

— Pietro estava comentando como você fala bem italiano. Estávamos indo para a cozinha, nos acompanha?

— Ah, sim, obrigada. Estava indo buscar um copo de água. Bem, eu sou secretária trilíngue. Além do italiano, falo inglês e francês.

— Impressionante. Ela é muito inteligente, não acha, Pietro?

Meu primo concordou com um movimento de cabeça e sorriu com simpatia para a moça.

— Na verdade, eu queria ter sido comissária de bordo, mas não consegui por culpa da minha altura, acredita? Fiquei tão triste...

Capítulo 13
Giovana

— Estou começando a achar improvável não gostar de qualquer coisa que você prepare.

Enzo se aproximou e me abraçou, segurando-me firme pela cintura.

— Isso é bom.

Encostei a testa em seu peito, inalando o aroma delicioso de baunilha, amêndoas e Enzo. Quando ele agia daquele jeito, eu ficava um pouco balançada, sim, e temendo ainda mais o momento do adeus.

Nós dois sabíamos se tratar de um não-relacionamento com data de validade.

Queria que meu coração entendesse isso, assim como o meu cérebro.

Embora Enzo não tivesse tocado no assunto sobre nós dois e a noite exaustivamente maravilhosa que tivemos, contou muito não ter me dispensado da maneira como pensei que faria, evitando-me. Ao invés disso, ele me abraçou na frente do Pietro e também da Luíza. Àquela altura, todos deviam saber que estávamos juntos, ou, ao menos, que estaríamos por um tempo.

— Por mais que me doa, preciso ir agora. São quase dez da manhã.

— Vou me arrumar assim que Francesco chegar, ele ficará no meu lugar, certificando-se de que tudo esteja perfeito com os funcionários de Luidgi.

— Ou o Théo arranca sua cabeça — brinquei.

— Ele pode tentar — respondeu, também mantendo o tom de troça.

Enzo me beijou antes de me deixar ir. Um beijo delicado, um toque suave de lábios.

— Dê um jeito de não ficar mais bonita do que a noiva. Não seria educado.

— Farei o possível.

Quando saí da cozinha, ainda tive um vislumbre do Enzo que não era o sedutor, mas sim o profissional, que começou a distribuir tarefas como se o mundo fosse acabar a qualquer momento.

Subi a escada principal e logo notei o entra e sai no quarto da Débora. Pelo visto, a tia do Théo havia levado o buquê para ela, e Sophia filmava o momento, além de outras mulheres da família estarem em volta da noiva. Já tinha estado na última prova do vestido, então evitei aquela movimentação, afinal, eu teria de encontrar com Debye assim que terminasse de me vestir para ajudar com a maquiagem.

— Eles passaram o dia inteiro juntos, ontem.

Foi a primeira coisa que Amelinha falou assim que fechei a porta atrás de mim.

Pelo jeito, ela havia parado de me ignorar.

— Quem?

— Pietro e Sabrine. Nossa, o nome deles nem mesmo combina — respondeu, olhando-me brevemente. — Pietro Theodore Di Piazzi e Maria Amélia Rocha Duval, muito mais bonito, muito mais elegante.

Amelinha se concentrou novamente em trançar o cabelo.

Após um tempo mais em silêncio, ela se virou para me encarar com o semblante desconfiado.

— Não vai falar nada?

Tipo o quê? Que estive momentos antes justamente com Pietro e Sabrine, na cozinha?

— Não confio nas minhas palavras e prezo demais a nossa amizade.

Não me surpreenderia se encontrasse alguns cadernos rabiscados com assinaturas de "Maria Amélia Di Piazzi" em pleno treinamento.

Amelinha entortou a boca para o lado, numa careta engraçada, e anuiu.

— Olha, Amelinha... Eu te devo um pedido de desculpas. Estou sendo sincera. Não devia ter dito aquelas coisas.

— Deixa pra lá. Carol conversou comigo, Sara também... Estão todas de acordo que você não falou por mal. Além do mais, eu também disse umas coisas bastante pesadas para você. Desculpa.

Fui até minha amiga e a abracei, recebendo seu carinho de volta.

— Acha mesmo que estou dando um tiro no escuro? — ela insistiu.

— Eu não tenho que achar nada.

— Ah, que pena... Estava louca para me intrometer no seu caso com o Enzo, mas agora não tenho argumentos.

Isso me fez rir.

— Humm... quem deixou meu vestido aqui, foi você? — Apontei para a cama, onde o meu vestido de dama estava esticado.

— Essa foi a mudança de assunto mais cara de pau que já vi!

Suspirei, sentindo-me derrotada. Fui até a janela, observando a movimentação da equipe do cerimonialista. Debye manteve a decoração singela e delicada.

— O que você quer saber, afinal?

— Você não é do tipo infiel, então presumo que você e o Rodrigo terminaram. E agora está passando a noite fora, e com o Enzo. Sinceramente, preciso me retratar. Não imaginei que estivesse tendo um caso justamente com o Enzo...

— Mas do que você está falando? Não estou tendo um caso com ninguém.

— Não? Então vocês passaram a noite vendo televisão?

— Sabe que não foi isso que aconteceu. O fato é que não é nada de importante.

— Nada de importante? Pela primeira vez, você fez algo imprudente e perigoso. Retiro o que disse, você é mais maluca do que eu imaginava.

— Como assim "imprudente e perigoso"? É só um cara!

Amelinha abriu um largo sorriso antes de ficar completamente séria.

— Não, amiga. Não é só um cara, é "o cara". O maior canalha da história! Todo mundo aqui sabe que ele não é flor que se cheire.

— Isso é um exagero. Ele não é o bicho-papão.

— Ele não é? Está certo, então.

— Não precisa fazer essa cara de preocupação, Amelinha.

— Não estou preocupada, você é esperta. Quando quiser se livrar dele, basta dizer "eu te amo" e pronto.

Noivos para Sempre 155

— Que bobagem...

— Enquanto você passou o dia e a noite fora, eu estive ouvindo dos outros primos algumas coisas muito interessantes sobre o Enzo, e preciso te falar que não é bobagem. Ele é um predador. Ele é do mal. Ele é do mal de verdade, não é eufemismo, não! Esse cara tinha que vir com uma tarja preta na cintura.

Amelinha era engraçada quando soava tão dramática.

— Tarja? Para censurar alguma coisa interessante? — brinquei. — Acredite, teria que ser uma bem larga, porque ele é enorme.

— É mesmo? — Amelinha moveu a cabeça, negando. — Não me distraia, estou falando sério. Ele deveria vir com contraindicação. O cara é pau de dar em doido!

— Pau de dar em doido? De onde você tira essas coisas? Nem minha avó fala isso.

— Pode rir, eu não ligo. Mas quem não escuta cuidado, escuta coitado.

— Ok, Srta. Dito-popular. Recado entendido. E quer saber, talvez eu diga a ele que o amo, assim, o "maior canalha da história" larga do meu pé quando eu não quiser mais.

— Vai brincando... No dia que você chegou, quando pegou carona na garupa da moto dele, sabe onde estiveram? — Amelinha manteve o suspense, e eu movi a cabeça, negando. — Na cadeia.

— Cadeia? Do tipo... prisão?

— Do tipo xilindró, jaula, cela, xadrez. Entendeu?

— Ele foi preso? Por quê?

— Algo sobre transar com uma policial.

— Isso não é crime — eu disse em tom entediado, mas sentindo tudo revirar dentro de mim. Sim, era verdade, Enzo tinha uma péssima fama. E eu odiei ouvir sobre ela.

Amelinha deu de ombros.

— Vai ver aqui é.

— Não fala besteira, Amelinha.

— Só acho válido informar.

— Ok, informação registrada. Agradeço pela preocupação.

Depois do banho e de lavar os cabelos, sequei-os com o difusor, e, com o pente largo, soltando os fios, obtive o efeito que queria. Prendi as laterais com grampos prateados, deixando as mechas da franja longa caídas de lado. Cabelo pronto.

— Fecha aqui para mim, Amelinha?

— Claro. — Ela deixou sua maquiagem de lado e fechou o zíper oculto do vestido. — Adorei seu cabelo assim, ficou parecendo uma dessas famosas que ficam horas no salão para ter o efeito casual que você conseguiu em meia hora.

— Truques que a gente aprende no navio...

Minha maquiagem era ainda mais simples: primer; base bem levinha para não cobrir minhas sardas; e o indispensável corretivo, afinal, depois de uma noite acordada... Blush cor de pêssego, rímel...

— Não quer o delineador?

— Não. Quero aparentar frescor.

— Ah, legal. Mas eu não fico sem marcar meus olhos.

Um pouco de batom rosa bem clarinho...

— Pronto. E ainda terminei primeiro que você, Amelinha.

— Queria ser assim. Acho que você é a única mulher da face da Terra que se arruma tão rápido. E ainda falta uma hora para começar a cerimônia! Eu comecei a me arrumar duas horas atrás, ninguém merece...

— Eu vou ajudar a Debye com a maquiagem, ela deve estar nervosa.

— Mas e eu?

— Você está indo bem. — Dei de ombros, saindo do quarto.

Assim que me virei para o corredor, dei de cara com o fluxo intenso de italianos andando apressadamente, rindo e falando alto.

Agora acho que todos os parentes chegaram.

Antes que pudesse me mover para mais longe do quarto, veio em minha direção um homem que parecia ter saído de um editorial da Hugo Boss. Assim que passou por mim — ainda parada, observando o belo espécime masculino —, se virou e caminhou de costas dois ou três passos, entortando os lábios em um sorriso enviesado.

O que fazer além de sorrir de volta?

Isso o encorajou. Ele parou. Me avaliou, olhando-me dos pés à cabeça, e veio em minha direção, sorrindo mais abertamente.

— *Sono morto e andato in paradiso.* — A voz dele era forte e máscula.

— *Ciao* — cumprimentei.

— *Piacere, Raffaello. Tuo servo.*

Ele estava sorrindo, todo sedutor, mas logo ficou sério e daí meio pálido, semicerrando os olhos para algum ponto atrás de mim.

Quando fui virar a cabeça para ver o que ele estava olhando, senti o aroma almiscarado do perfume misturado com baunilha, e nem foi preciso me virar para saber que Enzo estava atrás de mim, mas ainda assim o fiz.

Enzo tinha uma das sobrancelhas erguidas e um sorrisinho ridículo. Seu peito estava quase encostando em minhas costas e sua mão esquerda estava na cintura, a outra ele apoiou na parede, próximo à minha cabeça.

— Raffaello — cumprimentou.

— Enzo. — O outro proferiu seu nome como se fosse algo desagradável.

Raffaello olhou de mim para Enzo e anuiu lentamente, como se tomasse nota de algo. Então me cumprimentou com um aceno de cabeça e foi embora.

Meu Deus, o que foi isso?

— Este aí também não gosta de você? — zombei.

Dei a volta, afastando-me dele. Enzo segurou meu pulso, impedindo-me de ir.

— Ele me respeita. Não vai mexer em nada que seja meu.

— Está se referindo a alguma coisa do seu quarto ou fala das suas panelas?

— Você entendeu.

— Você que não entendeu. Eu não sou sua.

Enzo expirou o ar com jeito desgostoso. Aumentou a pressão em meu pulso, puxando-me para mais perto, no mesmo instante em que sua outra mão veio para a minha nuca. Em seguida, sua boca cobriu a minha possessivamente.

Meu coração acelerou e senti um calor se concentrando ao redor do umbigo, um arrepio percorrendo minha pele ao sentir seus dedos roçando em meu pescoço e nuca, se enredando em meus cabelos, acariciando e me mantendo presa ao mesmo tempo.

Com um esforço enorme, dei um passo para trás, pondo distância entre nós e limpando o batom que certamente havia borrado.

— Enquanto você estiver aqui, você é minha.

— Está enganado.

— Estou? — Enzo sorriu. — Vou me arrumar para a cerimônia.

Ele seguiu a caminho do quarto, e, ainda de costas para mim, disse:

— Está linda com esse vestido, gatinha.

— É verdade que você esteve preso?

Enzo parou e se virou, encarando-me com o cenho franzido.

— Detido. Não preso.

— Por quê?

— Estacionei a moto na calçada. Por que esse assunto, agora?

Dei de ombros. Enzo se aproximou.

— Nada.

— Nada? Está querendo insinuar que...

— Não estou insinuando coisa alguma, Enzo. Apenas achei interessante que você não se preocupou em comentar isso, na verdade, você não fala nada sobre você, nunca. A não ser que eu pergunte. Se, e quando, eu ficar com alguém, vai ser recíproco, e com você não é. Portanto, não cobre o que não está disposto a dar. Se eu quiser transar com outro homem, como esse aí que acabei de conhecer, você não tem que se meter.

— Você está brincando comigo? Por acaso se lembra de onde esteve ontem à noite? Olha, não vou ter essa conversa com você aqui no corredor, mas depois, sim.

— Conversar? Não há nada para conversarmos. Você tomou uma atitude e eu não gostei, essa é toda a conversa, Enzo.

— E daí você fala sobre transar com o meu primo?

— Não precisa ser ele, pode ser qualquer outro. O ponto aqui é: isso é um direito meu. São minhas opções.

— Quer saber? Faça o que achar melhor.

Enzo voltou a andar para longe.

— Então é isso? — perguntei, indignação transbordando em três palavras.

Primeiro, ele afugenta o primeiro homem que se aproxima de mim. Depois, age como se fôssemos mais do que uma foda casual. E agora faz desse jeito? Indiferente? Que porcaria de nó ele pretendia dar na minha cabeça?

— Giovana, é como você falou, é um direito seu. — Ele parou, me encarou por um instante e sorriu. — O que você espera de mim?

Mil coisas passaram pela minha cabeça. Eu esperava tudo, mas não consegui dizer nada.

— Foi o que pensei. — Enzo passou a mão no cabelo, de um jeito irritado. — Acredite, se quiser continuar a conversa depois, tudo bem, estarei aqui. Do contrário, tudo bem da mesma forma. Agora eu vou me arrumar.

Fiquei sozinha e confusa, no meio do corredor.

Capítulo 14
Enzo

Que filha da puta!

Eu precisava me afastar antes que ela me tirasse completamente do sério e acabasse ouvindo o que eu não deveria dizer.

Ela soava magoada. O que era completamente absurdo.

— Giovana, é como você falou, é um direito seu. — O que não significa que eu ficarei de braços cruzados vendo a mulher que passou a noite comigo tentando fugir com a primeira desculpa esfarrapada que ela arrumou. Sim, era isso. Ela ainda temia que eu fosse deixá-la a qualquer momento e estava se protegendo. Quando me virei e encarei seu lindo rosto, vi o quanto ela se importava. Mesmo sem querer, eu sorri. Ela estava blefando. — O que você espera de mim?

Depois de tê-la beijado a noite inteira, de termos nos deliciado com as sensações e o corpo um do outro, eu era que esperava algum tipo de reconhecimento. Giovana foi devidamente adorada com minha boca, até quase perder os sentidos; suas pernas, trêmulas, não poderiam ter me apertado mais de encontro a ela, porque a lei da física não permitia, mas Deus sabe o quanto ela tentou. Giovana deveria ter ficado rouca depois daquela noite. E eu fiz tudo com calma, certifiquei-me de que tivesse o melhor sexo da sua vida.

O que ela pensava? Estive abraçando-a momentos antes, na frente da minha família. Eu a beijei no corredor, pouco me importando com quem nos visse.

Ela não me respondeu.

Entreabriu os lábios, mas não disse coisa alguma. Será que levava em consideração o que qualquer um lhe dizia a meu respeito?

— Foi o que pensei. — *Que porra!* — Acredite, se quiser continuar a conversa depois, tudo bem, estarei aqui. Do contrário, tudo bem da mesma forma. Agora eu vou me arrumar.

Se eu não fosse embora imediatamente, a colocaria sobre os ombros, a livraria daquela roupa de dama de honra, e nada no processo disso seria lento ou carinhoso, porque eu estava com raiva.

Entrei no meu quarto e, apesar da vontade de bater a porcaria da porta, fechei-a educadamente. Giovana ainda poderia estar por perto, e eu não mostraria a ela o quanto me irritou.

Andei de um lado a outro, como um leão enjaulado.

Puto!

Conforme ia e voltava, meu olhar focava em algum pedaço da minha história, pelo menos o que eu tive desde que nos mudamos para a vila Di Piazzi. Recordações espalhadas em um quarto que seria eternamente meu, como se minha avó precisasse garantir que eu seria sempre parte da sua vida. A foto com meu pai ainda estava no mesmo porta-retratos, na prateleira acima da escrivaninha.

Eu era um moleque quando ele se foi. Ainda me sentia um toda vez que olhava as fotos.

Morreu jovem demais. Por um motivo estúpido. Por culpa de uma... Por culpa *dela*.

Tranquei meus pensamentos tortos em um canto escuro da minha mente, observando, da janela, o corre-corre no jardim. Um monte de gente chegando com flores e algumas cadeiras, ajustando o que faltava para o casamento.

— Preciso me vestir.

Tomei uma ducha fria, tentando despertar e espantar meu cansaço.

Aparei a barba, a fim de estar apresentável para a cerimônia do meu primo ranzinza e sua linda — e secretamente grávida — noiva.

Não gostava nem um pouco de usar terno, ainda assim, mantinha dois ou três na vila, nunca usados. Foi um desses que escolhi.

Parecia um bobo com aquela roupa.

Calcei os sapatos, penteei os cabelos para trás e escolhia a gravata quando, após uma breve batida, minha irmã entrou no quarto. Ela usava um bonito vestido em um tom pálido de rosa.

— Já vamos descer, Enzo.

— Estou quase pronto, mas... não tem problema se eu me atrasar, não é? O importante é que os noivos estejam presentes.

— Você fica bonito de terno.

— Pareço um bobo.

— Não parece, não. Fica lindo.

— Onde estão as crianças? Eles não precisam entrar jogando pétalas?

— Estão com o Rocco, estão lindinhos! O fotógrafo da equipe do Vicenzo é muito atencioso e tirou milhares de fotos das crianças.

— Humm...

— O que foi? Está em dúvida? Por que não usa a gravata azul?

— Por que não a borboleta? Vou parecer um idiota de qualquer maneira.

— Você está azedo demais, é melhor eu ir andando.

Peguei a gravata azul-marinho.

— Giuliana, espera.

Ela se virou sem muita paciência.

— Faz o nó para mim?

— Claro, né?

Com poucas laçadas, minha irmã fez um perfeito nó de gravata. Depois, abraçou-me brevemente.

— O que foi isso? — perguntei, desconfiado.

— Soube que emprestou a casa que o papai te deixou para o Anghelo levar a esposa na lua de mel. Isso foi lindo, irmão.

— Ah, isso? Não tem nada de lindo.

— Seu gesto foi lindo, sim, Enzo. Pare de se diminuir. Por que você é assim?

— Você vê um Enzo que não é real, Giuliana. Foi uma troca. Anghelo deixava o passado no lugar onde ele pertence, no passado, e eu emprestava a casa. Nenhum ato heroico ou descompromissado.

Giuliana suspirou, subitamente parecendo exausta.

— Você é incapaz de enxergar, não é, Enzo?

— Do que você está falando?

— Que você arrumou um jeito de fazer as pazes com nosso primo. Isso diz mais sobre você do que o método que escolheu.

— Giuli...

— Agora chega. Termina logo de se aprontar! Eu já estou indo, meu marido é bom com os meninos, mas é melhor não abusar.

Minha irmã saiu do quarto, deixando-me a sós com meus pensamentos.

Eu queria ficar com Giovana sem interrupções, sem cobranças, sem olhares atravessados ou acusações. Que ele deixasse de acreditar que todas as minhas ações eram dirigidas a ele, contra ele. Por isso, propus ao Anghelo que ficasse com a casa durante alguns dias.

Teria Giuliana razão sobre os caminhos tortos para a finalidade certa?

Talvez a resposta exigisse mais do que eu estava disposto a dar. Minhas escolhas sempre tiveram a ver com meus benefícios imediatos, apenas isso. Afinal, todos sempre disseram o quanto eu era parecido com Flavia.

E se estiveram corretos todo esse tempo? E se, no fundo, nada do que Giuliana, ou minha avó Gema, pensavam sobre mim fosse verdade.

Tão igual a ela, minha mãe.

Foi o barulho alto de gargalhadas que me tirou do torpor. Eu precisava descer.

Deixei o quarto e segui apressado até os degraus da escada principal.

Infelizmente, encontrei Raffaello no caminho.

— Primo — me cumprimentou. Respondi com um aceno, acelerando os passos para me livrar dele, mas Raffaello ignorou minha vontade de não conversar. — Aquela era sua namorada?

— Eu não namoro.

— Sua garota, então? Isso é só uma nomenclatura, você pode chamar do que lhe for mais conveniente.

Ele andou mais depressa, ficando ao meu lado degrau a degrau.

— Não é ninguém importante para mim. Se é o que está me perguntando.

— Ah, tudo bem, mas é que te achei um tanto quanto... possessivo.

Parei no patamar. Raffaello desceu mais alguns degraus antes de notar que eu havia estacado.

— Eu vou te contar uma história, e isso não tem nada a ver com a moça, ok?

Raffaello anuiu.

— Imagine estar próximo de uma mulher que você sabe ser grudenta e que, graças a Deus, você poderá passar adiante para o primeiro pato que aparecer.

Raffaello sorriu de um jeito incrédulo, as sobrancelha franzidas em uma careta.

— Graças a Deus? Pato? Do que está falando?

— Estou falando de mulheres que não sabem usar os dentes, que quase arrancam seu pau fora! E ainda apertam suas bolas com *tanta força* que você fica a um triz de falar fino pelo resto da sua vida.

Raffaello chegou a encurvar os ombros do nervoso que sentiu.

— Mas a pior parte... — Tornei a descer os degraus, dessa vez, mais lentamente. Raffaello me acompanhava, interessado na história. — A pior parte, sem dúvida, são as mulheres que fazem barulhos inusitados.

— Que tipo de barulho?

— Imagine essa mulher segurando seus testículos *bem forte*, em uma das mãos, e com a outra segurando o seu pau, enquanto faz aquela coisa que as mulheres fazem com os nenês. Algo como... *brrrr... brrr...* Sacudindo a cabeça.

— Que porra é essa?

— Acredite, você pensa que será uma conversa inocente, mas, quando vê, está em um quarto e... Lamentável.

Dei de ombros, virando um tanto a cabeça para o outro lado, a fim de que ele não visse o meu sorriso.

Embora não tivesse sido específico, obviamente, a tal altura, meu primo preenchia sua imaginação com as mais terríveis imagens.

Assim que chegamos ao hall, Raffaello encontrou seus pais, meus tios Adriano e Berta, que o aguardavam para seguirem para o jardim. Cumprimentei-os rapidamente, pois logo o cerimonialista, que parecia ocupado com um telefonema, ao me ver, abriu a bocarra para um grito, de onde não saiu um único som, e veio apressado até mim, pegando minha mão.

— Você é magnífico! — ele disse de um jeito afetado. — Sinceramente, Chef Enzo, eu provei os doces e os molhos, está tudo divino! A noiva também provou o cardápio, seus assistentes mandaram as provinhas e está tudo impressionante! Será o melhor casamento provençal rústico de todos os tempos, de toda a Toscana!

— Obrigado. — Apertei a mão do homem e a soltei de uma vez.

— A van do restaurante Luidgi's entregou o restante do cardápio pontualmente, e está tudo em ordem. Achei que gostaria de saber.

— Eu não tinha nenhuma preocupação com isso, acredite.

Vicenzo talvez não soubesse, mas, se minha única atribuição era me encarregar dos comes e bebes, eu mesmo averiguaria todas as entregas, e foi o que fiz.

— Impressionante, você fez tudo em dois dias! Isso é impressionante! E sua família é muito talentosa! Eu já havia trabalhado com a Eliza Fanucci. Na verdade, foi ela quem me indicou para o Senhor Anghelo, e ela faz bolos maravilhosos! O talento é de família, uh?

Vicenzo falava de uma de minhas primas, Eliza. Ela, de fato, era uma excelente confeiteira e fizera questão de presentear os noivos com um lindo bolo.

— E o bolo? Já colocaram na mesa? — perguntei, curioso.

— Sim, sim! Tudo perfeito, tudo arrumado. A surpresa já está lá fora...

— Eles não desconfiaram de nada?

— Nada mesmo. Ah, quem me dera todos os casamentos fossem assim. Eu poderia contratar os Di Piazzi para trabalharem comigo! — Ele deu uma risadinha, mas não sorri de volta, não estava no clima.

De repente, o cerimonialista quase teve um chilique. Abanou as mãos freneticamente, dirigindo-se à moça passou carregando um vaso enorme de flores.

— Não, amorzinho, não! A noiva pediu para deixar este arranjo de fora! Leve isso agora mesmo para a minivan. Anda logo, está quase na hora!

— Com licença — pedi, afastando-me para a cozinha.

Mesmo tendo dado as últimas ordens para os auxiliares, não custava repassar, desde a sequência dos pratos que seriam servidos no almoço, até o momento do bolo. Essa parte cabia a mim, nada de deixar na mão do cerimonialista ou do pessoal do bufê do finado cozinheiro.

Ao deixar a cozinha, vi Giovana ao lado da noiva e de outras mulheres. Ela não me notou, então pude apreciar melhor a vista. Linda, cabelos vermelhos penteados para parecerem bagunçados, nem de longe melhor do que ficava ao acordar — ainda que tivéssemos apenas tirado um cochilo, enquanto nos recuperávamos do sexo —, usava o vestido de cor creme, como vira antes, mas agora, levava em seu pescoço uma echarpe lavanda, da cor dos detalhes da festa.

Giovana se inclinou para aceitar o elogio do tio da Débora, Bento, e sorriu, tranquila. No entanto, mexia o pé esquerdo de um jeito nervoso. Naquele momento, tive vontade de ir até lá, exigir que me dissesse o que havia de errado e pedir que me permitisse cuidar dela.

Nós realmente precisávamos conversar.

Sabíamos que, fosse lá o que estivesse acontecendo entre nós, não duraria o bastante para nos apegarmos, mas talvez... Quem sabe pudéssemos manter as coisas casuais mesmo depois que ela fosse embora, caso nos encontrássemos?

Débora falou algo no ouvido de Giovana que a fez olhar ao redor. Antes que pudesse me ver, dei meia-volta e quase tropecei em Dante, meu sobrinho espoleta.

— Mas! O que faz aí no meio do caminho? — perguntei.

Dante abriu um sorriso enorme e depois riu.

— Me escondendo da mamãe. Mas antes, estava me escondendo do papai e aí eu vi o tio beijando... — Dante deu outra de suas risadas.

— Viu, uh? Você está ficando bisbilhoteiro igual à sua mãe e sua tia Sophia.

— Você vai casar com ela? — Dante apontou na direção de Giovana.

Eu me virei para olhar novamente para a linda dama de honra. Ela ainda ouvia a noiva com atenção. Olhei para Dante e me abaixei, pondo um joelho no chão.

— Acha que uma princesa daquelas iria querer um homem como eu?

Dante tinha a expressão de quem pensava na solução para um grave problema. Por fim, deu de ombros.

— Ela não quer merda nenhuma com o titio, então não precisa sair contando para todo mundo que me viu beijando a ruiva, está bem?

— Eu não vou contar para ninguém! Mas preciso dizer para a minha mãe que você falou palavrão, ela disse que era para eu contar.

Dante fechou os olhos e anuiu. Que safado! Tão pequeno e tão cretino!

— Ah, sim, e você obedece sua mãe em tudo, não é, seu pequeno sem vergonha?

— Mas eu posso não contar.

— É? — Desconfiei. — Isso por acaso vai me custar alguns doces, certo, pequeno chantagista?

— Frittelle! — Dante levantou os bracinhos, mesmo limitado pelo terno do seu fraque.

— Você está se tornando um rapazinho sujo. — Apertei a bochecha dele e fiquei de pé. — Continue assim e, em alguns anos, será o orgulho do titio.

Dante me deu um sorriso alegre.

— Mas para Lucia não, certo?

— Por que para sua irmã não? Para Lucia também. Que coisa mais feia, Dante.

— Ela é chata!

— Não interessa, é sua irmã. Além disso, é menina, e para as meninas a gente faz tudo.

Dante, com seu semblante contrariado, cruzou os braços e fez bico.

— Isso não é verdade. Mamãe disse que você é um desastre com as mulheres.

Arqueei minhas sobrancelhas no momento em que as palavras saíram daquela boquinha esperta.

— Ela disse, é? O que mais ela disse?

— Não lembro.

— E se eu te der uns bongos, será que você lembra?

Dante moveu a cabeça, anuindo.

— E então...?

— Cadê os bongos? — ele disse, esticando a mãozinha.

— Comporte-se durante a cerimônia que eu faço um prato cheio de doces e então poderemos conversar de homem para homem sobre o que a sua mãe anda falando de mim.

Lucia passou correndo e se jogou em meus braços, pouco se importando com seu vestido de daminha.

— Tio!

— Bonequinha, você está linda demais! Se eu não fosse seu tio, me casava com você!

— E se não fosse velho — disse Dante.

— Eu não sou velho. — Resisti à vontade de rir.

— Você é lindo, tio, mesmo sendo velho — Lucia tentou me defender, e sorri enquanto ela me dava tapinhas na bochecha com suas mãozinhas gorduchas.

— Lucinha, não é verdade que a mamãe disse que o tio Enzo é um desastre com as mulheres?

Lucia anuiu com a cabeça e arqueou as sobrancelhas.

— É verdade, ela falou sim! E a tia Souffi disse que ele só sabia fazer uma coisa com as garotas... — Lucia levantou o dedinho indicador. Eu estava boquiaberto por elas estarem tendo esse tipo de conversa na frente das crianças, e eu que era o irresponsável?

— O quê? — inquiriu Dante. — O que ele sabe fazer?

Lucia deu de ombros e fez um beicinho.

— *Eu não sei lá*! Deve ser comida, ora — ela respondeu.

Dante anuía enquanto eu negava, ainda chocado.

— Um prato cheinho de doce para vocês não falarem sobre o assunto com ninguém, está bem? Principalmente aquela moça ali — eu disse, apontando para Giovana.

Meus sobrinhos eram muito espertos, eu sentia muito orgulho deles, mesmo quando me extorquiam doces.

— Lucia? Lucia! Dante! — Giuliana chamava os filhos, e Rocco vinha atrás, trazendo nas mãos uma tiara, que, sem dúvida, fazia parte do vestuário de daminha.

— Quando esse casamento acabar, você e eu vamos ter uma conversinha, irmã.

O local onde montaram o altar fazia das montanhas da região o pano de fundo para a cerimônia. A coisa toda parecia ainda melhor com a surpresa preparada pela família; os noivos não faziam ideia de que um improvisado quinteto de cordas substituiria o DJ que eles pensavam ter contratado. Vittório e seu irmão, Marcello, tocavam violino; Donatello, viola; Freddo tinha o violoncelo a postos; e Sophia tocava harpa.

Eu tinha que admitir: Anghelo estava muito bem em seu papel de noivo. Lá, de pé com Pietro ao seu lado, como sempre havia sido durante toda a vida deles.

Anghelo e Pietro tinham uma relação próxima, desde que a diferença de idade entre eles era pequena e seus pais serem irmãos gêmeos que, inusitadamente, se casaram com duas irmãs: Nina e Laura, da estimada família Theodore.

Já meu pai, o caçula, Giulio Di Piazzi, conheceu minha mãe em um festival de San Éfeso e, meses depois, em fevereiro, minha irmã Giuliana vinha ao mundo. No entanto, diferente dos seus irmãos, Marco e Tarso, e das irmãs Theodore, meus pais não se amavam profundamente. Eles transaram sem camisinha em um caso de uma noite. Era só desejo. E profundo senso de responsabilidade quando ela engravidou.

Mas o que eu via poucos metros adiante...

O jeito como o Anghelo olhava para a Débora era... diferente. Parecia muito mais como nas fotos dos pais dele, Marco e Nina. Era aquele olhar. E Débora o encarava de um jeito calmo, quase como se ele fosse a única pessoa na cerimônia.

Maurizio começou a tocar uma canção diferente da música do ensaio de casamento.

Definitivamente, não era *Ave Maria*.

Minha atenção foi para a vovó, que estava com o cenho franzido e negava com a cabeça sutilmente. Porém, ela parecia realmente comovida com a cena.

Anghelo andou até estar diante do tio da noiva, Bento.

Meu primo deveria ter segurado a mão da noiva e a conduzido para o altar, mas ele não fez isso, ele...

Eles estão dançando?

Anghelo surpreendeu todos nós. Justo ele, com sua sempre irrepreensível conduta, estava dançando com Débora, a alguns passos do altar.

Os convidados riram e aplaudiram. Anghelo a abraçou e tocou sua testa na dela.

De onde estava, pude ver cada reação do meu primo mais velho. Ele moveu os lábios dizendo que a amava e então sorriu e disse "muito".

Eu te amo. Muito.

Senti-me confuso e vazio, como se fizesse parte de alguma encenação. Não por desacreditar que os dois tinham afeto sincero um pelo outro, foi apenas... estranho presenciar. Algo muito distante da minha realidade.

Eu entendia sobre sexo, sobre sarcasmo, traição e dor. Lembrava dos meus pais brigando loucamente em um matrimônio falido. A forma de se olharem era quase como se sentissem asco do outro.

Ainda sem acreditar no que meus olhos diziam ser real, encarei os noivos, que agora seguiam para o altar. Eu mesmo não entendi quando minha atenção foi atraída para a ruiva à esquerda. Ela mordia os lábios, reprimindo as lágrimas, e então seu olhar encontrou o meu e, *merda*, ela sorriu.

Quantas mulheres haviam tentado me seduzir através de seus sorrisos ou lágrimas, ou a mistura de ambos? E quantas haviam se atirado e não tinham perdido a menor oportunidade de se meterem em minha cama, na esperança de que eu enfiasse em um de seus anelares um bambolê dourado?

Muitas. Essa era a resposta.

Quantas delas tinham sentimentos sinceros por mim, não pelo meu sobrenome, ou por meu vinhedo, ou propriedades?

Ri ao imaginar a resposta, e o som saiu amargo até mesmo para os meus ouvidos.

Sim, senti uma pontada de inveja quando percebi que Anghelo Theodore Di Piazzi — "Théo", para sua noiva — estava tendo o mesmo quinhão dos seus pais. *Théo*, um lembrete óbvio de que ele era parte da abastada família de comerciantes Theodore. Das belíssimas irmãs do sul de Florença, das *joias da Toscana*, como eram chamadas na época. E elas tinham o coração dos Di Piazzi nas mãos. Não apenas dos gêmeos Marco e Tarso, mas do nosso avô Guido, nossa avó Gema, nossos outros parentes...

Na outra ponta da corda, estava a minha mãe: Flavia Giuseppe. A filha de um simples pescador que esteve prestes a se casar duas vezes com homens que foram espertos o bastante para perceberem a armadilha. Quantas vezes mesmo tinha ouvido os parentes se referiam a mim como "filho da caça-dotes"?

Débora e Anghelo ficaram todo o tempo de mãos dadas durante a cerimônia. Vovó esteve contrariada com esse relacionamento por muitos meses. Ela não preenchia todos os requisitos com os quais tinha sonhado a Dona Gema para o seu neto mais velho, mas tinha algo que lhe dava carta-branca: Débora amava Anghelo loucamente. E eu tinha certeza de que nossa avó percebia cada detalhe.

Durante a cerimônia, Dona Gema se emocionou, sem esconder dos demais as lágrimas que molhavam constantemente seu rosto.

E então vinha a dúvida que me corroía secretamente: por que Dona Gema me adorava tanto, a ponto de afirmar claramente que era seu predileto?

Eu não era o filho de uma adorável moça da região, proveniente de uma família respeitável de gente que deu o sangue para a Toscana prosperar. Não era o mais doce, este era o Pietro. Nem de longe o mais maduro, já que Anghelo preenchia esta lacuna.

Eu não era um Theodore, eu era um Giuseppe.

Talvez ela só tivesse pena. E, secretamente, desejasse que eu me casasse e fosse para longe de uma vez, que arrumasse uma boa mulher e um trabalho regular. Como Giuliana, que se casou com um advogado siciliano e foi embora.

Santo inferno. Nem mesmo sendo o *preferido* da nossa avó recebi antes o olhar que ela dirigia ao Anghelo, naquele momento.

E aquilo queimou dentro de mim de um jeito tão intenso que eu não podia suportar a pressão em minhas têmporas e no meu peito.

Capítulo 15
Giovana

Débora estava linda. Ela era como essas noivas radiantes que só vemos em filmes. Quando a maquiei, usei tons terrosos e dourados, para harmonizar com sua pele morena, e, nos lábios, batom matte rosa nude. No início, ficou um tanto reticente, pois queria usar algo alaranjado, como de costume, mas era o seu casamento, e Débora se convenceu de que poderia usar algo diferente. Claro, depois que mostrei a ela uma foto de Shay Mitchell, que tinha o tom de pele idêntico ao dela.

Enquanto nos preparávamos para entrar, ou melhor, sair do hall, tio Bento foi gentil comigo, elogiando minha aparência e a de sua sobrinha, que estava ainda mais bonita com a maquiagem. Todos começavam a se preparar, mas atrasaríamos, já que a irmã e o cunhado do Enzo estavam procurando as crianças.

— Mas eles estavam aqui agora mesmo!

Dante e Lucia eram muito pequenos, em uma festa de família, e estavam na casa da bisavó, então, sem dúvida, tudo seria brincadeira para eles.

Débora chamou minha atenção, falando baixo:

— Não olhe agora, mas o Enzo está te secando ali perto da escada...

— Onde?

— Como quem vai para a cozinha... Eu disse para não olhar agora!

Eu sorri.

— Ah, me desculpe, não sabia que tinha que fingir que não o vejo.

— Seja cordial, Gio. Ele está tentando não ser notado.

— E falhou na missão — brinquei.

— Sobre o que conversamos enquanto você me ajudava com a maquiagem...

— Está tudo bem. Estou ótima, acredite.

Ótima era um tanto exagerado, mas Enzo não me evitar por completo já era algo de positivo, embora eu não soubesse o que estávamos fazendo, afinal, e o bom senso mandava que eu recuasse naquele ponto das nossas histórias. Nós ficamos, enquanto ele esteve no Brasil. Nós repetimos, ou melhor, tiramos a limpo, na primeira oportunidade que tivemos, e esse era o momento perfeito para o fim dessa insensatez.

Enzo não era, nem nunca seria, o homem da minha vida; ele foi apenas o homem que eu desejava.

Não tinha nada a ver com ser o cara certo e tudo sobre ele ter o poder de virar o meu mundo do avesso.

Carol foi a única para quem contei o que estava acontecendo, sobre minhas dúvidas e indecisões. Débora estava certa, Carol tinha um jeito todo especial de nos fazer sentir verdadeiras bestas com relação a romance. Ela era capaz de simplificar tudo e colocar-se diante de cada situação com praticidade.

Ok, ele disse que estaria disponível para conversarmos depois da cerimônia, e eu tinha certeza do que me proporia. Era o mesmo que as palavras da Carol: deixar rolar.

A questão era: será que eu conseguiria?

Não era um homem qualquer, não era apenas um cara bonito, inteligente e de bom papo. Ele tinha alguma coisa que me deixava apreensiva; meu coração batia aos trotes quando ele estava por perto; meus pensamentos não se fixavam em qualquer coisa além de seus lábios, sorriso, olhar; as lembranças iam com força para os momentos em que estivemos conectados, tanto que era capaz de ouvir claramente o som dos nossos corpos se chocando, ritmados, do ar saindo dos nossos lábios em pequenos ofegos e gemidos...

— Giovana!

— Uh? Quê?

— Vamos entrar, garota. Acorda! — Sara estalou os dedos diante do meu rosto. — Esqueceu? Carol e Pietro entraram, agora é nossa vez, anda logo!

— Ah, tá. Desculpe.

A música escolhida para que fôssemos em direção ao altar deveria ser outra, e não *Canon*, de Pachelbel, aliás, muito tocada em filmes sobre casamento. Sara e eu nos entreolhamos, depois, nos viramos para admirar, na lateral do altar, os primos do Théo, incluindo Sophia, sentados com violinos, harpa e violoncelo, todos vestidos de preto e de gravata cinza-prateada. Sophia usava um longo vestido negro com bolero prateado.

Fiz meu máximo para segurar as lágrimas, assim como Sara. Se foi surpresa para nós e estávamos emocionadas, mal podia esperar pela reação de Débora quando passasse pelo carpete lilás.

Ao final da caminhada, a música encerrou. Sara e eu nos posicionamos em nossos lugares, no altar, aguardando a entrada da noiva.

Débora e tio Bento surgiram, mas, ao invés de começarem a tocar a *Ave Maria*, que a avó do Théo tanto fez questão, no lugar onde deveria estar o DJ, Maurizio tocou três diferentes acordes. Não poderia ter sido mais diferente de *Ave Maria*.

Disease, do Matchbox Twenty, começou a tocar. E apenas quando deveria começar a primeira estrofe, o pessoal com as cordas acompanhou.

Pareceu uma piadinha interna aquele olhar e o sorrisinho que o Théo deu à Débora, e o jeito como ela sorriu de volta, negando sutilmente com a cabeça.

E então ele foi ao encontro do tio Bento e da noiva. Ele deveria tê-la conduzido para estar diante do vigário, mas a puxou e tocou sua cintura, embalando-a em uma dança suave. Nós começamos a aplaudir, assoviar e rir, porque uma coisa linda, romântica e não prevista estava acontecendo no corredor que levaria os noivos ao altar. Débora estava quase chorando quando seus lábios se moveram e ela disse: *Eu também. Muito mais.*

Eu lutava contra as lágrimas quando senti estar sendo observada. Meu coração deu um salto, desviei meus olhos para o fundo da tenda e lá estava o motivo: Enzo. Ele tinha o cenho franzido, do jeito que ficamos quando temos diante de nós alguma importante questão.

Não achei aquela careta apropriada para o momento, achei graça dele e sorri em sua direção, mas Enzo não sorriu de volta. Ficou sério e desviou o olhar para os noivos. Algo o estava consumindo, e, se tentava esconder, fazia um péssimo trabalho.

Estava estampado em seu rosto que algo ia mal. Ele parecia perturbado, triste até. Olhou para o lado em que sua família estava sentada, sua irmã, o marido e os sobrinhos, depois para a avó e a família da Débora. Aquele olhar me incomodou mais do que eu estava disposta a admitir, por isso, desviei minha atenção para os noivos.

Théo tocou sua testa na dela e, quando se afastou, a levou de mãos dadas para o altar e ficaram assim durante toda a cerimônia. O vigário falou umas coisas bem bonitas para o casal, sobre sonhar os sonhos juntos e manter o carinho e o respeito para que o amor pudesse sempre sobrevir às intempéries da vida.

Enzo continuava estranho. Vez e outra, eu pescava seu olhar indo e vindo em minha direção, mas, muito mais para a sua família. E então, depois que os noivos trocaram as alianças, não o vi mais.

— Parece brincadeira, mas preciso perguntar — falei, puxando Carol para um canto. Ela me olhou, aguardando o que eu queria dizer. — Estou cheirando mal?

Ela foi abrindo um sorriso lento e então seus dentes apareceram e, no instante seguinte, ela estava gargalhando.

— Carol!

— Me desculpe! — pediu, ainda rindo. Eu não podia desculpá-la desse jeito. — Você-você não está me perguntando...

Ela não parava de rir. Eu a sacudi, trazendo sua atenção de volta para o meu rosto.

— Sério, Gio, você não está me perguntando isso. O que deu em você?

— Acabou?

Carol suspirou, tentando parar com a risada debochada.

— Oh, meu Deus... Ok, você está muito cheirosa.

— Então há algo preso no meu dente ou alguma coisa no meu nariz?

Carol deu-me uma boa olhada e, ainda sorrindo, negou.

— O que deu em você, Gio?

Carolina se fazia de inocente, mas eu desconfiava que sabia perfeitamente o que estava acontecendo.

Semicerrei os olhos na minha melhor expressão intimidadora.

— Fala!

— O quê? Não tenho nada para falar!

— Estão todos dançando, comendo, bebendo e rindo, mas, quando eu me aproximo, os rapazes se afastam! Se eu não estou com um cheiro ruim, então o quê? Apenas o Théo e o Pietro não fogem de mim.

Carol deu de ombros, mas ainda ria.

— Que brincadeira mais boba e infantil! Estão fazendo o mesmo que fizeram com a tia Ana e a Dona Gema? É isso?

— Não! Ninguém está fazendo piada com você, Gio. Pelo menos, não que eu saiba.

— Então, por que ninguém me tirou para dançar, Carol? E até mesmo quando estávamos comendo, eu sentia os olhares na minha direção. Alguma coisa está acontecendo, e eu não estou gostando!

— Você bebeu muito, está com o pensamento confuso.

— Não bebi tanto assim.

— Giovana, você acompanhou os 35 brindes que fizeram.

— Não, não é isso! Tem alguma coisa acontecendo, sei que tem.

Carol deu mais uma risada alta e segurou em meus braços, me virando de costas para ela e para a festa. Ela apoiou seu cotovelo direito em meu ombro e apontou para um local adiante.

— Eis o motivo para que ninguém chegue perto.

— Mas o quê...? Ah.

Enzo estava no terraço, conversando com um casal, que sorria bastante, mas Enzo só moveu o lábio um pouquinho para cima. Ele não parecia nada feliz, não se parecia em nada com o Enzo que conheci. Ainda assim, não pude sentir pena dele, quando havia feito alguma coisa para que os demais rapazes se mantivessem afastados de mim.

— Enzo — resmunguei entre dentes.

— Parece que você foi marcada, Gio.

Carol se afastou e, antes de ir embora e me deixar sozinha, disse:

— Boa sorte.

Eu não iria ficar ali, jogada em um canto, enquanto todos se divertiam!

Até Amelinha finalmente estava dançando com Pietro e sorria sem parar. Sara e tio Bento também dançavam. Luíza e Débora davam pequenos pulinhos perto da mesa de biscoitos, onde, um pouco antes, todos estavam dançando ao redor, conforme pegavam a iguaria de amêndoas, que tanto foi elogiada. Foi motivo até mesmo de um brinde especial da Débora, em agradecimento ao Enzo.

Maurizio começou a cantar uma música que todos gritavam em certo momento. Eles apenas interrompiam suas conversas e sua mastigação, ou o que mais estivessem fazendo, e gritavam, e, em outro momento, aplaudiam batendo palmas duas vezes.

Eu me aproximei de Enzo quando ele ficou sozinho. Estava com os antebraços apoiados no guarda-corpo do jardim, olhando para o horizonte. O cretino já tinha dançado com meia festa, incluindo a noiva, enquanto eu...

Enzo me notou ao seu lado, ainda assim, não se dignou a se virar em minha direção. Senti uma mistura de raiva e indignação revirar meu estômago.

— O que diabos você falou para os seus primos, Enzo?

— Eu falei muitas coisas — respondeu calmamente.

— Como, por exemplo...? — Não consegui disfarçar a irritação em meu tom de voz.

— Bom, eu os cumprimentei, falei que não fazia ideia de como as coisas estavam indo na Sardenha, mas que o cheque chegava pontualmente todo dia cinco de cada mês. Também falamos sobre o tempo que passei em Arezzo. Comentei que a saúde do pai do Freddo melhoraria se ele bebesse mais vinho e menos whisky...

— Deixa de ser cínico!

Enzo olhou sobre o ombro, verificando se alguém havia desviado a atenção para nós. Seu olhar encontrou o meu. Ele não estava sorrindo, estava muito sério.

— Fala baixo.

— Quê? — Minha voz saiu aguda, e até eu me assustei com a intensidade da minha indignação.

— Fala. Baixo — ele repetiu pausadamente. — Não sei por que está gritando comigo, não faça os outros pensarem que te fiz mal.

Respirei fundo, porque minha vontade naquele momento era de lhe arrancar os olhos. Sobretudo quando ele me encarava com as sobrancelhas torcidas em uma careta de tédio e desdém.

E eu odiei aquilo.

— Não seja infantil. Quero saber o que você fez. Não me interessa sobre a porra do seu cheque, ou sobre a saúde dos seus parentes, nem o tempo que passou na puta que pariu. Quero saber o que você falou para que todos se afastassem de mim desse jeito!

— O que foi, lindinha? Algum problema? Toda aquela conversa sobre você transar com qualquer outro, que seria um direito seu... — Ele deu de ombros. — Vejo que suas opções estão bastante limitadas no momento, não acha?

Minha boca se entreabriu. Cerrei os punhos, porque não confiava na minha capacidade de manter a calma quando ele continuava me olhando daquele jeito desdenhoso.

— O. Que. Você. Fez?

Enzo finalmente se virou de frente para mim, tocando seu quadril no guarda-corpo. Ele olhou meus pés e fez sua trilha corpo acima até encontrar meu olhar, então sorriu meio de lado, sem qualquer emoção.

— Quer saber mesmo? Acho que não vai gostar.

Ele sorriu um pouco mais, e isso me fez odiá-lo um pouco mais também. Dessa vez, não foi um sorriso falso, mas ele estava se divertindo, e às minhas custas.

— Qual o problema? Você quer dançar? Eu danço com você.

Enzo segurou minha mão, puxando-me em direção aos casais dançando. Eu a tirei do seu aperto.

— Sim, eu quero dançar. Mas não com você.

— Ah — ele disse, dando de ombros. — Certo. Aproveite a festa aí no seu cantinho da disciplina.

Enzo deu um passo para o lado como se fosse deixar o terraço.

— Ei! — chamei. — O quê...?

— Estou indo buscar uma cadeira — ele disse, sorrindo. — Pelo visto você vai precisar dela.

— Não me interessa o que você aprontou. Desfaça agora, seu... seu... idiota!

Enzo gargalhou antes de se aproximar de mim, e havia algo em seu olhar que me fez recuar, batendo contra a mureta de pedra. Ele pôs as mãos no guarda-corpo, em cada lado dos meus braços, aprisionando-me ali, ainda que não encostasse um dedo sequer. Ele se inclinou para mim.

— Eu não posso desfazer.

Ergui minhas mãos para empurrá-lo para longe, mas Enzo me segurou, com meus pulsos firmemente atados contra o seu peito.

— Não posso desfazer, e não lamento.

— Prefiro ficar sozinha, então. Você é mau, Enzo, e eu tenho vergonha na cara, tenho amor-próprio.

— Pois então, você é uma pessoa melhor do que eu. Porque não tenho vergonha... nem amor-próprio, pelo visto, já que estou aqui fazendo tudo que posso para não perder você.

Engoli em seco.

Tentei controlar meus batimentos cardíacos.

Controlar a mistura de raiva e apreciação que eu sentia. Eu só podia ter perdido o juízo. *Apreciação?*

Não tinha que achar bonito o que ele havia feito, não importava que Enzo estivesse pairando sobre mim, com seu perfume almiscarado, o olhar intenso, escuro, onde quase não se podia ver a coloração acinzentada.

— Está se comportando como um maníaco. Se acha que isso é sedutor, enganou-se. Você está me assustando, isso sim — menti. Puxei meu pulso para longe dele, cruzando os braços.

Nunca ninguém havia ido tão longe por mim, os homens apenas me deixavam ir, como se eu não fosse boa o bastante para tentarem.

E ali estava um paradoxo dos infernos: ele aprontou alguma para que os outros se afastassem de mim, e eu deveria estar ainda mais furiosa por Enzo admitir isso com a cara mais cínica do mundo.

Quem aquele italiano abusado — e gostoso — pensava que era para me fazer de idiota? Quem ele achava que era para...

— Eu não quero te assustar. É você que está me assustando, Gio. Você quer pular fora, e eu deveria estar feliz com isso. Mas não estou. E achei que estivéssemos na mesma página. Que tinha sido bom.

Bom? Foi mais do que bom. Desde a primeira vez, tudo o que aquele canalha arrogante esteve fazendo foi me arruinar para qualquer outro, e agora, literalmente.

— Fala alguma coisa.

— Desfaça. E me peça desculpas. E daí, talvez, eu pense no seu caso.

Enzo riu.

— Está de brincadeira?

— Nunca falei tão sério em toda a minha vida.

— Acho que vai mesmo precisar daquela cadeira, afinal. Eu não corro atrás de mulher, querida.

— Que seja. — Dei de ombros, mantendo a expressão de indiferença, por mais que aquilo estivesse me dilacerando. O que eu poderia esperar? Era o Enzo. — No entanto, um pedido de desculpas você me deve.

— Desculpas? Eu? — Ele riu.

Não ia facilitar para ele. Enzo até podia ser o homem mais sexy com o qual eu já estive, mas meu pior defeito, naquele momento, era minha maior virtude. A razão sobrepujando a emoção.

— Não sei por aqui, mas, no meu país, falar algo que prejudica a reputação de uma pessoa se chama difamação, e é um crime.

Enzo recuou, como se tivesse recebido um tapa. Claro que, na Itália, a lei se assemelhava.

— Não fui tão longe. Não fiz nada que atentasse contra a sua reputação. Nem falei de você, se quer mesmo saber. Eu juro.

Ele estava novamente sério.

— Mas alguma você aprontou. Primeiro desfaça, eu quero dançar com todos os seus primos.

Ergui a cabeça da maneira mais petulante possível.

— Não força...

— Ok. Adeus, Enzo. Amanhã mesmo vou sair com as meninas e aproveitar a cidade. Não sei se você sabe, mas as opções não estão restritas à vila Di Piazzi. E, só para constar, nem todos os seus primos são tão crédulos.

E com isso, o deixei sozinho, refletindo sobre suas ações.

Capítulo 16
Enzo

Giovana foi para longe, antes mesmo que eu pudesse rebater suas palavras.

Acompanhei-a, observando o caminho que fazia.

Ah, não.

Ela parou diante de Pietro, que, naquele momento, dançava com Sabrine. Após mover a cabeça, concordando, a secretária se afastou, sorrindo. Giovana mantinha-se de costas para mim, mas Pietro a ouviu com atenção e logo ergueu a cabeça, olhando-me enquanto exibia uma expressão contrariada.

Meu primo fez uma exagerada mesura para Giovana, segurou em sua mão e a girou antes de puxá-la para junto dele. Ela tinha a cabeça recostada no peito de Pietro, enquanto as mãos dele tocavam suas costas e cintura, intimamente.

Que ridículo! Ela acha que pode me fazer ciúmes? E sou eu o infantil?

A música que Donatello tocava nem era lenta para que estivessem apoiados um no outro daquele jeito.

Patético.

Giovana pôs as mãos na cintura de Pietro, que se afastou o suficiente para ouvi-la. E devia ser algo muito engraçado, pois ele sorriu amplamente.

Pietro mexeu na franja de Giovana, passando-a para trás da orelha, e, dessa vez, seu sorriso diminuiu, como se finalmente o imbecil tivesse se dado conta da mulher linda que estava balançando em seus braços.

Minha mão apertava tão firme o guarda-corpo que comecei a me machucar.

Eles não deveriam estar dançando.

Pietro não deveria estar olhando para Giovana daquele jeito.

Percorri meu olhar pelo restante dos convidados: Amelinha, a loura que era apaixonada por Pietro, dançava com Maurizio, encarando-o com uma expressão admirada, pouco importando-se que a amiga estivesse nos braços do Pietro.

Raffaello e Sara estavam se divertindo juntos.

Anghelo e a cunhada de Débora, Luíza, conversavam, enquanto a noiva dançava com o irmão.

Freddo estava agora com Sabrine. Todos pareciam felizes. E eu senti o nó em minha garganta crescer para me sufocar.

Distraído, assustei-me com o toque em meu braço. Carol ergueu as mãos em rendição.

— Desculpe, não queria te assustar.

Sorri sem qualquer humor. Carol era legal demais para ter minhas frustrações dirigidas a ela, por isso permaneci calado.

— Não quero nem saber qual o problema. Vim pedir para me tirar para dançar.

— Agora eu não estou com vontade, Carol. Sinto muito.

— Ah, vamos lá... você é o lado negro da força. O cara mau. O sedutor impiedoso. Você já dançou com metade da festa, menos comigo. Estou me sentindo preterida.

Anuindo, segurei em sua mão e caminhamos em direção aos outros dançarinos, tendo o cuidado de me manter longe de Giovana e Pietro, que haviam engatado uma segunda dança. Ainda assim, pude notar o sorriso de satisfação dela, e isso me irritou pra cacete.

— Sabe qual é o trabalho dela?

— O quê?

Fiquei em dúvida se falava da Giovana, até acompanhar seu olhar na direção da ruiva.

— Ah. Ela disse que é camareira em um navio, ou algo parecido.

— É isso mesmo. E sabe qual a formação dela? — Movi a cabeça, negando. — Ela foi a melhor aluna de Turismo, em uma universidade muito conceituada no Brasil. O navio em que ela trabalha, Enzo, é do pai dela. Um *big* transatlântico.

— Eu não entendi.

— O pai da Giovana queria que ela assumisse uma equipe de trabalho, mas ela não gostou do modo como ele manipulou para que isso acontecesse. Foi quando ela disse não, e ele a transferiu para o porão do navio. Mas quer saber? Ela pode não estar feliz com isso, mas vai aguentar firme até o fim. Giovana não gosta que lhe determinem o que tem de fazer, ela encara isso como um insulto ao seu senso de disciplina. Interessante, não é?

— Por que está me falando essas coisas?

— Porque eu estava bem ali. — Ela apontou para um canto. — Quando vi você fazendo tudo errado.

— Você está falando da minha conversa com ela?

— Não, senhor. Estou falando de ouvir um papo muito doido sobre a Giovana dar beijinho de esquimó no seu pau. Não se faça de bobo.

Eu sorri, não pude me conter.

— Não falei nada disso. Nem mesmo citei o nome dela.

— E precisava? Não faça pouco caso da minha inteligência, Enzo, por favor. Agora... por que fez isso?

— Raffaello estava jogando charme, e eu errei quando me aproximei da Giovana, marcando território. Quanto mais interessado eu parecesse estar, mais isso aguçaria a curiosidade dele. Por isso, deixei que pensasse estar falando dela.

— Continuo sem entender...

— Meu primo é rico, bem-apessoado, tem boa saúde, uma excelente educação, está solteiro e sem o estigma de ser um canalha. Devo prosseguir enumerando?

— Não, não... Sobre isso está bastante óbvio, o que eu não consigo entender, cara, é por que você agiu dessa maneira? Pelo visto, você não fez uma *coisinha* de errado, você errou feio, Enzo. Você deveria confiar na Giovana. Agir assim foi muito ingênuo da sua parte.

— Ok, sei que errei tentando ajeitar um outro erro, mas eu sei que ela... Enfim, depois eu consigo fazê-la me per...

Carol moveu a cabeça, negando.

— Enzo, meu querido, você não faz ideia de quem é a Giovana. Estou surpresa por ela ter te dado uma chance, porque você passa longe de ser o homem dos seus sonhos. Desista.

— Por que está falando isso? É um desafio?

— Não. Só que desse jeito aí... é melhor desistir. Ela pode ser a mulher mais desesperada para se enfiar em sua cama, ainda assim, ela não vai. Mesmo você sendo um idiota, vou te dar algumas dicas. Lá vai: seja honesto, sem joguinhos, sem manipulação. Confia na Gio. Do contrário, você só irá afastá-la cada vez mais.

— Se me acha um idiota, por que está me dando dicas para conquistar sua amiga?

— Errado mais uma vez. Estou te dando dicas para se desculpar com ela. Conquistar é outra coisa. Além do mais, há algo sobre a Giovana que me preocupa.

— O quê?

— Não importa quão na merda a Giovana fique, ela sempre vai agir com cem por cento de racionalidade. E, pelo pouco que sei da vida, nesse lance afetivo, é preciso equilibrar as coisas, manter alguma porcentagem de loucura ou impulsividade pra ter chance de ser feliz. Não dá pra levar a vida de modo tão rígido.

Franzi o cenho diante das palavras de Carol. Se estava entendendo corretamente, Giovana poderia até querer ficar comigo, mas não sem confiança, não sem que as regras estivessem claras.

— Estou dizendo que é preocupante a forma como ela reage diante de certas situações. O jeito inflexível da Giovana é meio infantil para mim, só que é o jeito dela, e Giovana não é perfeita. Claro, você também está muito longe de ser perfeito, mas...

— Mas...?

— De repente, você nem é o babaca que tenta mostrar ao mundo, e talvez ela precise de uma pessoa que a faça agir mais com o coração, que a faça ser menos racional.

— E você não vai me perguntar sobre minhas intenções com ela, ou ameaçar alguma parte importante do meu corpo, caso eu a magoe, depois de tirar toda a sua racionalidade?

Carol fez uma careta.

— Eu não! Quero mais é que vocês se fodam, literalmente. Além disso, ela tem irmão, tem pai...

Eu ri alto.

— Ah, que bom! Um sorriso! Pensei que ficaria o casamento todo agindo como se fosse um enterro.

— Agradeço que tenha vindo falar comigo. Nem todos se sentem confortáveis com isso.

— Por que será...?

— E você? Não vai se divertir com alguém em especial?

— Estou me divertindo com você, agora — disse, movendo as sobrancelhas.

— Você entendeu.

— Eu tenho namorado — Carol informou e sorriu. — E uma namorada.

Meu queixo caiu um pouquinho quando eu fiquei boquiaberto.

— E eu pensando que era o safado.

— Não é safadeza, é um relacionamento sério.

— E ele não se incomoda? Ou ela?

— Não, eles também namoram, não com outras pessoas, bem, nós três, quero dizer.

Parei de dançar e segurei o rosto da Carol, olhando bem em seus olhos castanhos.

— Eu te venero. Você tem o meu respeito.

— Não estou certa se isso entra na categoria de troféus da minha vida, mas obrigada.

Maurizio se aproximou, dessa vez, dançava com Sabrine, girando a moça em seus braços. Olhando para o lado, vi que Amelinha dançava agora com Freddo.

— Por que, sabiamente, não trocamos nossos pares, primo?

Maurizio arqueou as sobrancelhas, aguardando minha resposta.

Carol parou de dançar, assim como Sabrine, e então a secretária veio para mim, e Carol foi dançar com Maurizio.

— Considere uma retribuição, pelo conselho dado — concluiu com uma piscadela, indo para longe enquanto rodopiava Carol, que ria um bocado.

— Oi — cumprimentei Sabrine.

— Oi. — Havia um silêncio constrangedor, então ela tomou fôlego: — Obrigada pela dica do passeio na vinícola, foi legal.

— Se divertiu?

— Sim.

As bochechas de Sabrine começaram a ficar vermelhas.

— Que tal se eu te deixasse nos braços certos? — perguntei, e o rubor em sua bochecha se intensificou, conforme concordava.

Continuamos dançando e nos desviando de um e outro casal, até que esbarramos em Giovana e Pietro. Ele fechou a cara quando seu olhar encontrou o meu, e, antes que ele pudesse pensar a coisa errada, eu sorri.

— Se incomoda em dançar com a Sabrine, Pietro? Eu quero dar uma palavrinha com a Giovana.

Pietro e Giovana trocaram um olhar.

— Devo lembrá-los de que hoje é um dia de festa?

— Está tudo bem, primo, eu só quero me desculpar com ela.

— Mas agora eu não quero falar com você. — Giovana virou a cabeça para o outro lado.

Girei Sabrine, para que pudesse olhar no rosto de Giovana.

— Se quiser, vou até o microfone e anuncio a todos que, seja lá o que estiverem pensando, não é a seu respeito.

Giovana me olhou desconfiada, franzindo o cenho.

— Por que será que eu não consigo acreditar em você?

Dessa vez, Pietro os girou, deixando Giovana de costas para mim, enquanto ele ficava de frente para Sabrine.

— Quer beber alguma coisa? — ele perguntou.

— O que sugere? — Sabrine respondeu para Pietro. — E não me diga vinho!

Ele riu, bem-humorado com alguma piada entre eles.

— Por que não vamos até o garçom e daí escolhemos aleatoriamente?

Antes que Sabrine respondesse, tornei a nos mover ao redor de Pietro e fiquei de frente para Giovana.

— Por favor, lamento ter lhe tratado mal.

— Isso é o melhor que pode fazer? Só um "lamento"?

— Nós dois sabemos que posso fazer muito melhor que isso.

Pietro parou de dançar, assim como eu.

— Isso ficaria mais fácil se nós, apenas... — Pietro tomou Sabrine dos meus braços e a levou para longe.

Segurei as mãos de Giovana, puxando-a para mim, mas ela resistiu, o que me deixou desconcertado.

— Não vai me desculpar, então?

— Eu desculpo, sim. Mas eu disse que não vou dançar com você.

Ela me fez sorrir.

— Não precisamos dançar, se não quiser. Podemos fazer outra coisa.

— Como o quê? — Ela cruzou os braços.

Eu sorri de lado e me aproximei. Toquei seu rosto e ela não recuou. E ali, na frente da minha família e das "opções" que ela achava que teria, Giovana não recuou.

— Conversar.

E foi muito bom vê-la sorrir, mesmo que minimamente.

Capítulo 17
Giovana

Enzo tocou meu rosto e eu pensei: Como é que posso me manter firme, com ele me olhando desse jeito?

Eu tinha certeza de que ele teria uma proposta erótica para me fazer, e eu meio que esperava por isso e estava ensaiando rapidamente uma resposta afiada, mas ele disse que queria conversar.

Quando as palavras saíram da sua boca perfeita, ele suspendeu um pouquinho o ombro direito e, com isso, me lembrou muito mais de um menino do que do grosseirão arrogante de momentos atrás.

— Conversar? — perguntei, sem conseguir disfarçar o sorriso.

— Ou o que quiser.

Eu sabia, no fundo, eu sabia que era um truque, mas, estranhamente, eu não estava preocupada com isso.

— Não é como se tivéssemos opção — emendou.

Meu sorriso se desfez no mesmo instante.

— Eu mereço...

Ele tocou meu cotovelo, e me deixei ser conduzida para fora da pista de dança, a fim de pararmos de atrapalhar os casais.

— Só estou dizendo que te devo desculpas, sim. E você tem todo o direito de negar, mas, primeiro, me ouça, está bem?

Eu o olhei desconfiada, e Enzo manteve o semblante. Não o semblante cafajeste que ele geralmente tinha, mas um ansioso que não combinava com a "encrenca" que eu sabia que ele era. Os olhos, antes escuros, agora estavam bem abertos, límpidos de tal maneira que eu podia, ainda contra a luz incandescente, observar a íris acinzentada com seus raios azuis.

Ele não deveria me afetar daquele jeito. Eu não deveria estar caindo feito uma boba naquele charme, quando eu sabia que, de verdade, tudo que Enzo Di Piazzi queria era jogar. E agora ele estava me olhando parecendo sincero, percebi que o problema maior era comigo, não com ele. Confiar, afastando-me das probabilidades, não era o meu forte.

Como amigo, Enzo devia ser sensacional, e os cozinheiros que o ajudaram para o cardápio da festa o estimavam, mesmo com ele se sabotando. Mas Enzo jamais seria apenas meu amigo. E ambos sabíamos disso. Também sabíamos que qualquer relação que tivéssemos não iria muito adiante.

Para que prolongar o inevitável?

— Acho que preciso de uma bebida... — resmunguei, saindo de perto dele.

Eu não precisava de uma bebida mais do que precisava de um corte no pescoço. Só queria ficar um tempo sozinha, a fim de remoer os passos que eu havia dado até ali, pois definitivamente algo não estava certo. Eu sentia um peso sobre os meus ombros e um aperto no peito.

Se eu vinha fazendo as coisas do modo mais lógico possível, por que me sentia como se estivesse escolhendo caminhos errados, entrando cada vez mais longe em um labirinto sombrio?

— Giovana.

Enzo me alcançou quando eu estava no patamar da escada principal.

Estaquei ao som da sua voz, mas me faltou coragem para me virar e encará-lo.

Gostaria de ter a metade da autoconfiança que as meninas atribuíam a mim. Via-me como uma fraude, covarde, pequena.

Ele queria se desculpar. Qual era o meu problema? Por que não poderia apenas pegar o que ele estivesse me oferecendo com o relógio cronometrado, zerando no dia da minha partida? Era apenas diversão.

Dei mais um passo adiante.

Não dava para encarar como uma brincadeira, quando aquele sem-vergonha se encaixava entre as minhas pernas, olhando-me nos olhos enquanto me empalava, com os lábios entreabertos, por onde deixava escapar a maioria dos gemidos que ferravam os meus miolos.

Não dava para encarar como passatempo andarmos abraçados pelo centro da cidade, à vista de todos. Apresentando-me aos seus amigos.

Tomando café da manhã publicamente. Levando-me para ver o nascer e o pôr do sol.

— Giovana — ele chamou novamente, e, dessa vez, notei sua proximidade, mas não me virei.

Senti o toque suave do tecido em meu pescoço, olhei para baixo e vi o lilás da echarpe pendendo suavemente na frente do meu vestido. As mãos de Enzo deslizaram pelos meus braços em uma carícia leve.

— O que está acontecendo? — perguntou. — Não pode estar tão chateada assim comigo...

Movi a cabeça, negando.

— Eu acho que isso vai dar a maior merda.

— O que, exatamente, seria o *isso*?

Enzo abraçou minha cintura, seu queixo tocando meu ombro, e senti seu perfume.

Novamente, movi a cabeça, negando confrontá-lo.

— Giovana?

Tomando fôlego, respondi:

— Nós já ficamos juntos, e já repetimos, quero dizer... você me levou para conhecer o seu apartamento e eu...

— E você não fugiu, dessa vez — brincou, sorrindo.

— Não entendo. Por que deveríamos prosseguir com... isso?

Enzo se afastou e passou para a minha frente, apoiando um dos pés no degrau acima.

— Olha para mim — pediu, mas não acatei.

— Eu só acho que...

Enzo tocou minha mão, acariciando o dorso com seu polegar.

— Olha.

Finalmente o encarei.

— Sinto muito por ter induzido meu primo a se afastar de você. Eu o fiz acreditar que você não era... boa companhia.

Bufei minha frustração.

— Enzo, não estou mais tão chateada com isso... — Nunca diria a ele que andei fantasiando sobre nós dois muito mais tempo do que apenas os dias que eu passaria na Toscana. Este era o motivo. Estava chateada comigo.

— Mas...

— Sem mas. Deixa pra lá. De certo modo, foi até bom que eu saísse daquela névoa de luxúria e colocasse os pés no chão, e... Estou falando sério, por que está sorrindo?

Enzo abriu ainda mais o sorriso e negou.

— Desculpe. Estou achando engraçado. Não deveria, mas estou. Geralmente, sou eu quem começa com essas palavras.

— Do que está falando?

— Você está prestes a dizer que o problema é você, e não eu. Vai me dispensar e tudo mais...

Franzi o cenho.

— Não faz ideia do que estou pensando — reagi.

— Ah, faço. A diferença é que, mais uma vez, você quer fugir porque está com medo do que vai acontecer ao amanhecer.

Ao amanhecer?

— Não foi por isso que você foi embora da primeira vez? — prosseguiu. Quando ia respondê-lo, Enzo me calou selando os lábios nos meus.

— Enzo...

— Não tenta prever o futuro, Gio. Vamos um dia por vez, ok?

— Eu não sei...

— Mas eu sei. Venha, vamos conversar um pouco e não no meio da escada. Não quero ser interrompido.

O quarto do Enzo era tão organizado quanto seu apartamento em Siena, embora ainda mantivesse algo juvenil. A cortina branca pouco escondia a vista para o portão principal e o jardim na entrada. A cama estava coberta com um edredom cor de caramelo e as almofadas azul-marinho foram alinhadas junto à cabeceira de madeira escura. Não consegui fazer a conexão com sua personalidade despojada. O ambiente era sóbrio, com móveis clássicos e requintados, mas as cores me lembravam o quarto de um jovem rapaz, e não de um homem. Quanto a isso, era completamente diferente do seu apartamento, que exibia quadros de cores vibrantes e almofadas coloridas.

Havia porta-retratos espalhados pelas prateleiras e alguns pôsteres de bandas na parede. Próximo da janela, havia uma poltrona de couro marrom gasta e uma mesa de apoio em frente a ela. Do outro lado da poltrona, na cômoda, vi um monte de livros de culinária.

— Este quarto sempre foi seu?

— Sempre. Desde os meus 12 anos. — Ele andou até o meio do cômodo e abriu os braços, sorrindo. — Você é a primeira garota a vir aqui que não é da minha família. Seja bem-vinda.

Minha resposta foi um sorriso tímido.

O que ele quis dizer com isso?

— Quer sentar? — ofereceu, apontando para a poltrona e não para a cama.

Acomodei-me na poltrona, que era bem mais macia do que aparentava. Enzo sentou na mesinha de madeira à minha frente, apoiou os cotovelos nos joelhos e entrelaçou os dedos em uma postura austera, porém informal.

— Vou direto ao ponto, ok?

— Por favor.

— Gosto do sexo com você e gostei quando passamos a noite juntos. Estamos na mesma sintonia até aqui?

Movi a cabeça, concordando.

— Posso continuar sendo franco?

— Deve.

— Eu não esperava vê-la novamente. Sabia que você era amiga da Débora e que talvez viesse para o casamento, mas não esperava participar ou mesmo estar longe de Arezzo por esta época. Então, quando nos reencontramos naquele bar, no meio da estrada, tive vontade de te confrontar sobre nosso primeiro encontro e o que fez. Depois, quando você *fingiu* não me conhecer, quis te esganar. Quis te colocar na minha cama e te foder até que perdesse os sentidos, depois te mandar embora.

Meus olhos se abriram ainda mais. Enzo estendeu a mão, pedindo-me calma.

— Não teve jeito. Eu até pensei e tive a intenção, não vou negar. Mas, quando te vi adormecida em meus braços, com os cabelos espalhados, sua perna entrelaçada à minha e a respiração batendo no meu peito, tudo que pensei foi: ainda posso te foder bem gostoso. A única coisa que eu quis foi ter um pouco mais daquela visão.

— O que está querendo dizer? — perguntei num fio de voz.

Enzo ergueu os ombros e moveu a cabeça, negando.

— Não sei. — Ele sorriu. — Sinceramente, eu não sei. Apenas percebi que não estava pronto para te mandar embora da minha cama. Não fui capaz de te devolver a *gentileza* da nossa primeira vez juntos. E então, quando penso que está tudo em paz desse jeito, te vejo no corredor, de boca aberta, babando pelo meu primo.

— Eu não estava...

— Ah, pode crer que estava, sim. E ele estava da mesma forma.

— E você se incomodou — constatei.

— Achei que isso tivesse ficado muito óbvio. — Enzo tornou a sorrir, mas de um jeito diferente, como se não estivesse acreditando em suas próprias palavras. — Olha, Gio, sei que nenhum de nós está interessado em romance. Eu não quero enganar você, nem fazer papel de cretino.

Ergui uma das sobrancelhas.

— Ok, além do que já fiz.

— Melhor assim — resmunguei. — Realmente, eu não gostei. Como você bem observou, isso não é um romance, por isso mesmo você não tem o direito de agir como se fosse algo mais do que uma transa.

Enzo me encarou por um longo tempo.

— O que não significa que vamos fingir que nada aconteceu. Eu fico sim com várias mulheres, mas uma de cada vez. E espero o mesmo de você. Não quero que você ande por esses corredores fazendo de conta que não me conhece ou que não aconteceu nada. E desejo poder te tocar na frente de quem for. Também espero que nenhum dos meus parentes se aproxime de você enquanto estivermos dividindo a cama.

Eu não estava muito certa de que estávamos mesmo tendo aquela conversa. Enzo Di Piazzi estava todo sério, falando com franqueza sobre como ele gostaria de ficar transando e dormindo comigo sem absolutamente nada em termos emocionais em troca.

— Sei. Tipo um relacionamento monogâmico, só que sem a parte do *eu te amo* e *você é tudo pra mim*.

— Eu não sou bom com compromisso e essas merdas, já te falei isso.

— Sem garantias de sucesso... — eu disse mais para mim do que para ele, mas Enzo me ouviu.

— Giovana, estou muito longe de ser perfeito e não posso garantir nada nesse *relacionamento*, a não ser os seus orgasmos. A decisão é sua. Você quer?

Ele só podia estar de brincadeira ao me encurralar contra a parede daquela maneira.

— Isso tudo é só porque você me viu conversando com o Raffaello.

— Não. Quero dizer, talvez tenha me dado o clique, mas... não é só por isso.

— Você disse que fica com várias mulheres...

— Uma por vez. E nunca prometi nada para ninguém. Quero que você acredite, Giovana, que, apesar do que andam falando por aí, eu não sou mau caráter. E acho que você entende perfeitamente quando digo que não estou pronto para ter um romance e não gostaria que tivesse esperanças quanto a mudar esse meu jeito. Isso faz de mim um canalha?

De cenho franzido, neguei.

Isso fazia *de mim* uma canalha?

A sensação de ter o mundo virado pelo avesso era incrível.

Nunca tinha passado por isso com ninguém, nem mesmo com Rodrigo. E se fosse bastante franca comigo mesma, o que eu sentia pelo Rodrigo era um grande afeto, um monte de carinho e genuína admiração. Claro que nos dávamos bem na cama, mas não havia maneira de comparar com o Enzo.

O beijo do Enzo me deixava ligada, as mãos dele só precisavam tocar meu rosto ou cabelos para que eu sentisse a necessidade de entrega tão forte. Era uma coisa de pele. Quase selvagem. Sentimento primitivo. Estúpido. Do tipo que eu tinha que lutar para não me deixar iludir.

— Adoro sua companhia. O seu sorriso. Seu senso de humor. E gostaria de continuar a ter isso.

Desde que não seja um romance.

— E de me dar alguns orgasmos, também — caçoei.

Enzo sorriu.

— Todos eles, se possível.

Ele vai ferrar com a minha cabeça.

Capítulo 18
Enzo

Ela me encarou por um longo tempo, arqueou as sobrancelhas e negou.

Por um instante, fiquei em dúvida se negava por reflexo de algum pensamento ou se pela minha proposta.

— E, por acaso, nos tocaríamos em público. Quero dizer, diante da sua família, das minhas amigas...

— Sim.

— E o que mais? Estaria incluso sairmos para comer?

— Claro. Por que não?

— Você me levaria para conhecer a cidade?

— Se você quiser... — Dei de ombros.

Giovana foi substituindo o cenho franzido por um sorriso debochado.

— Enzo — ela disse muito calmamente. — Pra um cara que não é bom em relacionamentos fora do quarto, você está descrevendo direitinho um namoro convencional, sabia?

Achei graça. Por que as mulheres sempre precisavam rotular tudo?

Giovana revirou os olhos.

— Vou voltar para a festa. Você só pode ter passado da conta com a bebida.

Giovana ia descruzar as pernas quando segurei seu salto; tinha um detalhe lilás da cor da echarpe e parecia ter sido fabricado para adornar seus lindos pés.

— Estou sóbrio o bastante.

Retirei sua sandália sem que ela fizesse um movimento contra isso.

— Você é diferente, Giovana. — Meus polegares começaram uma leve pressão na sola macia dos seus pés. — Não quero te magoar. E acredito que poderíamos nos divertir juntos.

— Divertir...

— Exatamente. Enquanto estiver na Itália, poderíamos ficar juntos.

— Então você me oferece um período de relacionamento monogâmico que se parece com um namoro, soa como namoro, tem os benefícios de um namoro, mas...

— Mas sem aquela besteira de cobrança. Isso é o que transforma uma coisa boa em algo impossível.

Giovana manteve as costas relaxadas contra o estofamento da poltrona, enquanto eu massageava seu pé, torcendo os polegares na planta.

— Você é bom com as mãos — ela disse, a voz letárgica.

— Você sabe que sim.

Ela fechou os olhos e aproveitou a carícia, soltando um pequeno gemido de apreciação.

— E então? O que acha da minha proposta.

— Que proposta? — A pergunta soou como se estivesse grogue.

Giovana não devia receber muitas massagens, pelo visto.

— Orgasmos.

— Sim, eu gostaria de um, por favor. — Ergueu o indicador, e eu ri do jeito como respondeu, como se estivesse pedindo uma bebida. Ela também sorriu. — Sei que vou me arrepender amargamente, mas estou tentada a aceitar.

— Por que acha que vai se arrepender? Não era você que estava prestes a dizer que não queria ir mais além?

— Sim, mas...

— Ficamos na superfície. Apenas dois adultos aproveitando o tempo juntos.

Torci ainda mais os dedos na sola dos pés.

Giovana me encarou, direto nos olhos. Sua língua rosa saiu para molhar os lábios e ela respirou fundo.

— Eu não vou deixar você me machucar, Enzo.

— Não quero te machucar. Se eu quisesse, não estaríamos estabelecendo termos. Não acha?

Ela mordeu o canto do lábio e anuiu lentamente.

— É sério. Eu não vou deixar. E aquilo que você fez... eu não gostei. Não vou aceitar isso, tampouco.

— Justo.

Peguei a sandália de Giovana e, um instante antes de calçá-la, beijei suavemente o topo do seu pé.

Giovana pôs o pé no chão e se inclinou para a frente, deixando nossos rostos a centímetros de distância.

— Humm... tem uma coisa que eu preciso te dizer. — Ela vagueou o olhar pelo quarto antes de me encarar novamente.

— Pode falar.

— Eu provei tudo que você cozinhou, Enzo. Estava delicioso. Você é um talento desperdiçado. Eu tinha que te dizer isso.

Separei os lábios para uma resposta quando ela me calou, cobrindo-os com sua boca macia e quente.

Seu beijo foi uma breve despedida.

Não me virei para vê-la ir, mas, mesmo depois que a porta se fechou com um clique suave, pude sentir seu perfume. Pimenta-rosa e algodão-doce.

Ela aceitou.

Meu coração estava descompassado. Senti como se eu fosse um adolescente.

Que merda eu estava fazendo?

Eu praticamente dei a ela uma santoku e estava esperando que cortasse minhas bolas fora, e maldito seja, se eu não estava até apreciando o momento.

Apenas não estava pronto para abrir mão do corpo dela sob o meu.

Já passava do meio-dia quando os pombinhos desceram para se juntarem ao restante da família para o almoço. Eles pularam o café da manhã, e ninguém se importou que tivessem perdido a partida de alguns dos nossos parentes. A casa ainda estava cheia de visitantes e era como se a festa tivesse sofrido uma pequena pausa para algumas horas de sono, retornando em seguida com a mesma alegria.

Antes de almoçar, havia passado na cozinha para verificar em que estado os auxiliares haviam deixado tudo. Luidgi foi muito generoso em disponibilizar dois *sous chefs* para comandar a saída dos pratos, enquanto eu fazia papel de convidado.

Ainda não tinha visto Giovana. A conversa à mesa sobre os acontecimentos da noite anterior tinha momentos cômicos, e gargalhadas eram audíveis a maior parte do tempo.

— Conte-nos, Enzo, como foi que conseguiu. Sabemos que foi você — Livia pediu que eu dissesse algo, mas soou enigmática.

— Eu o quê?

— As crianças, andando calmamente por todo o caminho, jogando as pétalas sem fazer qualquer balbúrdia — esclareceu a irmã mais velha de Livia, Mariza.

Interessante.

Desde que Débora e Anghelo fizeram um brinde, agradecendo pelo cardápio da festa, as filhas da tia Eulália Di Piazzi estavam agindo completamente diferente comigo. Mariza, Eliza e Livia seguiam à risca o conselho do pai delas, Leopoldo Fanucci: fiquem o mais longe possível do Enzo.

Uma vez, o ouvi falar assim.

Esse ramo dos Di Piazzi, os filhos e netos do meu tio-avô, Gaudenzio, nunca aceitaram que minha avó tivesse acolhido a mim e a Giuliana; esperavam que nos deixasse viver com... aquela mulher.

Sinceramente, não que eu fizesse lá muita questão de conviver com as três solteironas Fanucci. E ainda que não fossem minhas parentes, nem se pagassem eu tocaria um dedo naquelas harpias.

Mariza ainda estava inclinada na minha direção, aguardando minha resposta. Fiquei tentado a não responder e mudar de assunto, mas... tive uma ótima noite de sono, e essa eu ia deixar passar.

— Disse a eles que daria pratos de bongos e frittelles — respondi. No rosto, coloquei meu sorriso mais doce e encantador.

— O que são essas comidas? Doces ou salgados? — Sara perguntou.

— Bongos são como profiteroles — expliquei.

— E frittelle é um bolinho de arroz, só que doce — disse Giuliana.

— Como arroz doce frito? — perguntou Amelinha.

— Não. Diferente...

O toque suave em meu braço me fez desviar o olhar da entrada dos jardins para encarar a pessoa que me chamava a atenção.

— Você está bem, Enzo? — Sophia sussurrou para que apenas eu a ouvisse.

Semicerrei os olhos e sorri enviesado.

— E como não estaria bem o homem que "só sabe fazer uma coisa com as mulheres"?

Sophia franziu o cenho e ergui minhas sobrancelhas.

— Ah... — A surpresa saiu dos lábios de Sophia com o reconhecimento de suas palavras.

— Coisa mais feia. Eu ainda vou conversar com a minha irmã sobre isso.

— Não disse nenhuma mentira, disse? — ela insistiu.

— Não. Não disse. O problema era na boca de quem estava essa verdade. Depois falamos sobre isso, Sophia.

Me virei para Amelinha, que estava um pouco mais afastada de mim, e atraí sua atenção.

— Onde está Giovana? — perguntei.

— Vindo, acho. Ela não dormiu bem.

Não? Será que reconsiderou?

Alguns parentes perguntavam sobre o polvilho que usei em uma das receitas; em seguida, surgiu a polêmica quando eu disse que não mergulhei a massa do raviolone na fervura, mas despejei a água fervendo sobre ela, e, neste momento, parecia que o mundo ia acabar por causa disso; minhas tias mais velhas quase enfartaram. Ao desviar o olhar para minha avó, notei que ela sorria discretamente.

No meio da confusão, afastei-me da mesa. Entrei em casa, apressado, e seguia para o segundo andar quando vi a ruiva mais linda que já conheci descendo a escada.

Quando me viu, parou.

Nenhum de nós dois sorriu.

Giovana desceu os poucos degraus que nos separavam. Encurtei a distância subindo alguns também.

Mesmo um degrau abaixo, eu ainda era mais alto do que ela.

A garganta de Giovana se moveu quando ela engoliu a saliva. Também não me escapou sua língua molhando a carne rosada dos lábios cheios. Meus dedos não tinham controle, apenas se arrastaram corrimão acima até tocar sua pele, porque eu precisava de um mínimo contato, ansiava por um pedaço que fosse da pele dela sob a minha.

Nossos olhares estavam trancados. A íris azul de Giovana quase sumiu quando sua pupila dilatou. Pareceu uma eternidade, mas eu sabia que não passáramos nem dois minutos inteiros nos encarando. Giovana se inclinou para a frente e eu fiz o mesmo.

Deus, que merda eu estava fazendo?

Foda-se, isso ia contra a minha natureza.

No instante em que nossos lábios iam se tocar, apenas resvalaram, quando virei o rosto e minha respiração saiu apressada em sua orelha.

— Boa tarde, caríssima — sussurrei em seu ouvido.

Giovana se afastou e sorriu.

Merda.

Meu coração pulou uma batida. O sorriso dela era inebriante. Um vício.

— Boa tarde, Enzo — respondeu suavemente.

Enquanto eu considerava beijá-la, Giovana soltou sua mão debaixo da minha, no corrimão, e passou os dedos em meu rosto. Traçou um caminho da minha testa, passando pelo dorso do meu nariz e seguindo para os lábios. Segurou meu queixo entre o indicador e o polegar, inclinou-se, e selou seus lábios nos meus fugazmente.

E, tão rápido quanto começou, terminou.

— Eu estava preocupado que estivesse desistindo do combinado.

— Você? Preocupado? — Giovana fez uma careta, entortando os lábios e franzindo o cenho.

— Sua amiga disse que não dormiu bem.

Ela sorriu abertamente.

— E, é claro, que pensou ser o motivo. Típico.

Ouch!

— Fico feliz que não seja isso, então.

Ela se inclinou novamente e, dessa vez, seus lábios tocaram minha testa.

— Você está tão cheiroso.

A mudança de assunto não me escapou, apenas deixei de lado e sorri. Não estava ali para insistir que ela me transformasse em seu confidente. Na verdade, era grato por não desempenhar o papel.

Ser confidente da garota que se está levando para a cama não pode terminar em boa coisa.

Giovana se afastou, desceu a escada e ia atravessando o hall.

De fato, o semblante dela estava um tanto carregado, angustiado.

Repeti para mim mesmo, mil vezes: apenas siga o seu caminho e deixe-a.

Mas foi exatamente o oposto que fiz.

Desci os degraus rapidamente, antes que ela alcançasse as portas.

Giovana ficou surpresa quando a puxei pelo cotovelo e o ar saiu rápido de seus pulmões assim que nossos corpos se chocaram.

Toquei seu pescoço com uma das mãos e, com a outra, segurei a curva da sua cintura. Giovana agarrou meu pescoço em busca de equilíbrio e ainda tinha o semblante assustado quando a beijei.

Não um beijo rápido, como eu recebera segundos antes.

Eu a beijei, mordiscando sua boca e sugando seu lábio inferior antes de afundar a língua em busca da dela. Giovana correspondeu de um jeito tão perfeito que, por um segundo ou dois, esqueci completamente que estávamos no hall de entrada da casa.

Soltei sua boca com um ruído.

— Melhor? — Ela apenas moveu a cabeça, anuindo.

Soltei-a lentamente. Giovana estava com a maçã do rosto tão vermelha quanto seus cabelos.

— Ótimo. Se posso te dar um conselho é: alimente-se bem. Vai precisar de energia para mais tarde.

Deixei Giovana no hall e lhe dei as costas; não poderia suportar mais um instante com ela em meus braços sem deixá-la nua.

O que está acontecendo comigo?

Capítulo 19
Giovana

Quase tropecei na tia do Enzo, a mãe da Sophia, quando saí pelas portas duplas. Pedi desculpas e segui adiante. Por pouco, ela não presenciou o ataque do seu sobrinho à minha boca e sanidade.

Aquela parte da casa estava quase sempre vazia. Os convidados e moradores sempre usavam as saídas laterais para os jardins, ou uma das inúmeras passagens pelos corredores; parecia que todos os lugares conduziam aos jardins e ao terraço. O lugar era espetacular, mas eu não prestava atenção em quase nada.

Não conseguia perceber muita coisa além do homem que me arrebatou no hall principal, tampouco tive olhos para o mármore do piso, tão brilhante e liso que foi fácil para o Enzo me girar de encontro a ele, como se estivéssemos dançando.

Deus... quando ele me inclinou, eu poderia ter observado melhor o gigantesco lustre de ferro fundido, ao invés de me perder no azul-acinzentado dos olhos de Enzo, e na barba que estava crescendo desde o dia em que nos reencontramos; em seus lábios generosos e os pelos espessos e... e... as paredes? Uh? O que dizer das paredes com sua pintura de cor gelo e todos aqueles quadros que... estavam bloqueados por culpa dos cabelos escuros de Enzo que caíram para a frente, acortinando sua testa de um jeito sexy e rebelde.

Sua boca explorou a minha. Ele segurou meu lábio inferior, e sua língua picou minha pele uma e outra vez. Pude ouvir nitidamente sua declaração: É isso que vou fazer com você e sabe bem em que parte do seu corpo, além da boca.

Ele me deixou tonta, literal e subjetivamente.

Acabei dando uma volta maior para chegar à mesa e me sentar ao lado de Amelinha, mal acenando em cumprimento aos demais.

Meu. Deus.

Quando ele falou meu nome com aquele sotaque incrível... A letra N demorando ao ser pronunciada, com a língua, aquela mesma que me tentou durante o beijo, tocando o céu da boca enquanto terminava a pronúncia, meu cérebro virou gelatina.

O que ele havia dito? Algo sobre ter energia?

— Hein? Giovana! — Amelinha estava com uma colher de risoto de açafrão apontada para o meu prato enquanto arqueava as sobrancelhas.

— Risoto? Quero, sim. Obrigada.

— Está bom assim? — ela perguntou depois de duas colheradas cheias.

— Aham.

Eu não tinha fome. Minha cabeça só dava voltas e mais voltas sobre como o Enzo estava bagunçando tudo dentro de mim. Pouco a pouco. Eu precisava ser objetiva e me lembrar constantemente das palavras dele:

Nenhum de nós está interessado em romance.

Seria tão mais fácil se ele fosse um cretino mentiroso.

A noite anterior foi uma das piores. Esquivei-me de conversar com meus pais, enquanto ainda estava no Brasil, afinal, sabia que seria uma dessas conversas difíceis. Com eles, sempre era.

Não esperava que meu pai armasse uma cilada tão baixa: ligar e colocar o Rodrigo para conversar comigo. Eles notaram que eu o estava evitando, então, por que me fazer acreditar que era meu pai ao telefone?

Amelinha ainda aproveitava a companhia do músico, Maurizio, por isso não presenciou meu constrangimento enquanto pedia a Rodrigo que passasse o telefone de volta para o meu pai. E, apesar de estar possessa, mantive o equilíbrio das minhas emoções de um jeito que faria Amelinha me sacudir pelos ombros. Queria gritar e esbravejar, mas de que adiantaria, quando havia um oceano inteiro entre nós?

Algumas coisas deveriam ser ditas e discutidas cara a cara, e, de preferência, com o máximo de civilidade possível. E eu não conseguiria nenhuma das duas coisas, nem quando vi aquela foto, menos ainda por atender Rodrigo, pensando ser uma ligação do meu pai, e chefe.

Por que conversar com meu pai era um exercício de autocontrole tão grande? Ele simplesmente não me ouvia. Por mais que eu dissesse A, ele entendia B e tentava me convencer que o melhor era C.

Como era possível existir uma pessoa assim? Filipe Brandão era um desafio em forma de pai e um chefe manipulador que sabia jogar direitinho com a culpa. No momento em que atendi ao telefone, não sabia se estava enfrentando o meu enervante pai ou meu ardiloso chefe.

Claro que o que mais me incomodou foi o tom de voz do Rodrigo. Se ainda fosse autoritário e impositivo, saberia lidar. Mas ele tinha que ser tão tranquilo?

A culpa não foi do seu pai, Gi. Eu insisti com ele, já que você não está atendendo minhas ligações, e eu juro que estou perdido aqui, amor. Não queria nada daquilo, você sabe que eu não contrataria nenhum fotógrafo, porque somos reservados, você e eu. Sinto muito que essa exposição toda tenha te assustado. Eu te adoro, Gi. Por favor, não me ponha de castigo desse jeito, ok? Para com isso de "dar um tempo". Estou com saudade.

Eu admirava e tinha um carinho enorme pelo Rodrigo. Nada do que eu dissesse, antes da viagem, seria bom para nenhum de nós, porque eu o magoaria e me odiaria por isso.

Simplesmente, travei.

Parecia que ninguém estava facilitando para mim.

Sentia-me péssima, como se fosse a criatura mais suja do planeta, porque, mesmo enquanto ouvia a voz suave do outro lado da linha, pedindo que eu aceitasse o seu amor, tudo que conseguia pensar era na voz grave do Enzo não prometendo nada além de orgasmos.

Estava atolada até o pescoço com tantos assuntos para resolver, no entanto, ali na Itália, era como se os problemas estivessem suspensos.

Sim, tive uma noite horrível, criando vários diálogos com Rodrigo, e, em cada um deles, eu esclareceria tudo. Daí, quando finalmente saí do quarto, a primeira pessoa que encontrei foi justamente o homem que causou toda aquela confusão na minha cabeça, ainda que ele não soubesse.

Amelinha me cutucou com o cotovelo. Franzi o cenho para ela, que apontou para a taça erguida. Seguindo os demais à mesa, também ergui minha taça.

Pelo visto, trinta e tantos brindes, no dia anterior, não foram suficientes...

— Ao meu sobrinho-neto e sua linda esposa, que possam aproveitar muito a viagem e voltem de lá com um novo herdeiro Di Piazzi, uh?! — O senhor Gaudenzio Di Piazzi, cunhado da Dona Gema, ergueu a taça de vinho branco com tanta ênfase na parte do *herdeiro* que até derrubou um pouco da bebida em cima da sua abstêmia esposa, Rosaria, arrancando de nós risadas ainda mais altas. Era a terceira vez que ele fazia o mesmo brinde desde a noite anterior. Da segunda vez, a filha do casal, Eulália, tentou segurar o braço do pai, falando entre dentes que ele parasse, e então ele tentou puxar o braço de volta e... Enfim, a Dona Rosaria era a pessoa que só tomava suco que mais tinha cheiro de bebida em toda a festa.

A família deles era muito diferente da minha. Os Di Piazzi sabiam se divertir.

Começamos a nos despedir dos noivos logo após o almoço.

A tia da Débora estava "orientando" a sobrinha — que ninguém soubesse meus pensamentos, mas senti pena da minha amiga. Dona Ana era uma das mulheres mais chatas e fofoqueiras que já conheci na vida. Nós sempre corríamos para o lado oposto ao dela. Durante as festividades de casamento, os primos mais jovens brincavam de afastar a Dona Gema e a Dona Ana o máximo possível, afinal, o casamento não daria muito certo se a avó do noivo decidisse distribuir alguns *foras* na tia da noiva. E Dona Gema era dessas.

Apesar de a Débora estar com a cara de... como dizia a Carol: dor de barriga, nenhuma de nós ousou interromper o diálogo dela com a Dona Ana. Enquanto isso, Théo parecia se divertir muito com seus primos.

Os noivos seguiriam de carro até Livorno, no litoral da Toscana, e de lá, em um iate para a Sardenha. Cortesia do Enzo, assim disse Débora, quando entreguei a ela uma surpresinha em forma de renda, da La Perla.

Então era isso.

Uma das minhas amigas de infância estava casada com um homem — nas palavras dela: incrível, atencioso, carinhoso, inteligente e lindo — que a estava levando para a lua de mel, em um casarão na Sardenha, após uma belíssima cerimônia em San Gimignano, província no interior de Siena. Foi tudo tão romântico e mágico que, por um pequeno instante, eu quis ter algo assim, etéreo e rústico. Mas foi rápido e logo recobrei minha sanidade. Meu casamento ideal seria em uma praia, ao pôr do sol.

Contos de fada não existem.

Todos os presentes se juntaram diante do enorme portão gradeado da vila Di Piazzi, e os adultos receberam saquinhos com arroz. Já as crianças, soprariam bolhas de sabão.

Naquele momento, realmente senti pena da Debye. Era tanto arroz. Uma saraivada. Eles saíram basicamente cobrindo o rosto, com a boca fechada, se protegendo daquela última peça pregada por seus familiares. Claro que foi divertido, estando do lado certo da "chuva de arroz".

O fim da festa nunca pareceu tão distante.

O som do violão elétrico de Maurizio e a voz da Amelinha, enquanto cantava *So Kiss Me*, da banda The Cardigans, me fizeram mover a cabeça de um lado a outro, embalada pelo ritmo. Distanciei-me dos demais, debruçada na mureta do terraço, observando o cenário apaixonante e ouvindo Amelinha cantar tão lindamente.

O perfume do Enzo foi o que percebi primeiro, em seguida, o toque sutil em minha vértebra, seguindo o traçado até meu cóccix e desaparecendo. Virei o rosto em sua direção. Enzo usava óculos estilo aviador e mantinha o sorriso convencido.

— Vamos?

— Estamos indo para...?

— Você vai saber quando chegar.

— Sem um roteiro? Apenas eu confiando cegamente em você?

— Essa é a estranha natureza da nossa relação, Gio. Você se entrega cegamente, eu prometo te levar ao paraíso.

Bem que tentei não sorrir, mas eu poderia ter tentado com resultados mais efetivos se não estivesse olhando-o. Reparando nas suas sobrancelhas, que se moveram acima da linha dos óculos, e nos seus lábios, curvando para o lado esquerdo, conforme ele mesmo tentava frear seu sorriso.

— Cumpra suas promessas, então, Don Juan.

Enzo se virou de frente para mim, apoiando o quadril na mureta, e eu fiz o mesmo movimento. Ele tirou os óculos, empurrando-os para o topo da cabeça e encarando-me. Seu sorriso foi se apagando aos poucos e Enzo respirou fundo, parecendo contrariado. Não entendi sua repentina mudança de humor, até que a letra da música que Amelinha cantava, *My Favourite*

Game, veio direto para mim...

"Tive uma visão que eu poderia te consertar
Uma missão idiota e uma luta letal
Deveria ter visto quando minha esperança era nova
Meu coração é negro e meu sangue é azul."

— Esta é a tarde do The Cardigans? — A voz dele estava carregada de sarcasmo.

— Vem, vamos dar o fora desse túnel do tempo.

Evidente que não pude mascarar meus sentimentos tão rápido quanto gostaria. Aquela parte da letra era o fragmento da minha conversa com Enzo.

Sem ilusões, Gio. Sem ilusões.

Eu me afastava dele quando sua mão se fechou em torno do meu pulso, escorregando até encaixar nossas palmas e entrelaçar nossos dedos.

— O que está fazendo? — sussurrei.

Olhando ao redor, vi Amelinha e Maurizio na roda que se formou entre alguns primos Di Piazzi. As crianças corriam e brincavam no jardim. Sara gritou ao ser jogada na piscina por Raffaello. Enzo me puxou e me beijou carinhosamente.

O gesto me pegou de surpresa. O modo como sua mão livre tocou meu rosto...

Antes de fechar os olhos, o que vi me assustou um bocado. Enzo tinha o cenho franzido. Logo, seus lábios pressionaram os meus e seu polegar acariciou minha face. Era como se ele implorasse para que pudesse consertá-lo, como dizia a canção.

Ou talvez, fosse apenas minha vontade de que *ele* quisesse isso, pois, a cada minuto ao lado do Enzo, ficava impossível manter o foco em *diversão sem compromisso*.

— Eu disse que não iríamos nos esconder — finalmente me respondeu, tocando nossas testas, ainda acariciando meu rosto com seu polegar direito.

Movi a cabeça, concordando.

Só enquanto estivermos na Itália. Apenas na Itália. Data de validade. Isso não é um romance. É apenas sexo.

De mãos dadas, descemos as escadarias para a garagem. Eu já me dirigia para a motocicleta, mas ele me puxou para junto do seu corpo e andamos mais uns passos antes de ele pegar a chave e destravar seu carro, um modelo quatro portas com o símbolo de um tridente na frente.

— É bonito o seu carro — elogiei.

Pensei que um carro como o do Pietro ou do Théo fosse mais a cara do Enzo, que ele teria algo assim, no entanto, ele dirigia um Maserati, quatro portas e bancos de couro, cor caramelo.

— Obrigado.

— Você não tem um desses de corrida? — Indiquei o carro do Pietro na outra ponta da garagem.

— Não. — Ele deu de ombros. — Você gostaria que eu tivesse?

— Ah, não... Gostaria que *eu* tivesse — respondi, sorrindo e fazendo-o sorrir também.

— Espertinha.

Enzo manobrou para fora dos portões da vila e guiou por um caminho diferente do que viemos e do que ele nos levou para a feira, no centro de Siena.

Descemos por uma estrada deserta e, em certo momento, desviou para um caminho de terra batida, e tudo que eu conseguia ver era poeira e arbustos durante todo o trajeto. O rádio, sintonizado em uma estação local, tocava várias baladas em italiano, mas Enzo parecia mais concentrado na estrada, e não na música, ou em mim. Falamos pouco, mas, de alguma forma, o silêncio entre nós não era constrangedor.

Começamos a subir um trecho mais rochoso; era tão alto ali que senti a pressão em meu ouvido. Quando estava para perguntar aonde diabos estava me levando, ele, por fim, parou o carro. Virando-se no banco, sorriu de um jeito tímido.

— Eu não costumo trazer ninguém aqui — confessou.

Achei graça.

— Você já me levou ao seu apartamento, seu quarto na vila, e agora estamos aqui. E, em todas as vezes, ouvi a mesma coisa. Ou você gosta de mim, ou está mentindo para me conquistar.

— Gosto de você, isso não é segredo, e, a esta altura dos acontecimentos, você já percebeu.

Antes que eu pudesse pensar demais no que ele havia dito, Enzo saiu do carro, e eu fiz o mesmo.

No porta-malas, havia um equipamento grande, embrulhado como uma barraca de acampamento em sua bolsa de lona, muitas cordas e capacetes.

— O que é isso? — perguntei, quando ele retirou o que parecia ser um cinto de escalada e um banco acolchoado.

— Eu disse que te levaria para o céu, não disse?

Ele sorria de um jeito diabolicamente sexy.

— Na verdade, você disse paraíso. Só não estou entendendo o conceito de...

Oh. Puta que pariu.

Enzo puxou algumas cordas, zíperes e fechos, revelando um grande tecido de nylon e poliéster. Merda, eu sabia que era um velame, um grande e grosso velame de parapente.

— Olha, deixa te falar — iniciei —, eu moro no Rio de Janeiro e nunquinha saltei de asa delta, porque não confio nessas coisas. Eu posso ir para o mar numa boa, eu nado muitíssimo bem e não vou afundar a menos que amarrem um peso em mim. Isso aqui é diferente. Não terá nada sob os meus pés e nada em que me segurar. Não sei se percebeu, mas eu não sou um pássaro...

— Gio, querida. Confie em mim.

— Confiar? Da última vez que tivemos uma conversa sobre confiar cegamente, eu não imaginei que me traria para o alto de uma montanha!

Enzo sorriu, travesso, desarmando-me ao mostrar aquelas covinhas, mesmo por baixo da barba que crescia.

— Eu não vou saltar.

— Gio, a condição para o voo é perfeita por esses dias, o sol demora a se pôr e estamos em ótimo horário, não voaremos no escuro, e eu te prometo que vamos ficar bem. É um voo de colina, faremos giros de 180° como um... símbolo do infinito, aproveitando a térmica aqui de cima. Não vamos descer, nem nos afastar, confie em mim, estaremos de volta bem aqui, ao lado do carro, sem qualquer dano. Lift de colina é o menos radical dos voos de parapente, planaremos como anjos.

— Eu não sei... Nunca fiz isso, não deveria ter um brevê ou coisa parecida?

— Eu tenho habilitação e posso levar alguém comigo, mesmo que essa pessoa nunca tenha voado. Apenas relaxe e aproveite o passeio, sim? — Ele esperou pela minha resposta, mas fiquei calada, considerando as possibilidades infinitas de aquilo dar errado. Enzo insistiu: — Por favor?

Enzo me puxou pela cintura, roçou seus lábios no meu e sorriu.

— Por favor?

— Meu Deus, esse seu *por favor* ainda me mata.

Capítulo 20
Enzo

Ela estava diante de mim, quase pedindo por Deus para não saltar de parapente.

— Enzo... — choramingou.

— Prometo que será divertido.

Ela mordeu o lábio inferior, considerando a proposta.

Comecei a desanimar quando o silêncio se estendeu, até que ela concluiu:

— Ok.

— Ótimo, vamos continuar.

Retirei o restante do equipamento e comecei a arrumar o velame, o paraquedas reserva e o arnês.

Giovana trocou o peso de apoio de uma perna para a outra, incomodada.

— O que foi, *amoruccio*?

A expressão carinhosa saiu antes que pudesse impedir-me. Foi sorte que Giovana não tivesse prestado atenção nisso.

— Estou preocupada com o paraquedas.

Acariciei seu rosto com o polegar antes de beijar a ponta do seu nariz. Ela sempre me fazia querer pôr fim ao seu desconforto ou descontentamento, como se eu pudesse me tornar um grande e insuperável homem ao fazê-lo.

— Fique tranquila. Eu já te peguei no colo algumas vezes e calculei que você pesa mais ou menos como um saco de farinha.

Giovana revirou os olhos e bufou sua indignação no meio de um sorriso debochado.

— Calma — pedi.

— Você está falando sério?

Pior que estava. Giovana pesava em torno de 50kg. Acrescentei um coeficiente além do meu peso e o do equipamento para que ficássemos seguros.

— Eu peso 85kg. Você, sem dúvida, não pesa mais do que 70kg, e o paraquedas suporta até 200kg. Eu não sou louco. Não colocaria nossas vidas em risco.

Ela moveu a cabeça lentamente.

Quando terminei de arrumar o altímetro, verifiquei a faca uma vez mais, o GPS e o rádio. Peguei no banco de trás do carro um par extra de luvas e uma vestimenta apropriada para que Giovana não congelasse.

Ela estava roendo a unha em um gesto nervoso, enquanto me assistia. Entreguei o equipamento para Giovana vestir por cima da roupa, e ela o pegou, hesitante.

Quando afivelei o capacete, ela sorriu.

— Agora sem raiva.

Recordei de quando nos reencontramos e ofereci carona para estar, finalmente, a sós com ela e confrontá-la.

— Agora já te perdoei.

— Hein? — Ela riu alto.

Todos só sabiam me chamar de canalha e falar um monte de asneiras sobre mim, baseados no que diziam as mulheres que não conseguiram me "laçar". No fim, até que fez sentido que Giovana temesse passar por algum tipo de constrangimento. As referências não eram as melhores.

Giovana andou um pouco, ajustando-se à vestimenta, movendo os braços e o tronco.

— Vem cá. — Coloquei em seu rosto os óculos de proteção e nos sentamos para que eu pudesse ajustar o equipamento.

Quando cheguei pela terceira vez se estávamos ao mesmo tempo afivelados e confortáveis, abracei Giovana por trás, pela cintura, com seu corpo contra o meu peito. O aroma doce dos seus cabelos invadiu minhas narinas quando me inclinei para mordiscar sua orelha.

— Vamos ficar de pé no três. Um... Dois... Três.

Tive que sorrir com nosso sincronismo.

— Perfeito, gatinha. Agora, lembra que eu disse que deveria se alimentar, pois precisaria de energia? Vamos ter que correr, está bem?

— Acho que sim... Mas não é melhor você contar? Oh, meu Deus...

— Eu vou contar. Um... dois... Corra, Gio!

Quando a contagem chegou ao três, nós estávamos na beira da montanha. Giovana gritou e nós ganhamos o céu.

Poucos segundos depois, ouvi sua risada.

— Puta que pariu, Enzo!

— Está gostando?

— Caramba, é lindo aqui! Não acredito que estamos voando. Você é demais!

— Não posso te dar o céu, mas uma visitinha...

Sobrevoamos a leste de San Gimignano, observando a vegetação do Vale de Elsa, que ia mudando de cor, tal qual uma colcha de retalhos, e a oeste, com as torres do centro da cidade exibindo tons dourados, conforme o reflexo dos raios de sol em suas pedras. Sempre em círculos grandes sobre a colina, de forma que ela pudesse ver tudo ao nosso redor.

— A cidade é tão linda.

— Quero te levar para conhecer o Duomo.

Giovana gostava de história da arte e estava diante de um dos patrimônios tombados pela UNESCO.

— Vou adorar!

Ela abriu os braços quando se sentiu segura, e eu me senti incrível por fazê-la rir daquele jeito.

Ela era ótima companhia também fora da cama.

Onde estava com a cabeça por pensar que teríamos só mais uma rodada de sexo?

A primeira coisa que fiz, depois de decidir voltar atrás na história de ficarmos juntos por mais tempo, foi atar-me para um voo de parapente. Enquanto pensava em deixá-la de lado, verificava e organizava meu equipamento. No instante em que a encontrei no terraço, sozinha, admirando a vista, o que deveria ter feito era ir na direção oposta.

Eu só podia estar perdendo a sanidade.

Giovana adorou quando viramos, a fim de assistirmos ao pôr do sol. O céu e as poucas nuvens se tornaram uma profusão de tons entre o alaranjado, o azul e um pouco de roxo.

Aterrissamos sem qualquer problema. Foi perfeito, do início ao fim.

— Eu juro por Deus que essa foi a experiência mais espetacular da minha vida! — ela disse, gesticulando amplamente. Sorri em resposta, enquanto embrulhava o velame.

— Minha autoestima foi lá pra baixo agora — zombei. — E eu pensando que tinha sido bom no meu apartamento...

— Seu ego precisa ser acariciado a todo momento? Você está parecendo um gatinho carente.

Giovana arrumava os cabelos, bagunçados pelo vento e amassados pelo capacete.

— Eu sou um gatinho carente — brinquei.

— Você é um gatinho vira-lata. — Ela sorriu. — Se vai te fazer bem, foi ótimo no seu apartamento. E aqui também foi maravilhoso. Morri de medo no início, mas valeu a pena. A vista é fantástica e surpreendente.

— Giovana?

— Oi.

— Vem cá, quero beijar você.

Ela deixou o capacete sobre a grama, vindo para mim com seu andar sexy. Apenas contemplei uma vista melhor que a do fim de tarde em San Gimignano. Os lábios de Giovana estavam tão vermelhos quanto romãs maduras, e sua pele também exibia o rubor provocado pela temperatura mais baixa trazida pelo vento. Os olhos, límpidos e tão azuis quanto o céu da Sardenha, não deixavam de me encarar.

Logo, apoiou as mãos em meus ombros. As minhas ajustaram-se em sua cintura delgada. A ponta rosada da sua língua saiu para umedecer a boca macia; no instante seguinte, nossos lábios se uniram.

Dane-se. Eu vou ficar com ela pra mim.

O beijo se intensificou naturalmente.

Como sempre, tudo entre nós evoluía para a casual espontaneidade que nos levava a querer tirar a roupa um do outro.

— Preciso estar dentro você, Gio.

— Sim. Também te quero.

— Vamos para a...

Giovana me calou. Tocou seu indicador em meus lábios, retirando-o apenas para apertar sua boca na minha.

— Não sei se foi a adrenalina do voo, mas não acho que conseguiremos chegar muito mais longe do que o banco do carro.

Sorri com suas palavras e neguei.

— Não vai dar, querida. — Giovana franziu o cenho, demonstrando não compreender. — Acredite, não é confortável no banco desse carro, o teto é baixo.

Ela me beijou novamente. Puxou minha camisa para cima, arranhando meu peito e abdome com a ponta das unhas.

Humm... Porra, quando ela faz isso...

— E quem disse que eu vou montar em você?

— Não vai?

Um movimento breve e o botão do jeans se abriu. Desci o zíper da sua calça, sem protestos.

— Sua imaginação não pode ser tão curta. Você é o canalha da história.

— A minha imaginação está me mandando te deitar sobre o tecido do paraquedas.

Ela sorriu mais abertamente e negou, do mesmo jeito que eu havia feito antes.

— Acredite em mim, não é confortável com pedrinhas nas costas...

Olhei para o tecido, ainda embolado no chão, e para a porta de trás do meu carro.

— Tem razão, Gio. Nem nas suas costas, nem nos meus joelhos... — Ele sorriu, divertido.

Giovana já tinha desabotoado metade dos botões da sua blusa branca quando se deitou de costas no banco de trás do carro. Deitei sobre ela, tirando minha camisa apressadamente. Beijei sua boca, mordiscando seu queixo, lambendo seu pescoço, arrepiando-me inteiro enquanto ela arrastava os dedos em minha pele até tocar meu jeans e soltar o fecho da minha calça.

Escorreguei para longe do seu corpo, apoiando um dos pés do lado de fora do carro. Enganchei meus dedos no cós da sua calça, puxando para desnudar-lhe, observando pedaço por pedaço do seu lindo corpo. A calcinha minúscula e transparente só atiçou ainda mais minha ereção. Eu precisava senti-la.

Ela chutou os tênis para longe, e que se danasse onde tinham caído; certamente teríamos que procurá-los no meio do mato. Beijei sua boca, queixo, seios e barriga.

Eu queria levá-la mais lento, porque aquela mulher parecia porcelana.

Era frágil demais. Sempre que a tinha em meu poder, sentia quão delicada era sua pele, em contraste com os músculos que me apertavam bem demais.

Inclinando-me, encostei a boca em volta da renda. Giovana ergueu o quadril de encontro aos meus lábios. Tão ansiosa. Tão entregue.

Tinha um cheiro incrível de doce que desprendia dos seus poros a cada movimento dos quadris.

Ela murmurava sons cada vez mais indecifráveis, conforme pressionava seu núcleo mais forte em minha boca. Minha língua brincava com a renda, e minhas mãos apertavam suas coxas, enquanto ia terminando de tirar o jeans.

Seus dedos se emaranharam nos fios dos meus cabelos, longe de ser sutil ao indicar onde queria que eu explorasse. Incrível. Aquilo sem dúvida era uma das coisas sobre o sexo com a Gio que me deixava maravilhado. Nada de pudores idiotas que só serviam para atrapalhar o que nós poderíamos elevar de bom a perfeito.

Minhas mãos subiram até o sutiã escuro.

Ela ergueu a perna, agora livre das restrições da sua calça justa, no encosto do banco, abrindo-se ainda mais para mim.

— Enzo...

Meu nome em sua boca era música para os meus ouvidos. Os gemidos se intensificavam cada vez que eu acariciava seus mamilos. Ela não gostava que os beliscasse, Gio enlouquecia quando meus polegares brincavam suavemente com os mamilos intumescidos.

Por que me sentia assim com ela? Não se tratava apenas de estar dentro dela, mas de ouvi-la se desmanchando de prazer. Saber que eu lhe provocava arrepios de tesão, que a deixava molhada, pronta e desejosa por mais, fazia com que me sentisse grande.

Mal conseguia pensar em qualquer outra coisa que não fosse fazê-la gozar.

Afastando a calcinha para o lado, risquei a extensão da sua abertura com a ponta da língua, até finalizar no clitóris, sugando-o e beijando-o da mesma maneira que fazia com sua boca. Ela tirou as mãos de mim, segurando o couro do banco enquanto arqueava e esfregava sua boceta em meu rosto. Estava quase fora de si. Os olhos, que antes observavam cada movimento meu, se fecharam, apertados. Junto com a respiração, já ofegante, agora ela soltava gemidos cadenciados e pedidos de *por favor*.

No bolso da minha calça, peguei o preservativo. E enquanto com uma das mãos mantinha minha garota estimulada, roçando a palma sobre sua pele sensível, girando meus dedos em seu clitóris, eu rasgava o invólucro, deslizando a proteção em meu pau com certa dificuldade. Ela estava tão molhada contra a minha mão. E eu estava duro e um tanto atrapalhado com a visão à minha frente.

Por que ela tinha que ser tão gostosa?

Por que o sabor da sua boceta me deixava daquele jeito?

Não retirei os dedos da sua carne inchada, mas lhe dei pequenos beliscões, que a fizeram gritar de prazer e me encarar como se tivesse descoberto algo novo no sexo entre nós.

Mesmo estando pronta para mim, sabia a maneira como ela reagia com certas atitudes. Por isso, quando ela deixou de encarar meu pau e me olhou nos olhos, juntei um pouco de saliva e deixei cair sobre sua abertura. Giovana mordeu o lábio inferior, reprimindo o gemido de apreciação.

Precisava entrar naquela fenda deliciosamente apertada, mas também precisava fazer com que fosse bom para minha ruiva.

— Adoro que você seja toda depilada.

Esfreguei o cumprimento do meu pau, provocando seu clitóris, enquanto minha mão brincava com a borda do sutiã, apertando-lhe os seios sem tanta força.

— Enzo, por favor...

— Por favor? Você me quer aqui?

— Sim — murmurou.

Deslizei pouco a pouco. Uma penetração lenta que estava matando a nós dois. Fui até o fundo, sentindo a maciez quente me abrigar, me devorar. Puxei quase tudo para fora, ouvindo o lamento de Gio ser substituído por deleite quando teve um ponto específico acariciado pela cabeça larga do meu pau.

— Eu vou gozar desse jeito, Enzo.

— Acho... acho que a ideia é essa, *amoruccio*...

Meu corpo estava pesado, a tensão me consumindo. Ela precisava gozar logo; eu não conseguiria me segurar por muito mais tempo.

Com uma das palmas em seu abdome, pressionei sua barriga enquanto entrava um pouco mais em seu corpo.

Porra de mulher gostosa!

— Você é deliciosa. Fica difícil me controlar com você me apertando desse jeito...

Foda-se.

Erguendo o quadril de Giovana, a puxei para a beirada do banco, e, de pé do lado de fora, dobrei um tanto os joelhos, o bastante para nos encaixar com perfeição, batendo nossas pélvis cada vez que mergulhava em seu corpo. Giovana tinha as pernas em volta da minha cintura e as mãos seguravam na janela aberta da porta atrás da sua cabeça. Eu nunca tinha ficado naquela posição antes. E foi bom pra caralho.

Eu ia profundamente dentro dela, ouvindo-a arfar e gemer, me perdendo em seu corpo sexy, observando seu semblante mudar conforme o orgasmo se aproximava. Meu corpo se arrepiou e minhas bolas se enrugaram quando comecei a gozar dentro dela. Eu não conseguia parar, conter o gozo não era uma opção. As pernas ao redor da minha cintura me apertaram ainda mais, o abdome se contraiu e minha garota extravasou, gemendo alto sua libertação.

Capítulo 21
Giovana

Enzo ainda estava meio vestido. A calça pendia em seu quadril, braguilha aberta, filete de suor escorrendo do seu peito, desviando da rota conforme circundava os gomos do abdome, até desaparecer na trilha de pelos que se tornava mais espessa logo abaixo do umbigo, e que aninhava seu pau delicioso pendendo livre para fora da cueca boxer.

Aquela era uma visão. Era *a* visão.

A camisinha, melada do orgasmo que ele me deu, tinha por dentro a ponta cheia com seu gozo. Seu torso nu subia e descia mais apressado por sua respiração, conforme se recuperava. Enzo apoiava a testa no antebraço sobre o teto do carro, e, de onde eu estava, podia ver apenas parte do seu rosto bonito: o nariz, a barba escura e o sorriso de satisfação que deixava à mostra seus dentes tão branquinhos.

O corpo bronzeado e torneado que me deixava maluca já dava sinais de que não havia se esgotado.

O pau se moveu, e ouvi a risada baixa e grave do Enzo.

Ele mudou a posição, tirando a camisinha e a amarrando.

— Não faz ideia da vista maravilhosa que eu tenho daqui — ele disse.

— É?

— Você, toda aberta pra mim, rosada e meladinha... Que filho da puta sortudo eu sou...

Eu estava em uma posição estranha. Com um dos pés apoiados no encosto do banco do motorista e o outro no encosto do banco traseiro.

Safado.

Abaixando as pernas, ouvi seu muxoxo descontente, seguido pelo som de lamento. Fiquei de joelhos sobre o banco e me inclinei para um beijo íntimo. Se Enzo não fosse tão... *Enzo*, ele seria perfeito. Era inteligente, bem-humorado, educado, sem-vergonha, bom de foda e sabia usar seu pau grande e grosso, cada extensão dele.

Humm...

— Isso é gostoso pra caralho, Gio...

Ele gostava quando eu o lambia desde a base e girava a língua ao redor da glande, antes de chupar até quase batê-lo em minha garganta.

— Quero gozar na sua boca — sussurrou.

Em resposta, estimulei suas bolas em uma das mãos e a base do seu pau com a outra, lento e suave.

Afastando-o da minha boca ao som dos seus protestos, olhei em seus olhos, já escuros pelo desejo, do jeito mais inocente possível.

Ele sorriu.

— Você me mata, *amoruccio*.

Eu o ouvi me chamar assim outras vezes, e, supondo ser um apelido carinhoso, sorri de volta. Mas logo mordi os lábios, recordando de dar a ele o estímulo visual que os homens tanto ansiavam, sem deixar de acariciá-lo, sentindo-o cada vez mais rijo em minha palma.

— Eu vou pôr seu pau na minha boca e quero ouvir você me dizendo o que deseja de mim.

Ele entreabriu os lábios, cenho franzido, movendo a cabeça ao concordar.

Chupando aos poucos e lentamente a glande, todo o som que Enzo emitia era dos seus gemidos de prazer. Aos poucos, abocanhei mais do seu pau delicioso. Veludo sobre carne dura. Deixei-o molhado de saliva, levando-o para dentro com uma carícia suave.

Ele moveu o corpo, acelerando o ritmo.

Enzo gemeu mais alto, segurando a borda do teto do carro, enquanto empalava minha boca ao girar os quadris indo cada vez mais fundo.

— Me chupa mais forte, gostosa... Oh, porra... Isso...

O líquido pré-gozo tocou minha língua. Ele viria rápido para mim.

Invejável.

A disposição do Enzo para o sexo era incrível. Além de gostar de fazer e de saber fazer, Enzo me deixava sempre com mais vontade, e ao vê-lo reagir a mim daquele jeito... Por mais que eu tentasse negar, isso era especial. Com ele, sentia-me desejada, incrível, uma mulher perfeita.

Era como se ele fosse cego para as minhas celulites ou para as pequenas marcas e imperfeições do meu corpo. Eu não tinha o seio maior e mais bonito, como gostaria. As meninas viviam zombando do tom leitoso da minha pele e das sardas que cobriam um pouco os meus ombros. Eu queria ter a cintura mais fina e modelada, como da Debye, que, mesmo quando ficava mais cheinha, a filha da puta não perdia as entradas curvilíneas da cintura. Adoraria ter os seios grandes como os da Amelinha, ou a bunda arrebitada da Sara.

Eu me sentia tão comum quando não estava com o Enzo.

Ele me despia das roupas e dos pudores. Ele me fazia querer ser ousada na cama, sentia-me segura em dizer a ele onde e como eu queria e gostava, coisas que nunca tinha feito com nenhum homem que passou em minha vida. Com ele, era diferente. Nos encaixávamos à perfeição. O sexo era intenso, e a forma como Enzo me encarava... Meu Deus. Em suas mãos, eu era a mulher mais sexy do mundo.

E ele era gostoso.

— Você me dá um tesão do caralho.

Não, você que me faz sentir uma mulher sensacional.

Ele inchou um pouco mais em minha boca. As mãos pararam de apertar a lataria do carro e tocaram meu rosto de cada lado das bochechas, acariciando-me com o polegar.

— E tão linda... — murmurou, como se a frase solta fosse o complemento do que estivesse passando em sua cabeça.

Enzo expirou forte, diminuindo o movimento dos quadris.

— Se quiser parar, *amoruccio*, é agora.

Parar? Não mesmo.

Mantive meu olhar no dele, enquanto o acariciava com a língua.

— Você não vai parar... — murmurou.

Sutilmente, movi a cabeça, negando.

Enzo sorriu.

Aquelas covinhas acabavam comigo.

Meu coração disparou feito louco.

Ele deveria ser uma dessas *fodas de verão*, e eu não deveria me apegar. Até aí, qual o mistério? Nenhum. Infelizmente, quando me deparava com o "conjunto Enzo": cabelo desgrenhado, olhos tempestuosos, sorriso cretino, abdome sulcado, o maldito V no quadril, o pau gostoso... Eu ia sentir uma tremenda falta dele.

Nada do que fazíamos tinha a ver apenas com agradar ao outro. Era algo mais intenso e maduro, estávamos na mesma sintonia. Queríamos dar e receber prazer, proporcionalmente.

Sem qualquer aviso prévio, além de observar seu maxilar apertado, senti o líquido morno em minha boca.

Enzo se apoiou na lataria do carro, expirando forte. Olhos fechados, lábios entreabertos.

Fui me afastando aos poucos. Ele me encarou.

Enzo captou o movimento da minha garganta.

Eu sorri.

— Gostoso. — Passei o dedo no canto da boca.

Suas pupilas dilataram e quase não se podia ver o cinza da íris.

— Puta merda.

Algo solene estava acontecendo no quarto que eu dividia com a Amelinha, na vila Di Piazzi.

Sara, Amelinha, Carol e Sophia estavam de costas para a porta, todas olhando para a minha cama, enquanto falavam baixinho.

Aproximando-me, vi o motivo para tanto cochicho e alvoroço.

— Uau... De quem é isso? — perguntei.

— Pelo que entendi, é seu — Sara respondeu.

Eu ri alto, mas parei ao notar que as meninas estavam quietas.

Sophia puxou do bolso da sua bermuda um bilhete dobrado e entregou-me.

— O que diz aí? — Amelinha se debruçou para ler comigo, mas, temendo ser algo pessoal demais, desviei o papel para que apenas eu pudesse ver.

Para a mulher mais encantadora que já conheci.
Aceita jantar comigo?

— É um convite para jantar — respondi.

— "Para a mulher mais encantadora..." Ei! Não posso ler? É segredo?

— Não é nada de mais, Amelinha, apenas um convite para jantar.

Carol passou a ponta dos dedos pelo vestido de organza de seda, movendo a cabeça e anuindo. Olhou para mim e sorriu, incrédula.

— Enzo está investindo pesado, hein? Pensei que tinha saído do seu radar, não o vi ontem o dia todo.

Minha resposta foi um dar de ombros.

Há dois dias, Enzo e eu voamos por quase vinte minutos e depois tivemos um momento de sexo quente no banco de trás do seu carro, e, quando pensei que estávamos na mesma página, ele sumiu. Fiquei um pouco apreensiva de estar sendo chutada sem a menor formalidade, depois da tarde maravilhosa que tivemos juntos. Nem uma mensagem. Passei o dia como se nada estivesse acontecendo, para então deitar a cabeça no travesseiro e remoer minhas atitudes.

Depreciei-me com vários xingamentos; *burra* foi o mais leve deles.

Fiquei o tempo todo tentando me lembrar de que não havia nada sério acontecendo entre mim e Enzo, além de sexo casual.

— Como foi que ele conseguiu saber o tamanho da minha roupa?

— Eu não disse.

— Nem eu.

Cada uma das meninas ia negando.

Carol revirou os olhos.

— Ele deve ter adivinhado, não é, Giovana?

Sorri em resposta.

— Ele é louco.

— Ele tem uma surpresa para você — disse Sophia. — Enzo pediu que eu ajudasse a te vestir.

— Isto é sério? Ele quer que me arrume toda, hoje?

— Acho que está mais para *agora*... — murmurou Amelinha.

— Você vai aceitar jantar com ele? — Sara perguntou. O jeito como mordeu o lábio demonstrou um pouco de ansiedade com a minha resposta.

— Ele deve ter gasto uma fortuna com este vestido — observou Carol.

— E fez muitos arranjos para a surpresa... — complementou Sophia.

— Nossa, nem estou me sentindo pressionada — resmunguei.

Amelinha foi até o guarda-roupa e pegou um dos meus sapatos mais caros.

— Não faço ideia do que ele pretende, mas sugiro que use este maravilhoso Manolo Blahnik.

— Vou pensar em sua sugestão, *personal stylist* — brinquei. — Bem, pelo visto... vocês não jantarão comigo hoje, meninas. Vou para o banho e depois verei o que esse homem planejou para me surpreender.

— Enzo está empenhado em te fazer suspirar, hein, Gio?

Despi-me no banheiro, deixando a porta entreaberta para que pudesse ouvi-las.

— Primeiro, um voo de parapente. Eu nem fazia ideia de que ele sabia dessas coisas... — comentou Amelinha.

— Enzo sabe muitas coisas interessantes...

Não consegui ouvir o restante da frase de Sophia, pois ela passou a falar mais baixo.

Em seguida, todas riram alto, o que só aguçou ainda mais minha curiosidade para saber o que mais Enzo podia fazer.

As garotas estavam em um misto de animação e apreensão conforme me ajudavam a me arrumar. O vestido ficou perfeito. Era longo, com um corte simétrico e reto, tomara que caia com fecho lateral oculto.

Sophia me ajudou com a maquiagem, e Amelinha retorceu meu cabelo para formar um coque baixo e frouxo que ficava meio tortinho para o lado esquerdo.

— Carol, pega o meu Ferragamo nude, por favor? — pedi.

— Claro, princesa. — Ela se curvou com deboche, e me passou os sapatos.

— E minha sugestão do Manolo Blahnik? — choramingou Amelinha.

— Ah, desculpe, amiga. É que o Ferragamo é mais confortável, e eu não sei se vou ficar em pé... Vai que ele me leva para conhecer alguma galeria de arte, ou...

— E você adoraria isso, não é? — Sara pôs as mãos em meus ombros, encarando-me pelo reflexo do espelho.

Ela não precisava dizer coisa alguma, nenhuma delas precisava. A pergunta sobre o que eu faria quanto ao meu amor pela arte pendia sobre minha cabeça. Sim, eu adoraria mostrar às pessoas a história local, a arte, a culinária... mas ninguém entendia que simplesmente não poderia abandonar meus pais. Eles contaram comigo, custearam meus estudos. Minha retribuição já estava sendo mínima. Não ia ferrar tudo de vez.

Sorri para Sara, encabulada por não lhe dar uma resposta sincera. Uma que serviria apenas para reforçar o que pensavam sobre mim... o que eu mesma pensava.

Covarde.

Fiquei de pé sobre os saltos, dando as costas para o espelho.

— Fiquei bem?

— Espetacular — respondeu Sophia.

— Arraso total — disse Sara.

— Escândalo — complementou Amelinha.

— Lindíssima, Gio — Carol falou, levantando o polegar.

— E bem a tempo. — Sophia olhou o relógio e anuiu.

— Acho que foi a primeira vez que me aprontei tão rápido para sair.

— Porque o fator "o que vou vestir" não existiu. Agora vamos, quero ver a cara daquele Di Piazzi sem-vergonha — falou Carol.

— Pelo menos, ele tem bom gosto. O vestido é lindo. — Observei-me uma vez mais antes de sairmos do quarto.

Elas ficaram debruçadas no guarda-corpo, olhando-me enquanto eu descia as escadas para encontrar Enzo.

Ele usava um belo terno escuro, parado com o pé esquerdo no primeiro degrau e o braço esquerdo apoiado no corrimão em uma postura relaxada. Ele me olhou inteira e sorriu enviesado, anuindo lentamente.

— Uma mulher pontual. O sonho de qualquer homem.

— Comentário altamente machista, Enzo. Dispenso.

— E será que você aceitaria se eu dissesse que você está perfeita?

— Isso eu aceito — respondi, sorrindo.

— Mas seria uma mentira — ele retorquiu, negando.

Confusa, franzi o cenho e inclinei a cabeça para o lado. Enzo segurou minha mão assim que cheguei perto dele e a beijou com uma mesura boba.

— *Signorina* — cumprimentou-me.

— *Signor*.

Enzo encaixou meu braço no seu e fomos pelo caminho que levava à cozinha.

— Vamos jantar na cozinha? — Quase não consegui esconder minha decepção.

Enzo moveu a cabeça, negando. Deixou-me perto da bancada e esticou a mão, tateando sobre a geladeira até agarrar algo e sorrir.

— Aqui está.

— O que é?

— Algo para que fique perfeita, minha querida.

A caixa escura de veludo foi aberta diante dos meus olhos para que eu apreciasse o lindo par de brincos em ouro branco com um solitário brilhante pendendo em forma de gota.

— Gosta?

Encarei Enzo sem conseguir responder. Se eu gostava? Que tipo de pergunta era aquela? Claro que sim! Mas então senti uma pontinha de tristeza, após a euforia. Era óbvio que aquela joia era um empréstimo.

— É lindo — respondi com cautela.

— Use.

Enzo esticou a caixa para que eu substituísse o singelo par de brincos de pérola pelo brilhante. Eu o troquei e sorri.

Os dedos de Enzo tocaram minhas orelhas. A carícia me fez arrepiar e me encolhi instintivamente.

Enzo passou a mão em meus braços lentamente. Ele me tranquilizou sem precisar de palavras. Acariciou meu rosto com o polegar direito, e reprimi um suspiro.

— Será que a garota perfeita gostaria de me acompanhar até Siena?

— Será um prazer.

Chegamos em La Lizza depois de um trajeto de quase uma hora.

Enzo estacionou o carro, e, após tanto tempo em um confortável silêncio, encarou-me, respirando fundo.

— Espero que goste. Sinceramente.

— Não sei do que se trata, Enzo, mas já gosto só pela maneira como está conduzindo as coisas.

Ele se inclinou e me beijou, tão de leve que mal pude sentir o toque dos seus lábios.

Enzo saiu do carro e deu a volta, abrindo a porta para mim. Atravessamos a rua de mãos dadas, e, assim como nós, outros casais estavam vestidos para o evento noturno.

— Quando vi o vestido, achei um pouco demais para um jantar, mas agora eu agradeço pelo seu bom senso.

— Não precisa agradecer.

Entramos no prédio antigo que mais parecia uma igreja e, logo no hall principal, Enzo e eu aguardamos em uma pequena fila. Ele tirou do bolso do terno dois ingressos, e espiei para ver do que se tratava, mas Enzo o puxou para longe da minha curiosidade e ergueu uma das sobrancelhas, desafiando-me. Não contive o sorriso.

— Estou curiosa.

— Acho que você vai gostar. Não poderia deixar de te trazer aqui.

— Hoje você está um poço de mistério.

— Isso é ruim?

— Por enquanto está sendo bom.

Quando chegou nossa vez de entrar, Enzo entregou os ingressos e a mulher nos desejou algo sobre termos um bom espetáculo.

Ok, era um show. Um show que se assistia com roupa de gala.

— O que foi? Por que está sorrindo assim?

— Você é bom, Enzo. Muito bom.

Sentamos quase de frente para o palco. Um piano de cauda estava disposto à nossa esquerda e dois bancos almofadados, à direita.

Àquela altura, a desconfiança se tornava certeza. Os músicos subiram ao palco, impecavelmente trajados a rigor, e todos os espectadores aplaudiram. Uma mulher se sentou ao piano, outra tinha um violoncelo, e o cantor era careca, com jeito desengonçado, talvez porque era muito alto.

As luzes diminuíram.

As primeiras notas iniciaram, e disfarcei o espanto. O cantor tinha uma voz poderosa. Quem diria...

Enzo me encarava, analisando cada reação minha.

— *Il Barbiere Di Siviglia* — sussurrou.

— Percebi — sussurrei de volta, sorrindo.

Enzo segurou minha mão, entrelaçando nossos dedos, e me olhou nos olhos, dando-me uma piscadela.

O espetáculo era um compêndio dos melhores momentos de O Barbeiro de Sevilha. Não foi uma ópera longa e cansativa. Após três músicas do primeiro ato — a abertura com *Largo al factotum, La calunnia è un venticello* e *Ehi di casa... buona gente...* —, houve um intervalo.

Minhas bochechas doíam de tanto que eu sorria. Enzo, definitivamente, me surpreendeu.

— Diz que está gostando, *amoruccio*.

— Estou amando, Enzo, você sabe que sim. Estou me divertindo muito.

— Linda.

Enzo se inclinou e beijou meu rosto.

— O intervalo é rápido, eu vou buscar uma garrafinha de água, tudo bem? Quer alguma coisa?

— Água está bom. Humm... onde fica o banheiro?

Enzo me indicou a direção e foi em busca de água.

O vestido era complicado na hora de usar o reservado, e eu já estava quase morrendo por conseguir tirá-lo, já que era impossível suspendê-lo sem causar um acidente.

As portas bateram e uma sequência de risadas femininas soou no ambiente. As mulheres falavam tão rápido que era estranho tentar acompanhar o que diziam.

Por fim, consegui terminar de me vestir.

As italianas estavam se maquiando, rindo e conversando. Eram bem mais velhas do que eu, e achei interessante ter poucos jovens assistindo à ópera.

Lavei as mãos, retoquei o batom e deixei banheiro. Outra onda de risadas explodiu do lado de dentro, e, no fundo, senti certo incômodo por isso, como se estivessem rindo de mim. Olhei outra vez para trás e conferi se o vestido estava no lugar, se não estava embolado ou com a barra presa na calcinha.

Andei insegura e a passos largos até encontrar Enzo, que me recebeu com um sorriso matador, mas ficou sério no momento seguinte.

— O que aconteceu? Tudo bem? — perguntou, o cenho franzido.

— Como estou?

— Não entendi. Está linda, assim como há dez minutos, desde a última vez que te vi — brincou.

— Tem certeza? Nada fora do lugar?

— Não. Por que a pergunta?

— Nada... — Tentei me desligar das risadas de escárnio que ouvi das outras mulheres, assimilando que não era nada comigo. Ainda que houvesse uma ponta de dúvida quanto a isso.

— Quer água? — ele ofereceu.

— Quero, obrigada.

— Humm... O que há, Gio? Não me diga outra vez que não é nada, percebo pelo seu semblante que há algo acontecendo.

— Depois eu falo. É bobagem.

Tirei da mão de Enzo a garrafinha de água e dei um longo gole.

— Quer beber outra coisa? Refrigerante? Suco? Ainda temos cinco minutos.

— Não. Água está bom.

Enzo tocou meu pescoço e me olhou nos olhos.

— Está com fome?

— Não...

As mulheres que estavam no banheiro apareceram no salão, encontraram seus pares, mas vez e outra lançavam um olhar em nossa direção. Deus, eu não estava imaginando coisas, com mania de perseguição; o riso de escárnio era para mim.

— Vamos nos sentar? — pedi.

— Claro.

Aos poucos, voltei a relaxar e aproveitei o segundo ato, que demorou uns trinta minutos, aproximadamente. Foi um final lindo e aplaudimos de pé.

Enquanto nos dirigíamos para fora do prédio da *Italian Ópera Siena*, uma vez mais percebi estar sendo observada e encontrei uma das mulheres que estavam rindo no banheiro, a de vestido verde-esmeralda e cabelos castanhos de cachos largos.

— Você já dormiu com ela? — disparei sem pensar.

— Hã? — Enzo franziu o cenho e acompanhou meu olhar quando indiquei a direção erguendo o queixo.

Ele bufou uma risada.

— É Liliana Castro — ele respondeu simplesmente, como se eu soubesse de quem se tratava.

— Dormiu com ela? — insisti.

Enzo me encarou, sério, mas permaneceu em silêncio.

— Obrigada, já respondeu.

Queria fingir que estava tudo bem, que não me machucou ter sido alvo das risadas maldosas da tal Liliana e suas amigas, sabe Deus o que não tinham dito pelas minhas costas. Era um novo nível de constrangimento. E incômodo foi apenas o mínimo.

— Vem comigo — Enzo exigiu, segurando meu braço com firmeza, praticamente me puxando até estar diante da odiosa Liliana Castro, que nos recebeu com um sorriso debochado.

Capítulo 22
Enzo

Giovana ficou em silêncio e parecia pronta para me arrancar algo vital.

— Liliana, veio sozinha?

— Com meu marido, claro.

— Sim, claro... o único louco que ainda consegue ficar ao seu lado. Seria por ocasião da herança da sua tia? A Sra. Caruso ainda está viva ou você já conseguiu matar a velhota?

— Não seja asqueroso, Enzo.

— Eu não gosto que fique olhando na direção da minha mulher, então desvie o olhar e guarde sua língua na boca. Sabe que posso prejudicar você, e muito.

— Sua mulher?

— Ouviu o que eu disse, Liliana? Guarde suas ironias e sua sujeira para si. O que diria o diretor do banco se soubesse como as assinaturas da Sra. Caruso foram parar naquelas hipotecas? Será que mandaria analisar com mais minúcia aqueles rabiscos?

— Cale a boca, Enzo!

— Fique longe da minha mulher. Já faz muito tempo, e o que aconteceu entre nós foi diversão, só isso.

— Não se preocupa que ela ouça essas barbaridades que está dizendo?

— Ela não se importa. — Não daria pistas sobre Giovana não ter fluência em nosso idioma.

O marido de Liliana se aproximou, sorrateiro como a cobra que era. O espanhol desgraçado tinha um problema de saúde que o deixava impotente, sabia que a mulher o traía com toda a Siena, mas preocupava-se unicamente com a herança que a tia da Liliana deixaria.

— Di Piazzi — cumprimentou Castro, fazendo questão de me chamar pelo sobrenome. Uma lembrança sutil de quem eu era e da importância da minha família na região. Quase como se me advertisse quanto a qualquer tumulto que eu viesse a causar.

— Castro. Como vai? — retorqui em espanhol, sua língua nativa. Um sutil lembrete de que ali ele era apenas um estrangeiro usurpador.

— Muito bem. Visitando a família da minha esposa. Vejo que está em belíssima companhia.

— É minha namorada, Giovana Brandão.

Imaginei que Giovana entenderia a palavra "namorada" e ficaria menos insegura, ou menos ciumenta de mim.

— Gio, este é Julio Castro, marido de Liliana.

Ela balançou a cabeça e deu um sorriso educado e nem um pouco sincero para o homem, que anuiu de volta.

— Vamos ao Rossini, nos acompanham? — Castro convidou, sabendo que eu provavelmente declinaria. — Faz o quê... uns dois anos que não nos vemos?

— Mais ou menos isso. Enfim, agradeço, mas terei de recusar, hoje é nosso aniversário de namoro. Uma noite romântica nos espera — menti.

— Ah, claro. Bom proveito, então. Até a vista, Di Piazzi. Senhorita.

— Até a vista, Castro.

Liliana não suportou me encarar, mas olhou direto para Giovana, com raiva. Giovana era uma garota atrevida e sorriu para Liliana um segundo antes de nos afastarmos.

Quando dobramos a esquina, a caminho da praça, senti o picar forte e doloroso de um beliscão no meu braço.

— Ah! *Cazzo*! Que foi isso? — vociferei.

— Por ter dormido com aquela piranha! — disse Giovana entre dentes.

— Puta que pa...

Então suas mãos estavam em mim e sua boca cobriu a minha de maneira selvagem, apertando nossos lábios, mordiscando-me.

— E isso foi por ter dito que eu era sua namorada. Foi bem feito para a vadia.

— Eu vou arrancar a sua roupa se me beijar assim outra vez. — Cacete! Essa mulher ia me matar de tesão.

Ela me olhou de um jeito sério, com o cenho franzido, parecendo brava.

— Como pôde, Enzo? E você conhece o marido dela!

— Gio, esqueça. Estou aqui com você, não é? O que aconteceu antes é passado.

Não acreditei que aquelas palavras saíram da minha boca, e o pior, que eu estava sendo absolutamente sincero.

Ela ficou em silêncio e pareceu um tanto assustada. Toquei seu rosto e a puxei para mim, beijando-a com ternura.

— Eu não tenho ideia do que estou fazendo, Gio. Mas juro que é sincero.

— A única coisa sincera, Enzo, é que você está se empenhando bastante para terminarmos a noite na cama.

Ainda que as palavras de Giovana fossem duras, ela sorriu e colou seus lábios nos meus uma vez mais.

— Estou conseguindo convencê-la? — perguntei, escondendo minha mágoa.

— É possível. Continue tentando, estou gostando do seu esforço.

— Ótimo, pois não mereço punição por pretender dar a você muitas coisas boas.

— E agora? — Giovana mudou de assunto.

— Vamos jantar. Temos reserva no melhor lugar do Luidgi's.

— Pelo meu ponto de vista ou pelo seu? Do meu, é longe da cozinha, mas já você...

— Espertinha.

Era mentira, eu não tinha qualquer reserva no restaurante do meu amigo. A ideia inicial era levar Giovana à ópera, ela ficaria toda emotiva, pois gostava muito de tudo que envolvesse arte, e também estava certo de que ela adoraria o local da apresentação por todo o valor histórico, e se talvez eu jogasse a linha certa, receberia aquele oral que me fez sonhar acordado por dois dias. Claro que a companhia era mais do que um bônus. Não era apenas a parceira certa na cama, ela era adorável também fora dela.

Agora, nem fodendo eu a levaria direto para o meu apartamento.

Giovana deu de cara com a última pessoa que eu gostaria que cruzasse nosso caminho.

Minha família não estava inteiramente equivocada, e Anghelo tinha um bocado de razão quando ficava puto comigo. Claro que eu não admitiria isso nunca, mas andei abusando em uma época, e o resultado de um desses meus... deslizes esteve bem diante de mim naquela noite.

Liliana era uma mulher realmente má, destrutiva, e era tudo que eu precisava para me sentir *o pior cara do momento*. Não sei o que me deu para ter pulado na cama daquela predadora sexual. Ok, talvez eu soubesse... Minha querida mãe tinha entrado na justiça, com a orientação do seu novo amante e advogado, para reivindicar, além do que ela herdou, parte do que meu pai havia deixado para mim e Giuliana. Não conseguiu nada, além de me deixar péssimo por muito tempo.

Enfim, a fase *bad boy* havia passado, e fiquei apenas com o estigma de canalha — que eu não concordava de jeito algum —, mas me rendeu algumas aventuras com as mulheres que me encaravam como um desafio.

O Luidgi's era sempre uma boa opção.

Todas as mesas pareciam especiais. Cada uma delas tinha uma boa vista do centro de Siena; engenhoso por parte dos arquitetos, sorte para mim. Era verdade, não havia qualquer reserva para nós.

Assim que chegamos, fomos recebidos pela hostess, que nos cumprimentou com um sorriso.

— *Chef Enzo. Signorina. Buonasera, bentornati a Luidgi's.*

— *Ciao, Gabby.*

Por sorte, o restaurante não estava em seu horário de pico e conseguimos uma boa mesa.

Puxei a cadeira para que Giovana se acomodasse, e me sentei próximo a ela, na pequena mesa redonda. O garçom veio depressa. Cumprimentou-nos, entregando o cardápio e a carta de vinhos que eu conhecia perfeitamente bem. Pedi a ele que nos trouxesse água e uma garrafa de Chianti. O rapaz era eficiente e logo nos serviu o vinho, a água e também deixou sobre a mesa uma cesta com pães e pastinhas.

Giovana exibia um sorriso discreto e enigmático, bastante diferente de suas outras maneiras de sorrir, e eu gostei. Gostava de cada uma das suas expressões. Nunca antes tinha estado com uma mulher tão cativante. Era mais do que apenas a beleza dela. Havia algo... eu não conseguia saber o quê, e isso a tornava diferente.

— Acho que vou na especialidade da casa: tortelli di zuca. Mas antes, podemos pedir arancini, o que acha de... Por que está sorrindo?

Os lábios de Giovana se separaram ainda mais, exibindo a fileira de dentes branquinhos e alinhados.

— Estou rindo de você.

— De mim?

— Não tinha nenhuma reserva hoje, não é?

Arqueei as sobrancelhas e tentei não sorrir também, mas falhei.

— Claro que não tinha... Afinal, qual era o plano? Não, espera, deixe-me adivinhar: iríamos para algumas quadras além daqui, em um certo endereço de um prédio de apartamentos sobre umas lojas... Acertei?

Ela me fez rir um pouco mais.

— Você não pode me culpar por ter esperanças.

— Eu não te culpo, não se preocupe.

De repente, ficamos em silêncio e nossos sorrisos desapareceram. Sabia no que ela estava pensando e nem precisava ser telepata para isso. Eu lhe devia um pedido de desculpas pelo constrangimento que Liliana causou.

— Eu... sinto muito que a noite não tenha sido perfeita.

Giovana desviou o olhar do meu e encarou a toalha de mesa. Sua voz estava baixa quando falou.

— Não temos nada, de verdade, não é? Então não há motivo para se lamentar.

Ela estava certa, não havia nada de significativo entre nós. Nosso acordo foi de sexo casual, enquanto ela estivesse na Itália. Um *relacionamento* com prazo de validade. Isso funcionava para mim, e funcionava para ela. Então, por que me senti um merda quando vi o olhar de desprezo e ironia de Liliana sobre ela? Gio não tinha que lidar com isso, apenas com a parte boa entre nós.

— Uma coisa não tem nada a ver com a outra. Gostaria que soubesse que me importo e que lamento. Esta era uma noite para aproveitarmos. Consegui ingressos, de última hora, pelo preço de um rim. Esta deveria ser uma noite agradável...

— Enzo. Por favor. — Giovana tornou a sorrir com simpatia. Não estava divertida com a situação, mas parecia querer que eu relaxasse sobre o assunto. — Esquece isso. Nenhum de nós tem o direito de cobrar explicações sobre o passado do outro. Não há espaço para isso no nosso acordo.

Toquei a mão de Giovana e a levei aos lábios, dando um beijo suave na palma.

— Gosto da maneira prática como pensa, querida.

— Tenho certeza de que gosta — ironizou. — No entanto...

— Humm... então haverá uma punição...

— Não atravessei o Atlântico para ser motivo de chacota de uma coroa babaca, em um banheiro de anfiteatro. — Concordei, movendo a cabeça. — Aquilo foi ridículo. E ainda teve aquela outra criatura no mercado, chorando pelos cantos por sua causa, lembra?

Como eu esqueceria? Domenica era uma pedra no meu sapato. Nunca me arrependi tanto de ter enfiado meu pau em alguém.

— Sabe, assim que percebi quão atencioso você estava sendo ao me levar para assistir a uma ópera, depois de me emprestar o brinco e o vestido... Nossa... eu queria montar em você e ordenhar seu gozo te ouvindo gemer.

Ela falou baixinho. Minha garganta ficou seca. Imagens frescas de nós dois transando no carro explodiram na minha mente. Eu a queria. E muito. Queria sentir seu calor, o peso do seu corpo sobre o meu, mergulhar nela.

— Continue. Estou gostando de saber para onde seus pensamentos a estavam guiando.

— Falou certinho, estavam. Eu queria você *em mim*. Sob a minha pele... mas, agora? Não sei...

Eu ri.

O mais antigo dos castigos: nada de sexo.

— Não vou dizer que fico feliz, mas aceito seu ponto de vista. Também não iria gostar se desse de cara com um homem que... deixa pra lá. Isso nunca vai acontecer, de toda forma.

Giovana se moveu na cadeira, subitamente desconfortável. Deu um longo gole em sua água e pigarreou.

— Humm... vamos pedir? Estou com fome.

— Claro.

Giovana seguiu o protocolo dos quatro pratos. Continuamos comendo o Crostini Neri que o garçom nos serviu como antipasto. Ela gostou muito, mas eu desconfiava que se, soubesse que na receita ia baço de frango, misturado ao patê de frango e anchovas, pediria outra coisa.

A sopa de legumes e feijão branco foi motivo de riso quando leu o nome: ribollita. Em seguida, a *Tagliatta di Cinta Senese* foi a escolhida, depois que contei a ela que a carne daquele porco, especificamente, só era produzida na Toscana. Algo a ver com a exclusividade de comer uma coisa local.

— Eu não consigo comer mais nada, mas sou gulosa o suficiente para empurrar um pouco mais, porque está bom além do permitido por lei!

— Fico feliz que tenha gostado. Da última vez que estivemos aqui, você só comeu massa com molho de ragu.

— Pois é... Acho que posso me viciar facilmente em qualquer comida da Toscana.

— Então, já que estamos falando de exclusividade, o que acha de dividirmos o Ricciarelli? Sei que gosta de amêndoas e frutas cristalizadas.

— Ok, vamos lá... me engorde um pouco mais.

Achei graça do seu jeito de falar.

— Um pouco mais presume-se que esteja qualquer coisa acima do peso, e posso te garantir, gatinha, que você é deliciosa.

Giovana manteve o olhar no meu, anuindo.

— Obrigada.

Ela riu quando eu também ri.

— Não... Isso não foi o bastante para me levar para a cama hoje.

— Vou continuar tentando.

— É justo.

Durante as horas que passamos juntos comendo, rimos bastante. Diverti-me como em muito tempo não o fazia. Era estranho que a mecânica dos meus *não encontros* se resumisse a uma bebida e sexo. Nenhuma conversa além disso. Nenhuma diversão ou risadas sem motivo aparente.

— E foi uma das experiências mais interessantes... Mas e você?

— Eu? Humm... o que posso dizer... As coisas foram acontecendo. Acho que quando a gente já tem algo tão sólido na família, é natural que nossa inclinação seja para a mesma área. Veja, por exemplo, os filhos de atores, geralmente se tornam algo no meio, também.

— Não tem outro chef de cozinha na minha família — comentei, dando de ombros.

— Mas a sua avó é uma grande culinarista, acho que vocês todos são. Pelo visto, você só profissionalizou algo enraizado. Além disso, e quanto à vinícola que comentou? Na Sardenha, certo? — Movi a cabeça, anuindo. — Como os seus primos, de Montalcino.

— E quanto ao Anghelo e Pietro? Deixaram a Itália há anos para abrir uma empresa na área de comércio exterior.

— Humm... tem razão... Agora não tenho argumentos. — Sorri, erguendo minha taça de vinho em um cumprimento antes de sorver um pouco mais do líquido. — Mas... sempre tive curiosidade de saber uma coisa... Quase todos vocês falam português muito bem. Isso tem a ver com o Théo e o Pietro terem aprendido o idioma?

Enruguei a testa, confuso.

— Quê? — Eu ri. — Não mesmo. — Era estranho como as pessoas achavam que o mundo dos Di Piazzi girava em torno daqueles dois. Mas nós éramos muitos e nossa história, maior do que apenas dois aventureiros em terras estrangeiras.

Giovana bebeu um pouco mais de vinho, enquanto eu me aprumava na cadeira para lhe dar um vislumbre de quem nós éramos.

— Esta pode ser uma longa história, e quem poderia contá-la melhor é minha avó, Gema. Ou meu tio-avô, Gaudenzio, mas posso lhe dar uma ideia geral. A família dos Di Piazzi, dos Giordano e dos Cattaneo eram todas de um mesmo núcleo antifascista e partidários da Resistência Italiana. E isso vinha desde o meu bisavô, Demetrio Di Piazzi. Eram contra Mussolini e nenhum deles se privou de usar armas quando foi necessário.

— Você está falando sério? — Seu tom de voz subiu algumas oitavas, incrédulo.

— Totalmente. A primeira coisa que precisa ter em mente é que os brasileiros conquistaram as pessoas do vilarejo por serem solidários. Os americanos jogavam os restos para a população faminta, e os soldados ingleses enterravam, mas os brasileiros dividiam suas próprias provisões.

— Continue — Gio se inclinou para mim, interessada.

— Havia, dentre os pracinhas, um grupo de brasileiros que, durante a guerra...

Capítulo 23
Giovana

Desde o dia do casamento, soube que Enzo não era fã de terno e gravata, mas fazia um esforço quando a ocasião pedia. Era uma pena que ele não gostasse de se vestir assim mais vezes, porque o homem poderia ser classificado como um pacote delicioso de pecado e perdão, na mesma embalagem.

Assim que saímos do evento, a caminho do restaurante, Enzo se livrou da gravata preta e dobrou as mangas da camisa branca o bastante para que deixasse à mostra parte da tatuagem de rosas e asas de anjo, em um antebraço, e a frase no outro.

Seu cabelo estava desordenado, desde que encontrou a biscate com quem andou dormindo um tempo atrás. Enquanto dirigia, Enzo bagunçou os fios, pensando e, literalmente, descabelando-se. Tudo bem também. Ele ficava com um visual sexy e quente com o cabelo de pós-foda. Até cheguei a fantasiar sobre ele naquelas roupas e com aquele cabelo, tipo um desses mocinhos maravilhosos e românticos que lutam pela mocinha, o herói que encontramos facilmente em livros adultos.

Eu não estava reclamando, de toda forma. Embora Enzo passasse longe de ser um mocinho e mais longe ainda de estar lutando por mim, fantasiar foi incontrolável.

Quando chegamos ao Luidgi's, ficou claro que não havia qualquer reserva para nós. Enzo era um mentiroso. E maldita fosse eu se não estivesse adorando vê-lo pular miudinho para tentar consertar a merda que aconteceu com a vampira sexual me transformando em chacota na frente dos seus conhecidos.

Eu ainda estava com raiva.

Tentar remediar era o mínimo que o canalha poderia fazer.

Passamos boa parte do tempo partilhando a refeição, e isso em sentido literal: dividimos alguns pratos e ele estendeu seu garfo para que eu provasse os dele. Enzo pediu uma massa recheada com abóbora e cordeiro assado com batatinhas e alecrim. Tudo no Luidgi's era especial, como se cada refeição fosse feita especificamente para aquele cliente. Se eu fosse alguém querendo montar um restaurante, o Luidgi's seria uma inspiração.

Já no final, enquanto comíamos a sobremesa incrível de amêndoas e frutas cristalizadas, o assunto girou em torno da história dos Di Piazzi. Não qualquer história recente, mas algo rico, intrigante e interessante sobre Demetrio Di Piazzi, sua esposa, Flora, e seus filhos: Guido, Gaudenzio e Guilhermo.

Ainda sob a névoa de boas taças de Chianti e a história da aventura vivida por seu avô, Guido, na época em que conheceu Dona Gema, durante a guerra, seria inútil fingir para mim mesma que não tinha certa esperança de que Enzo pudesse tentar novamente me levar para o seu apartamento. No entanto, ele escolheu aquele momento para ser cavalheiro e pouco insistente.

Assim, retornamos para a vila Di Piazzi, onde Enzo me deixou após um suave beijo no dorso da mão direita e a promessa ardente, em seus olhos, de que aquele breve descanso não tornaria a se repetir.

E se ele passou uma noite tão agitada quanto a minha, certamente teria os olhos marcados por olheiras.

— Bom dia...

Amelinha se espreguiçou, enquanto respondia ao meu cumprimento ainda bocejando.

— Nossa, você madrugou ou o quê?

— Não dormi muito bem.

— Chegaram tarde. A noite foi boa? Pensei que não a veria até o café da manhã.

— Na verdade, ficamos conversando. Só isso. Estávamos em um restaurante maravilhoso, o Luidgi's, já te falei dele. Pedimos um monte de comida local que foi... nem tenho palavras para expressar, Amelinha. Foi algo surreal de tão gostoso. Aí, prolongamos a sobremesa para um monte de taças de vinho. Bem, pelo menos, eu bebi um montão de vinho, o Enzo parou muito antes da sobremesa, por ter que subir até aqui para me trazer.

— Humm... perdi alguma parte disso aí. — Amelinha virou de lado, apoiando a cabeça na mão e me encarando com o cenho franzido. — Enzo Di Piazzi deixou você passar ilesa depois de uma noite de jantar romântico?

— Não foi uma noite de jantar romântico. Foi seu plano B depois da ópera.

— Ópera? Quê? Conta direito, Gio. Vocês saíram daqui arrumadinhos e então...?

— Ele me levou para uma montagem curta e contemporânea de O Barbeiro de Sevilha.

— Uau. Esse cara é um bom jogador. Levou você para um voo de parapente e então à ópera. Ok. Anotado. O que aconteceu, afinal, para que precisasse de um plano B?

— Dei de cara com uma antiga amante do filho da puta.

— Ai.

— Pois é. A piranha era casada, ainda por cima, e ficou debochando da minha cara. Nossa, Amelinha... que ódio!

— Não é pra menos.

— Acabei beliscando o Enzo.

— Humm... sadô...

— Não, nada disso — respondi, sorrindo. — Mas foi estranho, porque, ao mesmo tempo que fiquei com raiva, também me senti uma idiota por estar com raiva, entende? Nosso acordo foi de sexo casual. Não há espaço para ciúmes ou...

— Espera. Ciúmes? Você? Vamos com calma, queridinha. Desde quando você sente ciúmes de alguém?

— Ah... Foi modo de falar.

Amelinha continuou me olhando de um jeito estranho, como se eu tivesse mais duas cabeças em cada lado do ombro.

— Sei... prossiga.

— Ele tinha pensado em encerrar a noite me levando ao seu apartamento, mas, depois do que aconteceu, ficou sem graça. Fomos jantar e ele me trouxe de volta.

— Tenho certeza de que você não facilitou para ele.

— E eu tenho certeza de que tentei não parecer tão fácil assim. Olha... não sei o que acontece, mas o Enzo me deixa... maluca é o mínimo.

— Uau... conte mais.

— Não tem mais para contar, Amelinha. Tive uma noite de merda, pensando no quanto fui idiota. Deveria ter rido na cara daquela biscate e então ter ido para o apartamento dele. Agora, estaria pelo menos sem poder me mover direito, ele teria passado a noite tentando me compensar, e eu estaria grata por isso. Sem dúvida, com um sorriso no rosto, ao invés de olheiras ao redor dos olhos. Mas estive agindo como se me importasse com quem ele andou fodendo, e essa nem é uma relação de verdade, é só um monte de sexo com tempo pré-determinado.

— Uau...

— Vai ficar só falando isso?

— Humm... não. Eu não vou falar nada. É sério. Não vou. Uh-uh, nenhuma palavra sobre isso.

— Amelinha...

— Em breve, seu telefone ficará sem memória.

— Eu compro outro celular — respondi, tirando mais uma foto. Ao fundo, estavam a praça triangular e sua cisterna. Devia ser a milésima *selfie* desde que atravessamos o enorme arco que ligava dois prédios e chegamos à Piazza della Cisterna. Claro, desde a Via San Giovanni, eu não parava de fotografar tudo.

Ao redor da praça, havia uma série de Palazzos: Tortoli e a Torre da Corte, Ardinghelli, Palazzo Lupi e sua Torre del Diavolo, Palazzo Pellari e Palazzo Ridolfi. Fiz questão de fotografar cada um deles.

— Você quis dizer que compra mais um cartão de memória para o celular, é isso?

— Aham, aham... Tanto faz. — Mais um clique da cidade medieval.

A risada de Enzo foi o que me tirou do torpor. Baixando o celular, encarei seu semblante divertido, erguendo uma das sobrancelhas, questionando o porquê de estar rindo de mim.

Era para ele ficar lá, escorando o quadril na mureta de pedra, e não ter caminhado em minha direção com seu jeito extraconfiante de quem sabe o que faz, mantendo o olhar cravado no meu, certo de absorver cada possível deslize que eu viesse a cometer, denunciando o quanto ele mexia comigo.

Pouco antes de me alcançar, ele abriu o sorriso de um milhão de dólares. Meu coração acelerou.

Erguendo as mãos até tocar meus ombros, Enzo me puxou para ele e colou nossas bocas, suspirando no meio do beijo e deixando sair um som de contentamento em forma de gemido.

Afastou-se o bastante para nos encararmos, olho no olho. Sem vacilar.

— Por que fez isso? — murmurei.

— Por que não o faria? — Seu cenho franzido se acentuou, aguardando minha resposta.

— Estamos em um local público, mais precisamente no vilarejo onde você cresceu...

Minha voz foi sumindo, e Enzo tornou a sorrir, dessa vez, de um jeito terno e um pouco convencido, entortando os lábios.

— Se eu fosse louco, talvez te mantivesse longe dos olhares curiosos, mas... Deus me ajude, se não estou sentindo um bocado de orgulho masculino ao ser visto ao lado de uma ruiva gostosa que só tem olhos para mim.

— Hoje, o último ponto em que presto atenção é em você, seu metido.

Meus antebraços descansavam nos ombros de Enzo e meus dedos acariciavam lentamente os cabelos em sua nuca. Eu precisaria erguer a cabeça para encará-lo, mas ele deslizou as mãos para a minha cintura, pondo-me em um pequeno degrau, nivelando nosso olhar.

Com a ponta do nariz, traçou um caminho entre minha mandíbula e pescoço, retornando para encostar os lábios na minha orelha.

— Tão cheirosa...

— Enzo. Para.

— Já estou parando... Só queria um pouco de atenção...

— Carente?

— Muito. Quero terminar a noite com você na minha cama.

— Não acho prudente que, na vila, nós...

— *Amoruccio*, estou falando do meu apartamento. Quero que os vizinhos saibam que estou em casa.

— Autoconfiança em excesso...

Minhas palavras foram sufocadas por um beijo, e Enzo pouco se importou por estar dando um show em plena praça, no Centro Histórico do vilarejo.

Dane-se, ele sabe o que fazer com a boca, as mãos, e todo o resto.

Enzo não era autoconfiante, era autoconsciente. Sabia exatamente o que provocava quando me segurava daquele jeito, um dos braços em volta da minha cintura, pélvis alinhada, uma das mãos no meu pescoço e o polegar em minha bochecha, angulando o rosto até que tudo o que me restava fazer era senti-lo inteiro colado a mim e o sabor adocicado em sua língua.

A forma como ele, eventualmente, terminava o beijo também era passível de risco e má interpretação. Como aconteceu naquele momento, com os lábios ainda unidos e o sorriso entre o beijo. Encostou nossas testas e suspirou de um jeito satisfeito. O polegar girou em uma carícia, no pequeno ponto em que tocava minha face. A mão em minha cintura afrouxou seu agarre, apenas para deslizar em minhas costas, acalentando-me.

Sexo casual. Sexo casual. Sexo casual.

— Precisamos ir — pedi, afastando-me.

— Sim. — Enzo deu um sorriso malicioso. — Preparada para subir na Torre Grossa?

Contra todo o bom senso que ainda me restava, eu sorri, ao invés de repreendê-lo.

— Você só fala bobagem.

— Não é bobagem quando digo que quero passar a noite contigo, Gio.

— Certo. Isso não é bobagem. — Enzo tomou fôlego para dizer algo mais, no entanto, decidiu ficar calado. Temendo ser mais alguma frase do tipo "apaixone-se por mim ou morra", resolvi manter o assunto em neutralidade segura: arquitetura. Passamos a manhã toda caminhando por estas ruas incríveis, nunca tinha visto nada parecido; foi como viajar no tempo e ir parar na Itália medieval. — Por que não me conta sobre este prédio, em especial.

— A Torre?

— Você quis dizer: uma das. Certo? Não é à toa que San Gimignano é chamada de cidade das torres...

— As famílias mostravam quão abastadas eram de acordo com o tamanho das suas torres.

— Que loucura.

— Nem tanto. Hoje em dia, famílias continuam se gabando por suas posses, acontece que tudo está mais horizontal.

— Faz sentido... Há mansões realmente impressionantes por aí.

O telefone de Enzo tocou e, após verificar o visor, ele desligou a chamada.

— Precisamos fugir um dia desses para Mônaco, lá tem mansões impressionantes — disse, guardando o celular no bolso do jeans.

— E seria boa ideia? Acho que não.

Não, não precisávamos fugir para qualquer lugar. O máximo que eu conseguiria era me perder. Além do mais, eu não tinha mais tanto tempo quanto Enzo pensava.

— Um dia, ainda vamos fugir.

— Juntos?

— Completamente.

Sorrindo, entrelacei meus dedos nos dele. Aquela proximidade estava com os dias contados e nós nunca estaríamos mais distantes de tal fuga. Desviei o olhar, concentrando-me em um ponto adiante, em uma fila que se formava em frente a um prédio. Era toda a distração de que precisava para limpar a mente.

— O que é aquilo?

— Só o melhor *gelato* da Itália. Venha, vou te apresentar ao Sergio e tomaremos um sorvete de champagne.

— Está falando sério? Essa fila toda para uma sorveteria?

— Sim. — Enzo deu de ombros. — Vamos lá, precisamos de champagne para comemorar nosso passeio, e o Dondoli tem o melhor.

Enzo me levou, sem desatar nossos dedos, até o número 4, na Piazza Della Cisterna. Ficamos na fila, como todos os outros turistas. Ele aconchegou-se a mim, fazendo com que descansasse minhas costas em seu peito, e seus braços envolveram meu torso, mantendo a mão sobre a minha. O queixo de Enzo estava em minha têmpora, e eu sentia cócegas toda vez que ele falava alguma coisa. Além da sensação de pertencimento que não deveria estar ali, mas que não me abandonava nunca.

— Definitivamente, o melhor sorvete da minha vida.

O dono da *gelateria* era um sujeito com bigode grisalho, educado e muito divertido. Além de simples, ao nos perguntar o que estávamos achando do sorvete. Enzo o conhecia há tempos, mas me encantou muito mais perceber que não estava sendo arrogante com isso.

Ainda degustávamos o sorvete enquanto caminhávamos pelo calçamento irregular da minúscula cidade medieval.

— São muitas torres para um espaço tão pequeno — comentei.

— Quatorze torres. Já teve mais de 70. E todas eram absurdamente altas, pelo menos até 1255, quando decretaram uma lei...

Enzo anuía lentamente, conforme se concentrava no caminho à frente, e seus lábios se moviam, contando com entusiasmo nostálgico sobre o lugar onde cresceu. Observei seu perfil, o nariz, os óculos, os lábios... Ele era tão bonito. Gesticulava enquanto falava e apontava para um e outro lugar. Sua barba estava um pouco maior, mas eu ainda podia ver a covinha que surgia cada vez que dava um sorriso sedutor.

Seu cenho franziu ao virar um pouco a cabeça, flagrando-me em plena inspeção.

— O que foi?

— Nada. Conte mais.

— As construções da cidade são basicamente um monte de pedra e tijolos empilhados desde o século X, a mais de 300 metros de altura, como você já percebeu. E essas torres... eu acho que já te falei que, quanto mais altas, mais poder tinham as famílias, não é?

— Sim, foi o que você disse quase agora. — Eu ri quando ele fez uma careta, entortando o canto dos lábios. — Alzheimer é fogo...

— Engraçadinha.

Enzo se inclinou e roubou um pedaço do meu sorvete como forma de punição. Tudo bem, aquele era o meu terceiro desde que paramos em frente à sorveteria.

— Essas torres devem ter uma fundação gigantesca, não?

— Os muros têm uma base que chega até três metros de espessura, então é muita coisa, sim. Acho que a Torre Campatelli está aberta para visitação prévia, eles vão fechar para reforma e então reabrirão oficialmente para o público, mas, se não me engano, estão recebendo turistas como uma espécie de pesquisa. Parece que Lydia Campatelli está doando a casa, desde que seja transformada em um museu aberto ao público. Se quiser ir até lá...

— E macaco quer banana? Claro que eu quero ir! Ainda mais sendo algo que não se vê todos os dias.

— É bem legal, completamente diferente da vila Di Piazzi. Tenho amigos que ainda moram em algumas dessas construções. Geralmente, nessas torres, o andar térreo era destinado ao comércio e, no subsolo, deve ter um depósito. Em algumas construções, eles alugaram para restaurantes, cafeterias, lojas de roupas... Vê ali? — Enzo apontou para uma loja cheia de turistas disputando espaço para comprarem suas lembrancinhas de viagem.

— Aham. — Afastei-me brevemente para jogar fora o papel que cobria a casquinha do sorvete, feliz por ter conseguido comê-lo, andar e conversar sem passar vergonha.

— Todos os demais andares eram destinados à família, e deveriam ser famílias muito ricas e muito infelizes — comentou, sorrindo.

— Infelizes?

— Olha aquilo ali, Gio. Cadê as janelas? Algumas torres têm apenas um balcão de madeira e olhe lá.

— Credo. Será que tem morcego?

Enzo deu de ombros.

— Claro, tem janelas na parte da habitação. Mas não é algo que se diga: "Puxa! Que casa arejada". Não me imagino vivendo na escuridão. Gosto da luz do sol... — Enzo se inclinou, tocando o nariz em meus cabelos, inspirando profundamente. — Humm... gosto do entardecer e de como o céu fica avermelhado... da cor dos seus cabelos.

Mas que droga, Enzo! Seja um bastardo arrogante, mas não seja exageradamente carinhoso.

— Ora vejam só, Enzo Giuseppe Di Piazzi é, na verdade, um romântico.

— Sem o Giuseppe, por favor. E, sim, posso ser acusado de um ou dois atos românticos, mas isso tem a ver com o meu charme italiano. Eu gosto de seduzir você.

— Eu já me sinto completamente seduzida. Pode dar um tempo para o Romeu que há em você.

Com o braço direito ainda em meus ombros, Enzo me puxou novamente para ele, beijando brevemente minha têmpora.

— Não posso evitar, você me faz agir assim.

— Eu achei que você fosse o canalha da família.

— Estou curado. — Enzo ergueu a cabeça e gritou: — Estou curado!

— Ei! — Apertei sua cintura. — Para com isso! — repreendi entre dentes. Ele apenas riu.

Não tivemos que andar muito mais do que dois minutos do local de onde estávamos, no centro da praça, até nosso destino, porque, embora tivéssemos dado algumas voltas em ruas paralelas, havíamos voltado praticamente para perto da sorveteria. Enzo comprou os ingressos por quase cinco euros cada um e esperamos alguns minutos para que nosso grupo pudesse entrar. O que parecia ser mais de quinze minutos passou depressa, enquanto aguardávamos encostados no muro de uma viela próxima, nos beijando como dois adolescentes.

A primeira experiência durante a visita foi emocionante. Exibiram um filme sobre a história da cidade, sua construção, e um monte de imagens em preto e branco iam manchando as paredes com rostos desconhecidos e existências não contadas. Enzo segurou minha mão com força e sorriu ao me ver abraçar com carinho a história daquele povo.

Ao entrar no pavimento principal, senti-me como se estivesse invadindo a casa de alguém, tamanha a singularidade dos objetos e dos detalhes. Foi como entrar no dia a dia dos donos da casa, mas, de alguma forma, completamente diferente da realidade atual. Quase como viajar no tempo, ou estar presa em alguma época do século XVIII, estive em um mundo suspenso no passado, entre fotografias, objetos de arte, coisas particulares, como o caderno encapado com tecido floral esquecido sobre a mesa de canto, ou ainda o casaco pendurado próximo à porta de entrada da sala principal. Pinturas de natureza morta, do famoso pintor florentino, Peyron, eram exibidas pelas paredes, e o guia fez questão de dizer que se tratava de um parente da família.

No quarto, tateei a madeira fria do guarda-roupa, ignorando o pedido do guia para não tocarmos em nada. Eu precisava. Foi mais forte do que eu.

Aquele era um armário com séculos de história. Minha mente voou para a pergunta: quem foi o artesão que criou tal peça? Era maravilhoso. Cada detalhe.

— Está tudo bem?

Enzo segurou minha mão, o cenho franzido.

— Sim, está tudo bem.

— Tem certeza? Você parece um pouco nostálgica.

Ali não era hora nem local para conversarmos sobre minhas memórias, por isso, apenas movi a cabeça, anuindo. Recostei a cabeça no ombro de Enzo, prestando atenção ao que o guia falava sobre como viviam os burgueses pela época de 1800.

Seguimos para a torre e fiquei surpresa ao notar que não havia nada lá dentro, apenas escadas de madeira e um pouco de assoalho rente à parede, que levava a mais escadas por vinte e oito metros. Olhando de baixo, pois não tínhamos permissão para subir, era mais ou menos como uma torre de igreja, só que sem o sino. O cheiro lembrava terra molhada, mas as pedras, apesar de frias ao toque, não estavam úmidas.

Vimos todo o restante: a sala de jantar com a enorme mesa de madeira, cadeiras com espaldar alto e mais quadros espalhados pelas paredes brancas. Sobre a lareira, vasos e estatuetas de barro. O assoalho era feito de taco e estava bem encerado, apesar da quantidade de visitas ao dia. Sob alguns móveis, os tapetes cor de vinho, por outro lado, mostravam o desgaste do tempo.

Assim que terminamos nossa voltinha ao passado e meus pés tornaram a tocar o piso irregular do calçamento da rua, o sol me atingindo no rosto de maneira agradável... inspirei fundo e soltei o ar lentamente. Fazia muito tempo que não me sentia tão tranquila.

Se não tivesse que voltar em poucos dias, ali, sem dúvida, era um bom lugar para se viver.

Na praça Del Duomo, tirei mais algumas fotos em frente a *Collegiata di Santa Maria Assunta*, construída no século XII, que nada mais era que escadaria, fachada simples, duas portas enormes e três rosáceas em tijolos avermelhados, típicos de construções da Idade Média.

— Acabou a memória do celular?

— Se acabou...? Não... Por que a pergunta?

— Não está clicando loucamente para todo lado. — Enzo deu de ombros.

— Ahá, quem está sendo o engraçadinho, agora? Eu só achei essa catedral muito sem graça, desculpe...

Enzo sorriu, movendo a cabeça para negar.

— É uma *collegiata*, não catedral.

— Parece uma catedral para mim. E tem nome de catedral. *Duomo* não significa catedral?

— Mas não tem bispo, por isso é uma colegiada. E é a principal igreja da cidade.

— Ela é muito sem graça. E as escadarias também. Perde feio para a Igreja do Bonfim, em Salvador. Se um dia tiver curiosidade, recomendo que visite. Também nem é lá tão grande, você deveria ver a escadaria da Penha, no Rio de Janeiro.

— Este é um julgamento superficial, *amoruccio*. Vamos entrar um pouco e então falamos.

— Vamos lá. — Gesticulei para que ele fosse na frente, mas Enzo praticamente revirou os olhos e me segurou pela mão, entrelaçando novamente nossos dedos ao me guiar para dentro da igreja.

— Você é católica — constatou, assim que, diante das portas de entrada, pedi bênção com o sinal da cruz, também como forma de demonstrar meu respeito.

— Sim, eu sou.

Enzo sorriu meio de lado, movendo a cabeça em negativa como se pensasse em algo.

Quando atravessamos as catracas e portas, levei um tempo para me acostumar com a pouca iluminação, em seguida, fui inundada por uma sensação incrível. Estava rodeada por arte sacra. Afrescos tomavam conta da maior parte das paredes, representações do Novo e Velho Testamento, sobre o Juízo Final, e um grande afresco de São Sebastião no centro da Igreja. Cada arcada tinha uma combinação listrada com mármore preto e branco sobre pilastras de pedra. Erguendo os olhos para o teto abobadado, vi mais pintura em azul com faixas mescladas de laranja, vermelho, amarelo e branco. Era algo realmente bonito de se ver.

— Está sorrindo...

— Não é nada demais, apenas percebi que aquela pintura ali — apontei — se parece com muitas bandeiras do Brasil.

— Humm... é verdade. Não tinha reparado. Você é muito observadora, *amoruccio*.

— Olha aquilo! — Aproximei-me rapidamente, meu sorriso ainda estampado no rosto. — Acho que este seria o caixão de vidro da Branca de Neve, não acha? O que é? O que está escrito aqui...

"Il reliquiario di S.Fina: la testa della fanciulla e' dipinta, mentre veste e capelli sono in or"

Enzo tinha as mãos para trás, desde que saí andando apressada para a capela. Ele nem precisou ler a placa.

— É Santa Fina. Os ossos dela estão aqui dentro.

— Mentira...

— Juro.

— Desde quando?

— Que ela morreu? — Fiz cara feia, e ele pigarreou, evitando sorrir, debochado. — Humm... por volta de 1250... 1253, se não me falha a memória.

— Ossos embalsamados?

— Ela é uma Santa, minha querida. Não entendo nada sobre como seus ossos não viram pó. Veja ali. — Enzo apontou para o afresco onde uma moça jazia no chão, vestida com uma túnica vermelha, olhando para um homem. — É a aparição de São Gregório. E Fina morreu no dia de São Gregório. Foi filha de nobres empobrecidos e ficou agarrada a uma mesa de carvalho e lá definhou até morrer. Então, quando seu corpo foi levado, notaram que brotava da mesa violetas amarelas, que perfumavam a casa. Ali, está vendo? — Enzo indicou a outra pintura. — Violetas florescendo. E este busto é de São Gregório.

— Nossa. Impressionante.

— Eu não sei detalhes sobre toda a história, não vou me lembrar bem, mas minha avó pode contar melhor, se tiver curiosidade.

Era uma capela riquíssima em detalhes.

Tirei muitas fotos dos afrescos, capelas, do altar, das estátuas de madeira, pilastras e abóbadas.

Assim que deixamos a Igreja, Enzo me puxou para a sombra, mostrando o prédio à frente.

— Aquele é o Palazzo Del Podestà. Foi sede do governo por um tempo e agora abriga o Museu Cívico. Acho que você vai gostar de lá. Ali, do lado esquerdo, é a Torre Grossa, tem uma vista incrível. Agora... o que achou da Duomo?

— Estou sem palavras. É muito bonita.

Enzo moveu o canto dos lábios no que deveria ser um sorriso, mas não passava de uma expressão de pura presunção.

— O que foi?

— Você não dava nada pelo prédio só por causa da fachada.

— É... eu admito...

— No entanto, percebeu que seu interior é impressionante.

— Humm. Aonde quer chegar com isso? Você não me engana.

— Você não deve fazer julgamentos com base no que vê superficialmente, precisa conhecer por dentro.

— Estamos falando da Igreja ou... — *de você?*

Em resposta, Enzo riu de um jeito irônico.

— Vamos terminar por aqui e então nossa próxima parada é uma galeria de arte e lá vamos almoçar.

Ele me ignorou completamente. Apenas lançou uma ideia sobre não o julgar precipitadamente e mudou de assunto. Beijou-me furtivamente e me segurou pela mão, conduzindo-me para a frente do Palazzo.

O celular do Enzo tocou. Ele novamente encarou o aparelho, desligou a chamada e o colocou no bolso.

— Enzo, você pode atender ao telefone. Não precisa ficar preso a mim.

— Princesa, ninguém vai me distrair de você. Estamos juntos e quero aproveitar cada momento. Os problemas podem esperar.

— Hummm... estou me sentindo importante — brinquei.

— E você é, *amoruccio*. Agora vamos nos apressar, há muito o que ver. Hoje vamos a uma rodada de turismo e, depois, vou te apresentar cantinhos que só um italiano conhece. Além disso, tenho um plano muito bom.

— Que é...?

— Seduzir você com a promessa de visitarmos a Basílica de São Domingos, onde tem a relíquia da cabeça de Santa Catarina, o Banco mais antigo da Europa, e ainda podemos caminhar na praça onde ocorre o Palio.

— Olha só... Enzo bancando o guia de turismo, quem diria.

— Estou me esforçando muito. Você é a profissional aqui.

— Está se saindo muito bem, estou adorando conhecer o lugar onde você cresceu.

Ele se aproximou, tocando os lábios em minha orelha.

— Mais tarde, quero te mostrar o lugar onde ainda posso crescer mais um pouco...

Escondendo meu sorriso, afastei-me. No rosto, exibi a expressão exata de reprimenda.

— Não seja canalha.

— Um homem precisa de um sonho para viver, *amoruccio*.

Capítulo 24
Enzo

Ela está feliz.

Não, ela esteve radiante durante todo o passeio. E falante, durante nosso pequeno almoço na galeria. Os olhos de Giovana brilhavam de um jeito diferente, seu sorriso era largo e sua gargalhada, alta e sem reservas.

Como ela é linda.

Assim que deixamos a galeria, onde também funcionava um modesto restaurante para comidas rápidas, Gio pôs de volta na cabeça o chapéu de aba larga que dei a ela de presente quando saímos do museu. Ela aceitou o presente, pois o sol estava forte demais para sua pele suave. Gio fez uma trança e a posicionou sobre o ombro, ajustando o novo chapéu claro sem deixar de sorrir.

A porcaria do meu celular estava vibrando pela centésima vez. Eu não precisava pegá-lo do bolso para saber que era Domenica. Ela passou o dia me infernizando com suas ligações. Mesmo quando trocou o número do aparelho, notei que era ela pelo prefixo. Que mulher insistente, irritante e chata. Não havia nada para conversarmos. Nenhum assunto em comum. Eu estava profundamente arrependido do dia em que nossos caminhos se cruzaram, não poderia haver pior tipo do que aquele que mal interpreta um claro e objetivo "não".

— Enzo, é sério, pode atender. Talvez seja algum trabalho.

É trabalho, sim...

Desliguei o aparelho. Fim do problema.

— *Amoruccio*, o único trabalho em que preciso me concentrar é em levá-la para mais fotos, dessa vez, nas ruínas da *Rocca di Montestaffoli*. E o caminho é agradável, vai nos ajudar a gastar toda aquela comida.

— Toda aquela salada e molho pesto. — Ela deu uma risadinha debochada.

— Não seja engraçadinha.

Giovana se aconchegou mais a mim, segurando em meu braço.

— Desculpe, não quero te magoar... mas a verdade precisa ser dita, aquele almoço estava muito bobinho.

— Ora, desculpe se não soube escolher onde te levar para almoçar.

— Ei, não estou falando isso. Estava bom, mas... é que eu conheço um chef de cozinha que os colocaria no bolso se fizessem uma batalha de cozinheiros.

— Humm... É mesmo? Conhece alguém assim?

— Biblicamente falando, até. É um sujeito um tanto arrogante, mas é gostoso. E faz coisas gostosas e prepara refeições gostosas.

Ela me fez sorrir novamente. Aliás, foi todo o comportamento que tive enquanto estivemos juntos. Sorrindo como um idiota. Eu estava perdido com aquela garota. Como podia ser tão incrivelmente adorável? E tão magistralmente arisca, ao mesmo tempo?

— Eu juro que vou te morder, Gio.

Ela tornou a rir alto, daquele jeito espontâneo que eu adorava.

Deus, quando foi que passei a gostar tanto da risada de uma mulher com quem estou saindo?

Costumo não me importar o bastante para chegar a este ponto. Na verdade, nunca cheguei tão longe com ninguém. Passeios em plena luz do dia, beijos sem reservas, mãos dadas, caminhar abraçados. Mas o que fazer quando sei que realmente gosto da companhia espirituosa dela?

Não temos quase nada em comum. Ela é mais séria do que eu, e por isso mesmo ouvi-la rir escandalosamente é uma espécie de prêmio para mim. Parabéns, Enzo, você é foda!

Giovana me fazia bem, e não só quando estávamos na cama. Contra todas as possibilidades e por me conhecer o bastante para saber que tal coisa não fazia parte da minha personalidade, sentia-me cada vez mais confuso em relação a ela. Eu a queria como amante, nenhum problema em admitir a atração. Mas também a queria como amiga. E nisso residia todos os meus conflitos.

Da Praça del Duomo, chegamos a Praça Delle Erbe, para termos um almoço desastroso, a massa estava fria, o pesto, fora do ponto, a salada... *o que dizer?* Daquela vez, foi impossível causar uma boa impressão. Ok, isso acontece em qualquer lugar do mundo. Atravessando a Delle Erbe, pelo lado direito da igreja, subimos em direção à Rocca di Montestaffoli. Mais um momento propício para impressionar Giovana.

— O que significa Rocca?

— É uma fortaleza... ou uma comunidade. Originalmente, foi o castelo de Lombard Astolfo. Sua construção foi necessária para proteger San Gimignano, já que Siena e Florença lutavam pelo território. Depois de ter sido uma fortificação, aqui funcionou um convento.

— Também encontraremos uma vista linda?

— Sem dúvida, Gio. E como você se acovardou em subir na Torre Grossa...

— Eu não chamaria de covardia, mas de autopreservação. Subir 54 andares, Enzo? Na canela? Não, obrigada.

Beijei os lábios de Giovana e a abracei, antes de voltarmos a caminhar.

— Definitivamente a minha dica para o tênis foi boa, não?

— Sim, mas eu viria com um calçado confortável de qualquer maneira. Conheço esse tipo de passeio e nunca termina bem quando estamos sem tênis com amortecedores.

— Há uma torre aberta para visitação, se quiser...

— Você está com fixação por subir em torres, Enzo. Querido, não vou fazer isso, de jeito algum.

— Ok... você quem sabe. A vista é espetacular.

— A vista daqui também é. — Giovana me encarou, uma das sobrancelhas arqueadas e um pequeno sorriso no canto dos lábios.

— Está dando em cima de mim, moça?

— Descaradamente.

— Gosto do seu jeito descarado. Você é uma mulher elegante que se transforma entre quatro paredes.

Giovana desviou o olhar, mas não antes de me brindar com a visão de suas bochechas corando diante do elogio.

— Humm... Conte mais sobre o local, guia gostoso.

— Certo... Todos os anos, no terceiro fim de semana de junho, acontece um festival medieval aqui na fortaleza.

— Está falando sério? — Giovana mostrou-se empolgada, agitando-se um pouco e abrindo ainda mais seu lindo sorriso.

— Você iria adorar, Gio. O torneio é chamado "La Giostra dei Bastoni", mas este é apenas o evento final, com bastões e homens correndo para acertar o capacete um do outro. Há muitas outras competições acontecendo, corridas, cabo de guerra, arco e flecha, e vários distritos competem. Todos vestidos com trajes medievais. Tambores, cornetas, bandeiras... grupo de dança medieval. Tudo é competição.

— Minha nossa...

— As praças da Cisterna e Erbe ficam lotadas de barracas ao estilo dos mercados da Idade Média. Artesãos trazem suas obras que parecem ter vindo de uma máquina do tempo. Ferreiros também exibem ferramentas e instrumentos. Humm... há tanta coisa para ver, Gio... Cerâmicas, máquinas de fiar, couro curtido, peles, ervas, sapatos... É um festival muito grande.

— Quando acontece mesmo?

— Final de junho. Foi no mês passado, lamento. — Gio deu de ombros, mas vi quando seu olhar se entristeceu e seu sorriso vacilou. — Mas nada impede que venha no próximo ano, não é? Talvez eu participe com alguma barraca de exposição culinária. Seria interessante.

Novamente, seu semblante se iluminou.

— Você? Em uma barraca de degustação?

— Por que não? — Dei de ombros.

— É, realmente seria interessante.

— Está convidada, *amoruccio*.

O que estou fazendo? No próximo ano, sem dúvida, nenhum de nós dois sequer lembrará dessa conversa.

A ideia de um passeio pela vinícola partiu de Sara, a garota bonita de longos cabelos negros.

Por mim, teria permanecido em Siena, debaixo dos lençóis com a deliciosa ruiva que estava se tornando a minha perdição. Mas ela ficou envergonhada por passar mais uma noite fora e voltamos para a vila ao amanhecer. Parecia que seu propósito era me viciar, dando-me acesso a ela em pequenas doses.

Cada pedacinho dela se conectava a mim da maneira mais certa possível. Notar a mistura das cores entre a nossa pele era como presenciar a pintura perfeita.

Eu estava muito fodido.

E para o inferno se não queria continuar daquele jeito.

— Meu neto?

— Hum?

— Não ouviu uma palavra que eu disse.

— Desculpe, vovó. Pode repetir?

— As amigas de vocês estão se divertindo.

Era disso que ela falava?

— Sim.

— O que há entre você e a menina Giovana?

Agora sim, esta é minha avó. Direta.

Como explicar a ela que estávamos apenas dormindo juntos? E que eu estava gostando demais daquele arranjo?

— Não há nada.

Uau. Em voz alta, aquela verdade tinha um sabor estranho.

— Sabe dizer se ela é católica?

— Sim, ela é... — Rápido demais. — Vovó, por favor. Não comece.

— Enzo, você está ficando velho. Deveria se casar com uma boa moça católica, como fez a sua irmã.

Eu sorri.

— Sim, tem razão, Rocco é uma mocinha mesmo. — Sorri. O advogado que minha irmã escolheu para marido era mais parecido com um lutador do que com os engravatados engomadinhos dos fóruns.

— Não deboche da sua avó!

— Não estou debochando da senhora. — Não era deboche, era brincadeira.

— Você entendeu perfeitamente o que eu disse.

— É, eu entendi. Mas não concordo. A senhora deveria me apoiar.

— Respeito a vontade de Deus, se é para que fique sozinho... Mas nunca saberá se não tentar.

— Eu nunca fico sozinho, vovó. Além disso, estou feliz assim.

— Nunca está sozinho... *humpf*. Deveria se aquietar.

— E eu faria isso me casando? Certamente estaria arrumando problemas, isso sim.

— Se a noiva fosse Domenica, não faria gosto. A filha de Antonina sempre foi um tanto destrambelhada.

— A filha de Antonina quer um pato. E ela não vai conseguir nada por aqui.

— Um pato? Por acaso sabe de alguma coisa de errado no restaurante?

— Não... Não é bem algo financeiro, vovó. É complicado...

— Sou velha, não sou idiota. Tente me explicar.

— Posso citar pelo menos três motivos... — murmurei. — Mas não sei se a senhora vai querer realmente ouvi-los.

— Eu vou. Pode falar.

Suspirei, resignado. Minha avó nunca deixaria o assunto de lado.

— Porque ela quer ser uma Di Piazzi, porque ela quer fugir do Fidenzio e da maluca da Antonina, porque eu sou gostoso.

Minha avó parou de caminhar, obrigando-me a parar também, e me encarou, séria.

— Você falou mesmo isso, ou será que estou ouvindo demais?

— A senhora passou a vida dizendo como sou bonito, não vai voltar atrás agora — brinquei.

— Essa menina, Domenica, tem um parafuso a menos. Fico com medo de que a história se repita. — Ela falava do meu pai. — Sabe como são parecidos? Giulio era assim mesmo, igualzinho a você.

Dona Gema suspirou e moveu a cabeça, negando. Quando tornou a falar, sua voz era mais dura.

— Ele deveria ter se casado com Allegra. Teria sido feliz. Talvez ainda estivesse aqui — resmungou.

Vovó e eu tornamos a andar.

— Mas então você não estaria aqui, não é? Não importa o passado. Quero um bom futuro para você, meu neto querido. Escute sua avó, não volte a se aproximar da desmiolada filha de Antonina, uh? Não namore essa moça.

Ela estava apoiada em meu braço, mas era mais como carinho do que necessidade. Dona Gema era muito ativa, seu corpo e sua mente estavam muito mais afiados do que ela fazia questão de demonstrar.

— Vovó, eu não cheguei nem perto de namorar com a Domenica. Podemos não falar dela, por favor?

—Assim como não está nem perto de namorar Giovana?

— Uma coisa não tem nada a ver com a outra. A Giovana não é do tipo que...

Dona Gema tocou meu braço com a mão livre, dando pequenos tapinhas.

— Não precisa ficar na defensiva. Como disse antes, gosto dessa moça, ela me parece ser correta. Eu ficaria feliz.

Giovana ia caminhando na frente, com Carol, Pietro e Amélia. Vestia uma blusa branca larga, o oposto de sua calça jeans, que lhe abraçava as coxas. Os cabelos, soltos por baixo do chapéu dançavam conforme o vento ditava a melodia. Como se soubesse estar sendo observada, olhou sobre o ombro, dando-me um pequeno e discreto sorriso.

— Ela merece uma família de verdade — afirmei sem qualquer convicção.

Minha avó anuiu, sabendo exatamente do que eu estava falando.

Eu era um bastardo egoísta se estava sinceramente desejando que Giovana voltasse para o Brasil e... Deus, até a simples imagem dela nos braços de outro homem causava um estranho aperto em meu peito.

Talvez meus primos tivessem razão. Eu não prestava. Era um canalha.

O sentimento beirava a posse. Era errado, eu sabia que era. Mas há meses, quando ela foi minha e depois fugiu, a impressão que ficou foi a de um assunto inacabado. Mesmo ontem, enquanto estava em meus braços e no decorrer da madrugada, o sentimento prevalecia. Não queria que Giovana estivesse em qualquer outro lugar longe dos meus olhos.

E isso é uma merda.

Capítulo 25
Giovana

O almoço estava delicioso. A casa Di Piazzi já voltava ao ritmo normal. A maioria dos convidados havia partido, menos nós, as damas de honra, e os padrinhos dos noivos, Carol e Pietro. E, claro, para total desespero de Amelinha, a secretária do Théo, Sabrine, ainda permanecia na casa. Amelinha quase morreu do coração quando soube que Pietro e Sabrine voltariam juntos no jato particular da empresa.

Por um breve momento, pensei que Maurizio poderia tirar minha amiga daquele tormento, mas, apesar de distraí-la e amenizar as coisas, Amelinha estava fora de controle, completamente louca pelo Pietro.

— E você pretende fazer o que, Carol? — Sara e Carolina estavam falando sobre seus empregos desde o passeio na vinícola.

— Eu não sei. Estou feliz em ter pedido demissão. Aquela seguradora estava me deixando doente, sério.

Carol revirou os olhos, movendo a cabeça em negativa.

— Você ter mandado aquele babaca para o inferno foi a melhor decisão da sua vida, Carol.

— Vou te passar o telefone e você liga para minha mãe, acho que ela precisa ouvir você falar isso.

— Eu já te disse — intrometeu-se Pietro —, seria ótimo ter mais um reforço na empresa.

— Ricardo também falou a mesma coisa, mas, por ora, eu quero fazer alguns cursos, sei lá.

— E você, Giovana? — Sara virou para mim. — Quando tem que se apresentar para o trabalho? — Naquele momento, notei que Enzo também aguardava a minha resposta.

Foi como se ele precisasse saber o que eu havia decidido.

Passamos a noite juntos, mais uma vez. Achei que estaria exausta, depois do longo dia que tivemos no centro de San Gimignano. Mas, quando entramos em seu apartamento, minhas forças foram recarregadas e tudo que eu queria era aproveitar o calor de Enzo.

Como ele era incrível. Mesmo que um orgasmo nunca fosse igual ao outro, estar com ele era garantia certa de ter os melhores momentos.

Ele me deixou inteiramente desnorteada com apenas uma frase: *Não quero que vá embora.*

Ficar não era uma opção. E até que ponto Enzo estava sendo sincero? Claro, nenhum de nós estava pronto para encerrarmos, porque estava bom pra caramba.

Enzo estava tão distante do ideal do príncipe encantado, mas, ainda assim, eu não poderia estar mais perto do paraíso...

— *Fui um bom guia da cidade?*

— *O melhor. Está contratado.*

— *Isso é perfeito, estava mesmo procurando uma ocupação.*

— *Pode começar ocupando a mim.*

— *Você?*

A risada rouca reverberou em meu pescoço, quando ele ainda ria ao colar os lábios na minha pele.

— *Alguma sugestão?*

— *Pode começar tirando a minha roupa.*

— *Nada poderia ser mais prazeroso do que me ocupar em tirar cada peça sua de roupa,* amoruccio.

— *Precisamos aproveitar o tempo.*

— *Humm... por quê?*

— *Minhas férias estão acabando.*

— *Não quero que vá embora.*

E ali estávamos, com a mesa de almoço entre nós, encarando um ao outro.

Engoli em seco, respirando fundo, fazendo o que tinha aprendido ao longo da vida, usando a cabeça ao invés do coração:

— Só mais este fim de semana. Vou falar com o meu pai, ele ficou de confirmar as passagens para segunda-feira. Pego um voo para Roma e de lá para o Rio.

— Deveria voltar em setembro, para a festa do vinho — Pietro convidou. Forcei-me a desviar brevemente o olhar de Enzo e sorrir de maneira amigável para seu primo. — Enzo prepara a melhor Schiacciata con l'uva. — Ao notar meu olhar interrogativo, prosseguiu: — É um tipo de pão salgado ou doce. Enzo rega com azeitonas, tomate, linguiça e berinjela. Ou faz a Schiacciata doce, com bastante canaiola.

— Ah, que pena... Quase não tivemos tempo para conversar...

— Sophia, minha prima, você falou até demais, como não teve tempo para conversar? Quis dizer que não teve tempo para saber da vida dela, certo?

— Muito engraçado, Pietro, estou morrendo de rir.

— Eu também não vou ficar muito mais que isso. Vou começar na escola, em agosto. Estou ansiosa para mudar de ares.

— Você é uma pessoa ansiosa, Sara...

A conversa permanecia animada. Todos faziam planos para o retorno ao Brasil. Tudo que eu conseguia ver era o Enzo com o cenho franzido, questionando-me silenciosamente por não ter dito a ele que, em três dias, seguiríamos caminhos separados.

Era a coisa certa a fazer.

Então por que me sentia tão estranha? Como se estivesse me deslocando lentamente dentro de um sonho?

Aceitei quando Enzo segurou minha mão e me levou para longe da mesa do almoço, com nossos amigos fazendo troça e rindo alto. Os protestos por minha sobremesa pela metade não foram sequer considerados. Não que eu estivesse realmente degustando o famoso tiramisù de Dona Gema, que, embora muito saboroso, não podia tirar o gosto amargo que ficou na minha boca por causa da reação do Enzo.

Chegamos ao guarda-corpo de pedra, longe dos olhos e ouvidos alheios.

— Eu sei que você... — iniciei, mas Enzo me puxou para ele, calando-me com seus lábios.

Suas mãos seguravam em minha nuca e cintura. Sua boca dominava a minha. E eu estava completamente amolecida em seus braços. Enzo fazia o meu bom senso desaparecer como em um passe de mágica, bastava ter as mãos sobre mim.

— Isso foi uma despedida? — ironizei, ofegante. Infantil, sabia disso, mas não havia muito mais a ser dito.

— Você deveria ficar mais um pouco.

A voz dele não estava quebrada ou emocionada. Muito distante do olhar que me deu à mesa. Não soava frio nem nada, mas parecia pedir que eu ficasse como quem pede um copo de água fresca.

— Minhas férias estão acabando. — Meu tom saiu quase agressivo, mas Enzo pareceu não se importar.

Semicerrando os olhos, inclinou a cabeça para um lado, observando-me.

— Então peça uma licença.

— Você é maluco.

Afastei-me um pouco, girando para estar de frente para a magnífica vista do alto da colina onde estava assentado o lar ancestral dos Di Piazzi.

— Estou falando sério — sussurrou em meu ouvido, em seguida, mordiscou a ponta da minha orelha.

— Por quê? Por acaso precisa entender o que está acontecendo entre nós?

Droga! Não deveria ter falado isso, mas simplesmente saiu, junto com o meu pensamento, sem chance de processar, filtrar, e praticamente deletar a frase inteira.

Quando quiser se livrar dele, basta dizer "eu te amo" e pronto.

Ele expirou de maneira descontente, como se eu tivesse violado algo ou ultrapassado qualquer merda de linha imaginária.

Enzo ficou em silêncio por um tempo a mais.

Meu coração estava acelerado.

Ele se recostou no guarda-corpo, ignorando a paisagem verde que se perdia no horizonte. Com os braços cruzados sobre o peito, virou o rosto o suficiente para me encarar.

— Sei o que está acontecendo entre nós. — Finalmente disse algo e sua voz estava serena. — Só não quero que acabe agora.

— Então também sabe que, em algum momento, vai acabar — murmurei, desviando o olhar, sem coragem de ver o que poderia encontrar em seus olhos. Alívio, talvez? Pena, pois a brincadeira chegava ao fim?

Era estranho admitir que ele mexeu comigo desde o primeiro dia em que nos vimos, e o interesse só fez aumentar a cada vez que nos encontrávamos, até culminar na mais intensa noite da minha vida, até então.

Respirei fundo, olhando-o de canto.

Enzo desfez sua postura para coçar a cabeça. Pensei que me diria algo como: Não precisa acabar. Ou: daremos um jeito. Mas o que saiu foi:

— O fim é inevitável para todas as coisas, Gio.

Nossa. Aquilo foi como um tapa na minha cara.

Acorda, criatura.

— É por isso que eu não vou prolongar algo que está fadado a ter um fim — rebati. Novamente, mais agressividade que sarcasmo.

Ele parecia não se importar. Sorriu, movendo a cabeça para negar.

— É por isso que *deveria* prolongar ao máximo esses momentos. Porque *haverá* um fim.

— Você não vale nada.

— E você gosta.

Eu deveria ter me afastado dele no instante em que aquelas palavras saíram, mas o encarei, dessa vez, surpresa com a ousadia de me dizer que eu gostava do seu jeito canalha.

Ele poderia ao menos ter se sentido um pouco envergonhado, no entanto, sua reação foi abrir um grande sorriso, um daqueles de um milhão de dólares.

— Não sei onde estou com a cabeça que não...

— Você está com a cabeça no mesmo lugar onde está a minha. Sejamos honestos.

— Você está falando em honestidade? Sério isso?

— E alguma vez eu já joguei sujo com você? Isso faz de mim um homem ruim? Talvez ficasse mais confortável se eu contasse algumas mentiras e te prometesse mais coisas do que estivesse realmente disposto a cumprir. Veja bem, Giovana, não vou ficar aqui fazendo de conta que não estou chateado por você não ter ao menos considerado ficar mais um pouco e...

— Pra quê? — perguntei, irritada.

— Porra... — Enzo riu de maneira debochada. — Pensei que estivéssemos nos conhecendo melhor.

— Como você disse, tudo tem um fim.

Estendi minha mão em cumprimento.

— Adeus, Enzo. Foi um prazer.

Ele segurou minha mão e me puxou suavemente.

— Adeus o cacete. Você ainda está na Itália, eu te devo mais alguns orgasmos.

— Você não me deve nada — murmurei.

— Mas gostaria, ainda assim.

A essa altura, meu coração estava a ponto de explodir. Ele me levava a extremos.

Não sabia se havia maturidade suficiente em mim para encarar até o último minuto aquele acordo idiota de ficarmos juntos enquanto estivesse em seu território. Ele me dava sinais dúbios o tempo todo. Ora parecia se importar o bastante para querer me fazer ficar, e, no instante seguinte, demonstrava que só não queria perder a bonificação.

— Eu sou apenas uma trepada fácil, não é? — perguntei de uma vez.

Enzo fechou o semblante e seu sorriso sumiu, sendo substituído por uma carranca.

— Há mulheres infinitamente mais fáceis.

— Então é pelo sabor da conquista.

Ele moveu a cabeça, negando.

— Se você fosse uma conquista, não teria pestanejado quando te pedi para ficar. E eu falei mais de uma vez. Te pedi ontem, pouco antes de entrar em você. Pedi que considerasse, enquanto tomávamos banho. Tornei a falar não tem nem vinte minutos. O que você espera, exatamente, que eu faça? Que saia gritando a plenos pulmões? Não tem nenhuma criança aqui, Giovana. O convite está feito: fique na Itália mais um pouco.

— Eu preciso trabalhar, Enzo.

— Precisar é uma palavra muito forte, no seu caso.

— Eu tenho que ir.

— Você não tem, você acha que deve.

— Eu não posso...

— Sim, você pode. Mas não quer.

— Quem disse que não?

— Ok. Talvez você só precise de um pouco mais de estímulo. Hoje, às sete, jantar e cama.

— Definitivamente, você não presta.

E definitivamente eu estava no meio de uma tremenda indecisão. Ele continuava sendo claro sobre apenas um pouco de diversão, companhia e sexo. Nada além disso.

Enzo que fosse para o inferno com aquela bagunça que estava fazendo no meu peito. Que se danasse o acordo. Foda-se ele e seus malditos orgasmos! Era hora de acabar com aquela besteira toda antes que me machucasse de verdade.

Enzo molhou os lábios e sorriu de maneira falsamente tímida. Subiu as mãos pelos meus braços até ter meu rosto seguro no lugar e sua boca cobrindo a minha. A língua morna dançava no ritmo da minha. Minhas mãos, como seu tivessem vontade própria, tocaram as dele, implorando que não se afastasse. O jeito como seus dentes mordiam brandamente meu lábio inferior; os polegares acariciavam meu rosto; seu olhar, finalmente, encontrou o meu, ao se afastar.

— Vou reformular — sussurrou. — Gio, quero preparar um jantar especial para você. Por favor, aceite o mimo como uma forma de carinho. Não vou mentir que quero passar a noite toda adorando cada pedacinho do seu corpo, na esperança de que considere manter o que temos por mais um pouco, porque não estou pronto pra te dizer adeus.

Vá para o inferno, Enzo!

— Tudo bem...

Ele se afastou, sem deixar de me tocar, e sorriu um pouco mais.

Ok, eu era uma fraca. Isso já estava definido neste ponto da história.

Resistir ao Enzo era praticamente impossível.

Mal vi o restante do dia passar, e acho que fiz tudo mecanicamente, desde o banho de sol à beira da piscina, até quando resolvemos brincar com jogos de tabuleiro. As meninas se arrumaram para ir a um restaurante em Florença. Pietro sugeriu e, claro, Amelinha praticamente pulou na ideia, ainda mais quando Sabrine recusou o passeio.

Meu pensamento era apenas dele, do Enzo. Tudo que eu queria era tê-lo novamente e estava me odiando por isso. Não que eu fosse puritana, e ele, o lobo mau. Longe disso. Nunca tinha estado com um homem mais enervantemente sincero quando o assunto era compromisso, aliás, o único comprometimento dele era em ficarmos nus.

Sim, ele me deixou balançada. Suas palavras não estavam em consonância com seu olhar e a forma como me beijou. Ele dizia não se importar, mas agia como se fosse surtar quando eu partisse. No fundo, queria não estar imaginando coisas.

Pontualmente, às sete da noite, Enzo bateu à porta do meu quarto. Minhas amigas já haviam saído e não havia ninguém para me dizer que era besteira me sentir tão nervosa, como se fosse a primeira vez que estaríamos juntos. Troquei de roupa mais vezes que o normal, e acabei optando por um vestido leve com estampa floral azul em fundo branco, sapatilhas e mantive os cabelos presos em um rabo de cavalo. Estava calor, ou era o nervosismo que me fazia suar. Não tive coragem de maquiar o rosto com mais do que máscara para cílios e batom.

Sequei o rosto na toalha, respirei fundo, buscando o equilíbrio que eu tinha, mas que deveria ter se escondido em algum lugar, e abri a porta. Perdi momentaneamente o fôlego.

Enzo tinha a camisa de botões, risca de giz, com as mangas dobradas o bastante para mostrar as tatuagens espiando em seu antebraço para fora do tecido. Calça jeans escura abraçava suas coxas torneadas. Sapatos pretos e brilhantes. Voltei minha atenção fazendo um caminho lento para cima até ver seus olhos cinzentos, os cabelos, ainda úmidos, penteados para trás.

— Oi?

— Cara, você está muito bonito. Acho que vou ter que trocar de roupa para o jantar...

— Você está linda, Gio. Vamos?

— Tem certeza? Acho melhor colocar um salto, pelo menos.

— Sim, tenho certeza. Você está incrível.

Enzo me alcançou, beijando meu rosto. Inalou forte o aroma do meu perfume e gemeu baixinho, em contentamento.

— Pimenta-rosa, algodão-doce e bergamota. A combinação perfeita com Giovana.

Sorri, feliz com o elogio.

— Vou pegar minha bolsa.

Conferi uma última vez: dinheiro, cartão de crédito, celular, batom.

— Ok, podemos ir.

Enzo me segurou pela mão e assim me guiou até a frente da casa, onde seu carro estava estacionado.

— O restaurante é muito longe?

— Por que a pergunta?

— Carro, e não moto. — Ele geralmente preferia andar de moto pela redondeza.

Enzo me encarou com o semblante divertido.

— Você me conhece bem.

— Fui observadora, apenas isso.

— Não sei, não... Acho que você realmente me conhece mais do que a maioria das pessoas. — Sem ter o que responder, apenas dei de ombros.

Enzo deu a partida no carro e seguimos pela estrada que nos levaria ao centro de Siena. Ou ele estava dirigindo para o Luidgi's, ou para o seu apartamento.

Fiquei feliz em saber que era a segunda opção. Estava me sentindo eufórica quando ele estacionou em frente ao prédio. Possivelmente, o momento da partida se aproximando era o motivo daquele nervosismo todo. Entrar no avião para Roma significaria não somente o fim da aventura com Enzo Di Piazzi, também tinha tudo a ver com as pendências deixadas para trás, no Brasil, e que precisavam de uma resolução.

O apartamento dele estava com algumas luzes acesas. E todo o ambiente tinha aroma de carne, figos e romãs.

— Uau. Está com um cheiro muito bom. O que fez?

— Você vai ver. Primeiro, vamos entrar e ficar à vontade. Se estivesse de casaco, eu o pediria para pendurar ali no gancho, mas, como só veio com este vestido, se quiser tirar...

Dei a ele um olhar de reprimenda, tão pouco convincente que nós dois acabamos por sorrir.

— Deixa de ser bobo.

— Eu falei brincando, mas não me oporia se levasse a sério.

— Tenho certeza disso.

Enzo abriu as janelas e a porta veneziana, convidando-me para me juntar a ele na sacada.

A brisa morna trazia cheiro de girassóis, e a noite estava custando a chegar; o céu ainda claro causava a ilusão de que o entardecer permaneceria para sempre.

— Está tão quente, estou espantada que a praça não esteja cheia a uma hora dessas — comentei.

Enzo se debruçou na grade e suspirou.

— Estão todos na praia, talvez.

Franzi o cenho, pensativa. Ele pegou o pequeno movimento, endireitou a postura e beijou suavemente minha testa.

— Se fôssemos amanhã bem cedinho para Cecina, em uma hora e meia, estaríamos na praia. Eu te convidaria para ficar na minha casa, na Sardenha, mas tenho a impressão que meu primo não vai gostar de uma lua de mel dupla.

— Tipo encontro de casais? — Achei graça da expressão que ele fez, um bico torto e as sobrancelhas franzidas. — Não, ele não vai mesmo.

— A opção mais próxima ainda fica a mais de uma hora de carro. Mas se quiser...

— Está calor, mas eu vi que tem ar-condicionado no seu quarto — brinquei. — E uma ducha gelada, se for o caso.

— Eu preciso me mudar para uma casa com hidromassagem... — resmungou.

Ele deixou a sacada e foi para a cozinha. O apartamento estilo loft me dava a vantagem de poder observá-lo mesmo tendo se afastado. Enzo tirou da geladeira uma garrafa, abriu com um grande estouro e serviu em taças altas o líquido rosé.

Entregando-me uma das taças, ergueu um pouco mais a dele, pensando no brinde.

— O que acha de brindarmos ao destino? — perguntou.

— Isso é sério ou mais uma de suas gracinhas?

Ele deu de ombros.

— É sério. Nos conhecemos de maneira completamente casual, do outro lado do Atlântico, e foi muito bom. Meses depois, nos reencontramos e foi ainda melhor. Tantas pessoas no mundo e o destino me apresentou uma que me deixa maluco, de verdade. Então, um brinde ao destino.

— Ao nosso reencontro, que não teve nada a ver com destino, e sim com uma moça chamada Débora.

Ele sorriu junto comigo.

— Ok. À Débora, ao destino, ao nosso reencontro e ao que mais você quiser, *amoruccio*.

— Nós? — testei.

Enzo sorriu enviesado, não respondeu além de tocar nossas taças.

A noite seguiu agradável, com música suave. Enzo, encantador como sempre, contando histórias sobre culinária e alguns cursos que fez pela Europa. Abriu mais uma garrafa do espumante rosé de dois mil euros, para acompanhar os pãezinhos com pasta de queijo pecorino. Fez com que eu engasgasse de tanto rir de uma de suas histórias. Serviu mais espumante. Dançamos no meio da sala. Eu já estava levemente zonza, mas sem resquício do nervosismo. Ele riu, incrédulo, quando fiz uma imitação do meu pai me mandando para o navio. Rejeitamos a mesa de jantar e a toalha de renda que ele arrumou. Levamos nossas cadeiras para perto da sacada, e a mesinha de canto para apoiar nossas bebidas, e assim, com a louça na mão e os pés na grade da varanda, degustamos o prato principal: carne de cordeiro desfiada, com molho de figo e melaço de romã, ah, sim, e meia batata.

— Metade de uma batata é sacanagem...

— Foda-se, é elegante.

— Foda-se a elegância, Enzo. Quem, nessa porra de mundo, tem coragem de comer só meia batata deveria ser queimado em praça pública, porque é uma espécie de bruxaria.

Ele riu.

— O quê?

— Você falando "foda-se a elegância".

— É. Não ria. Foda-se a porra toda. Quero mais batata, isso tá bom pra cacete!

— Obrigado.

— Eu deveria agradecer também. As suas tias cozinham bem, a sua avó arrebenta na cozinha, até as moças que trabalham lá, mas, puta que pariu... você é incrível, cara. Incrível! Um talento desperdiçado, já te disse isso? — Ele moveu a cabeça, anuindo. — Uma pena. Você deveria... estar em uma dessas *revustas*...

Ele sorriu quando falei com a boca cheia.

— Desculpe. Uma dessas revistas de culinária, ou um restaurante com estrela Michelin.

— Isso é um elogio e tanto, querida. Fico feliz que tenha te agradado.

Encarei aquele rosto lindo, semicerrando os olhos.

— Por que parece que você está mais sóbrio do que eu? Bebemos a mesma quantidade.

Ele deu de ombros.

— Talvez eu não esteja sóbrio.

— Preciso te falar uma coisa, Enzo...

— O quê?

— É uma coisa muito louca... Eu te conto depois, quando você me levar para a cama.

— Então está considerando? A cama, quero dizer.

— Estou só um pouquinho alta, mas nada que afete meu raciocínio ou decisões. Eu quero você. Não há o que considerar.

Enzo tirou das minhas mãos o prato quase vazio e juntou ao dele, descartando a louça sobre a mesinha de apoio.

— Não sabe como é bom ouvir isso, Gio.

Ele se levantou, pegou a garrafa pela metade em uma das mãos e entrelaçou nossos dedos com a outra.

— Vem comigo. Vou terminar de beber essa espumante com você como taça.

A consciência me atingiu como um meteoro em um filme de catástrofe.

Abri um olho, depois o outro.

Fechei os dois.

Franzi o cenho, tateando pelo lençol até puxá-lo para cobrir meu rosto.

Maldita claridade.

Ainda estava na cama do Enzo. E não fora apenas a minha consciência que me atingira em cheio. Cada pedacinho do meu corpo estava dolorido.

Cretino.

Ele me virou do avesso.

Caramba, deliciosamente do avesso. Ainda podia sentir minhas costas em seu peito, sentada em seu colo, os joelhos na cama, com uma de suas mãos entre minhas pernas, aumentando a intensidade de suas investidas, enquanto a outra segurava meu pescoço, obrigando-me a ver o que fazíamos através do espelho na porta do armário. Sua boca em minha orelha, mordiscando, sussurrando palavras doces e picantes. A barba arranhando minha nuca, arrepiando-me inteira.

— *Segura os seios, quero vê-la se tocando assim... isso... linda, gostosa pra caralho. Você me deixa maluco...*

Nossos olhares trancados através do reflexo. Nossos gemidos ecoando pelo quarto.

Devia ser tarde, estava claro demais lá fora e, pouco antes do amanhecer, tivemos mais uma rodada de sexo. Foi esta que me desestruturou de vez.

Empurrei o lençol para longe e ergui o torso, apoiando-me nos antebraços, observando minha imagem bagunçada, o rosto corado e o olhar brilhante. Sorri para mim mesma e pela lembrança da noite. Bocejando, morrendo de vontade de me jogar novamente na cama macia, fiz um grande esforço e fiquei de pé. Puxei o lençol para me cobrir e andei descalça pelo apartamento.

— Enzo?

Silêncio.

Na cozinha, colado com ímã, estava um pequeno bilhete: *Volto logo.*

Olhando em volta, senti-me confortável. O piso de madeira, a disposição dos móveis, o barulho na rua que começava a se acentuar, o cheiro do perfume do Enzo.

Se eu desse tempo para outro pensamento, talvez me faltasse coragem.

Peguei o celular e enviei uma mensagem para o meu pai:

Bom dia, pai. Por favor, cancele o voo de depois de amanhã para Roma. Explico depois. Beijos.

Assim ficava melhor do que detalhar meus motivos.

Enquanto estava sozinha, aproveitei para me arrumar, tomar um banho e tentar relaxar os músculos embaixo da água morna.

Usei o pente do Enzo para desembaraçar os fios que ele fez questão de embolar nos dedos.

Uau, foi indescritível.

As imagens iam e vinham em minha memória. Os sons que ele fazia enquanto entrava em mim ainda estavam vivos o bastante para me deixar ansiosa por ele. E o jeito como me olhou enquanto estávamos de lado, de frente um para o outro, seus dedos subindo e descendo em meu braço, acariciando-me. Nenhum sorriso no rosto, mas havia serenidade em seu olhar. Não dissemos uma palavra sequer, apenas nos aproximamos para um beijo, outro, e mais outro. Eu peguei mais um preservativo, desenrolei em seu eixo, montando nele em seguida. Enzo não me deixou controlar os movimentos por mais do que cinco minutos, invertendo nossas posições, tocando nossas testas, levando minhas mãos para estar acima da minha cabeça. Ele me beijou de novo, enquanto me penetrava lentamente, girando seus quadris até encontrar o ponto especial que me enviava para a borda. Não acelerou. Não me deixou erguer mais os quadris em busca de alívio. Apenas me manteve ali, presa a ele, para sentir cada centímetro seu em mim. E, quando gozou, ainda estava nos levando lento e sofregamente.

Ele fez amor comigo.

Enzo fez amor. Comigo.

Por isso não pensei logicamente quando decidi dar a nós dois uma chance para descobrirmos o que poderíamos ter.

Ainda estava com um sorriso bobo ao me vestir e ir para a cozinha. A cafeteira de expresso estava a mão e o sachê escolhido foi o extraforte.

Enquanto a máquina fazia sua magia, meu celular vibrou sobre a mesa de centro.

Era meu pai mandando uma resposta: *Sem problemas. Envie nova data para a secretária do seu irmão. Estamos com saudades. Ligue para a sua mãe, ela disse que você não atende suas chamadas.*

Primeiro, preparei minha xícara de café com pouco açúcar e então liguei para mamãe. Chamou algumas vezes antes de cair na caixa postal. Eu ia tentar novamente, quando a porta da frente foi violentamente socada.

— *Enzo! Enzo!* — Batidas. Batidas. — *Enzo!*

— Que merda é essa?

Pensei que o prédio estava pegando fogo. Deixei sobre a bancada de mármore a xícara de café pela metade, para atender quem chamava tão insistentemente. Se não era incêndio, alguém estava pedindo socorro, pois a voz era alta e lamuriosa.

Ao abrir a porta, a mulher do outro lado congelou.

Eu também não reagi de imediato.

— Devo parlare con Enzo. Dov'è il bastardo?

Movi a cabeça, negando. Alguma coisa sobre dever algo ao bastardo do Enzo estava sendo dito...?

— Eu não falo bem o seu idioma. O Enzo não está. — Gesticulei para o apartamento e fiz que não.

Ela riu de um jeito debochado e incrédulo.

— Questo farabutto pensa che si nasconderà, ecco? Porta qui lo stronzo, porca puttana!

Eu acho que essa piranha está me xingando...

— Não parlo bien vostra... hummm... língua.

— Una troietta straniera... humpf...

A mulher praticamente me empurrou e entrou no apartamento, olhando ao redor, percebendo pelo silêncio que estávamos apenas nós duas ali. Voltou-se para mim, medindo-me da cabeça aos pés, sem nem se importar em esconder sua expressão de desagrado e a cara de nojo.

Apesar de ter os cabelos presos em uma trança justa e sem a maquiagem...

sim, era ela. A tal Domitila, ou sei lá que porra de nome esquisito tinha a vaca, ex-casinho do Enzo.

— Domitila? — perguntei, apontando o dedo em sua direção. Da primeira e última vez que havia visto a mulher, no mercado, ela tinha o olhar perdido e senti até pena pela forma como Enzo a tratou, mas agora, com ela me olhando como se estivesse pronta a se lançar em minha jugular...

Ela entendeu o que eu perguntava, pois semicerrou os olhos, a mão na cintura, e deixou uma inspiração descontente sair pelos lábios ao bufar.

— Domenica. Mio nome è Domenica, zoccola, sgualdrina.

— Ok, *Domitila*, *zoccola*, ou sei lá, o negócio é o seguinte: o Enzo não está em casa. Eu não vou ficar tentando adivinhar o que você está falando, então, por favor... — Abri mais a porta, fazendo um movimento amplo com o braço ao convidá-la a se retirar. — Adiós. Arrivederci. Bye-bye.

— Averne piene le palle!

Ela começou a parecer realmente irritada. Metendo a mão no bolso da calça, tirou de lá um papel e o estendeu para que eu pegasse.

— Digli di leggere questo. Enzo è mio. — Quando não peguei o papel, ela o deixou sobre o aparador e andou para a porta, mas, antes de sair, tornou a medir-me. — Vacca. — Porra, isso eu entendi perfeitamente.

Tranquei a mandíbula e segurei firme a maçaneta para não estapear a cara da filha da puta. No momento em que me preparava para empurrá-la porta afora, uma outra mulher, igualmente jovem, apareceu no corredor, parecendo ter corrido uma maratona, o rosto afogueado e os cabelos com todos os fios fora do lugar.

— *This is a fucking day* — reclamei entre dentes. — Escuta aqui, ô, mal amada, some daqui que eu não entendo porra nenhuma do que você fala e não sou pombo correio para o Enzo. Vê se cresce!

Enquanto a tal *Domingas* seguia com uma série de palavras que só poderiam ser insultos, a tal que havia chegado depois tentava acalmar a criatura. Falou um monte de coisas que fizeram a rejeitada se calar, embora mantivesse a raiva no olhar.

— Você fala inglês. — A recém-chegada não perguntou, mas deduziu, falando outro idioma.

— Sim, eu falo. Agora pegue essa sua amiga maluca e a leve para longe daqui.

— Ela está muito nervosa. Se soubesse como o Enzo arruinou sua vida...

Arruinou? Por acaso ele a forçou a alguma coisa?

Antes que tivesse a chance de dizer algumas verdades para aquelas duas, a amiga, que falava inglês, fez questão de despejar tanta merda que, quando acabou de falar, fiquei atônita. E foi através de terceiros que eu descobri quem era o Enzo. Mesmo quando todos me alertaram quão canalha ele poderia ser.

Com três palavras, aquela mulher transformou meu sonho cor-de-rosa em escombros.

Capítulo 26
Enzo

Brioche de chocolate ou Nutella?

Encarei a cesta e conferi: laranja, leite, geleia, mel...

Acho que teremos planos para todo esse mel, mais tarde.

Brioche de Nutella. Gio vai gostar mais desse.

Nossa família tinha amigos brasileiros, agora também parentes, e, desde muito jovem, aprendi que os brasileiros têm um estranho gosto para o café da manhã, comendo sanduíches salgados e os misturando até mesmo com cappuccino. Então, a mulher do caixa me olhou atravessado — quase como se eu estivesse a ponto de negar a Deus, dentro da Igreja — quando viu na cesta pão branco, salame, queijo, folhas verdes...

— Tramezzino. — O jeito como ela me encarou me mostrou a necessidade de explicar.

Não estava fazendo compras tão perto do meu apartamento, mas não era longe o bastante para ir de carro, e a moto estava na vila, de qualquer modo. Enquanto fazia o caminho de volta, pensava na minha vida.

Começou com uma memória boba, talvez por falarmos sobre a Sardenha.

Estávamos na praia. Giuliana tentava construir um forte, e eu buscava água. Nossa relação sempre foi boa, desde pequenos. Eu sempre vi minha irmã como uma garota perfeita. Ela me ajudava quando nosso pai estava longe e Flavia aproveitava para sair também, pouco se fodendo que seus filhos pequenos estivessem sozinhos em casa. Giuliana misturava o leite com açúcar, passava geleia no biscoito molenga, velho e dava para mim. Lembro das minhas pernas balançando, muitos centímetros acima do chão, enquanto me deliciava com o café da manhã. Era fim de tarde, num dia raro em que Flavia estava conosco. Embora não chegasse tão perto, permanecia deitada ao sol. Eu voltava com o balde cheio de água, e minha irmã batia de leve no topo do pequeno monte de areia. Ergui meus olhos para longe de Giuliana e vi um homem conversando com minha mãe. Ela estava sentada na espreguiçadeira e sorria para ele e mexia nos cabelos. Deixei a água perto de Giuliana. Eu tinha 7 ou 8 anos, na época. Flavia virou de costas e o homem passou as mãos em suas costas, também sorrindo para ela. Aquele homem não era o meu pai, isso era tudo que eu precisava saber para entender que havia algo errado ali.

Estranhamente, nunca desenvolvi aversão pela praia. Quando meu pai estava em casa, levava-nos para longos passeios. Ele dizia que o vinhedo não era lugar de criança, então nosso lazer era basicamente na praia. Ele nos jogava para o alto e para a água. Ainda podia lembrar dos gritinhos e risadas de Giuliana, tentando fugir de ser arremessada. Eu, ao invés disso, pedia para que o papai me lançasse mais e mais alto. Ele ria conosco. Ele não ria de nós. Ele não nos deixava sozinhos. Nosso pai preparava refeições deliciosas. E insistia para que Flavia mantivesse os empregados da casa, mas ela sempre os mandava embora. Só muito tempo depois foi que entendi que ela os via como *delatores*.

Para que se casar e viver daquele jeito? Por que não seguiram caminhos diferentes?

Meu pai era teimoso demais para admitir seus erros. Minha avó gostava de dizer que eu era parecido com ele em muitas das minhas atitudes.

Eu estava muito na merda.

Giovana merecia uma família, uma de verdade. Eu não poderia dar isso a ela. E me rasgava o peito sequer imaginá-la com outro homem. Aquela garota era minha.

Ela me chamava de cínico, mas quer mais sinceridade do que parar em frente ao balcão tentando decidir se ela gostaria mais de brioche de chocolate ou de Nutella? Nenhum homem deveria ficar no meio de um dilema assim. Nenhum que não estivesse sinceramente enredado naquele nó complicado que era desejar tanto uma mulher a ponto de pensar em... loucuras. Apenas loucuras.

Se eu pudesse fazê-la ficar. Se eu pudesse mantê-la por perto...

Eu não tinha porra nenhuma para oferecer a ela...

Que merda.

A noite que passamos juntos foi diferente de todas as outras. Não apenas pelo sexo, mas pela forma como nos conectamos.

Nossos corpos eram a extensão das nossas almas.

Eu ia para o inferno, com certeza, porque não ia deixar aquilo tudo para trás.

Eu ia dar um jeito.

Entrei sem fazer barulho. Fui direto para a cozinha. Espremi a laranja, preparei o sanduíche e coloquei os brioches no prato, assim como os biscoitos e a geleia. Arrumei a bandeja de café da manhã e fui para o quarto. Esperava estar fazendo tudo certo. Eu nunca tinha levado café da manhã na cama para ninguém.

A intenção era que Giovana percebesse que ficar comigo poderia ser uma eterna lua de mel.

Sorri diante do pensamento. Sexo para sempre. Sexo com ela, para sempre.

— Gio, acorda, preguiçosa. — Apesar de querer acordá-la, falei suavemente, para não a assustar. Abri a porta do quarto, equilibrando a bandeja em uma das mãos.

— Gio?

A cama estava desfeita, mas ainda podia sentir o perfume do meu sabonete pelo quarto.

— Giovana?

Deixei a bandeja sobre a mesa de cabeceira e bati na porta do banheiro. Aquele cheirinho de sabonete... ela estaria no banho. Eu já tinha tomado o meu, mas não me importaria em me juntar a ela para um pouco mais de água, espuma e Giovana.

Quando a chamei pela segunda vez, a mão na maçaneta, o pensamento de ela não estar ali fez meu coração dar um solavanco, e não foi de um jeito bom. Engoli em seco.

No fundo, eu sabia. Ainda quando girei a maçaneta para abrir a porta, eu soube.

Puta que pariu, aonde ela foi?

Ela não iria embora, outra vez, certo?

Fui para a sacada, olhando a praça, esquadrinhando o perímetro em busca de um sinal daquele cabelo de fogo. Talvez ela tivesse descido para uma caminhada.

Puxei do bolso o telefone e não vi qualquer chamada perdida. Digitei o número dela.

Ela não estava atendendo.

Que porra tinha acontecido?

O telefone está sem bateria, certamente.

Desci. Olhei de um lado para o outro, nada da ruiva.

Onde será que ela está? O que aconteceu?

Digitei novamente, mas seu telefone agora aparecia como fora de área.

Deixe seu recado...

— Gio, *amoruccio*, cadê você? O café da manhã vai ficar horrível, querida. Venha logo. Te espero.

Passava das onze da manhã.

Eu batia a sola do tênis de modo ritmado contra o assoalho de madeira.

Estava muito puto.

Chega.

— Ela está brincando comigo?

Giovana partiria para Roma em dois dias, não precisava ter antecipado nada.

Garota covarde do caralho!

Liguei para minha prima, Sophia, que atendeu prontamente.

— Souffi, está próxima da Giovana?

— Bom dia para você também, Enzo.

— Souffi, segura essa idiota aí perto de você, não deixe que se esconda no quarto, ou vou arrancá-la de lá nem que tenha que pôr a porta abaixo!

— Hein? Você não está falando coisa com coisa.

— A Giovana, Sophia.

— Ah! Ok... Eu acho que a vi pelo corredor, cedinho. Mas não estou perto. Saímos logo após o café da manhã, a vovó e eu, estamos na Cisterna...

— Puta que pariu!

— Enzo, vo...

— Depois, Sophia. Depois.

Desliguei o telefone, já pegando as chaves do carro e de casa e saindo apressado.

A prudência foi para o caralho, e eu subi aquela montanha como se a casa estivesse prestes a desmoronar, o que, de fato, estava. Fiz em aproximadamente quarenta minutos o trajeto de quase uma hora.

Ela voltou para a vila sem qualquer explicação. Não era possível que não tivesse visto a porra do bilhete pregado na porta da geladeira.

Cheguei a cogitar que tivesse ido procurar por mim, mas, ao perceber que eu não estava na vila, por que não voltou? Aliás, por que não atendeu à porra do telefone?

Parei o carro atravessado de frente para as escadas. Subi os poucos degraus de dois em dois e passei como um foguete pelo hall, avançando pela escadaria. Marchei até o quarto que ela dividia com a loira, Amélia.

— Giovana! Abre essa porra dessa porta, caralho!

Espalmei contra a madeira, fazendo ainda mais barulho.

— Giovana!

Filha da mãe.

— Você está de sacanagem com a minha cara? Abre essa porra!

De repente, no corredor, surgiram Amelinha e Carol, do quarto em que estava Carol. Girei o corpo, apontando para a porta.

— Diz pra sua amiga abrir a porta que eu quero falar com ela. Se não abrir...

Minha voz estava mais grossa, embargada pela raiva.

— Ei, amiguinho. — Carol levantou as mãos em sinal de rendição. — Se não abrir, vai fazer o quê? Soprar? Não adianta dar uma de lobo mau, não.

— Não estou no humor, Carolina.

— Cara, eu sei que a casa é sua e tal... mas vai se foder, ok? Onde já se viu isso? Deixa a sua avó saber que está gritando feito um doido e...

— Porra, Carol! Não se mete, você não sabe...

— Ah, vai tomar no seu cu, Enzo. Não tenho paciência pra isso, não...

Carolina deu as costas e entrou no quarto.

Amélia, que se manteve imóvel, com olhos arregalados e a boca entreaberta, moveu a cabeça, negando.

— Você sabe que estou com a razão! — Apontei para Amélia.

— Eu não sei de nada.

Bati na porta, dessa vez, mais forte.

— Abre a porta, Giovana!

Ela permanecia em silêncio. Andei até Amélia, sobrepondo minha altura à dela.

— Abre você a porta, loira. Quero falar com a sua amiga e colocar alguns pingos nos is. Ela está me fazendo de idiota...

— O que está acontecendo aqui? — Pietro surgiu no topo da escada. O cenho franzido acentuou-se ainda mais. — Solta a Amelinha. Agora.

— Eu não estou...

Confuso, desviei o olhar de Pietro para notar a loira assustada e minhas mãos em seus ombros. Eu estava a ponto de implorar. Larguei Amelinha como se ela fosse feita de brasa. Claro, para o Pietro, poderia parecer que eu estive brigando com a garota e que partiria para algum tipo de agressão física, mas não era nada disso.

— Olha, Amelinha... eu quero falar com a Giovana, eu...

— Você não vai falar com ninguém desse jeito, Enzo. Que merda, cara!

Pietro me empurrou para longe de Amelinha enquanto ela se preparava para responder-me algo.

— Espera, porra!

— Não, senhor. Vem comigo. — Pietro me empurrava e eu resistia. — Vem comigo, agora!

Quando dei por mim, estava de volta ao hall.

Apontei para cima.

— Ela quer me fazer de idiota...

— Você não precisa de ninguém para te fazer de idiota, consegue isso por mérito próprio.

— Ah, vai se foder, Pietro! Estou de saco cheio dela fugindo, não atende à porra do telefone! Você não sabe merda nenhuma do que está acontecendo...

— Não importa.

Andei de um lado para o outro, irritado pra caralho. Até parar em frente ao meu primo, pronto para socar a cara dele se fosse preciso.

Pietro se aproximou e apontou para atrás de mim.

— Está vendo o cara refletido no espelho? Sabe qual é o problema dele? Nenhum. Juro. Nenhum. O problema sou eu, pensando que, por debaixo de toda essa babaquice, existia um homem de verdade. Mas você é... Nossa, você não vale nem o meu tempo, Enzo.

O quê?

— O que acha que está fazendo? Não vai chegar aqui igual um homem das cavernas e ficar intimidando as garotas. Se ela não quer falar com você agora, se acalme, e depois conversam feito gente.

— Escuta aqui, cara. Estou pouco me fodendo para o que você acha que viu. Isso é um problema entre mim e a minha mulher! Sabe o que é ficar imaginando bobagem porque ela sumiu e não falou nada? Sabe que eu fiquei pensando que saiu para caminhar e foi atropelada? Que podia estar morta em um beco, ou sei lá que porra de loucura mais passou pela minha cabeça. Estou muito puto, sim! E eu vou subir e falar a merda toda que ela precisa ouvir...

— O que você fez com ela? — A voz suave, mas firme, me fez olhar para cima. Amelinha estava no patamar da escada a meio caminho do hall.

— O que eu fiz? — questionei, confuso.

O que eu fiz? Eu fiz amor com ela! Fui o otário que nunca tinha sido e dei a ela uma noite especial.

O que eu fiz? Que tal a porra do café da manhã?

— Por que não pergunta pra ela o que eu fiz? Porque agora, até eu estou curioso! — respondi, ríspido.

— Quem sabe quando voltar para o Rio, eu pergunte. — Amelinha ergueu um pouco mais o nariz, petulante.

— Quê?

Talvez tenha sido meu jeito estupefato que a fez relaxar um pouco a postura.

— A... Giovana... Ela arrumou as coisas, depressa e... bem, o táxi do aeroporto saiu daqui faz uma hora.

Eu ri. Ri alto. Ri sem a menor vontade. Aquilo era piada.

Amelinha ficou em silêncio e desceu o restante dos degraus cautelosamente.

Eu me sentei na poltrona perto da porta, porque, de repente, me senti enjoado.

— Eu... até pensei que tivesse algum problema com você. A Carol pensou o mesmo quando eu disse a ela que a Gio foi embora.

— Giovana foi embora? — Pietro perguntou, demonstrando a mesma confusão que eu.

Amelinha moveu a cabeça, anuindo.

— Ela pediu para que me desculpasse em nome dela. Estava com os olhos bem vermelhos, jeito de choro. Não quis falar, nem explicar... só disse que precisava ir embora imediatamente.

— Aconteceu alguma coisa. Foi algo na casa dela. Não conseguiu me avisar, é isso... — murmurei.

— Então... está tudo bem entre vocês? — testou Amélia.

Passei as mãos nos cabelos, como se o movimento pudesse ordenar meus pensamentos.

Anuí.

— É... sim, estava... está. Eu...

— Melhor ligar para ela — disse Amélia.

Peguei o telefone do bolso e comecei a checar algumas coisas.

— Está ligando? — perguntou a amiga.

— Ligar? Não. Eu vou atrás dela.

Não havia nenhum voo para Roma programado para aquele horário, nem uma hora mais cedo, nem mais tarde.

Talvez ela ainda estivesse no aeroporto.

Capítulo 27
Giovana

Parecia que tinha posto minhas perspectivas, sonhos, medos e ansiedade no mesmo copo de liquidificador e ligado no máximo. E se alguém me perguntasse o que foi o Enzo em minha vida, eu responderia que foi como estar dentro de um sonho, e, por mais que tentasse controlar, apareciam mais e mais elementos contraditórios, velocidade distorcida, cenários sombreados e embaçados.

Em um momento, meus olhos estavam fechados, e a textura da língua morna e a calidez dos seus abraços formigavam na minha pele. No instante seguinte, enxugava minhas lágrimas e tentava negar que meu coração estava partido.

Tudo pode mudar pelos motivos mais nobres, mais improváveis, ou, no meu caso, os mais estúpidos.

A pior parte: se me concentrasse o bastante, ainda podia sentir os efeitos dele em mim. Seus beijos pareciam anular a gravidade e me fazer dançar sobre nuvens. O som da sua risada me compelindo a sorrir, como reação natural.

— *Ladies and gentlemen... Aqui fala Georgio Tizziano, comandante do voo LH 1549 com destino a Santorini. Solicitamos aos passageiros que...*

— Alô, Carol, tudo bem? Não, não precisa passar o telefone para a Amelinha, apenas avise que cheguei. Minha mãe cobrou alguns favores e conseguiu um voo saindo de Florença. Depois nos falamos com calma, ok? Preciso ir. Sim, não se preocupe, quando chegar no Rio, eu aviso. Beijos.

Se Carol passasse a ligação, Amelinha me crivaria de perguntas. Eu não precisava responder a nenhuma delas, naquele momento, ou em qualquer outro. Estava em Santorini há algumas horas e só então tive condições de arriscar um telefonema.

Ainda sentia meu coração apertado. Pior, desde a escala em Nápoles, não derramei mais nenhuma lágrima. Por mais que eu tentasse, era como se, de repente, me negasse a chorar.

Parei de observar o vasto mar à frente, quando ouvi meu nome.

— Oi, Eric.

— Você tá legal? — Ele franziu a testa, me analisando.

Olhei para minhas mãos, apoiadas no guarda-corpo branco. Respirei fundo, coloquei no rosto o melhor sorriso que pude e dei de ombros.

— É... Tudo bem. Apenas cansada.

— A galera vai beber alguma coisa antes de irmos. Você não tá a fim de ir?

Franzi o nariz e movi a cabeça sutilmente, negando o convite.

— Meu pai não vai se importar, você sabe.

Dessa vez, olhei para o rosto suave do Eric. Ele parecia um projeto de Heath Ledger, em Dez Coisas que Eu Odeio em Você. Mantinha o cabelo cacheado e revolto na altura do ombro, tinha sempre um cigarro preso na dobra da orelha e sempre vestia camisa básica branca, jeans surrado e coturnos. O Eric tinha uns 19 anos e arrastava um bonde pela Sara.

Foi por causa de um beijo dele que Sara inventou a regra de não namorar ninguém com menos idade que ela.

— Sei disso. Mas o *meu pai* vai. Se ele souber que embarquei de resseca no mesmo avião que o sócio dele...

Eric riu.

— Não vamos pra muito longe. Se mudar de ideia, liga pra ver onde paramos.

— Sem problemas. Obrigada.

A ideia do Eric não era de toda ruim. Sair e encher a cara antes de voltar ao Rio de Janeiro. Mas não conseguia me enquadrar no meio daqueles amigos dele, todos cinco na faixa entre 19 e 22 anos. Eles só falavam sobre rock, viagens e mulheres que nunca pegariam.

No entanto, aceitei o convite do pai dele, o sócio dos meus pais, para jantarmos. Ele já estava quebrando um galho me dando uma baita carona, declinar de um jantar não ficaria bem, mesmo que eu tivesse que manter as aparências, tentando me concentrar em seus comentários sobre como gostaria que Eric fosse tão comprometido com as empresas como Fernando e eu.

Durante as mais de dez horas de voo de volta ao Rio de Janeiro, pouco interagi com os demais. Eu só pensava em chegar logo em casa, me encolher como uma bola na minha cama e me afogar em autopiedade.

Eu me sentia tão estúpida.

Convenci meus pais de que estava cansada demais para conversarmos.

Embora estivesse de volta ao meu quarto, a familiaridade não existia. Eu via minhas coisas, minhas almofadas, travesseiros, quadros, porta-retratos... Como se uma vida inteira tivesse se passado em apenas seis semanas.

Larguei a bolsa sobre a cadeira, e o celular, ainda desligado, na escrivaninha.

Ali, sentada na cama, tentando me reconectar com meu espaço, tudo parecia pertencer a outra pessoa. A ruiva que sorria nas fotos em nada se parecia com a mulher que encarava a imagem.

Viajei, sentindo-me emocionalmente instável, e voltei sentindo um vazio ainda maior.

O jantar foi estranho. Meus pais tentavam puxar assunto, saber como foi a viagem, o casamento, como era a família italiana... Eu sorvia meu vinho branco em goles cada vez maiores. Pouco toquei na comida, preferindo movê-la de um lado para o outro do prato.

Minha mãe me encarava, especulativa. Eu desviava do seu escrutínio. Meu pai jogou algo sobre eu ainda estar cansada e usei a desculpa como um escudo, defendendo-me da necessidade de responder cada curiosidade.

— O aniversário da sua mãe está chegando. Pensamos que seria uma ótima oportunidade de reunirmos alguns amigos.

— Claro.

— Tem certeza de que está bem, filha? — Mamãe alcançou minha mão, tocando-me com a ponta dos seus dedos macios.

Mais um pouco de vinho branco.

— Aham.

— A menina está cansada, Beatriz.

— Se quiser convidar suas amigas, filha, fique à vontade.

— Obrigada, mãe. Eu vou ver... — Elas nunca aceitariam. Tirando Amelinha, que representava bem ao lado do meu pai, Sara não tinha paciência para o que ela chamava de machismo sem precedentes. E Carol o apelidou de General Brandão, eles não suportavam ficar no mesmo ambiente sem que Carol começasse a fazer caretas de incredulidade e revirar os olhos. Débora estaria ainda em lua de mel, e era a única que não se incomodava com meu pai.

Meu pai emitiu um gemido de desgosto.

— O que foi, Filipe?

— Essas amigas dela... Gosto da que casou antes, Luíza; também gosto muito mesmo daquela que casou agora, Débora, ela é uma moça ótima. Também gosto da filha do francês, a... Amelinha. E embora seja muito sonsinha, a professora também não me incomoda — ele se referia à Sara, mas ela não era professora, era psicopedagoga, mas não me importei em corrigi-lo —, mas não acho que aquela magrinha seja boa companhia para a Giovana.

— A magrinha tem nome, pai. Carolina. — Ele sempre a chamava assim, não importava se nos conhecêssemos desde crianças.

— Ela é muito desbocada... — resmungou.

Se meu pai conversasse dois minutos com o Enzo, ele saberia o que é usar a palavra "cazzo" como vírgula.

Merda.

— Ei... — Mamãe pôs a mão novamente em mim. — Está bebendo muito rápido, filha.

— É... tudo bem, desculpe. Vou me policiar.

Mamãe sorriu, afetuosa. Eu queria dizer a ela. Ela sabia que eu tinha algo para contar. Desviei o olhar para o meu pai, que agora falava sobre Rodrigo e sua temporada no campeonato. Mamãe fez um movimento breve com a cabeça, e eu não soube se anuiu ou negou, sem deixar o pequeno sorriso desaparecer do seu rosto, então voltou sua atenção para meu pai, ouvindo-o.

Pouco antes de subir, alegando estar com muito sono, meu pai me chamou em seu escritório.

— Vai demorar, pai? É que eu realmente quero me deitar.

Quero sumir.

— Nada, nada. Sente-se.

— Ai, pai... Se não vai demorar, prefiro ficar de pé.

— Ok, mas pelo menos saia da porta.

Acabou saindo um barulhinho de desagrado do fundo da minha garganta que chegou aos ouvidos do meu pai, que arqueou uma das sobrancelhas.

Puta que pariu.

Entrei e me aproximei da sua mesa.

— Sim, pai. O que é?

— Estou pensando em sair com sua mãe em uma viagem para comemorarmos o aniversário dela.

— Além da festa?

— Exatamente. Claro, é uma surpresa.

— Aham.

E...?

Fiquei encarando meu pai, aguardando o desfecho da história.

— Eu acho que é uma excelente oportunidade para que me represente à frente do escritório.

— Quê?

— Não precisa fazer essa cara. É por pouco tempo! E em ótimo momento. Sabe que o Becker conseguiu um tutor em Administração para dar umas dicas em tempo real para o Eric?

Ouvi algo por alto, enquanto jantávamos antes do voo para o Rio de Janeiro, mas, sinceramente, não prestei a menor atenção ao que dizia o Alex sobre seu filho.

— Tá. E eu com isso? — Nenhum filtro. Minha resposta saiu sem que tivesse tempo de freá-la.

Meu pai arqueou as duas sobrancelhas dessa vez.

— Desculpe, me expressei mal. O que tem a ver isso de tutor em

Administração do Eric Becker comigo? Eu estudei Turismo, pai.

— É que... pensei que seria interessante se pudesse ajudar Eric a ter uma ideia geral do negócio, não apenas sobre os números, mas também...

Filipe Brandão era um homem sinistro. Ele continuou falando sobre como seria superlegal que eu ajudasse Eric, imagine só, ficando em seu lugar na agência, enquanto ele viajava para comemorar com a minha mãe.

Aham. Era pura manipulação.

— Tudo bem — interrompi.

Meu pai estava preparado para um debate. Vi quando perdeu o raciocínio e a fala. Sua boca ficou aberta um pouco mais de tempo, o bastante para o cérebro processar minha resposta e ele sorrir em meio a um som de alívio.

— Isso... vai ser ótimo, filha!

Vai ser uma merda.

— É. Vai ser... — Engoli em seco. — No mínimo... interessante, pai. Porque eu já disse ao senhor que não é a área que eu gosto, isso é coisa para o Fernando.

— Bobagem, filha! Tem tudo a ver, acredite. Você só precisa testar na prática para perceber que estou certo sobre isso.

Porra nenhuma!

— Claro...

Mas qualquer montanha de trabalho era melhor do que esperar o próximo embarque para Atenas, em duas semanas. O que eu faria durante esse tempo? Ficaria remoendo meus sentimentos?

Capítulo 28
Enzo

— Vai sair outra vez?

A voz de Sophia me pegou de surpresa.

— Como é?

— Perguntei se...

— Escutei o que você falou. Só que não tenho que te dar explicação da minha vida.

— Nossa, que grosseria, Enzo... Credo.

Vesti a jaqueta e me olhei no espelho, ajeitando o cabelo novamente.

Sophia ainda ficou por ali, medindo-me.

— Algum problema?

Ela moveu a cabeça, negando.

— Posso ir junto?

Eu ri.

— Como é? Está falando sério?

Ela deu de ombros.

— A vovó foi com a minha mãe para a casa de Giuliana. Desde que as meninas e o Pietro foram embora, esse lugar está um saco. Não tenho companhia para sair.

— Por que não arruma uma amiga local? — inquiri, olhando-a através do reflexo do espelho.

— Não sei. Por que não arruma um emprego?

Virei para estar completamente de frente para Sophia. Cruzei os braços e a encarei.

— O que você quer, Sophia?

— Só companhia para uma noite agradável.

— Eu já tenho companhia.

— E por acaso você se importaria que eu fizesse companhia para vocês?

— Tenho certeza de que *ela* se importaria.

— E você a preza muito, não é? Como é o nome da coitada?

Humm... Simone, Silvana, Solange...

— Não te interessa.

— Pelo amor de Deus, Enzo. — Sophia revirou os olhos. — Vou trocar de blusa. Trate de me esperar aqui. Estou falando sério.

Ela estava falando realmente sério, por isso, mesmo xingando baixinho, esperei.

Minha prima precisava arrumar uma pessoa pra transar, urgentemente.

Fomos para uma boate em Poggibonsi, onde marquei com uma garota. Não iria buscá-la em casa e passar todas as dicas erradas sobre o que estava acontecendo conosco.

— Humm... Lugarzinho bem caído até para os seus padrões, primo.

— Vai cagar, Sophia. Veio atrás de mim pra me regular?

Minha companhia acenou de longe. Ela estava junto com mais duas amigas, todas parecendo ter saído do mesmo editorial de moda: magras, altas, ankle boots e vestidos curtos e justos, deixando pouco ou nada para a imaginação.

— Hãããã.... — Sophia se demorou em um som de quem queria falar alguma coisa, mas não sabia como. Aliás, seu semblante era exatamente esse.

— Vem logo, antes que ela pense que eu estou a fim de um *ménage* ou *catena*.

— E esse é o tipo de gente com que tem passado o seu tempo.

Ao invés de responder, sorri para Selena, caminhando em sua direção com Sophia a reboque.

— Olá...

Cumprimentei a garota com um beijo no rosto e as demais com um suave aperto de mão; eu não ia mesmo passar a imagem de que iríamos todos para a mesma cama.

— Esta é minha prima-irmã, Sophia. Ela pegou uma carona comigo, mas já está indo arrumar uma garrafa para encher a cara, certo, Sophia?

— Certo... — respondeu, ainda letárgica.

— Por que não se apresentam à Sophia? — Foi a melhor tática que arrumei, no improviso, porque eu não fazia uma merda de ideia se Selena era mesmo Selena ou Simone. Claro, minha prima não deixou passar e se divertiu com isso, sorrindo para mim enquanto arqueava as sobrancelhas.

Então descobri que as duas morenas se chamavam Lourdes e Gabrielle, e que minha companhia da noite era Serena.

Puxa, passei perto.

E Serena fez questão de dizer que estava na Itália de passagem, elas desfilavam em Milão e era sua semana de folga antes de voltarem para a Espanha.

A ideia inicial, antes de perceber que estava saindo com Sophia em meu encalço, era ter Serena com a boca em mim até que eu pudesse me perder naquela névoa pós-gozo e esquecer...

No entanto, minha prima fez questão de ser tão amável que, ao invés de dispensá-la para que pudéssemos ficar sozinhos, Serena e suas amigas não desgrudaram de Sophia, e o encontro casual para uma bebida e sexo tornou-se uma rodinha de amigos rindo e contando histórias que... foda-se, eu não estava interessado em ouvir mais do que alguns gemidos. Pouco me importava se Lourdes foi descoberta por um olheiro de moda, no meio de uma plantação de repolho.

Com a desculpa de ir buscar mais cerveja, me afastei para o balcão, mas foi escroto que Sophia me seguisse pouco depois, pior ainda a conversa que resolveu iniciar ali.

— Porra, por que não volta para suas novas amiguinhas? Já ferrou com a minha noite mesmo...

— Enzo... — A voz de Sophia denotou preocupação, e ela só precisou falar o meu nome. Virei para olhá-la. — O que pensa que está fazendo, meu primo? — prosseguiu, suave e apreensiva.

— Tocando a minha vida?

— Desse jeito?

— De que jeito? Um homem não pode sair e se encontrar com uma mulher?

— Uma ruiva? Assim como a última que te vi, dias atrás?

— Não enche o saco, Sophia... Eu saio com quem eu quiser. E daí sobre a cor dos cabelos delas?

— E daí? Enzo... você está obcecado por uma certa brasileira ou o quê?

— Não fala merda, Sophia. — Dei mais um gole na cerveja e mantive os olhos nas garrafas enfileiradas à frente. De repente, a prateleira do bar ficou muito mais interessante do que a conversa.

— Enzo, faz semanas que ela foi embora, e desde então eu só tenho visto como você ficou... Meu Deus, primo, por que não procura a Giovana?

De cenho franzido, encarei minha prima.

— Veio atrás de mim para me vigiar?

— Vim para ter certeza de que você é mesmo um imbecil.

— Eu? Eu sou um imbecil? Quando a Débora ligou para agradecer mais uma vez pela casa, perguntei a ela se sabia da Giovana... *Humpf*... Giovana estava muito bem, obrigado. Ela nunca mais atendeu minhas ligações. Ela fez questão de cortar os laços. Você pensa que sabe alguma porra sobre mim, mas não faz ideia, Sophia. Eu fui até o maldito aeroporto quando ela foi embora, e simplesmente evaporou, ela não estava em nenhum voo para Roma e não tinha qualquer voo saindo também para a Grécia, naquele dia. Ela fugiu. Não teve coragem de me olhar nos olhos e falar que não queria mais.

Sophia me encarava com os olhos marejados.

Ela sentia pena de mim, dava para notar.

— Não precisa lamentar. A vida segue seu fluxo, estou aqui curtindo e vivendo a minha.

— Curtindo? Vivendo? Você fica saindo com o mesmo padrão de mulher, desde que a Giovana foi embora, não voltou para o seu apartamento...

— Tem alguém que limpa, não se preocupe.

— De você ter transformado a casa em um chiqueiro? Eu não me importo mesmo. Só que está na cara que você não quer voltar para a cama onde esteve com a Giovana. Por isso fica na vila, pra poder dormir em paz.

Eu ri, debochado.

— Deveria fazer Psicologia. Você sabe tudo, não é?

— Olha, eu não posso fazer nada além de lhe dar alguns conselhos.

Quem tem que seguir na direção certa é você, Enzo. Sabe que tenho um carinho enorme por ti, mas está se enganando. Por que não vai buscar a ruiva certa, ao invés de ficar procurando nas ruivas erradas o que sabe que não vai encontrar?

— Se ela quisesse ficar comigo, ficaria.

— As coisas não são bem assim.

— Como não são?

— Enzo. Pelo que me contou naquele dia, você sempre fez questão de deixar as coisas o mais superficiais possíveis. Você por acaso contou a ela que se apaixonou?

— Eu não me...

— Ai, Enzo, para, que babaquice! Misericórdia... Assuma pra si mesmo que o que sente pela Giovana é maior do que essa sua besteirada toda de...

— Isso não é besteira, Souffi. Eu nunca vou poder dar o que ela deveria ter: uma família.

— Você não sabe. Nem deu a ela a chance de decidir. E também... se as coisas não derem certo... nesse departamento, sempre há um meio.

Sentia-me zonzo. Muito mais pelas palavras de Sophia do que pela bebida.

Giovana e eu fizemos um acordo: enquanto ela estivesse na Itália, ficaríamos juntos. Eu não poderia simplesmente ir atrás dela, semanas depois de ela ter partido sem dizer adeus, sem qualquer justificativa e ter me evitado o tempo todo.

— Preciso pensar. As coisas não são tão fáceis assim.

Sophia suspirou, resignada. Deixou o olhar vaguear e então moveu as sobrancelhas, indicando algo.

— Acho que perdeu a transa da noite.

Serena estava beijando um cara em um canto da boate.

— E você sente tanto por isso...

Ela não dava a mínima. No fundo, eu tampouco.

A única coisa que eu buscava era me anestesiar e esquecer Giovana, mas minha prima não estava pretendendo deixar o assunto passar.

Sophia e eu bebemos até o dia clarear.

Acabei por falar muita merda para me arrepender depois. Dois bêbados desabafando sobre fracassos amorosos. No caso da minha prima, era seu azar crônico para escolher panacas sem noção. Quanto a mim... Bem, lógico que eu queria saber o porquê de Giovana ter fugido de mim. Mais uma vez.

Pensei que estivéssemos na mesma página, mas, depois que Sophia me falou sobre eu não ter sido claro e dizer a ela que a queria para sempre, jogar limpo e falar sobre minha saúde... Certo. E então o que eu poderia ter feito naquele momento, se nem mesmo fui capaz de entender o que se passava dentro de mim?

— Tudo que eu vi foi bosta, Souffi. Meus pais... Seus pais...

— Humm... Isso não é verdade, Enzo. Ok, nossos pais não são exemplos bacanas de relacionamento, mas veja a vovó Gema e o vô Guido. Tia Nina e tio Marco, tio Tarso e tia Laura... Tenho certeza de que, se não fosse aquele maldito acidente, estariam os quatro aqui, muito felizes. E, assim... mesmo que meu pai tenha sido o maior babaca com a minha mãe, eles ainda são amigos, ou pelo menos... conversam como pessoas civilizadas, e também ela está casada e feliz com o Tito. Em todo caso, eles são mais velhos. Olha a sua irmã, por exemplo. Giuliana e Rocco são tão bons juntos, e ainda fizeram aquelas fofurinhas endiabradas, Dante e Lucia. Veja também o Anghelo e a Débora...

— Eu não sei...

— Eu acho que deveria ligar para o Pietro e lhe fazer uma visitinha.

Depois de semanas, entrei em meu apartamento e fui direto para o quarto.

A cama estava feita e não havia sinal da bandeja que larguei por ali. Parecia que um século havia se passado desde que pude sentir o perfume de pimenta-rosa, algodão-doce e bergamota.

E não fazia ideia de que merda estava fazendo quando enviei uma mensagem para Pietro e avisei que estava indo para o Brasil.

Arrumei algumas roupas, sapatos e itens de higiene pessoal.

Meu notebook estava na sala. Tentei ligá-lo para procurar passagem, mas a merda estava sem bateria. Liguei o bendito na tomada embaixo do aparador. A correspondência jazia empilhada sobre o tampo de madeira. A maior parte das contas ia direto para o débito automático, mas, por mais que eu quisesse evitar, algumas taxas ainda mereciam minha atenção, como o ridículo imposto para manutenção do cemitério local.

Passei envelope por envelope: água, luz, coleta de lixo, aquecimento, fatura dos cartões, plano de internet, e...

— Que porra é essa?

Capítulo 29
Giovana

Como previ, as meninas declinaram do convite para a festa em minha casa.

Carol e Sara enviaram um presente em conjunto e deram uma desculpa qualquer para não aparecerem. Amelinha foi a única que deu o ar da graça, mas foi tão rápido que nem contou presença. Ela não chegou a beber nada. Deu um abraço nos meus pais e deixou a caixinha com o presente para minha mãe. Inventou que tinha um compromisso de trabalho e foi embora, murmurando "boa sorte", enquanto entrava no carro. Traidora.

Eu precisaria de toda a sorte do mundo. A casa estava lotada de amigos de negócios dos meus pais, e claro que os sócios também estavam lá: Edmundo Salgado levou sua — supernova e superbarbie — esposa. Eu não entendia metade das coisas que ela falava, e tinha certeza de que ela também não entendia merda nenhuma que saía da minha boca, e olha que falávamos o mesmo idioma, mas não a mesma língua. Alex Becker foi com os filhos, Marlene e Eric. Este, sem dúvida, tinha esperanças de encontrar com Sara.

Meu pai fez questão de falar para todo mundo que eu ficaria em seu lugar por um tempo, e não escondia sua felicidade e o desejo de que eu ficasse à frente, assim como meu irmão.

Depois de um tempo, consegui me refugiar em um cantinho do jardim. A música seguia insossa, porque os mais velhos achavam que instrumental estilo blues americano era a melhor opção. Que tédio. Vi Eric movendo a cabeça em um ritmo completamente diferente. Prestando atenção, notei os fones de ouvido, ocultos pelo cabelo revolto. *Garoto esperto.*

— O que faz aí sozinha? Tentando se misturar com a vegetação?

— Estou conseguindo?

— Está de verde, o que é um grande avanço para a tentativa. E também plantada, imóvel...

— Essa festa está um saco.

Meu irmão estendeu uma garrafinha prateada na minha direção. Quando franzi o cenho, especulando, ele explicou:

— Converse um pouco com o Sr. Walker. É o que sempre faço quando papai reúne tanta gente chata por metro quadrado.

— Já deveria estar acostumado, Fernando. Você é o engomadinho da família.

— Eu sou?

— Aham.

— Foda-se... — resmungou. Ele mesmo virou um pouco mais da bebida antes de oferecê-la novamente. Aceitei e dei um longo gole.

Que se danasse tudo. Parecia que nem todo o prosecco que estava sendo servido era o suficiente.

— Obrigada.

— Por nada. Mas... e aí? O que está fazendo aqui? Escondendo-se?

— Demais. Se papai me apresentar a mais alguém que ele acha que não conheço, falando que sou seu braço direito aqui no Rio, sei lá, acho que corto os pulsos.

— Não entendo. Você não gosta da parte administrativa, por que aceitou?

— Fernando... você super consegue imaginar o papai aceitando um não como resposta?

Ele riu.

— Não.

— Ah... tá bom... dane-se. Eu precisava mesmo ficar esse tempo no escritório. Tem trabalho pra caramba por lá.

— Eu sei. Mas não consegui visualizar você indo para o centro do Rio todos os dias, com o papai... E ainda vai ficar um tempo lá, sem ele.

— Pra você ver...

— Quer desabafar?

— Hein? Não. Não... não... nada de errado.

— Sei. E como foi o casamento da Debye?

— Ah, é a Debye, né? Sabe como ela gosta das coisas...

— Eu imagino...

Ficamos meio minuto em silêncio, então ouvimos uma salva de palmas e algumas vozes masculinas exaltadas. Da posição em que estávamos no jardim, era impossível vermos o que estava acontecendo; teríamos que deixar o esconderijo.

Fernando me encarou e deu um sorrisinho.

— O que será que aconteceu?

— O que você acha? Seu namorado deve ter chegado.

— Ele não é... Espera. Meu pai convidou o Rodrigo?

— E você acha que ele não convidaria? Se bobear, o cara veio até com a medalha de ouro como um cordão.

Olhei de cara feia para o meu irmão.

— O quê?

— Para. Ele não é assim.

— Ele é chato.

— Ele não é chato.

— Claro que ele é chato. Ele corrige você quando canta uma estrofe errado... Ele te chama de moranguinho e até te deu uma bonequinha dos anos oitenta. Ninguém merece... Pelo menos, fez faculdade...

— Caramba, Fernando. Para! Você é preconceituoso.

— Eu não! Só porque o cara joga futebol?

— Futsal.

— Ele é um mala.

— Você está sendo mau.

— Você está sendo babaca.

Fernando revirou os olhos azuis e suspirou. Ele era como uma cópia minha, ou melhor, eu era uma cópia dele, já que era dois anos mais nova do que meu irmão. Fernando e eu compartilhávamos a mesma cor de cabelos e olhos, como os da nossa mãe. E ele estava atraente com aquela barba avermelhada. Não ficaria solteiro por muito tempo.

— Não disfarça. Vai lá, receba bem o seu querido "noivo".

— Não seja um pau no cu, Fernando. Sabe muito bem que isso foi uma maluquice e a imprensa aproveitou.

— Prefiro olhar de maneira otimista. Aumentou a procura pela nossa agência...

— Ah, fala sério.

Puxei das mãos do Fernando a garrafinha prateada e dei mais um longo gole, abençoando o Sr. Johnny Walker pode descer queimando pela minha garganta.

— Filha! Olha quem chegou.

Nossa, tinha como o meu pai sorrir mais?

Eles se aproximavam. Desviei o olhar para Fernando, e ele tinha uma expressão debochada, além de ter revirado os olhos.

Rodrigo estava praticamente sendo empurrado pelo meu pai, que tinha o braço em torno dos ombros dele.

Socorro.

Sei que deveria ser a mais esfuziante das moças, no entanto, fiquei ali, com o sorriso estático, vendo o moreno atlético ser conduzido até mim.

Em poucos passos, Rodrigo e eu estávamos frente a frente. Ele sorriu e me abraçou.

— Bom, eu vou lá dentro procurar algo para comer — disse Fernando.

Rodrigo me soltou e cumprimentou Fernando com um aperto de mão e meia dúzia de palavras obrigatórias.

Quando dei por mim, meu pai e irmão estavam se afastando, e Rodrigo me segurava pela cintura.

— É... ele realmente não gosta muito de mim...

Não é isso. Ele não gosta da irmã dele contigo.

— Senti sua falta, moranguinho. — Não respondi. — Fiquei com receio de vir, mas o seu pai garantiu que você sentiu minha falta também.

Ele garantiu?

Nós conversamos sobre o Rodrigo uma única vez, quando papai enumerou quase que em ordem alfabética as qualidades do maravilhoso jogador.

Claro, eu não era cega. Rodrigo era muito atraente, olhos e cabelos escuros, pele morena e bronzeada do sol, das praias do Rio de Janeiro, sorriso matador, corpo malhado. Sim, eu me senti atraída por ele em um primeiro momento. Além de ser inteligente e ter cursado Matemática.

Sem qualquer aviso prévio, Rodrigo segurou meu rosto e me beijou. Tocou nossas bocas. Moveu os lábios, instigando-me a abri-los e dar passagem para que aprofundasse o beijo. Mas tudo que fiz foi ficar parada. Estátua. Concentrando-me em tudo que era bom nele, ao invés de me sentir estranha, quase nauseada.

A risada alta do Enzo veio forte em minha mente. O jeito como ele me olhava... A maneira como ele tocava minha nuca e cintura, levando-me para ele, equilibrando-me, porque era necessário.

Rodrigo me soltou e eu o abracei forte.

Ele suspirou, aliviado.

Respirei fundo para que não percebesse minhas lágrimas e me agarrei a ele até que fosse seguro afastar-me sem muitas explicações.

Enzo seguiu a vida dele. Depois que fui embora, ele havia enviado poucas mensagens, duas ou três, e então parou. Ele devia estar feliz. Então eu também deveria seguir a minha vida e ser feliz. Mas... de alguma forma, isso parecia tão errado. Era como se o meu coração batesse em outro peito e eu não tivesse qualquer controle sobre isso.

— Eu... acho melhor... — Pigarreei para clarear a voz — Irmos lá para dentro.

Rodrigo sorriu para mim, mas não consegui mover os lábios nem para ser simpática.

Aceitei seus dedos entrelaçados aos meus e seguimos para a sala, onde a maioria estava reunida.

— Eu trouxe um presente para você...

— Ah, tá... Obrigada.

Rodrigo me parou quando estávamos na porta.

— Gi, eu sei que nós temos que conversar...

— Rodrigo — cortei. — Está tudo bem. Não é nada que não possamos acertar depois. Agora não é o melhor momento.

— Sim, você tem razão. Eu... estou muito feliz que tenha aceitado assumir o seu lugar na empresa. O campeonato encerrou e vamos ter muito tempo para nós.

Não. Eu não "assumi" meu lugar na empresa. Não havia um lugar que fosse meu naquela empresa. Havia a sombra do meu pai e ponto final.

— É temporário, Rodrigo. Não pretendo permanecer em terra por muito mais depois que o Sr. Brandão e minha mãe voltarem de viagem.

Rodrigo franziu o cenho, inclinando a cabeça para o lado.

— É surpresa — eu disse, depressa, antes que ele comentasse algo com a minha mãe.

— Humm... bem... a... Beatriz trabalha muito, merece tirar férias.

Houve um momento de constrangedor silêncio, ao menos para mim, já que Rodrigo logo foi puxado para cumprimentos e conversas sobre futebol. Ele desviava o olhar vez e outra para mim e sorria.

Tudo no Rodrigo era aceitável e o fazia elegível. Os olhos escuros, sempre atentos e bondosos. Os cabelos, fartos e negros, sempre bem cortados. O porte atlético, apesar de não ser muito alto. Era sério e reservado. O jeito de capitão do time, que ele levava para fora da quadra, era indício mais do que suficiente de que Rodrigo não seria um desses homens que largam tudo nas costas da mulher, pelo contrário, ele era do tipo que apoiava e indicava alguns caminhos. Além de ter um coração de ouro.

No entanto, se o que senti com o beijo não fosse indício mais do que suficiente de que ele era um cara ótimo, mas não o *meu* cara ótimo, eu poderia prosseguir com o namoro e deixar rolar. Contudo, eu seria uma cretina se o magoasse desse jeito. Rodrigo merecia uma mulher que estivesse de corpo e alma naquela relação. E eu não era essa pessoa. Como ele bem lembrou, eu estaria no Rio de Janeiro por tempo bastante para que conversássemos, e eu pretendia fazer isso o quanto antes.

A mãe e a tia de Rodrigo me puxaram para uma conversa animada, que, graças a Deus, não era sobre futebol. Talvez Dona Eunice estivesse tão de saco cheio do assunto quanto eu.

A festa seguiu sem grandes problemas.

Até a hora do bolo.

Simbolicamente, mamãe entregou a primeira fatia ao meu pai, que aproveitou o ensejo para brindar.

Foi o pior brinde da vida.

Ele começou comentando da alegria que era ser casado com uma mulher tão especial, que nada faria sentido sem ela. Comentou sobre ter sofrido um ataque cardíaco e que se regozijava de estar vivo e com sua família maravilhosa. Falou das qualidades do Fernando, que ficou muito sem jeito, mas levantou a taça em agradecimento. Papai finalmente revelaria uma surpresa para mamãe.

Claro, ele falaria sobre a viagem de férias. Certo?

Errado.

Tudo errado.

Tudo muito errado.

— ... Eu não vou me alongar muito mais do que isso, mas não havia momento mais oportuno para uma surpresa à minha amada Beatriz. — Ele tomou fôlego. — Uma grande preocupação nossa, todos sabem, era que nossa filha, Giovana, estivesse bem encaminhada na vida. Nós demos aos nossos filhos o melhor que podíamos, em retribuição, eles se tornaram o melhor que esperávamos. A partir de amanhã, a Giovana ficará em meu lugar, na empresa... — Pausa para os aplausos. *Temporariamente. Temporariamente, papai.* — Sim, eu fiquei muito feliz. E outra grande alegria, que não se torna apenas um presente para sua mãe, mas para a família, é que... ontem, depois de uma longa conversa... Rodrigo Oliveira pediu oficialmente a mão da Giovana em casamento e fiz muito gosto em aceitar.

Quê?

Eu não ouvi os aplausos nem vi quem estava me cumprimentando. Meu olhar estava trancado no do meu pai. E se não fosse por isso, por estar olhando na direção deles, teria perdido o semblante surpreso da minha mãe. Não foi possível continuar encarando o Sr. Filipe Brandão, quando outras pessoas entraram na frente para me parabenizar.

Desviando o olhar para o lado, vi Rodrigo sorrir e dar de ombros, enquanto era abraçado por sua tia.

Isso é o que papai "garantiu" a ele?

Gesticulei para que se explicasse.

Rodrigo não era mau caráter. Ele tornou a dar de ombros e moveu os lábios: *foi ideia dele*.

Puta que pariu.

— Com licença, pode me dar um segundo para resolver uma coisinha? — pedi aleatoriamente, não fazia ideia de quem estava me cumprimentando.

Fui até meu pai, que estava ouvindo uma reprimenda entre dentes da minha mãe.

— Quero conversar com o senhor. Agora.

— Primeiro receba seus convidados, depois poderemos...

— Convidados da *minha mãe* — rebati, indignada, fazendo das tripas coração para não começar um escândalo e estragar a festa. — Vou esperar o senhor no escritório, mas eu juro por Deus, pai, se o senhor não...

— Acalme-se, filha — mamãe pediu. — Vai com ela, Filipe. Francamente... dessa vez, você se superou... Vá conversar com a sua filha e chame o Rodrigo para...

— Não, mãe. Eu quero falar com ele a sós. Depois eu converso com o Rodrigo, mas quero falar algumas coisas *de família* que o Rodrigo não tem que ouvir.

Não esperei pelo meu pai. Fui desviando das pessoas, sem conseguir esconder meu descontentamento. Meu rosto devia estar vermelho. Eu fervia de raiva.

Assim que meu pai fechou a porta, ele já se encaminhava para o outro lado da mesa, mas eu o parei segurando na manga da sua camisa de linho.

Afastei-me o bastante para trancar a porta e retornei, parando diante dele.

Papai não era um sujeito muito alto e o meu salto fazia com que ficássemos na mesma altura. Olho no olho.

— Sei que você está chateada... Eu já previa que poderia ficar, mas...

— Não tem mas, nem meio mas, pai. Vocês conversaram ontem e o senhor esperou até este exato momento pra soltar essa bomba. Por quê? Achou que ia ser mais fácil e que eu não estragaria a festa da mamãe? O senhor passou de todos os limites se intrometendo desse jeito na minha vida! Por acaso acha que tenho quantos anos? Ou melhor, por acaso pensa que estamos em que século, para que se ache no direito de decidir o que vou ou não fazer, com quem vou ou não me casar? O senhor enlouqueceu?

— Rodrigo te ama...

— Mas eu não o amo!

— Ele será um ótimo marido, Giovana...

— Não o meu!

— Você precisa viver as experiências antes de...

— Porra, pai! Me escuta, cacete!

Papai ficou estático, os olhos arregalados. Eu nunca tinha gritado com ele. Eu nunca tinha dito uma palavra de baixo calão sequer, quando estava perto dele.

— Eu. Não. Amo. O. Rodrigo! Eu não vou me casar com ele, nem hoje, nem amanhã, nem em um milhão de anos! Você não entende? Você não me escuta nunca, pai. Eu ia terminar com ele assim que voltasse do campeonato. Já havia decidido isso muito antes de viajar para a Itália, mas depois de ver o que é se casar apaixonada... Eu quero isso pra mim, eu quero ser feliz com alguém que eu ame, e eu acho que o Rodrigo merece o mesmo, porque ele é um cara incrível e...

— Mas você gosta dele, você fala dele com carinho e o admira tanto... Qual é o problema?

— Cacete — resmunguei. Deixei uma risada de escárnio sair por meus lábios entreabertos, estupefata. — Você não escuta mesmo, não é? Eu não gosto dele o bastante para me casar. Eu nem sei se eu quero me casar! Eu só tenho a certeza de que não é com ele que vou passar o resto da minha vida, pai. E, agora, porque o senhor fez aquela palhaçada lá fora, o Rodrigo vai passar constrangimento na frente da mãe dele, porque eu vou até lá e vou parar essa merda de uma vez! Tudo que eu pretendia era ter uma conversa reservada com o Rodrigo, mas o senhor me tirou essa oportunidade. Está agindo como se o Rodrigo fosse... sei lá... o jiló que eu nunca quis experimentar. Eu não preciso colocar na boca algo que sei que não vou gostar. Não preciso experimentar estar casada com o Rodrigo para saber que não vai dar certo, pai. Coloca isso na sua cabeça de uma vez por todas!

Papai permaneceu em silêncio, olhando para mim como se, de repente, mais uma cabeça tivesse surgido em meu ombro.

Levantei as mãos para o céu, pedindo uma intervenção divina.

— O senhor acha mesmo que não sei que jogou para que eu ficasse no escritório? Me acha tão burra assim? Eu aceitei porque precisava ocupar a minha cabeça. Pai... eu trabalho em uma agência de turismo, na *sua agência*, e estava tentando me convencer de que nenhuma movimentação para a viagem com a mamãe era só porque o senhor pretendia levá-la de carro para a casa de Campos do Jordão. Ou que ia entrar no navio até a Grécia e ficariam hospedados na casa do Alex... Mas, quer saber? Agora até isso acho que foi mentira sua. O senhor não tem o menor respeito por mim, pai. E eu estou de saco cheio disso, velho...

Enxuguei minhas lágrimas e tomei fôlego.

Em nenhum momento, meu pai me interrompeu.

— O senhor passou de todos os limites, de verdade. E eu não vou aceitar esse nível de manipulação. Meu Deus... Eu devia ter cortado desde o início... — resmunguei.

— Giovana, tente se acalmar antes de tomar qualquer...

— Não! Eu não vou me acalmar porra nenhuma! Chega, chega dessa merda toda. Minha vida tá uma bosta do caralho. Ai que ódio! Olha o que o senhor está me obrigando a fazer? Pelo amor de Deus...

Deixei o escritório em um rompante. Mamãe esperava por nós no corredor.

— Filha... venha, beba uma água antes de...

Mamãe ia me conduzindo para um canto, e, de todo jeito, teríamos que passar no meio da festa para eu chegar até a cozinha.

— Não quero água, mãe. Eu vou resolver essa droga de uma vez. A senhora viu o Rodrigo?

— Sim... claro... ele está ali na varanda, conversando com seu amigo.

— Olha, o Eric que me desculpe também, mas eu vou ter que...

Minhas pernas bambearam.

— Filha?

Oh, meu Deus.

Capítulo 30
Enzo

Dessa vez, Pietro me encorajou a tomar mais um trago. Virei o... quinto... sexto... sei lá, oitavo copo de vinho. Havia dispensado a elegância há muito tempo. Assim que meu primo mais velho colocou a garrafa sobre a ilha da cozinha, empurrei a taça para o lado e indiquei o copo alto de suco, para que o enchesse até a borda.

Eu precisava de muito álcool para conseguir anestesiar minha vontade de matar alguém.

— Aqui, vou abrir mais uma garrafa.

— Abra uma para você também.

Pietro tinha o semblante fechado, mas não discutiu.

— Eu nunca vi tanta frieza numa só pessoa! — disse, de repente.

Meu primo descartou a rolha em um jarro de vidro, junto com tantas outras cortiças, e encheu meu copo.

Enquanto virava em grandes goles garganta abaixo, revivia em flashes o absurdo que passei.

Em menos de 36 horas, minha vida foi de esperançosa para montanha de merda.

Sempre que meu olhar encontrava o de Giovana, eu pensava: que linda mulher.

Agora...

— Uma bela de uma sacana, filha da puta — resmunguei.

— Enzo... eu sei que você não quer conversar, apenas falar, e falar... No entanto, é que...

— O quê? Acha que estou exagerando? Você não viu o que eu vi, nem ouviu o que eu ouvi.

— Não. Mas posso imaginar.

— Mandou que voltasse para "minha família". Ela nem ao menos me deixou explicar... Foda-se também... Pois que pense o que quiser. Já não me importo. Ou melhor, ela não dá a mínima. Tudo pretexto.

— Humm...

— Encha mais esse copo.

Pietro murmurou algo, mas pôs mais bebida.

— O que disse? — inquiri.

— Que porre de vinho não vai resolver seu problema.

— O que vai, então?

Estava cansado pra caramba, aquela viagem parecia ter durado duzentas desconfortáveis horas. Ainda assim, eu só precisava de um banho e encontrar a Gio. Quando finalmente paro diante dela, estou na porra da festa de aniversário da sua mãe e de noivado... dela.

— Eu não sei — Pietro respondeu. Ele mesmo tomou um grande gole do vinho.

Pietro me recebeu no aeroporto e, estranhamente, parecia feliz com isso. Contei a ele que Débora me passou o endereço de Giovana, e que não importava o que ele pensava. Eu ia resolver aquilo. Por mim. Por ela. Para que Giovana entendesse, de uma vez, que Domenica e eu não éramos um casal e nunca seríamos.

— Pietro.

— Mais vinho? — Ele estranhou, pois meu copo ainda estava cheio.

Movi a cabeça, negando.

— Desde quando lhe disse que estava a caminho... você... foi solícito, e...

— Certo. Já entendi seu ponto — interrompeu-me. — Olha, Enzo... nós divergimos em vários momentos e, apesar de você achar que eu fico a favor do Anghelo...

— E fica — interrompi.

— Você dá um jeito de perder a razão. Sempre. Desde quando nós chegamos à vila e a vovó também nos acolheu, de um garoto tranquilo, você se tornou um... sei lá, uma praga.

Acabei rindo sem qualquer humor com as lembranças.

— Aquela vila parecia mais um orfanato. Eu estava revoltado...

— Nós também tínhamos motivos para enlouquecer, Enzo.

Tomei mais um gole do vinho. Ele estava certo. Foi trágico para todos nós.

— Estávamos todos muito fodidos...

Foi a vez do Pietro dar um longo gole em seu vinho e encher mais a taça. Sua mente talvez tenha vagueado até as lembranças dos seus pais.

— Eu... Enfim, Enzo, nós tivemos momentos bons e ruins. O que nos preocupa é a maneira como você lida com as suas companhias femininas. Você as usa, Enzo.

— Eu não...

— Por favor. — Pietro gesticulou, pedindo que eu não o interrompesse. — Sim, você faz isso. Você as ilude...

— Já lhe disse, nunca prometi qualquer coisa a nenhuma delas.

— Enzo... aí eu não sei. Não estou lá para saber, e nem quero. A questão é que sempre que uma delas surta por sua causa, você as ignora. E que se dane todo mundo se não gostou do que aconteceu. Mas eu vi algo, no dia em que a Giovana veio de volta para o Brasil... Você a procurou, brigou com a Carolina e discutiu com a Amélia. Você estava muito puto, e eu não o vi assim por muito tempo. No meio daquilo, você disse: minha mulher.

— Eu não...

— Pois é, falou, sim. Em seu coração, Enzo, você já a reivindicou. Ela é sua.

Não. Ela não é.

— Eu só disse a você que havia demorado a se dar conta de que precisava resolver sua história com ela, de uma vez.

— É... já está feito. Demorei tanto que *ela resolveu* se casar com outro — concluí, resmungando.

— Isso é tão estranho, Enzo... — Pietro mudou o peso do corpo, do pé esquerdo para o direito. — Não conheço muito bem cada uma dessas amigas da Débora, mas... pelo pouco que vi, Giovana não me pareceu ser o tipo de mulher que sai para se divertir com um homem e deixa outro guardado em casa. Talvez a relação deles seja aberta, mas... Enfim, não consigo imaginar...

— Relação aberta é o caralho! Ele não fazia ideia de quem eu era, mas ela fez questão de me despachar o quanto antes. — Mais um gole de vinho. — Eu não entendi nada. Ela agiu como se eu estivesse errado em ter ido buscá-la.

— Buscá-la? — Pietro apertou os olhos e focou em mim, o cenho franzido demonstrando sua confusão.

— É, você não entendeu mal. — Mais um longo gole de vinho. — Merda, cara. Estavam servindo bolo de aniversário com cobertura cor-de-rosa e era um homem quem recebia abraços de felicitação.

Pietro mordeu os lábios e desviou o olhar para o lado.

— Mesmo sem jeito, fui adiante. Pedi para falar com a dona da casa e acabei conhecendo a mãe e o irmão da Giovana. Pietro... não havia como não perceber que eram da mesma família. Pareciam cópia uns dos outros.

— Sim, eu conheço Dona Beatriz. É uma senhora muito bonita.

— Por um momento, quando de costas, pensei ser a Giovana. Mesma estatura, curvilínea, longos cabelos ondulados, da cor do entardecer. Já o irmão, era muito mais alto.

Minha mente se perdeu no momento em que me aproximei deles...

— ... desse circo! — dizia ele. Pareciam discutir algo realmente desagradável.

— Olá, com licença, senhora. Desculpe, eu sou... amigo da Giovana...

— Nossa, veja só — falou o ruivo, apontando para mim com um movimento de cabeça. — Pelo menos, um amigo dela está presente, não é?

A mãe de Giovana pareceu sem jeito. Estendeu a mão para me cumprimentar e me deu um sorriso amarelo.

— Olá, eu sou Beatriz, a mãe da Giovana. E este é meu filho mais velho, Fernando.

— Prazer em conhecê-la, senhora. Meu nome é Enzo. Desculpe, não quero atrapalhar...

— Ah, não... nenhum problema...

— Daqui a pouco, a Giovana vem — disse o irmão, ainda soando ríspido. — Eu estou indo, mãe. Recuso-me a participar da brincadeira.

— Fernando, espere... — Mas ele não esperou.

A mãe de Giovana tornou a sorrir, ainda mais envergonhada.

— Humm... Eu vou ver se minha filha já está vindo... er... Enzo. Acertei?

— Sim, senhora.

— Ah, por favor... senhora é muito formal e já que é meu aniversário, sinto-me ainda mais velha desse jeito... Apenas Beatriz. — *Ela tinha um tom de voz cordial.* — Deixe-me, humm...

O homem que vi recebendo tapinhas nas costas quando cheguei se aproximou. Tinha um largo sorriso no rosto.

— Ah! Rodrigo. Por favor, faça companhia ao Enzo, amigo da Giovana. Eu vou... er... eu já volto.

Pietro encheu mais meu copo e também sua taça.

— Sabe o pior?

— O quê?

— Eu nem pude dar um soco na cara daquele desgraçado.

— Não? Então eu não entendi... pensei que a Giovana tivesse manda... expul... humm... enfim, por ter armado confusão.

— Não. Eu mal conseguia me mover. E respirar estava difícil. Foi como se ela tivesse esmagado meu coração com as próprias mãos.

Mais cedo...

Beatriz se afastou entre as pessoas. O garçom ofereceu bebida, mas recusei. O homem à minha frente, Rodrigo, aceitou a taça.

— É difícil encontrar um amigo da Gigizinha. Fico feliz que tenha vindo. Não sei o que aconteceu com as outras amigas dela...

Gigizinha?

— Você trabalha na agência?

Movi a cabeça, negando.

— Sou um amigo, da Itália.

— Oh, sim... O sotaque é de lá. E...

Ele pareceu aguardar que eu continuasse a história, mas inverti a pergunta.

— E você? Também trabalha na agência?

Ele deve ter achado a pergunta muito cômica, pois riu abertamente.

— Não... eu não trabalho na agência. Sou Rodrigo Oliveira.

E?

— Bem, você não é daqui... Eu sou jogador de futebol de salão.

— Ah. Que bom pra você. Seu time saiu-se bem?

— Sim... estamos em boa fase. — Ele deixou o olhar vaguear pelos convidados, acenando de volta para quem o cumprimentou. — Na verdade, nem sempre podemos dizer que tudo em nossa vida é perfeito...

Rodrigo Oliveira não era um idiota.

Ele foi simpático e educado. Tentou a todo momento que eu comesse ou bebesse algo. Puxou conversa, querendo me deixar à vontade. Ele fazia parte também da equipe esportiva do país. O clube estadual em que jogava vinha de um campeonato vitorioso. Fazia sentido que todos o parabenizassem pela conquista, no esporte.

— Também já estivemos na Itália, jogamos em Roma. É possível entender o fascínio da Gi pelo país, aliás, pela Europa como um todo... Você é de Roma?

— Siena.

— Ah... eu não conheço... A Gi sempre fala que eu vivo em função do trabalho, sempre indo para onde os campeonatos me levam. Ela diz que eu deveria passear mais, mas, sempre que estou de folga, acabo me dedicando a outros projetos, como a escolinha de futebol em uma comunidade.

— Você é... primo dela?

— Primo? Não. Nós acabamos de ficar noivos. Agora mesmo, na verdade.

— O quê?

Ele riu, alheio ao olhar assassino que eu devo ter dado.

— Foi mesmo inesperado. Cheguei de viagem ontem à noite. Conversei com o Filipe, e então me senti mais confiante em fazermos algo mais reservado do que no restaurante, antes de eu viajar... Minha mãe ama a Gi, mas ela achou recente demais, afinal, cinco meses...

— Cinco meses? Vocês estão comprometidos há cinco meses?

— Pouco tempo, eu sei. Mas... quando a gente encontra uma pessoa com raras qualidades, não podemos deixar passar. Giovana é especial. Claro que tem seus defeitos, como todos nós, mas ela é tão humana, tranquila de se conviver, e é um doce. Claro que eu preferiria uma festa privada, mas Filipe achou que aproveitarmos o aniversário de Beatriz seria perfeito e...

O mundo parecia de ponta-cabeça. Eu apertava os punhos conforme o idiota seguia falando da *minha mulher* como se fosse dele! Aquele sorriso tonto no rosto... Eu queria arrancar aqueles dentes.

Não. Ele estava completamente enganado. Giovana estava comigo há seis meses. Então me deixou para ficar com aquele panaca? E agora, deixava-me uma segunda vez e iria se casar? Isso era...

Eu atravessei a porra do Atlântico por ela, quando não havia ido nem na soleira da porta para impedir mulher alguma de sair. Nunca precisei disso!

— Oh, meu Deus.

A voz de Giovana me fez virar em sua direção. Ficou tão pálida ao me ver que o verde de seu vestido se destacou.

Miserável.

Queria socar o mundo e gritar minha raiva e frustração. Eu já imaginava o que ela faria. Daria uma de "desmemoriada". Como se eu não tivesse entrado nela até quase perder a fala.

— Buonanotte, Giovana.

Minha voz saiu carregada de escárnio.

A dela, de pura indignação:

— O que faz aqui, Enzo?

Capítulo 31
Giovana

— Ela vai desidratar, Sara. Com certeza...

— Fica quieta, Amelinha... Deixa ela desabafar...

Amelinha estendeu novamente o pacote de lenço de papel e tirei de lá mais um, assoando o nariz sem me preocupar com graciosidade.

— Estou com tanta raiva de todos eles! Por acaso pensam que sou uma coisa? Que não tenho sentimentos? Onde foi parar o bom senso das pessoas?

— Nossa, eu não consigo entender... — Sara me apoiou, acariciando meu ombro, lamentando e tentando me acalmar.

— Enzo é perverso! Como foi que ele apareceu lá? Justo quando meu pai e Rodrigo armaram aquela palhaçada? Ele queria ter certeza de que tinha se livrado de mim de uma vez por todas?

— Nem sei o que te dizer, Gio... — Amelinha moveu a cabeça, negando. — Já te contei. Ele disse que ia atrás de você. Depois disso, ninguém falou mais nada... Quando tentei te contar o que aconteceu, você me cortou totalmente. Fiquei até sem graça com o fora que você me deu. Agora, está dizendo que ele estava na festa da sua mãe...

— Eu juro que tentei ser o mais razoável possível! Mas vocês não fazem ideia... Tinha acabado de ter uma discussão terrível com o meu pai, já farta de ele tentar viver a minha vida por mim, dizer que escolhas tenho que fazer para ser feliz, praticamente obrigando que Rodrigo e eu ficássemos noivos. Depois daquela merda que aconteceu no restaurante... E então, chego na sala e ele está conversando tranquilamente com o Rodrigo! Perdi a cabeça. Estraguei o aniversário da minha mãe.

— É...

— Eu só não entendi direito uma coisa. — Sara se ajeitou no sofá e ficou um tempo com a boca entreaberta, antes que a primeira sílaba deixasse seus lábios. — Por que não nos contou que o Rodrigo tinha te pedido em casamento antes de viajar para a Itália? Você estava esse tempo todo segurando um monte de sentimentos, Gio. Coisas que não te fizeram bem.

— Isso é óbvio — concordou Amelinha.

— Foi tudo tão absurdo... Eu não sei. Não tinha como falar de uma coisa que não aconteceria. Apesar de me sentir confusa sobre como eu abordaria a situação com o Rodrigo, eu estava certa sobre não me casar com ele. Mas... tive medo de magoá-lo. Eu ia falar. Juro que ia.

— No fim, ontem... vocês não conversaram? — perguntou Sara.

— Não... — murmurei. — Fiquei fora de mim quando vi o Enzo. Meus pais tentaram me acalmar... Acabei fazendo escândalo, mandei ele embora, mandei que voltasse para sua nova família.

Conforme ia contando, lembrava também das palavras da colega da *Domingas*. Não precisava passar por aquilo. Não queria um cafajeste ao meu lado, nem me tornar alguém como ele, até pior, negligenciando meu caráter em troca de algumas noites de sexo.

Amelinha estendeu novamente a caixa de lenços quando percebeu mais lágrimas molhando meu rosto e a blusa que Sara me emprestou para dormir.

— Obrigada por me acolherem, meninas. E também por não contarem aos meus pais que passei a noite aqui.

Ainda assim, Sara e Amelinha me fizeram enviar uma mensagem para minha mãe, avisando estar bem e que ficaria longe de casa.

— Gente... Bebe mais uma água, Gio. Desse jeito, você vai ressecar. — Amelinha encheu um copo para mim. — Eu podia jurar que você já tinha terminado com o Rodrigo.

— Mas pedir um tempo é uma forma elegante de terminar com alguém sem fechar as portas, não? — Sara deu de ombros, justificando-me.

A verdade é que fui covarde. Como Amelinha me chamou. Eu sabia, sempre soube que não havia espaço para o Rodrigo no mesmo coração onde um certo italiano tinha fincado raiz.

Eu o odiava agora.

E me odiava ainda mais, porque era mentira.

— Acho que precisamos de reforço. Vamos chamar a Débora pelo

Skype... — Sara já se levantava para buscar o celular, mas a impedi.

— Não. Isso não está certo. Ela ainda está em lua de mel — eu disse.

— E deve estar aproveitando ao máximo. Afinal, acho que é a última semana deles de viagem — lembrou Amelinha. — Vamos chamar a Carol.

— Isso. Boa ideia — respondeu Sara.

Eu já não tinha tanta certeza disso. Carol sabia exatamente como me senti em relação ao Enzo. Ela sabia que eu estava me apaixonando por um canalha. Ela deu força para que nós ficássemos juntos, mas também disse inúmeras vezes que eu me resguardasse, que não me lançasse de cabeça.

Mas... como alguém se apaixona aos poucos?

Enzo já havia feito um estrago na minha vida desde a primeira vez que ficamos juntos. Quando o deixei, ainda adormecido, não tinha noção que ao seu lado também tinha ficado o meu coração.

As meninas tentaram me convencer de que a Carol poderia preencher algumas lacunas, já que era a única de nós, além da Débora, que tinha mais intimidade com aqueles italianos.

Ela demorou bastante. Quando chegou, eu já estava de banho tomado, um pouco melhor, ainda que o nariz e ao redor dos olhos permanecesse bastante vermelho por culpa do choro. Sara me emprestou também um jeans e uma camiseta.

Ainda bem que as meninas resumiram o ocorrido, ao invés de eu dar a versão completa do meu fracasso.

Carol ficou um bom tempo sem palavras...

— Desculpe, tem algumas partes desse quebra-cabeça que não entendi. No dia que você veio embora, mal se despediu. Pensei que tivesse acontecido alguma coisa séria na agência, ou alguma recaída de saúde do General Brandão.

— Não tinha nada acontecendo no Brasil, mas, para mim, foi insuportável. Enzo não deveria ter vindo até aqui e para quê? Essa deve ser a única coisa que realmente não faz sentido. Ele deveria ter ficado lá, pajeando a namorada grávida.

Eu estava de cabeça baixa, mas, quando Carol não emitiu um som sequer, ergui o olhar para encontrar o dela.

— O que foi? Você acha que eu seria capaz de separar uma família? —

Carol piscava, aturdida. — Que eu *deveria*?

O telefone de Amelinha interrompeu nossa conversa.

— Preciso atender, meninas. Já volto.

Amelinha passou desviando das nossas pernas e saiu da sala. Carol se recostou nas almofadas em que estávamos, no chão da sala, e pediu que eu contasse melhor sobre a história da garota grávida. Falei sobre a tal italiana que surgiu no apartamento dele, e de sua amiga, que fez questão de contar tudo que a garota estava passando. Claro, eu me lembrava dela, quando apareceu no mercado, e da maneira como Enzo a dispensou.

— Giovana, eu não sei como falar isso de outra maneira, então vou direto ao ponto: você não deve ter entendido direito o que aconteceu.

— Claro que entendi! A amiga dela falava inglês perfeitamente.

— Não estou dizendo que você não entendeu o que a mulher falou. Estou afirmando que você não entendeu que isso foi um grande engano. Giovana, o Enzo tem um problema de saúde que o impede de ter filhos, a menos que faça um rigoroso tratamento, e mesmo assim, não tem garantias.

— O quê? — Foi como se tivesse um zumbido enorme ecoando em meus ouvidos.

— Mas é uma coisa grave? — Sara tinha o tom de voz preocupado.

— Eu não sei. Não fiquei perguntando, né? — respondeu Carol. — Ficaria estranho, mas confesso que sempre fui curiosa sobre isso.

— Mas... — Mal podia ouvir minha própria voz. Eu lembrava de todas as vezes que usamos camisinha. Se ele não podia ter filhos, então era puramente por prevenção. Ele não estava preocupado em engravidar alguém com quem não ficaria, mas demonstrou o cuidado que ele tinha conosco.

O sentimento, naquele momento, era quase inexplicável. Sentia-me um pouco zonza, aérea, nauseada. A última vez que tive a mesma sensação foi quando recebi a notícia do falecimento do meu avô paterno. Como se não houvesse chão sob meus pés.

Quando a raiva me atingiu com tudo, perdi a cabeça, disse ter vergonha do meu pai e deixei minha casa. Não soube lidar com aquela carga emocional.

— Agora tudo faz sentido — murmurou Sara, passando novamente a caixa de lenço de papel. — Você largou o Enzo porque pensou que ele seria pai.

— Eu não me espanto pela Gio ter tomado essa atitude. — Carol franziu o cenho. — Você tenta não decepcionar as pessoas, tenta não bater de frente. Claro que seria inviável apresentar o Enzo para a sua família e depois eles ficarem sabendo que você separou pai e filho. Isso é bem a sua cara, Gio. Mas ele não tem filho algum, isso todo mundo da família Di Piazzi pode atestar. Então... o que pretende fazer?

— Estou me sentindo tão perdida.

— Honestamente, amiga? — Sara respirou fundo e disse: — Você tem 28 anos e é há tempo demais um cordeirinho de abate. Já sentimos uma megaevolução quando não aceitou o cargo que teu pai ofereceu.

— Impôs! Ele não ofereceu, ele impôs. E agora, eu que estou surpresa em saber que vocês me viam como uma pessoa sem personalidade. Nossa, estou chocada.

— Ninguém disse isso, Giovana. — Carol se empertigou, pronta para me lançar a almofada em suas mãos.

— Voltei. — Amelinha deixou o telefone sobre a mesa de jantar e sentou-se ao meu lado. — O que eu perdi?

— A confissão da Sara, em nome de todas, de que vocês me acham uma pessoa sem personalidade.

— Hã? — Amelinha olhou feio para Sara.

— Porra, cara. Eu não falei isso. Está colocando palavras na minha boca.

Encarei Amelinha, que havia dito algo bastante similar para mim, enquanto estávamos na Itália.

— Giovana, nós nunca pensamos isso de você.

Carol se levantou.

— Tem café? Preciso de café...

— Na cozinha. — Amelinha apontou para o cômodo, mas não deixou de me olhar de um jeito estranho.

Carol parou antes de entrar pela porta que levava à cozinha.

— Sabe o que eu acho, Giovana? Que está fazendo tipo. Você sabe quem você é. Tem fibra moral, é forte, acabou de passar por uma tremenda prova de fogo, você abriu mão dos seus sentimentos, mais de uma vez, e foi forte para encarar o tranco. Mas, caramba, verdade seja dita: você sempre teve espírito aventureiro, falava que queria viajar pela Europa, morar sozinha, ser livre com isso de homens... Você estava, sim, sendo racional ao extremo. Evitando conflito a todo custo. Anulando-se apenas para não ter um enfrentamento. Qualquer hora ia explodir, isso era inevitável. Deu no que deu.

Sara me alcançou, inclinando-se o bastante para segurar minha mão.

— Eu fecho com a Carol. Aliás, desde que seu pai teve aquele infarto, você está agindo assim. Claro, você sempre foi mais razão, a mais centrada de todas nós, pensa nos prós e contras antes de agir, mas...

Amelinha completou:

— Mas seu pai tem se aproveitado bastante da situação.

Carol voltou para a sala com uma xícara de café e um pacote de biscoitos.

— General Brandão não brinca em serviço. Ele é esperto pra cacete. Estou até admirada que ele não tenha dito ainda: Faça o que quero, porque estou começando a sentir uma dorzinha aqui no peito e não acho que sejam gases.

Carol imitou o jeito do meu pai falar, mas, mesmo sendo engraçado, não consegui sequer sorrir.

Todas as coisas que disse para que o Enzo se afastasse... Aquilo estava me matando.

— Igualzinho. — Amelinha tentou segurar o riso, mas era inútil.

Sara também sorriu.

— Não falou assim pra não ficar muito descarado. Como vocês sabem, ele é esperto demais.

— Vocês juram? Eu sei que a Amelinha já me chamou de fria e sem coração, mas...

— Ah, Gio... caramba, já pedi desculpas. É que você tocou em um assunto delicado pra mim. Gente, por favor, acreditem: eu amo o Pietro. É sério. Eu amo aquele homem desde a primeira vez que pus meus olhos nele. Pra mim, ele é tudo!

Carol quase engasgou com o biscoito, tomou um gole de café e pigarreou, clareando a voz antes de falar.

— Amiga, não pira. Olha, eu entendo isso de que você seja louca pelo cara e tal, mas ele não é uma divindade. Olha, eu que convivo mais com ele sei que ele é ciumento pra caramba, mais possessivo com as pessoas do que com as coisas... Cuidado para não se decepcionar ao colocá-lo em um pedestal.

Pietro erra como todo mundo. Por acaso acha que ele seria o noivo perfeito?

Amelinha suspirou, recostando a cabeça no assento do sofá.

— Por acaso, sim. O Pietro é o noivo perfeito.

— Gente! Foco aqui, por favor. Ainda estou com problemas. Expulsei o Enzo da minha casa. Eu... disse a ele que... quando o Enzo me confrontou, eu... perdi a cabeça. Disse que ele servia apenas para... diversão. E... — Respirei fundo, revelando a elas como destruí minhas chances com Enzo Di Piazzi: — E... que, se um dia eu o procurasse, não seria nada além de uma transa, porque... ele só era bom nisso.

Eu sabia que aquelas palavras o afastariam de mim.

Percebi o quanto meu momento de descontrole com meu pai reverberou em minhas ações com o único homem que fazia minhas pernas tremerem e meu coração bater mais forte, ansiando pelos seus sorrisos e pelo conforto dos seus abraços. Ali, foi exatamente ali, com aquela meia dúzia de besteiras que saíram da minha boca, mas passavam longe da alma, que perdi o homem da minha vida. E mesmo que Enzo me perdoasse imediatamente, não mudaria nada agora.

Carol ficaria para almoçar com as meninas, mas eu precisava ir embora e enfrentar meus pais, sobretudo depois do vexame que causei em plena festa. A palavra era exatamente essa: enfrentar.

Assim que cheguei na calçada, Rodrigo saiu do carro.

— Estava acampado aqui em frente desde cedo, esperando para ver quando você ia sair.

Ele me pegou de surpresa.

Mas não havia mais como adiar.

— Não quero conversar no meio da rua — falei baixinho, aproximando-me dele.

Rodrigo manteve as mãos no bolso da bermuda. Ele tinha cheiro de sabonete e os cabelos ainda úmidos. Apesar de aparentar leveza, havia uma sombra escura sob seus olhos, e sua expressão era preocupada.

— Quer dar uma volta na Lagoa?

Movi a cabeça, concordando.

Ele manteve as mãos longe de mim, e nem tentou me beijar. Respeitou a distância que impus.

— Eu fiz alguma coisa que te desagradou? — perguntou assim que começamos a caminhar à beira da Lagoa.

— Não. Eu adoro você, Rodrigo. — Ele franziu o cenho e me encarou. — É sério. Você é uma das melhores pessoas que eu conheço.

— Mas...

Respirei fundo e deixei o ar sair de uma vez, bufando.

— Mas não para me casar. Sei que minha covardia em não ter falado isso de uma vez gerou um monte de situações desconfortáveis... Eu sinto muito. De verdade.

— Ainda é cedo para falar de casamento, é isso?

Baixei a cabeça, buscando as palavras certas.

— Eu acho que nunca vai ser o momento certo... eu... não me sinto preparada para dar esse passo... com você.

Rodrigo desviou o olhar para a frente e moveu a cabeça, anuindo.

— Entendo.

— Eu... sinto muito. Juro. — Apesar de ter a imagem do Enzo na minha cabeça, eu sabia que isso não tinha a ver com ele. Na verdade, antes de viajar para a Itália e reencontrar o Enzo, minha decisão já estava tomada. — Quero que saiba que não é por qualquer outra pessoa, ok? Isso é algo realmente... comigo, com meus sentimentos.

Rodrigo franziu novamente o cenho, mas numa expressão um tanto cômica.

— Então, ontem, aquele italiano com quem discutiu no jardim...

— Rodrigo, quando viajei para o casamento da Debye, logo depois daquele jantar, eu já tinha em mente que não poderia me casar com você, mas fiquei com medo de como falar... porque... Se você fosse uma pessoa horrível, mas... você é incrível, um homem maravilhoso. Eu te admiro muito e não queria te magoar.

Rodrigo parou de caminhar, puxando-me para um abraço apertado, que retribuí sem pestanejar.

— Desculpe por tê-la feito explodir. Você é uma das pessoas mais controladas que conheço, Giovana. Quando vi a maneira como reagiu...

— Não. Eu peço desculpas. Por tudo.

— Obrigado. — Ele segurou meu rosto e nos encaramos, olho no olho. Deve ter notado a minha confusão, pois prosseguiu: — Seria muito pior se essa conversa acontecesse depois do casamento.

Mordi os lábios, sentindo-me culpada.

— Está tudo bem, Giovana. Ainda seremos amigos, não é?

— Claro. Amigos — murmurei.

Capítulo 32
Enzo

Minha vida toda não passava de uma sucessão de mais do mesmo. Apenas erros estúpidos e escolhas insólitas. Definitivamente, eu não sabia o que fazer com a minha existência, além de respirar. O tal "continuar" e o famigerado "seguir em frente" eram uma tortura.

Sim, andei um tempo passando dos limites com isso de me sentir depressivo. Sophia e a vovó acharam que o melhor era eu encarar, de uma vez, cada um dos meus fantasmas, a começar pela pequena vinha de um acre deixada pelo meu pai. Apesar de sempre ter me gabado bastante das propriedades que herdei, a verdade é que mal suportava passar dois dias naquela ilha, e ter ficado por lá durante o Ano-Novo foi um tormento. Mesmo com seu charme mediterrâneo, as belas mulheres, ou ainda as turistas espetaculares, aquele, definitivamente, não era o meu lugar.

As pessoas falavam da Sardenha como o lugar das praias exuberantes; do mar turquesa; das pessoas longevas nas aldeias centenárias; da diversão, atraindo todos os anos a nata da sociedade europeia para a Costa Esmeralda. Eu costumava descrever aquele lugar como o inferno.

Cada encosta, cada praia, o campo, as plantações, as criações... tudo me fazia reviver as lembranças com meu pai. E de como ele foi se acabando aos poucos, mesmo sem perceber. Meu pai se culpava por ter passado tanto tempo trabalhando, cultivando uvas, criando cabras, desbravando e abrindo as mais diferentes possibilidades para nos dar uma vida tranquila. Não havia luxo, tudo era muito sacrificante e chegava com muito suor. Todo o sofrimento pelo qual passamos nunca seria esquecido.

E, por mais que tentasse negar, minha irmã também sentia o mesmo. Ou não teria vendido parte do que recebeu para o Tito, atual marido da tia Diná. Claro que ele ter sido amigo de infância do meu pai fazia toda a diferença.

Giuliana também não se preocupava com nada disso, ela queria viver a vida que a Flavia não nos deu. Minha irmã dedicava seu tempo ao marido e aos filhos, era a sua escolha e era feliz desse jeito.

Nos últimos meses, o que fiz foi procurar esse bendito lugar. Mas tudo se tornava sem perspectiva, importância ou significado.

A verdade era que eu estava me afogando em autocomplacência.

Gostaria de ter me tornado um bêbado clássico que literalmente afoga suas mágoas em álcool e procura sua liberdade no fundo do copo. No entanto, nem para isso eu tinha ânimo ou talento. Eu passava a maior parte do dia deitado no sofá, assistindo a programas sobre animais, ou de sobrevivência na floresta. Até que Giuliana, a pedido de Sophia, obrigou-me a ficar um tempo em sua casa, com a desculpa de ajudá-la a preparar o aniversário da minha sobrinha, Lucia.

Giuliana não precisava realmente da minha ajuda. Vivia bem, tinha empregados. Se ela não quisesse usar a sua parte na herança, poderia muito bem contar com os honorários do marido e contratar um organizador de festas e um bufê local, já que a ideia era receber crianças para um piquenique no jardim, aproveitando o início da primavera.

A tirania de Giuliana não me poupou e fez com que pegasse um trânsito péssimo, no sábado, cedo da manhã, de Mondello, onde morava, para o Mercado Ballarò, há trinta minutos da sua casa, apenas para comprar ingredientes para as tortas que serviria no piquenique.

No caminho, o táxi passou pelo Centro de Palermo. Infelizmente, e como sempre, a imagem de Giovana me assombrou.

Ela teria adorado conhecer isso.

Sentia-me burro. Eu ainda pensava nela. Ainda lembrava, nos momentos mais inoportunos, do quão cativante era o sorriso e o brilho em seu olhar sempre que avistava alguma obra de arte.

— Eu me transformei naquilo que mais desprezo... — resmunguei.

— O que disse, senhor?

— Nada. Humm... por favor, me deixe o mais próximo do Ballarò. Obrigado.

Mas a verdade é que eu não estava em uma maré muito boa. Independente da área em minha vida, estava tudo uma merda.

Entrei na feira e mal dei dois passos antes que meu sangue fervesse nas veias.

Em meio à balbúrdia costumeira do mercado, a última criatura que eu esperava ver era justamente a que me encarava com curiosidade. Diante dela, sentia-me observado; eu não passava de um animal raro.

De repente, foi como se todo o barulho ao meu redor fosse silenciado.

Ela pouco envelheceu, pelo contrário, parecia que a idade favorecia seus atributos, e apenas pequenas rugas circundavam seus olhos. Os cabelos longos e castanhos desciam em ondas pelos ombros até quase o meio das costas. Ela não sorriu para mim. Minha mente recriou os poucos momentos de afeto, quando meus dedos, pequenos, deslizavam pelos cachos, percebendo a textura macia dos fios cor de chocolate. No instante seguinte, a imagem mais forte foi a do meu pai, levando a mão ao peito depois de uma das piores brigas que tiveram.

Flavia quebrou o contato visual quando sua cintura foi tocada por um homem. Ele era mais velho do que ela, tinha cabelos grisalhos e vestia-se bem, assim como ela. Tinha jeito de empresário rico, mas eu pouco me importava se era, na verdade, um golpista como ela. Eles se encararam e ela disse algo antes de se afastar dele para se aproximar de mim.

Queria ter desviado e ido para longe, mas meus pés ficaram presos no chão. Sentia um frio percorrer minha espinha e suor brotava na palma das minhas mãos. Estava bastante consciente do meu coração descompassado, quase parando. Eu não a vi por mais de dez anos.

— Olá, meu filho.

Gaguejei, até que, após engolir em seco, encontrei minha voz.

— Flavia. — O cumprimento saiu fraco, mas teria que servir.

— Visitando sua irmã? Acho que... um dos filhos dela faz aniversário por esta data, não? A menina, minha netinha, não é? Ela herdou os traços da família do Rocco, tem... aqueles olhinhos mais puxados nos cantos...

— Não pode estar falando sério — murmurei.

Virei para ir embora, mas ela segurou brevemente o meu braço, fazendo-me virar e encará-la.

— Eu... me casei novamente, vê? — Ela levantou um pouco a mão para que eu visse seu anel de casamento e o enorme brilhante nele. Quer conhecê-lo? Seu padrasto, quero dizer.

Senti a pressão aumentar em minha cabeça e a dor aguda perfurar minhas têmporas.

— Para ele ser o meu padrasto, eu teria de reconhecê-la como mãe.

Ela sorriu sem pudor.

— Aquela velha fez o trabalho dela direitinho, não? Colocou meus filhos contra mim.

— Não ouse falar assim da minha avó.

Apesar de a nossa conversa ser abafada pelos sons do mercado, algo chamou a atenção do tal marido da Flavia — talvez sua postura agressiva —, e eu vi que ele tratava de concluir logo sua compra.

— A víbora da sua avó tirou tudo de mim, colocou seu pai contra...

— É sério, Flavia. Não ouse — disse entre dentes. Naquele momento, o súbito pânico que senti ao vê-la desapareceu por completo. Ela falava como se eu não tivesse estado lá, presenciando tudo que aconteceu.

Ela riu de um jeito estranho, talvez até surpresa, e levou a mão ao colar que usava. O gesto, sempre característico do seu desconforto, não me passou despercebido.

— Nem sombra do menino chorão... Muito bem, Enzo! Você se tornou um homem valente... bonito... forte.

— Não graças a você.

— Você não entenderia os meus motivos...

— Motivos? — Observei Flavia por longos segundos. Eu não sentia qualquer conexão com aquela mulher, então, para que dar a ela o meu tempo? — Deus... o que estou fazendo? — murmurei para mim mesmo.

Dando dois passos para trás, em seguida mais dois, afastei-me dela, e, sem um segundo olhar, fui embora, desejando nunca mais ter de encarar a mulher que me trouxe ao mundo.

— E então? — Giuliana falou assim que pisei em sua cozinha. Eu a ignorei, abrindo a porta da geladeira e servindo-me de água. — Conseguiu o que pedi?

— Não, Giuliana — respondi, irritado. — Eu não passei da primeira barraca.

— Como assim, por quê? O que houve?

— Você sabia que a Flavia está em Palermo?

— Hein? Não. Por que eu saberia qualquer coisa da vida dela? — Agora, eu tinha a atenção da minha irmã, que cruzou os braços e se concentrou em minhas palavras.

— Ela sabia que a Lucia estava prestes a fazer aniversário. — Ainda que não quisesse, meu tom de voz soou como uma acusação.

Giuliana moveu a cabeça, negando.

— E por acaso você pensou que a convidei para a festinha de aniversário da sua única netinha? Cai na real, Enzo. Eu não vejo nem falo com a nossa mãe desde a última audiência de custódia. — Desviei o olhar de Giuliana, encarando um ponto qualquer na cozinha. Flavia parecia saber exatamente como estavam todos. — Enzo, não importa quanto tempo tenha passado, não vou esquecer o que aconteceu. Criança nenhuma esquece a visão do próprio pai tendo um ataque cardíaco bem na sua frente. Não perdoei, mas também não odeio a nossa mãe, como você. Eu já me libertei desse sentimento e acho que deveria fazer o mesmo.

Estranhei as palavras de Giuliana. E me senti um idiota por pensar que ela passaria uma borracha por cima de tudo que aconteceu. Nós não morremos de fome, enquanto nosso pai estava fora trabalhando, porque a própria Giuliana deu um jeito com o que tínhamos em casa. Lembrava-me bem do estranho sanduíche de pão, cenoura e rabanete. Flavia fazia as refeições na rua, com seus "amigos". Nós estivemos à nossa própria sorte por tempo demais. Claro, papai se culpou quando soube o que acontecia, foi quando nos mudamos pela primeira vez para a casa da vovó, mas não durou muito tempo. Flavia implorou o perdão, e meu pai a aceitou de volta. Eu nunca poderia entender aquela relação doente que eles tinham. Assim, criou-se um padrão. Se o meu pai tivesse ficado conosco, na casa da vovó, talvez...

Flavia prometeu e quebrou sua palavra inúmeras vezes. Nunca seria diferente, ela jamais cuidou de nós como deveria, sempre se importou com o dinheiro, buscando incansavelmente um amante mais rico. Não era uma boa pessoa, e saber que eu carregava seu sangue fazia com que me odiasse um pouco também.

— Não é tão fácil — respondi, depois de um longo silêncio, considerando as palavras da minha irmã e pensando em tudo que vivemos. — Ela não presta. É por isso que não farei nenhum esforço para o tratamento... Jamais serei pai da descendência dela.

Assim que as palavras saíram, senti-me ainda mais idiota. Levantei o olhar para perceber Giuliana com as sobrancelhas arqueadas e os lábios entreabertos.

De repente, Giuliana se aproximou, e eu podia jurar que me daria um tapa, mas ela segurou meu rosto, virando-o na direção da janela.

— Olha isso, Enzo. — Do lado de fora, Dante e Lucia brincavam jogando a bola um para o outro e cada vez mais alto, dificultando suas chances de agarrá-la. — Eles também não prestam? Os genes dos Giuseppe correm nas veias de Dante e Lucia. Dos meus filhos!

Senti-me envergonhado das minhas palavras.

— É diferente — retruquei.

— Dê o braço a torcer — exigiu entre dentes. Olhando-me nos olhos, não escondeu sua decepção e ira. — Está errado, Enzo. Você. Está. Errado.

Minha irmã se afastou, voltando a guardar a louça do café da manhã, vibrando a cerâmica conforme suas mãos tremiam, provavelmente de raiva, certamente decepcionada comigo.

— Não pode julgar todas as pessoas pelo erro de uma, isso é o mesmo que dizer que nunca houve um Di Piazzi que não tenha feito grandes bobagens, ou qualquer outra pessoa na Terra. Cada um é de um jeito... Sabe do que mais? — Giuliana me encarou novamente. — Você deveria reestruturar a sua vida, está se tornando um homem amargo e ridículo.

Capítulo 33
Giovana

Fiz o melhor que pude com a maquiagem, mas, além de estar cansada por causa do ritmo acelerado da minha vida, ainda sentia falta do Enzo, e nunca poderia esquecê-lo.

Ajeitei o computador no colo, aguardando a chamada de vídeo.

Aquele horário era o mais maluco, no entanto, era quando podíamos nos falar. Debye e Carol surgiram na tela, no pequeno quadradinho ao lado do de Sara. A última a conseguir se conectar foi Amelinha.

— Ah! Finalmente...

A qualidade do som e imagem não era das melhores, mas foi legal ver as meninas depois de tanto tempo. Nós nos falávamos pelo telefone, sempre de maneira apressada, mas com menos frequência do que de costume. Foi ideia da Debye fazermos uma ligação pelo Skype e, assim, olharmos umas para as outras.

— Gente! — Tomei um susto ao ver o tamanho do nariz da Debye. — Você está muito grávida mesmo, amiga.

— É... essa menina está me dando tanta azia também... Disseram que ia parar no início... ma... e... continua sempre. Pelo menos está próximo.

O início da ligação estava ruim, mas deu pra entender que ela estava tendo uma gestação complicada. Quando apontou a câmera para baixo, percebi que tinha engolido uma melancia inteira. Estava enorme, e devia ser desconfortável pra caramba.

Sara parecia bem, estava com o cabelo preso em um rabo de cavalo e o rosto lavado, sem qualquer maquiagem. Diferente de Amelinha, que tinha um pouco de maquiagem borrada e a fala arrastada; óbvio que ainda estava sob os efeitos de uma noitada daquelas...

— Como estão as coisas por aí, Amelinha? — perguntei.

— Maravilha! — ela respondeu, atrapalhando-se para terminar a palavra. — Fui para uma festa com... muito bom, eles sabem se divertir...

— Está picotando — alertou Carol.

Amelinha escreveu o texto, com o maior número de erros gramaticais possível, mas pude entender que foi para uma festa com seu grupo de teatro. Ela disse que ficaria um tempo na Califórnia, mas não levei a sério. Amelinha queria muito ser atriz e acreditava que, se fizesse pós-graduação em alguma faculdade da Califórnia, teria um currículo melhor.

Eu desejava a ela toda a sorte do mundo. Amelinha era boa profissional, o problema era seu agente, um verdadeiro idiota. Em anos, conseguiu para ela apenas pontas e trabalhos inexpressivos, além de comerciais que renderiam pouca grana e muita risada entre os amigos.

— Conseguiu terminar a pesquisa, Gio? — perguntou Sara.

— Sim, entreguei hoje pela manhã.

— E você está gostando? — Debye quis saber sobre o curso.

— É incrível. E eu devo muito a vocês por isso — respondi, sincera. — Estou um pouquinho cansada hoje, não imaginei que trabalhar como garçonete fosse tão pesado, mas estou feliz, é um trabalho digno e estou conseguindo pagar o curso e a moradia.

Se não fosse pela conversa que tive com as meninas, no apartamento da Sara e da Amelinha, não teria tido a coragem de enfrentar meus problemas e assumir o que precisava ser feito para ser feliz.

Claro, isso repercutiu negativamente e por um bom tempo entre mim e meu pai. Apenas recentemente, e por um pedido regado a lágrimas da minha mãe, nós voltamos a conversar.

Meu pai continuava não aceitando a minha decisão e temia que eu passasse a vida tendo problemas financeiros, porque o nosso país não era o melhor lugar para alguém que queria viver de cultura. Eu ainda tinha esperanças de que isso um dia mudasse, afinal, se ninguém fizesse um movimento para quebrar o ciclo, aí era que nada mudaria mesmo.

— E você já se adaptou? — Carol quis saber.

— Olha... o idioma ainda é uma barreira, mas eu tenho conseguido me virar. Além disso, o grupo que fala português fica sempre junto — eu disse, sorrindo.

— Você parece bem — observou Débora —, embora falte um brilho no seu olhar. Mas sei que está fazendo a coisa certa.

— Eu não ia perguntar, mas não estou me aguentando! — Amelinha apertou os olhos fechados e mordeu os lábios. Então olhou direto para a câmera. — Você encontrou o Enzo?

Pois é, lá estava a pergunta pairando no ar. O silêncio que se alongou entre nós foi quebrado apenas por Carol:

— Ainda bem que alguém perguntou, essa dúvida estava me matando!

Suspirei, resignada.

— Não. Vocês sabem que Florença fica a quilômetros de onde ele está. E... além disso, depois do que falei, nunca poderia procurá-lo.

— Ah, Gio...

— Sabe... — prossegui. — Eu até saí com alguns rapazes por aqui, porque a gente tem que seguir em frente, não é? Mas... nunca houve uma conexão de verdade.

— Giovana — Débora chamou minha atenção. — Eu sei que você errou. Mas ele também errou. Todo mundo errou, e é isso aí. Sinto-me culpada por ter dado o seu endereço ao Enzo. Pensei que se ele fizesse uma surpresa... Já tivemos essa conversa antes. Desculpa, Gio.

— Não foi culpa sua. Eu... de qualquer forma, pensei que estaria separando-o do filho e... enfim, já falamos sobre isso. O Enzo é um cara que teve uma relação familiar estranha, achei que talvez fosse melhor se... Deixa pra lá. Já foi, não é?

— Eu ainda acho que deveria conversar com ele — comentou Sara.

De repente, todas estavam falando ao mesmo tempo e repetindo a mesma coisa. Mas fazia meses desde a última vez que nos vimos e que expulsei o Enzo da minha vida. Aparecer assim... do nada... Eu não iria conseguir.

— Não faz o menor sentido, meninas.

— Pelo menos, diga a ele que lamenta, Gio. Não importa quanto tempo tenha passado — aconselhou Debye. — É sempre bom sabermos quando alguém gosta de nós.

— Ele deve estar dando orgasmos a outra pessoa... — resmunguei.

As meninas riram.

— É, pode até ser, mas, pelo menos, ele vai saber que você não falou sério todas aquelas coisas para ele — disse Carol.

— Depois do que eu disse, duvido que queira ouvir a minha voz.

— Bom... esperem um minutinho, eu já volto. — Débora saiu da frente do computador e sumiu por um tempo, enquanto as meninas continuavam falando sobre como poderia me sentir livre apenas por esclarecer as coisas. — Estou de volta. Humm... Giovana, vou digitar o telefone da casa de Giuliana, ele estava por lá... Pelo menos, deixe um recado. Pense nisso.

Recado? E dizer o quê?

Capítulo 34
Enzo

— Cinque frittelle di pecorino! Due Bruschette pomodoro! Tagliatelle! Tre gnocchi! Quattro linguine alla carbonara!

— Enzo, linguine è la tua specialità — indicou Luidgi.

— Pronto! — Peguei o saquinho onde estava a massa pré-pronta e comecei a preparar o linguine.

Era um início de tarde estressante no Luidgi's, e um dos seus sous chefs havia faltado. Não pensei duas vezes antes de ir ao restaurante ajudar meu amigo.

O maître entrou novamente na cozinha:

— Tavolo otto: due panna cotta; tavolo tre: granita, cannoli, tiramisù.

Filipo pegou o preparo do cannoli, parando ao meu lado.

— Enzo, soube que Francesco foi convidado por Antonina para o casamento da filha?

— Domenica? — perguntei.

— Sim. Vai se casar com o novo padeiro do restaurante.

— Sério?

Francesco se aproximou o bastante para confidenciar algo:

— Soube que o sujeito a engravidou, mas ela perdeu a criança, mesmo assim o pobre infeliz teve que se comprometer.

Sinceramente, eu não me importei nem um pouco. Pelo contrário, dei graças aos céus por se casar.

Domenica arruinou minha vida. Assim como, para Antonina, arruinei a vida da sua filha.

Olhando ao redor, para a agitação na cozinha, para a bancada onde

Giovana esteve sentada e que agora tinha inúmeros pratos empilhados... bateu-me uma nostalgia. Não podia sequer imaginar o que ela teria sentido ao ver aquele exame de gravidez, porque era óbvio que ela pensava que eu era o pai do filho de Domenica e por isso foi embora. Mas Giovana não me deixou explicar e tratou de resolver sua vida.

Parecia que ela nunca sairia da minha pele.

Talvez, a esta altura, já esteja casada, de repente, até mesmo esperando um filho...

E isto, eu nunca poderia dar a ela.

Queria terminar a noite em meu apartamento, com uma garrafa de qualquer coisa alcoólica, no entanto, Luidgi e Filipo insistiram para que bebêssemos ali mesmo, no bar do restaurante, apenas para relaxarmos depois de um longo dia de trabalho. Eu não queria beber socialmente, esperava poder me embriagar em paz.

Evidentemente, tornaram a insistir que eu fizesse parte da equipe, de modo permanente.

— Você não está fazendo nada de importante, de qualquer forma.

— Gosto da minha liberdade — expliquei ao Luidgi.

— Não. Você gosta é de não dar satisfação — retrucou. — Veja bem, não é para dividir despesas nem nada assim. O restaurante está enchendo sempre, ainda que não estejamos em alta temporada. Isso é apenas porque não conseguimos ficar de braços cruzados enquanto você afunda, amigo.

— Ninguém aqui está afundando — rebati. Embora tivesse sorrido, por dentro, as palavras queimaram. Eu não estava afundando, já estava submerso. — Eu tenho os aluguéis dos barcos, das lojas, a produção de leite de cabra e as vinhas para uvas-passas. Não estou em dificuldades financeiras. Além disso, meu pai dizia: quer terminar uma amizade, comece uma sociedade.

— Não seja tolo — interveio Filipo. — Não é sobre dinheiro, é sobre cabeça. Precisa ocupar a sua com algo produtivo, Enzo. Algo que lhe dê prazer. Você está visivelmente triste.

— Eu diria arruinado.

— Cala a boca, Luidgi.

— Aquela garota te levou ao nocaute — continuou. — Precisa seguir com a sua vida, meu amigo.

— Eu não sabia que estava aberta a temporada de ajuda ao Enzo. — A ironia surtiu o efeito contrário, e Luidgi e Filipo riram.

— Se não pretende ficar com a garota, arrume outra. — Filipo deu de ombros. — Há muitos peixes no mar.

— E sereias também... — Luidgi fez um gesto com o queixo, indicando a mulher que não parava de olhar para a nossa mesa. Era bonita, mas o olhar predatório não deixou dúvidas de que não era o tipo com que eu gostava de sair; lembrava demais a cretina da Liliana Castro, e eu já havia deixado essa fase de lado. A mulher que eu queria preferiu outro. E eu não conseguia tocar em mais ninguém. — Pelo visto, a praga de Antonina não se perdeu no vento — resmunguei.

— O que disse? — Luidgi aguardava que eu repetisse a frase, mas, com um gesto, deixei o assunto morrer.

De repente, o barulho de cadeira caindo e outras sendo arrastadas soou alto o bastante para chamar a nossa atenção. A tal mulher tentava se esquivar do assédio visivelmente indesejado.

— Ai, mas que porra... Odeio esse tipo de turista no meu bar. — Luidgi bufou e se levantou para resolver o problema, já que começava uma pequena confusão com seu garçom.

Filipo e eu nos entreolhamos. Mal Luidgi chegou para arrefecer os ânimos, foi atingido em cheio por um soco no rosto.

— Cacete!

A confusão passou de problema para pancadaria em segundos.

Enquanto tentava apartar a briga, Filipo chamava a polícia. Não teve jeito, acabei tendo que me defender com alguns socos e chutes. Infelizmente, cadeiras também foram usadas e a situação só piorou, porque o turista bêbado não estava sozinho.

No auge de toda a confusão, a polícia chegou e fomos todos detidos.

— Sophia, você está de brincadeira comigo?

— Não. Mas não tem como te ajudar, Enzo. Perco o voo se eu for até aí.

Você sabia que eu estava com passagem comprada para o Brasil. Vou ajudar o Anghelo e a Débora com o nascimento da menina. Está próximo, esqueceu?

— Oh! Meu Deus, é verdade... Porra, se eu tivesse lembrado, teria deixado para ser detido em um outro dia! — concluí entre dentes.

— Acalme-se... — Sophia teve a coragem de rir. — Não é como se fosse a primeira vez que vai parar na cadeia, não é?

— Não fiz nada, Sophia! Preciso que venha me tirar daqui...

— Se não fez nada, por que não te liberam?

— Por que tem uma porra de uma anotação daquela tenente filha da puta! Ela me liberou, disse que não ia me fichar, mas fez uma ocorrência de vandalismo, então o delegado quer apurar os fatos e...

— E agora você foi detido por culpa de uma briga de bar. Humm... a coisa só piora para você, Enzo.

— A mulher que estava lá... foi para defendê-la... eu não... Argh! Sophia, apenas venha aqui pagar a merda da minha fiança!

— Já te disse, estou no aeroporto.

— São onze horas da noite!

— Pois é... um saco, mas consegui esse voo muito mais barato. Infelizmente, tem conexão, mas tudo bem... Vou para Roma e de lá São Paulo e só então, Rio de Janeiro. Estou entulhada de roupinhas que a vovó preparou para a bisneta, cada coisa mais fofa que a outra, Enzo, você devia ver...

— Sophia!

— Ah, é sério, acalme-se... Vou ver se alguém pode ir te ajudar. Aliás, onde estão seus amigos agora, hein?

— Presos aqui também! Pelo amor de Deus, Sophia.

— Estão chamando o meu voo, tenho que ir. Não se preocupe, vou ligar para alguém. Boa sorte, beijos, e vê se para de mexer com a mulher do delegado.

Quê?

— Do que está falando? Alô, Sophia... Sophia? Porra, Sophia!

Ela desligou.

Por que a minha prima fazia essas coisas?

— Acabou o telefonema, bonitão?

Fui conduzido novamente para a cela, junto com Luidgi, Filipo e algumas outras pessoas que estiveram metidas na confusão. Claro, os dois não tinham problemas com a polícia e, sem dúvida, seriam liberados antes de mim.

Minha vida estava perfeita, não faltava mais nada além de passar a noite na cadeia.

Pela manhã, após uma noite *não* dormida, abriram a jaula onde me enfiaram, e, dessa vez, eu nem era culpado.

— Vamos lá, Di Piazzi. Seu advogado está aí.

Advogado?

Ao assinar os papéis enquanto enumeravam meus pertences saídos de uma sacola plástica, tive de aturar minha irmã, com a cara muito amarrada, e seu marido, nada contente.

Claro, foi ele quem resolveu tudo.

— Está me devendo essa, Enzo. Não é fácil conseguir uma soltura à primeira hora — ele disse.

— Obrigado, Rocco. Sabia que um dia seria útil que minha irmã tivesse escolhido um advogado para se casar.

— Sem gracinhas, ouviu? — Giuliana estava muito séria. — Precisamos conversar.

— Humm... por favor... eu só quero ir para casa. Um banho quente e cama, é tudo que preciso, não é de conversa...

— Enzo. — Meu nome saiu dos seus lábios como repriminda.

— Espera, Giuliana. Filipo e Luidgi estão bem? — perguntei a Rocco.

— Vai ficar tudo bem, eles explicaram a situação. O que pesou, no seu caso, foi ter uma ocorrência por vandalismo, mas vamos dar um jeito nisso. Fique tranquilo. Agora, vamos sair desse lugar.

Giuliana e Rocco me levaram para o meu apartamento e concordaram em esperar que eu tomasse banho e me barbeasse, antes de sentarmos para conversar. Eu estava desesperado para tirar aquele cheiro horrível do meu corpo.

Assim que surgi na sala, observei Giuliana preparando café, e Rocco enviando mensagens pelo celular. Desabei no sofá, necessitando de um pouco de conforto antes do sermão, que, sem dúvida, viria. O problema de estar sempre do lado errado da linha era que, quando a razão estava a meu favor, ninguém acreditava.

— Onde estão as crianças? — perguntei.

— Com meus pais. — Rocco nem mesmo desviou os olhos do aparelho.

— Certo... Ok, irmãzinha, pode começar a crucificação.

Giuliana levou uma xícara de café para mim e se sentou na mesinha à frente.

— Passei o dia todo de ontem tentando falar com você. — Seu tom de voz era ameno, porém, havia apreensão em seu olhar.

— Eu estava cozinhando para o Luidgi e desliguei o aparelho. — Giuliana parecia considerar suas palavras e isso me deixou alerta. Bebi um gole do café e me inclinei para ela. — O que aconteceu? As crianças estão bem?

— Sim, está tudo bem com as crianças, mas é que... Humm... não tem como falar isso de maneira diferente, mas...

— Você está começando a me deixar preocupado.

— Ontem, recebi um telefonema de Florença... — Gesticulei para que Giuliana prosseguisse. Ela apertava cada vez mais a xícara de café, girando-a também. Não havia nenhum conhecido nosso na cidade, então eu não fazia ideia do que poderia estar acontecendo. — A... É... tem... tem uma pessoa lá que quer muito falar com você e... até me passou seu número novo de telefone, o endereço e... Eu acho que...

— Irmã, direto ao ponto, por favor.

Se ela dissesse que era lá onde Flavia estava morando e que deu meu contato a ela...

— É sua ex-namorada.

Ex-namorada? Eu não tinha ex-namorada. E a dúvida deve ter ficado nítida, porque ela tomou uma respiração profunda.

— Giovana.

— Quê?

— Giovana... ela... humm... eu achei que deveria...

— Isso não é possível. — Giuliana sabia que nós não estávamos juntos, mas eu nunca disse a ela o que realmente aconteceu, no Brasil.

Magoei demais a Giovana. E levei muito tempo para admitir isso para mim mesmo. Pedi que ela confiasse em mim e que ficasse comigo, então ela acredita que menti sobre Domenica, e vai embora. Ela me disse coisas que, eu tinha certeza, não poderiam vir do coração. Não depois de cada momento nosso. A entrega foi real. E eu não estava sentindo tudo aquilo sozinho. Foram meses repassando tudo, até compreender suas decisões.

— Ela ia se casar.

— Enzo, eu... ouvi com atenção tudo que a Giovana disse. Confesso que, em dado momento, ri um bocado. Você provou do próprio veneno e foi bem feito, por ter sido tão babaca por tanto tempo, mas... falando sério, meu irmão, acho que deveria conversar com ela.

— Duvido muito que ela queira me encontrar. E ela deve ter um marido para cuidar, agora.

— Irmão, ela não se casou, e está vivendo em Florença.

Fechei os olhos e recostei a cabeça no sofá, absorvendo o peso do que estava sendo despejado no meu colo.

Capítulo 35
Giovana

No fundo, sabia que era besteira telefonar para a irmã do Enzo. Tudo que fiz foi me expor pra caramba. Ela devia fazer péssima ideia a meu respeito, agora. E fui tão infeliz nas minhas palavras que acabei contando a ela palavra por palavra de como rechacei seu irmão.

Depois de quase uma semana, perdi por completo as esperanças de que ele quisesse me ouvir pedir desculpas. Mesmo que não fosse para voltarmos, e claro que ele não iria querer, afinal, eu fui horrível com ele, mas... pelo menos encerrar aquela história com um pouco de dignidade.

Arrumei minhas coisas para o fim de semana, peguei alguns livros extras para a pesquisa que o professor pediu e deixei o prédio da Academia de Belas Artes. Uma das coisas realmente boas de quando meu pai forçou demais a barra foi ter rompido de vez as amarras. Florença era um lugar incrível e estudar História da Arte em um grande instituto era privilégio de poucos. E eu podia me orgulhar de dizer que consegui sozinha.

Meu círculo de amizades estava se expandindo, e eu já podia conversar, sem levar muito tempo para entender, o que diziam os italianos com quem estudava. Despedi-me deles e rumava para o pequeno e charmoso apartamento que aluguei quando meu celular tocou.

Apesar do nome não estar gravado, foram tantas as vezes que digitei aquela sequência de números que sabia de cor quem era do outro lado da linha. Meu coração batia tão rápido quanto as asas de um beija-flor. Pensei em não atender. Depois de dias, ele devia estar prestes a pedir que não tornasse a incomodar sua família. Ainda assim, precisava ouvir sua voz, uma última vez, que fosse.

— A-alô.

Houve silêncio por mais tempo que o necessário.

— Oi, Giovana.

— Oi, Enzo.

Silêncio.

— Você queria falar comigo?

Respirei fundo. Subitamente, senti-me zonza, com falta de ar e taquicardia. O nervosismo veio com tudo. Era o homem que eu queria do outro lado da linha, e, sem dúvida, aquela seria a última vez que nos falaríamos.

— Eu... sim. Queria. Quero. Humm...

— Estou ouvindo.

— Ok. — Mais um pouco de fôlego. — Quero me desculpar. Apenas isso. Eu não... Nenhuma daquelas coisas que eu disse... nada era verdadeiro. Você é uma pessoa incrível e eu... eu adorei cada segundo que passamos juntos e... Só falei aquelas coisas porque... eu não queria ser a pessoa que separa pai e filho. Desculpe por ter dito aquelas coisas. E também... nunca estive com o Rodrigo desde que ficamos juntos. Sinto muito que tenha pensado assim, mas é que aquela festa...

— Sobre isso, minha irmã me contou.

— Então... humm... não vou tomar muito do seu tempo, só queria que soubesse que eu sinto muito. De verdade. Ainda que não acredite.

Mesmo mantendo a voz o mais firme possível, não pude suportar mais o silêncio dele. Afastei o telefone e ergui a cabeça o suficiente para tentar fazer minhas lágrimas não rolarem pelo meu rosto.

Quando aproximei novamente o fone, ouvi sua frase entrecortada.

— O que disse?

— Que acredito em você. E também devo um monte de pedidos de desculpas, Giovana.

— Está... está falando sério?

— Sim. Então... que tal você parar de chorar e vir aqui tomar um café comigo?

— Como? — sussurrei, olhando ao redor.

— Do outro lado da rua, à direita.

Levei a mão livre à boca, impedindo-me de soluçar. Enzo se levantou e acenou discretamente, desligando o telefone.

A cada passo, sentia-me cada vez mais aérea e insegura. Aquele era o Enzo Di Piazzi, e ele não era o canalha que queria aparentar. Era o homem da minha vida. E estava a alguns metros de mim, mas eu não fazia ideia de como iria me receber ou como deveria me portar.

Assim que estava perto o suficiente, ele abriu um sorriso tímido.

— Seria muito estranho se te abraçasse assim, de repente? — perguntou.

Eu sorri, praticamente jogando-me em seus braços.

Ele me segurou firme e afundou o rosto na curva do meu pescoço.

— Desculpe por não ter insistido, Gio. Por pensar que preferia se casar com outro...

— Desculpe por ter ido embora. Por ter ficado longe, por não te ouvir explicar...

Nossos lábios sabiam o que fazer. Sabiam onde pertenciam e se encontraram em um beijo carregado de saudade.

— Meu Deus... eu não funciono bem quando você não está comigo, garota. — Ele me fez sorrir e chorar. — Estamos na Itália.

— É o que parece... — brinquei.

— E você sabe... enquanto estivermos na Itália, você é minha, e eu sou seu — murmurou contra os meus lábios.

— Então, acho que não vou embora nunca. Eu te amo. — As palavras saíram sem controle. Apenas derramei sobre ele o que eu sentia mais profundamente em meu coração.

— Ama?

— Sim. Dane-se se você quiser partir agora, eu precisava te dizer. Eu te amo, Enzo Di Piazzi.

— Acho que estamos empatados, Giovana Brandão, porque eu também te amo.

Levei Enzo para o meu apartamento.

Era muito menor que o dele, mas funcional, e ficava perto do curso.

Não duramos nem cinco minutos com formalidades, e o único caminho que o Enzo viu foi o da porta do meu quarto.

Problema algum. Estava ansiosa para tê-lo novamente comigo. Percebi o quanto sentia falta da sua pele apenas quando tiramos nossas roupas. Como da primeira vez em que ficamos juntos, as emoções foram intensas demais.

Ele tinha os lábios entreabertos, ofegante, e sorrindo. Ainda podia senti-lo pulsar dentro de mim quando tomei coragem para abrir os olhos e me surpreendi ao notar a quantidade enorme de afeto transbordando daquelas íris acinzentadas. Enzo mantinha a maior parte do peso do corpo sustentado nos antebraços. Esticando uma das mãos, tocou meu rosto, retirando uma lágrima.

— Eu sei que as coisas estão diferentes agora — sussurrou. — E talvez não seja o momento certo para perguntar, mas... o que você quis dizer com... Dane-se se eu quisesse partir? Você não falou antes o que sentia porque achou que eu ia...

— Tem razão, este não é o melhor momento, mas, sim, pensei que se você soubesse... me deixaria.

— E se for recíproco, como ficamos?

— Diz você.

— *Amoruccio*, não estamos indo a lugar algum.

Deitamos de lado, queimando a saudade que sentíamos um do outro com pequenos toques. Havia muito a ser dito, mas, naquele momento, nada era mais importante do que ficarmos juntos.

Epílogo

Um ano depois...
Giovana

Enquanto aguardava dentro do carro, fiz uma retrospectiva do momento em que toda aquela insanidade se concretizou.

Débora não estava de todo errada.

Desde que Enzo e eu assumimos nossa relação, não houve um minuto sequer de paz. Parecia que toda a família, principalmente Dona Gema, queria ter certeza de que Enzo estava sob controle. E assim que terminei o curso em Florença, fizeram — Dona Gema fez — pressão para que formalizássemos de uma vez a união, e começaram à revelia, inúmeros preparativos, incluindo enxoval com monogramas E&G bordados em toalhas de banho e até em conjuntinhos para banheiro.

Nós simplesmente congelamos. Não conseguíamos frear Sophia, Diná, Giuliana, e, claro... Dona Gema. Aquela senhorinha, no início tão gentil comigo, transformou-se em um monstrinho medonho. Enzo disse que era o "efeito Gremlins" de casamento Di Piazzi.

— Ela pode farejar a quilômetros um motivo para te enfiar em um vestido de noiva.

A vovozilla nos chantageou durante o jantar em que meus pais e irmão foram conhecer a família do Enzo. De repente, estavam falando sobre casamento e Dona Gema afirmou que teve uma visão de que não passaria daquele ano, pois sua idade era avançada... e mais não sei o quê... Todos desviaram o olhar para mim e Enzo como se estivéssemos negando o último pedido de uma pobre e doce senhora moribunda, mas a Dona Gema estava inteira e perfeitamente sã.

— Não sei quem é pior, meu pai ou a sua avó — cochichei entre dentes.

— Seu pai é bom nisso, mas minha avó tem mais experiência — respondeu baixinho, em seguida, beijou meus lábios, levantou-se e disse: — Nós vamos casar, se isso fizer vocês nos deixarem em paz.

E, assim, ali estava eu, pronta para o último ensaio de casamento em uma quarta-feira à tarde. Usando vestido longo e até um véu.

Quando pisei na igreja lotada e todos se levantaram, agarrei ainda mais forte o buquê de peônias cor de chá; aquelas flores eram a cara da Giuliana, sem dúvida, foi quem as escolheu. Meu coração parecia querer saltar pela boca. Apesar de não ser pra valer, fiquei nervosa.

Enzo estava tão lindo em seu terno. Deus, ele devia me amar de verdade, porque, se havia algo que aprendi ao longo do tempo em que estávamos juntos era que ele odiava aquele tipo de roupa.

Nada parecia real, foi como se estivéssemos flutuando em uma nuvem de sonho até estarmos diante um do outro, no altar. Enzo apertou a mão do meu pai, levantou o véu — cortesia da *nonnazista* Gema — para longe do meu rosto, beijou castamente minha testa e nos encaminhamos para o altar. Entreguei o buquê para Amelinha e olhei rapidamente para minhas amigas e meus sorridentes pais.

Do outro lado, Filipo e Luidgi pareciam divertidos com a cena à frente, e nos olhavam como se fôssemos animais raros. Suspeitava que a igreja estivesse lotada porque ninguém queria perder um minuto sequer do que se desenrolava: Enzo Di Piazzi iria se casar.

Meu noivo mantinha um sorrisinho debochado, e eu estava certa de que era por culpa do véu.

— Se você rir de mim, eu juro que vai passar a lua de mel no sofá — sussurrei.

— Desculpe, *amoruccio*, mas você está engraçada demais com esse troço na cabeça. — Enzo tentou falar mais baixo ainda, disfarçando seu sorriso.

— Vai... — sussurrei, irritada.

— *Shhh...* Igreja — repreendeu-me, murmurando.

O ensaio com o padre começou, mas Enzo e eu não poderíamos estar mais distantes.

Sempre imaginei que, se fosse casar, aconteceria na praia, com uma cerimônia modesta ao pôr do sol. Já o Enzo, nunca se imaginou casando, na praia ou em qualquer outro lugar. No entanto, ali estávamos nós, ensaiando para o fim de semana, quando teríamos pompas e mais pompas no casamento. Foi como se todos os parentes resolvessem aproveitar a ocasião para enfiarem seus próprios desejos em nossas bodas. Todas as tradições italianas. Detalhes. Loucuras do tipo: pombos brancos sendo soltos para uma revoada assim que a cerimônia terminasse. Enzo e eu demos muita risada imaginando se os bichos resolvessem fazer mais do que apenas saírem voando pelo céu da Toscana.

— O que você foi fazer ontem de manhã? — perguntei, tão baixinho que apenas Enzo poderia me ouvir.

— Sentiu minha falta na cama?

— *Shhh... Igreja* — retruquei, imitando-o.

— Engraçadinha — sussurrou de volta, cravando o olhar no meu. — Tenho uma surpresa.

— Não sei se gosto das suas surpresas. Da primeira vez, você me levou para voar...

— E da última...

Senti minhas bochechas quentes e podia jurar que estava corada. Enzo e eu seguimos para um passeio por Veneza e não nos comportamos em nada no barco do amor.

— Fala logo — insisti.

— Sabe aquela propriedade que estava à venda na praça? A que você disse que daria uma bela galeria bistrô?

— Oh, meu Deus! Você comprou! — Quase não pude conter o entusiasmo, e minha voz saiu mais alta.

Enzo e eu vínhamos discutindo a possibilidade de abrirmos um negócio que agregasse arte e culinária. Eu seria a curadora; ele, o chef.

— Claro que não, está louca? Não tenho dinheiro pra isso, não.

— Oh... certo... então...

— Negociei o aluguel.

— Está falando sério?

— Sim. Era isso que queria conversar, se a Dona Gema não nos tivesse interrompido.

— Uau! Amor, isso é demais.

— Que bom que gostou. Finalmente teremos algo só nosso, sem intromissões.

No último ano, senti como se minha relação com o Enzo tivesse ganhado o tom certo. Resolvemos morar juntos e conseguimos um lugar maior do que o seu apartamento e com a tão sonhada hidromassagem que ele queria. Na verdade, não havia complicações naquele arranjo. Consegui um trabalho de meio período como guia turístico no Museu e já não tinha dificuldades com o idioma. Enzo me ensinou direitinho.

Claro que a gente conversava sobre casamento, mas sempre ríamos muito de tudo. Estava tão distante do que idealizamos... Chegava a ser cômico.

Depois de recebermos mais de um olhar de reprovação, por nossa conversa paralela durante o ensaio da cerimônia, nos concentramos.

— Enzo — chamei, sussurrando novamente.

— O quê?

— Vai achar estranho se disser que não quero me casar?

— Não. Mas por que você não quer casar?

— Não é que eu não queira... é que... não é desse jeito que eu imaginava e... sinto como se estivesse retornando a velhos hábitos. — Como ceder no que realmente queria para não magoar outras pessoas.

Vi quando Enzo desviou o olhar para a sua avó, sentada na primeira fileira do lado direito, e de volta para mim.

— Acho que ela não vai morrer esse ano.

Segurei a risada.

— Espero que não.

— Também acho que as coisas foram apressadas. Quero continuar curtindo a minha noiva.

— Estou com medo de me levantar. Não quero que pensem que é falta de respeito, nem nada... mas acho que Deus vai ficar mais chateado ao ver que estamos mentindo aqui na casa dele, não é?

— Aham. Ok, faremos isso juntos. Já descobrimos que somos melhores quando estamos juntos, não é?

— Sim.

— Sim? Beleza. Preciso apenas de um momento. Preciso fazer uma coisa antes ou queimarei no inferno.

— O que é?

Enzo levantou-se, pedindo um momento. Caminhou até sua avó e cochichou em seu ouvido. Dona Gema apoiou-se no braço do neto e eles seguiram por um corredor, certamente o caminho da sacristia.

Os ruídos ficaram mais altos. Todos pareciam relaxados e conversavam. Meu pai levantou os dois polegares para mim, e eu quis sumir.

Enzo entendia perfeitamente minhas decisões até quando nos reencontramos. Seu pai também tinha sofrido um ataque cardíaco, mas, infelizmente, não sobreviveu. Meu pai, no entanto, além de melhorar, usava sua antiga condição de saúde para manter as rédeas sobre nós, pelo menos, até o momento em que dei um basta.

O burburinho seguia cada vez mais alto e, enfim, Enzo retornou. Sem Dona Gema.

— Tudo certo — sussurrou. — Ela quer nos bater, mas disse que vai apoiar nossa decisão.

— Sua avó? — Fiquei surpresa.

— Sim. Ela me adora, você sabe... mas... no momento, não está sabendo lidar com a vontade de quebrar nossos ossos.

Ao invés de voltarmos para a posição anterior, ele segurou minha mão e entrelaçamos os dedos.

— Desculpe, padre — Enzo pediu. Então virou para os convidados. — Humm... Casa cheia, vocês nunca me desapontam... bem... er... Giovana e eu queremos agradecer a todos... nós... decidimos pular toda a parte da cerimônia e dos papéis e vamos direto para o "E viveram felizes para sempre".

Nossos amigos e parentes se entreolharam, confusos. O ruído da conversa só fez aumentar.

Théo estava com sua filha no colo e movia a cabeça, negando, incrédulo. Débora, por sua vez, escondia a risada fingindo beijar a cabeça do filho. Não tive nem coragem de olhar para o lado e encarar meus pais. Torci para que o Sr. Filipe Brandão não tivesse outro ataque cardíaco.

— Apenas para esclarecer as coisas... nós não estamos terminando, só...

adiando o casamento por... tempo indeterminado? — perguntei. Enzo deu de ombros.

— Eu não diria indeterminado... isso é muita coisa... talvez... só até transferirmos a cerimônia para outro lugar, talvez a gente case na praia. — Enzo se virou novamente para o padre estupefato. — Sem ofensa.

Enzo segurou firme a minha mão e atravessamos a nave, apressados.

Quando alcançamos o lado de fora, ele me pegou no colo e me levou para o carro.

— Não posso acreditar no que acabamos de fazer!

— Nem eu, mas foi demais, *amoruccio*! — Enzo tirou a gravata assim que se sentou atrás do volante. — Odeio essa coisa me estrangulando.

Quando se afastou da igreja, lembrei do buquê. Alguns dos nossos amigos e parentes foram para a escadaria, atônitos pelo que acabara de acontecer. Joguei as flores pela janela, ainda rindo, eufórica.

Aquilo foi uma loucura.

Não importava mais nada, nenhum de nós viveria novamente se não fosse segundo o nosso coração.

— Ou a gente casa do nosso jeito, ou nada feito.

— Nada feito? Vamos ser noivos para sempre?

— Noivos para sempre... gostei disso, *amoruccio*. Mas... não vou arriscar te deixar solta, você tem mania de fugir de mim e fingir amnésia. Vou ficar tranquilo quando em todos os seus documentos estiver escrito: Giovana Di Piazzi. Totalmente minha.

— Você não presta, Enzo.

— E você gosta.

Um dia depois...
Enzo

"Você não fez isso, Enzo. Que vergonha! Você nunca vai parar de me chocar... E depois de todo o trabalho que tivemos!" — Sophia.

"Enzo, atende à merda do telefone! A tia Ester quer o presente que mandou para vocês de volta, ouviu bem? E não finja que não recebeu esta mensagem, irmão! E você, hein, Giovana? Vocês se merecem!" — Giuliana.

"Definitivamente, você é o meu ídolo, cara! Parabéns! Er... ainda vai ter a despedida de solteiro?" — Donatello.

"Enzo, você tem problemas espirituais, não tem outra explicação. Estou me perguntando como a vovó sempre apoia suas merdas!" — Pietro.

"Enzo, se a vovó disser que a culpa é da Débora, esqueça a trégua, vou arrancar a sua cabeça." — Anghelo.

Ainda não tínhamos nenhum papel assinado, mas minha noiva estava espalhada em meus braços, e do jeito que meu coração batia loucamente quando estava com ela... aquilo seria para sempre. Eu não brinquei quando disse, no dia anterior, que só ficaria tranquilo quando estivesse casado com ela, mas até lá... eu provaria minuto a minuto que não era um canalha, que ela podia confiar em mim. Minha missão na vida, desde que conheci Giovana, era fazê-la feliz.

Fim

Agradecimentos

Querido Deus, obrigada por me permitir concluir o livro, mas apenas para checar, ainda não plantei aquela árvore, preciso de um pouco mais de tempo.

Eu ainda não farei agradecimentos pomposos, no entanto, serão sempre sinceros.

Família, obrigada pela paciência e por não pirarem a cada convite que eu recusei e cada vez que me ausentei para escrever o Enzo.

Aos meus leitores, sintam-se abraçados, nada disso faria sentido sem vocês. Obrigada pelo carinho, pelo incentivo, por tudo, fica difícil resumir em um parágrafo o quanto sou grata. Acho que a melhor maneira de demonstrar a importância de cada um em minha vida é estudando e me dedicando cada vez mais, a fim de entregar, não somente em um parágrafo, mas em todas as outras páginas, o meu melhor. Vocês são maravilhosos.

Aos blogueiros, que me acolheram com tanta estima e carinho, meu muito, muito, muito obrigada. Fico sempre ansiosa e faço questão de ler e acompanhar cada uma das resenhas.

Sophia Paz, a moça talentosa que revisou meu livro, quero aproveitar não apenas para agradecer por seu trabalho e profissionalismo, mas por ter se tornado uma grande amiga, pelos conselhos preciosos e por ser tão gentil, sempre.

À Editora Charme, por acreditar no potencial dos Di Piazzi.

Verônica Góes, obrigada por seus conselhos, muito além do campo editorial, mas foram palavras, abraços e carinho para a vida. Obrigada por me ouvir, por ser uma amiga e me tranquilizar, mesmo quando eu tinha certeza de que a "editora" queria me matar por ter jogado mais um manuscrito fora.

Anna Julia Ventura, você é brilhante e assustadora ao mesmo tempo, um dia ainda vou fazer você amar finais insanos e improváveis. É uma promessa!

Aline Sant'Anna, não sei o que posso escrever aqui que já não foi dito durante nossa troca de figurinhas. Então, obrigada por ter dito: "Joga fora! Se você não está feliz, Clarinha, joga fora sem dó. Ouve seu coração". Bem, foi a decisão mais acertada, porque agora estou apaixonada pelo Enzo que encontrei, escondido na minha cabeça. Obrigada.

Isabelle Cristina, a pessoa que eu abuso quando preciso de uma opinião sincera e que nem sempre tem coragem de falar que está ruim, mas nem precisa, o seu "hummm..." já diz tudo. Obrigada por estar ao meu lado nessa empreitada, você é maravilhosa.

Carolina, obrigada por existir de verdade e me deixar te colocar do jeitinho que você é aqui no livro. Não se preocupe, e pare de mandar mensagens no WhatsApp ameaçando a integridade de algumas partes do meu corpo, eu juro que vou resolver a questão do Ricardo, ok? Calma.

Não me estenderei muito mais que isso, mas os agradecimentos continuarão no próximo livro. ;)

Sobre a autora

Clara de Assis nasceu na cidade do Rio de Janeiro, estudou arquitetura e urbanismo, comércio exterior e está em busca de mais uma graduação, letras – literatura.

Ainda atua na área de engenharia, mas sua paixão por livros, que começou aos cinco anos, tem mais destaque e peso em sua vida. Ensaiou sua primeira escrita aos 10 anos e publicou seu primeiro livro de maneira independente aos 28 anos.

Sua leitura preferida é romance policial e ama escrever comédia romântica, gênero que lhe rendeu figuração entre os 10 autores independentes mais lidos no Brasil.

Pragmática e de riso fácil, mora no Rio de Janeiro com sua família.

Contato:
Instagram: @clarinhadeassis
http://facebook.com/claradeassis.escritora
Curta a página: Aluga-se um Noivo no Facebook

Entre em nosso site e viaje no nosso mundo literário.
Lá você vai encontrar todos os nossos
títulos, autores, lançamentos e novidades.
Acesse www.editoracharme.com.br

Você pode adquirir os nossos livros na loja virtual:
loja.editoracharme.com.br

Além do site, você pode nos encontrar em nossas redes sociais.

https://www.facebook.com/editoracharme

https://twitter.com/editoracharme

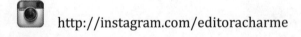
http://instagram.com/editoracharme